BASTEI
LÜBBE

Von Paul Erdman ist bereits erschienen:
10455 Die letzten Tage von Amerika

Paul Erdman

Panik '89

Aus dem Englischen übertragen von
Hans E. Hausner

BASTEI
LÜBBE

BASTEI-LÜBBE-TASCHENBUCH
Band 11457

Titel der englischen Originalausgabe: The Panic of '89

Lizenzausgabe: Gustav Lübbe Verlag GmbH, Bergisch Gladbach
Printed in West Germany September 1989
Einbandgestaltung: A. Bachmann
Titelfoto: ZEFA
Satz: Prechtl, Passau
Druck und Bindung: Ebner Ulm
ISBN 3-404-11457-4

Der Preis dieses Bandes versteht sich einschließlich
der gesetzlichen Mehrwertsteuer

Dieser Roman ist zur Gänze frei erfunden. Zwar wurden Namen einiger bekannter Persönlichkeiten gebraucht, aber es soll damit nicht gesagt sein, daß sie tatsächlich auf die hier geschilderte Weise gehandelt haben oder handeln werden.

»Worte sollten ein wenig ungebärdig sein,
denn sie stellen Angriffe auf jene dar,
die nicht fähig sind zu denken.«

John Maynard Keynes

ERSTER TEIL

1. Kapitel

Es war die erste Dezemberwoche, und in Georgetown herrschte naßkaltes Wetter. Es waren jedoch nicht die ersten Winterstürme, die einige der prominenteren Einwohner dieses Elitegemeinwesens frösteln ließen, als sie an jenem Dienstagmorgen aus dem Bett stiegen. In diesem Jahr 1988 lag es in zunehmendem Maß auch an der beklemmenden Stimmung, die Washington seit der ersten Novemberwoche in Spannung hielt. In den letzten dreißig Tagen war die Angst ständig gewachsen, daß bald alles aus den Fugen geraten und die Vereinigten Staaten 1989 in eine Lage kommen könnten, wo die Wirtschaft, der Dollar, die Banken, Chrysler, ja selbst IBM, eines nach dem anderen, einen tiefen Fall tun würden.

Mit dem Beginn von Reagans zweiter Amtszeit hatten sich die Probleme gehäuft. Doch am 20. Januar 1989 würde er abgetreten sein.

Paul Mayer, einem dieser prominenteren Einwohner Georgetowns, gingen solche Gedanken durch den Kopf, während er im Schlafzimmer im ersten Stock seines Hauses, 3514 Dent Place, die Zeitungen durchsah: »Washington Post«, die »New York Times«, das »Wall Street Journal«, ferner die »Financial Times«, die »Neue Zürcher Zeitung«, das Düsseldorfer »Handelsblatt« und, um abzurunden, den Pariser »Le Monde«. Dann nahm er die Fernbedienung vom Nachttisch und schaltete, um sich über den Geschäftsverlauf an den Börsen zu informieren, Kanal 20 ein, der laufend Finanznachrichten sendete. Er unterließ es, die Lautstärke aufzudrehen, da er nicht am

Kommentar, sondern nur an den Zahlen auf dem Schirm interessiert war. Für all dies benötigte Paul Mayer eine Stunde; es war jetzt neun Uhr vormittags an jenem Dienstag, dem 6. Dezember 1988.

Das Hausmädchen klopfte an die Schlafzimmertür, wie sie das jeden Tag auftragsgemäß tat, wenn er daheim war, und erschien mit einem Tablett, auf dem sich eine silberne Kaffeekanne befand. Sie stellte es auf den Nachttisch neben den IBM-Personalcomputer, den Mayer für den Fall dort stehen hatte, daß er ihn mitten in der Nacht oder bei Tagesanbruch benötigte. Ohne ein Wort zu sprechen, füllte das Mädchen seine Tasse und fügte ein paar Tropfen Sahne hinzu; sie war vierundzwanzig Jahre alt, ein Meter fünfundfünzig groß und niedlich. Wenn sie sich vorbeugte, um einzugießen, wurde ihr mehr als üppiger Busen mehr als zur Hälfte entblößt. Dennoch schienen ihre von Natur aus analogen Kurven in Mayers hochtechnologischem und somit digitalem Schlafzimmer fehl am Platz zu sein.

»Haben Sie noch einen Wunsch, Sir?« fragte sie. Ihr spanischer Akzent ließ sie noch niedlicher erscheinen.

Aufmerksam verfolgte Paul Mayer die Wirtschaftsnachrichten auf dem Bildschirm. »Ja«, antwortete er. »Sehen Sie zu, daß mein Smoking gebügelt wird. Ich brauche ihn heute abend.«

Sein Akzent war weniger niedlich, denn er verriet seine mitteleuropäische Herkunft.

»Smoking?« fragte sie verständnislos.

»Tuxedo«, verbesserte er sich. So nannte man das Kleidungsstück in Amerika. ›Smoking‹ hieß es in Stockholm und Zürich. Hin und wieder geschah es, daß Mayer auf seinen schwedisch-schweizerischen Ursprung zurückfiel, obwohl er schon seit fünfzehn Jahren in Amerika lebte. Nicht daß es den Leuten etwas auszumachen schien. In der Stadt kannte man ihn als eine Mischung aus Henry Kissinger und Paul Volcker. An Volcker dachte man, weil Mayer sowohl ein Bankmann als auch ein Meter neunzig groß war; die Verbindung mit Kissinger hatte mit ihrem ähnlichen Akzent und der Herkunft zu tun und mit der Tatsache, daß Kissinger und jetzt auch er Professor an der *School of Foreign Service* der Universität Georgetown war, sowie Mitglied des *Georgetown Center for Strategic and International Studies.*

Als nächstes griff Mayer zum Telefon und drückte den Knopf, der automatisch eine Verbindung zu seinem privaten Fernsprechauftragsdienst herstellte. Die Leute hatten den Auftrag, alle Anrufe vor zehn Uhr vormittags zu sperren, ganz gleich, von wo sie kamen. Mayer wollte mit niemandem sprechen, bis er nicht über alles auf dem laufenden war, was in der Zeit, die er mit Schlafen vergeudet hatte, in der Welt passierte.

Es gab zwei Anrufe: Der erste kam von Sergio Dobrovsky, einem seiner Kollegen am *Center for Strategic and International Studies*. Dobrovsky, der das Programm leitete, das sich mit dem internationalen Terrorismus beschäftigte, ersuchte Mayer, nachmittags in seinem Büro vorbeizukommen, wenn er Zeit hätte. Der andere Anruf kam von George Pace, dem Vorsitzenden und Generaldirektor der Bank of America, der zweitgrößten Bank der Welt. Er hatte keine Nachricht hinterlassen, nur eine Londoner Telefonnummer, von der Mayer wußte, daß es nicht die Nummer irgendeiner Niederlassung dieser Bank in London war.

Wie Mayer später herausfand — viel später und, wie manche sagten, viel zu spät —, waren diese Botschaften hinterlassen worden, weil die beiden Anrufer gleichzeitig das Zutagetreten des gleichen, nichts Gutes verheißenden Phänomens verspürten: Dobrovsky seine noch sehr nebulose Ursache, George Pace die erste, noch kaum wahrnehmbare Wirkung.

Mayer, der nichts verspürte, was auf etwas besonders Ungewöhnliches hingedeutet hätte — abgesehen von der allgemeinen Malaise, die in diesen vorweihnachtlichen Wochen in Washington in der Luft lag, beschloß, sich durch keine dieser

Botschaften in seiner vormittäglichen Routine stören zu lassen und nahm sein gewohntes fünfzehnminütiges Duschbad.

Dieser Tag würde mit dem Elf-Uhr-Seminar an der Universität beginnen. Nach Henry Kissingers Vorlesungen war Mayers Seminar wohl das am schwersten zugängliche. Es war auf fünfzehn Hörer begrenzt, und man mußte schon einen besonders guten Notendurchschnitt aufweisen können, um sich zu qualifizieren — was dem Ganzen Prestige verlieh. Aber es war nicht das Prestige, was die Studenten veranlaßte, um die Zulassung zum Seminar zu kämpfen — es war Habgier. Als sich im August 1988 herumgesprochen hatte, daß Dr. Paul Mayer an diese Universität berufen worden war, wurde sofort bekannt, daß er Verbindungen besaß — weitreichende Verbindungen auf den höchsten Ebenen des Bankwesens, Verbindungen, die auf der Welt ihresgleichen suchten, Verbindungen, aus welchen Kapital in unvorstellbarem Ausmaß geschlagen werden konnte. Hieß es doch, daß, wenn Mayer den Mund auftat, selbst die Rockefellers zuhörten — und die Rothschilds und die Gnome in Zürich und die Londoner Handelsbanken und Merrill Lynch, und die Gold- und Silber- und Währungsspekulanten in Hongkong, Los Angeles und Abu Dhabi.

Die Jungs in Georgetown waren überzeugt: Wenn ihnen einer nach der Promotion zu einem Job verhelfen konnte — mit vielleicht sechzigtausend Dollar Anfangsgehalt und mindestens zwei Europareisen im Jahr und einer nach Asien —, dann würde das Dr. Mayer sein. Dr. Kissingers Vorlesungen mochten hilfreich sein, ins Auswärtige Amt zu gelangen und möglicherweise in ein oder zwei Jahren zu einer Stellung als Vizekonsul in Lagos, um dort Pässe zu stempeln. Mayers Seminar jedoch, in einer Bewerbung gebührend herausgestrichen, konnte unverzüglich zu einem Job führen: bei Lazard Frères oder Paribas oder Crédit Suisse — sagen wir in der Abteilung für syndizierte Auslandsgeschäfte — mit allem, was dazugehörte, wie etwa ein Porsche, Diners in den »Vier Jahreszeiten«, Logis im »George V«, Urlaub an den Hängen des Mauna Kea!

So stellten sich die Jungs das zumindest vor. Wissen konnte das natürlich keiner, denn so wie Kissinger hatte auch Mayer nicht viel für Collegeabsolventen übrig und hielt größtmögliche Distanz zu ihnen.

Mayers Haus lag sieben Blocks vom Campus entfernt, und es machte ihm immer wieder Freude, den Weg dorthin zu Fuß zurückzulegen. Dabei schien er stets auf Gedanken zu kommen, die nichts mit beruflichen Dingen zu tun hatten. An diesem besonderen Morgen war es Beaconsfield, das in seiner Erinnerung auftauchte. Mayer hatte zwei Jahre als Geschäftsführer der Abteilung für syndizierte Auslandskredite der Schweizerischen Nationalbank in London gearbeitet und seinen Wohnsitz in Buckinghamshire gehabt. Jeden Morgen war er zum Zug marschiert, der ihn in dreißig Minuten zum Bahnhof Marylebone brachte, wo er die U-Bahn in die City nahm. Die Pflastersteine, die roten Ziegelhäuser, die ein wenig ungepflegten Vorgärten, die trübe feuchte Kälte . . . das war seine Erinnerung an Beaconsfield im Dezember. Und das war jetzt auch Georgetown. Wie nett, dachte er, zwei kleine Städte zu kennen und zu lieben, die dreitausend Meilen voneinander entfernt und durch einen Ozean getrennt waren und sich seit 1888 oder gar 1788 kaum verändert hatten.

Er betrat den Campus an der Ecke 37th und O Street, bog nach rechts ab, schlug den Weg ein, der am Healy Building vorbeiführte, und steuerte auf das modernistische *Intercultural Center* zu, in dem die *School of Foreign Service* untergebracht war. Der Vorhof war mit roten Ziegeln gepflastert; es war nicht zu vermeiden gewesen, daß die Studenten ihn mit dem Spitznamen »Roter Platz« bedachten.

»He, Paul!« Der ihn so begrüßte, war ein hochgewachsener, gutaussehender Mann, der, keine zwanzig Schritt entfernt, eben aus dem Haus trat. Es war Dr. Peter Krogh, der Dekan der *School of Foreign Service*, und von allen Menschen, denen Mayer bisher an der Universität begegnet war, hätte er ihn noch am ehesten als Kumpel akzeptiert.

»Ich habe eine Nachricht für Sie«, sagte Krogh, als sie auf dem Roten Platz aufeinander zutraten. »Eine große Nummer, wie immer«, fügte er lachend hinzu.

»Ach ja?« gab Mayer zurück. »Aber Sie wissen doch, Peter, für gewöhnlich sind große Nummern nicht mein Fall, außer sie . . .«

»Tut mir leid, daß ich Sie enttäuschen muß. Es ist keine ›sie‹. Mit ›groß‹ meinte ich Bob Reston. Er möchte, daß Sie ihn gleich zurückrufen.«

Robert Reston war der Vorsitzende des *Federal Reserve Board.*

Mayer stieß einen Grunzlaut aus. Und dann: »Darf ich Ihr Büro benützen?«

»Na klar. Wollen wir zusammen lunchen?«

»Warum nicht? Wo?«

»Wie wäre es mit dem Metropolitan Club? Um eins? Sie sind mein Gast.«

»In diesem Fall treffen wir uns dort.«

Kroghs Büro beeindruckte den Besucher durch seine Holztäfelung, Perserteppiche und *objets d'art* aus so unterschiedlichen Ländern wie Ägypten, Finnland, Jordanien und Indien, Geschenke der jeweiligen Regierungen an das weltweit führende Institut für die Ausbildung von Diplomaten. Aus dem Büro des Dekans genoß man einen weiten Blick auf das riesige Atrium, auf dem Campus auch Galleria genannt, von Hörsälen und Büros der *School of Foreign Service* eingerahmt und mit einem Dach versehen, das dicht mit fotoelektrischen Zellen bepflastert war. Es war eines der modernsten Solarbauten, ein Beispiel für die Hochtechnologie, die Amerikas wiederhergestellte Führerschaft in der internationalen Gemeinschaft der Nationen symbolisierte.

Sonnenenergie, Kissinger, Mayer, sie alle waren jetzt Teil der Macht, die Georgetown ausstrahlte.

In weniger als einer Minute hatte die Sekretärin des Dekans

die Verbindung mit dem Vorsitzenden des *Fed* hergestellt. »Ich bin froh, daß Sie mich so schnell zurückrufen. Ob Sie vielleicht Zeit hätten, heute nachmittag bei mir vorbeizukommen?«

»Selbstverständlich. Aber hören Sie: Ich bin um eins im Metropolitan Club zum Lunch verabredet. Mit Peter Krogh. Sie kennen ihn ja, nicht wahr?«

»Natürlich. Er wohnt drei Häuser von uns entfernt in der Q-Street.«

»Wollen Sie sich uns nicht anschließen?«

Ein Augenblick des Zögerns. Dann: »In Ordnung. Obwohl wir eine recht heikle Sache zu bereden haben. Vielleicht weisen Sie Peter darauf hin.«

»Mach ich.«

»Ich werde auch jemanden mitbringen«, fügte Reston vom *Fed* hinzu und nannte den Namen des Vorsitzenden der *Federal Deposit Insurance Corporation*, einer Institution, die unter dem Titel FDIC allen Amerikanern wohlbekannt war, die ihr Geld in einer Bank hatten, denn die FDIC war jene Regierungsstelle, die ihre Bankeinlagen bis zu hunderttausend Dollar versicherte — gebührenfrei!

»Scheint ja eine richtige Staatsaffäre zu werden, dieser Lunch«, murmelte Mayer in sich hinein, während er die Treppe zu seinen fünfzehn Studenten hinuntereilte, die ihn erwarteten. Allerdings mußte er sich eingestehen, daß er diesem Mittagessen erwartungsvoll entgegensah. Nicht, daß er es bedauerte, »nur« einer Professur wegen die hohe Position eines geschäftsführenden Direktors des Internationalen Währungsfonds aufgegeben zu haben, wo ihm zig Milliarden zur Verfügung standen und die Geschicke Dutzender Nationen in seinen Händen lagen. Denn in Georgetown war man nicht unbedingt »nur« ein Professor. Das hatte Kissinger wohl bewiesen. Wie auch Brzezinski. Und auch ein Dutzend anderer, angefangen von James Schlesinger bis Jeanne Kirkpatrick. Es verging kaum ein Tag, ohne daß irgendein hoher Regierungsbeamter, ob Amerikaner oder ein anderer, zu ihnen kam, um einen Rat zu erbitten. Wenn die Vereinigten Staaten im Jahre 1988 so etwas wie ein Corps Grauer Eminenzen besaßen, so existierte es unter der Ägide der Universität Georgetown. Und Paul Mayer wußte, daß er bei diesem Lunch »offiziell« einer der ihren werden würde.

Doch seine Lehrtätigkeit hatte Vorrang. Mayers Seminar wurde unter der vagen Bezeichnung »Internationale Finanzen — Probleme und potentielle Lösungen« durchgeführt. Das in dieser Woche behandelte Thema waren die Schulden der Dritten Welt. Der Star unter seinen Studenten legte eine Arbeit vor, in der er die Situation zusammengefaßt hatte: »Die Schulden der Dritten Welt betrugen zur Jahresmitte 1988 über eine Billiarde Dollar. Den größten Teil dieser Summe schuldeten diese Länder amerikanischen Banken. Nichts davon wurde zurückgezahlt. Der einzige Fall einer Rückzahlung, den er hatte entdecken können, waren zweihundertfünfzig Millionen Dollar, die Mexiko aus unerfindlichen Gründen am 3. Dezember 1985 überwiesen hatte.«

Der Student war zu dem Schluß gekommen, daß eine Lösung weder in Sicht noch zu erwarten war. Was sollte also geschehen? Es gab das Problem seit zehn Jahren, es nahm seitdem ständig an Bedeutung zu, aber es war zu keiner dramatischen Entwicklung gekommen. Die Schuldnerstaaten in Lateinamerika drohten regelmäßig mit Zahlungseinstellung. Dann verlangten sie, daß über die Laufzeit der alten Darlehen, die nun fällig geworden waren, neu verhandelt werden müsse. Andernfalls . . .

Die Banken gaben unweigerlich nach und gestanden eine Gnadenfrist von zwei oder drei oder fünf Jahren zu; anschließend gewährten sie ihren Schuldnern im Süden neue Darlehen, die sie in die Lage versetzten, die Zinsen der nun nicht mehr zur Zahlung anstehenden alten Darlehen zu berappen. Am Ende waren alle zufrieden. Argentinien und Brasilien und Venezuela und Mexiko bekamen immer mehr und mehr Geld von der Bank of America, von Citybank und Chase Manhattan und von der Weltbank und vom Internationalen Währungsfonds und konnten damit ihre Wirtschaft in Gang halten. Andererseits konnten die Finanzinstitute der westlichen Welt — die privaten wie auch die staatlichen — den Mythos aufrechterhalten, daß die Zweihundertfünfzig-Milliarden-, später Einehalbe-Billion-, jetzt $-1000000000000-Darlehen an die Dritte Welt »gute« Außenstände waren, da ja die Zinsen immer wieder mehr oder weniger pünktlich bezahlt wurden. Nachdem dies klargestellt war, gingen die Banken des privaten Sektors daran, die Zinsen, die sie sich selbst zahlten, als Einkommen zu verbuchen. Resultat: Sie verzeichneten Jahr für Jahr Rekordgewinne.

»Nach meinem Dafürhalten besteht eine echte Interessengemeinschaft zwischen den Schuldnerländern der Dritten und den Banken der westlichen Welt«, befand der Student und kam abschließend zu der Feststellung: »Es gibt keinen Grund, warum dieser Prozeß nicht unbegrenzt fortdauern sollte, vorausgesetzt, daß alle Hauptakteure das Spiel auch weiterspielen.«

Die anderen Studenten schienen der gleichen Meinung zu sein, ausgenommen ein gewisser José Martínez aus Caracas in Venezuela, der auf die Schlußworte seines Kommilitonen mit einem verächtlichen Achselzucken und dann höhnischem Grinsen reagierte. Hätte Paul Mayer dem stummen Kommentar des Latinos mehr Aufmerksamkeit geschenkt, hätte es ihm vielleicht gedämmert, was in Kürze in der Welt geschehen würde, denn José Martínez' Vater, José senior, war der Finanzminister Venezuelas und sein Onkel der Ölminister und Zweite Vorsitzende der OPEC, einer Organisation, die auf Betreiben seines Landes gegründet worden war und vornehmlich dieses eine Ziel verfolgte: die Vereinigten Staaten fertigzumachen. Doch in Georgetown war José Martínez nur einer aus dem großen Kontingent von Latinos, die seit Jahrzehnten auf diesem Campus, von dem aus man den Potomac überblickte, in Erscheinung traten — einem Ort, wo lateinamerikanische Generäle ihre Söhne und Diktatoren ihre Enkel abstellten (vor kurzem hatte der Präsident von Bolivien sogar seine neunzehnjährige Geliebte hinaufgeschickt) — in der Hoffnung, daß sie eines Tages erwachsen werden würden.

Aber das taten nur wenige, und sie wurden darum auch nicht sehr ernst genommen. So auch José Martínez junior. Paul Mayer allerdings nahm seinen Vorzugsschüler ernst und schien hocherfreut über das Referat, das der junge Mann, ein Streber aus dem Mittelwesten, gehalten hatte; er belohnte ihn mit einer Eins. Dann aber, nachdem er besorgt auf die Uhr gesehen hatte, verließ er fluchtartig das Haus, noch bevor ein liebedienerischer Student ihn mit dummen Fragen festnageln konnte.

Der Dekan erwartete ihn schon in der Eingangshalle des Metropolitan Clubs, von wo sie sogleich mit dem Aufzug in den Speisesaal im zweiten Stock hinauffuhren. Sie teilten die Kabine mit dem Staatssekretär im Wirtschaftsministerium, der vom Schweizer Botschafter begleitet wurde. Sie kannten sich alle: und alle murmelten einander zu, daß sie unbedingt an einem der nächsten Tage zusammen den Lunch einnehmen müßten. Dann gingen die zwei Paare ihre getrennten geheimnistuerischen Wege; im Metropolitan Club standen stets gewichtige Dinge auf der Tagesordnung. Bier wurde hier nur selten getrunken, und kaum jemals brachte ein Gast die Rede auf Baseball.

Der Mann vom *Federal Reserve Board* und der von der FDIC kamen mit dem nächsten Aufzug nach. Beide schienen fast noch zu jung für die Ämter zu sein, die sie innerhalb der finanziellen Machtstruktur der Vereinigten Staaten bekleideten. Man hat oft behauptet, der Chef des *Federal Reserve Board* wäre der zweitmächtigste Mann der Vereinigten Staaten und damit der Welt. Michail Gorbatschow und George Bush würden dem widersprechen, und dies ungeachtet der Tatsache, daß keiner von beiden tun konnte, was Robert Reston tun konnte, nämlich Geld, Dollars, die Währung, die die Welt in Gang hielt, aus dem Nichts herbeizuzaubern.

Der Mann an der Spitze der FDIC war diesem Kreis kaum zuzuzählen; dennoch rangierte er weit oben in der Elite der Mächtigen. Schließlich war er es, der zusammen mit dem *Fed* und dem *Comptroller of the Currency* für die Aufsicht über die 14700 Kommerzbanken des Landes zu sorgen hatte. Doch in den achtziger Jahren hatten es die Umstände gelegentlich erforderlich gemacht, daß er und seine Beamten über das bloße »Überwachen« hinausgingen und direkt intervenierten, um finanzielle Kalamitäten abzuwenden. So war es tatsächlich der unmittelbaren Intervention eines seiner Vorgänger, William Isaac, zu verdanken, daß die Continental Illinois immer noch zu Amerikas elf bedeutendsten Banken zählte. Denn im Frühjahr 1984 hatte auf diese Bank ein Run eingesetzt, ein Run, der sich so rasch ausdehnte, daß er um ein Haar den Zusammenbruch einer finanziellen Institution herbeigeführt hätte, die bisher als Chicagos sicherste gegolten hatte — ein Ereignis, das die schwerste Geldkrise in den Vereinigten Staaten seit den dreißiger Jahren hätte auslösen haben können. Weil es nämlich nicht nur um die Chicagoer Bank mit ihren vierzig Milliarden ging. Die schon an sich kritische Lage wurde noch durch den Umstand verschärft, daß zweihundertfünfzig kleinere Banken im Mittelwesten die Continental Illinois als *ihre* Bank benützten, und das hieß, daß, wenn Continental den Arsch zukniff, die meisten von ihnen wahrscheinlich ebenfalls hopsgehen würden, sobald sich ihre Verbindung mit Chicago herumgesprochen hatte. Bank auf Bank auf Bank würden gestürmt werden — in Pretoria und Moline und Springfield und vielen anderen Städten.

Niemand wußte zu sagen, wann der letzte Dominostein fallen würde, und darum sah der Vorsitzende der FDIC keine andere Möglichkeit, als seine Macht auf eine noch nie dagewesene Art und Weise auszuüben. Er feuerte die gesamte Führungsspitze, nötigte den Aufsichtsrat zum sofortigen Rücktritt und beorderte einen Teil seines Washingtoner Stabs mit dem Auftrag nach Chicago, die Leitung des Geldinstituts zu übernehmen. Damit stellten sich die Vereinigten Staaten hinter alle Geldeinlagen dieser Bank, von der kleinsten bis zur größten. In anderen Worten: Er verstaatlichte die Continental Illinois.

Es funktionierte.

Aber alle, die das Bankgeschäft kannten, wußten, daß man gerade noch einmal davongekommen war. Die besorgten Mienen des neuen Vorsitzenden der FDIC und des Mannes des *Fed*, die an diesem Dienstag, dem 6. Dezember, im Metropolitan Club ihren Lunch einnahmen, mochten einem argwöhnischen Menschen die Vermutung nahelegen, daß sich wieder eine Kalamität dieser Art anbahnte.

Paul Mayer, der ein solcher argwöhnischer Mensch war, kam zu eben diesem Schluß, und nachdem man den Kaffee serviert hatte, sprach er dies auch offen aus. »Steckt jemand in Schwierigkeiten?«

»O ja«, antwortete der Mann vom *Fed*.

»Wer ist es denn dieses Mal?«

Bob Reston ließ seine Blicke von Wells zu Dekan Krogh schweifen. »Peter«, sagte er dann, »das muß unter uns Jungfrauen bleiben.«

»Das versteht sich, Bob«, gab der Dekan zurück. »Mein Wort darauf«, fügte er hinzu und machte ein ernstes Gesicht.

»Okay«, sagte Reston. »Es ist die B of A. Die Bank of America. Gestern nachmittag tauchten die ersten Gerüchte auf.«

»Ich habe nichts gehört«, stellte Mayer fest. Jetzt zog er eine besorgte Miene. Normalerweise entging Mayer nie etwas.

»Von wo kamen sie?« erkundigte er sich.

»Zürich und Frankfurt. Bis jetzt sind sie noch recht verschwommen.«

»Ist etwas dran?« fragte Mayer.

»Wir hoffen immer noch, daß wir keinen Schaden erleiden werden.« Diesmal kam die Antwort vom Vorsitzenden der FDIC. Das Fiasko mit der Continental Illinois hatte seine Regierungsstelle 1984 eine Menge Geld gekostet. Drei Jahre später hatte die Beinahe-Pleite der First National Bank of Texas die FDIC drei Milliarden Dollar gekostet. Auch sie rührte aus dubiosen Energie-Darlehen her. Nach dem ersten Sturz der Ölpreise von einunddreißig auf zehn Dollar im Jahre 1986 hatte man angefangen, sprudelnde Ölquellen zuzustopfen, statt neue zu erschließen. Die Folge war, daß jene Kunden der First National, die die höchsten Kredite aufgenommen hatten — unabhängige Ölproduzenten in Midland, Bauträger von Einkaufszentren rund um Houston —, einer nach dem anderen Pleite machten. 1987 schnürten die Verluste aus nicht abgedeckten Krediten der Bank die Kehle zu. Die Rettungsaktion hatte die FDIC fast ein Viertel ihres Kapitals gekostet.

»Was besagen die Gerüchte?« fragte Mayer.

»Daß die Bank of America einen schweren Verlust wird hinnehmen müssen. Wie es heißt, den größten Verlust aller Zeiten. Möglicherweise über zwei Milliarden Dollar.«

»Wieso? Und warum gerade jetzt?«

»Ihre zweite Frage scheint mir die relevantere zu sein«, erwiderte der Mann, der die FDIC leitete. Er hieß Robert Wells. Seiner Ausbildung nach war er ein Wirtschaftssachverständiger, seiner Natur nach ein Pedant. In der Washingtoner Gesellschaft galt er als der Schrecken seiner Tischdamen bei Dinnerparties. »Wie Sie ja wissen, Paul«, fuhr er fort, »hat die B of A schon seit Jahren ihre Probleme — wie jede andere Großbank auch. Aber vielleicht unterscheidet sie sich von diesen dadurch, daß sie, wohin man schaut, nicht vollziehbare Kredite vergeben hat, im Inland wie auch im Ausland. Sie haben Kalifornien rauf und runter Milliarden verliehen, und zumindest eine weitere Milliarde im Weingebiet nördlich von San Francisco.«

»Das Problem liegt darin«, und hier schien der Vorsitzende der FDIC dem Dekan eine Vorlesung halten zu wollen, »daß die Amerikaner in ihrer Gesamtheit den Banken mehr Geld schulden als Brasilien, Mexiko und Argentinien zusammen —

und daß sie, auch wieder in ihrer Gesamtheit, in keiner Weise solventer sind. Dazu kommen dann auch noch die Kredite, die mit der Energiewirtschaft im Zusammenhang stehen. Jedesmal, wenn der Rohölpreis einen Punkt sinkt, fallen in Denver und Houston und Midland ein paar hundert Darlehen mehr aus. Und nicht zu vergessen das Liegenschaftsgeschäft. Gott weiß, wie viele Eigentumswohnanlagen sie in Los Angeles und ganz Kalifornien finanziert haben, und wir alle wissen ja, was mit dem Wert dieser Anlagen passiert und mit den Leuten, die sie mit einer Anzahlung von fünfzehn Prozent auf Kredit gekauft haben. Sie ziehen in Scharen aus und lassen die B of A und so gut wie jede Sparkasse in Kalifornien in der Tinte sitzen. Und letztendlich Lateinamerika. Insgesamt haben Banken und Regierungsstellen eine halbe Billion Dollar Außenstände da unten. Und es wird immer mehr. Und die B of A ist der Hauptdarlehensgeber für Mexiko, Brasilien und Venezuela.«

Er legte eine Pause ein, so als erwarte er einen Kommentar des Dekans. Da Krogh es jedoch nicht schätzte, wenn man ihn belehren wollte, gab er keinen ab. Der Vorsitzende der FDIC fuhr fort:

»Gewiß, es gilt heute als ausgemacht, daß man sich über die Lage da unten keine Sorgen zu machen braucht, daß diese Kredite immer wieder umgeschuldet werden können. Wenn wir aber nächstes Jahr eine Rezession bekommen, und wenn sich diese als schwer oder lang anhaltend erweist oder, was Gott verhüten möge, als beides, dann wird die Frage der Dritten-Welt-Schuldner auftauchen wie ein angeschossener Wal. Rechnen Sie die Verluste dazu, die, wie gerüchtweise verlautet, im Steuerjahr 1989 auszuweisen sein werden, und die B of A wird Verluste in der von mir bereits erwähnten Höhe von mehr als zwei Milliarden Dollar haben. Wenn diese Entwicklung außer Kontrolle gerät, werden wir von der FDIC eingreifen müssen, und das wird uns eine schöne Stange Geld kosten.«

Nun ignorierte er den Dekan und wandte sich an Mayer und Preston.

Während Mayer ihm zuhörte, ging ihm durch den Sinn, daß er diesem Studenten vielleicht keine Eins hätte geben sollen. Wenn sich die Befürchtungen des Mannes von der FDIC als begründet erwiesen, wäre eine Fünf angezeigt gewesen.

»Wie haben die Börsen bisher darauf reagiert, Bob?« Mayer richtete die Frage an den Vorsitzenden des *Fed*.

»Bis jetzt ist noch kaum etwas zu merken. Aber seit heute morgen verlangen die Europäer in London ein Viertelprozent Prämie auf ihre Jumbo-CDs. Und die B of A geht damit konform.«

Nun richtete Reston das Wort an Dekan Krogh. »Es mag Ihnen scheinen, als ob dies keine große Sache wäre, Peter, aber glauben Sie mir: Es ist von Bedeutung.«

»Inwiefern?« fragte der Dekan, dessen Verärgerung darüber zunahm, daß man ihn von allen Seiten belehren wollte, nur weil er als einziger an diesem Tisch nie ein Banker gewesen war.

»Weil es das erste Mißtrauensvotum ist. Die Börsen bringen damit zum Ausdruck, daß das Risiko für die Veranlagung von Festgeld auf ein oder drei Monate bei der Bank of America jetzt größer ist als bei anderen Großbanken. ›Um dieses Risiko zu kompensieren, wollen wir eine Prämie in Form eines höheren Zinssatzes. Wenn Ihnen das nicht recht ist, legen wir unser Geld anderswo an.‹ Das sagen sie der B of A.«

»Na, wenn sie nichts weiter wollen als ein Viertelprozent, dann scheint mir das noch kein Grund für eine Panik zu sein«, bemerkte der Dekan bissig.

»Sie haben recht«, erwiderte der Mann vom *Fed*. »Aber wenn diese Entwicklung einmal in Gang kommt, wird das Viertelprozent bald zu einem halben, dann zu vollen hundert Basispunkten, und dann . . .«

»Dann geht's los mit den Abhebungen«, fiel Mayer ihm ins Wort und stellte anschließend die Frage: »Ist derartiges schon zu bemerken?«

»Nein«, kam rasch die Antwort. Aber dann: »Zumindest

glauben wir es nicht. Einer unserer Herren führte heute morgen ein diskretes Telefongespräch mit einem der Direktoren der Bank in San Francisco. Der Mann rief uns gerade zurück, als ich mein Büro verließ, um hierher zu kommen. Er sagte nein, bisher keine Abhebungen. Aber wir können natürlich nicht sicher sein, daß er die Lage auch wirklich kennt. Verwaltungsspitzen geben sich ja keine übergroße Mühe, die Börse zu informieren, wenn es kriselt. Es ist bei Banken genau dasselbe wie bei jedem anderen Geschäft.«

Mayer nickte zustimmend und meinte: »Man kann ja auch nicht einfach hingehen und sich umsehen, nicht wahr?«

»Auf keinen Fall«, erklärte der Vorsitzende der FDIC emphatisch. »Die nächste reguläre Bücherrevision ist erst für April angesetzt — und Sie wissen ja, Paul, daß sie vom *Comptroller of the Currency* durchgeführt wird, nicht von uns, denn die B of A ist eine von der Bundesregierung konzessionierte Bank, und wir prüfen ja nur solche, die von einem Bundesstaat genehmigt sind. Wenn es auch nur den geringsten Hinweis gäbe, daß die Regierung, insbesondere die FDIC, ein plötzliches Interesse an der Bank bekundet, wer weiß, welche Folgen das nach sich ziehen könnte.«

Er unterbrach sich, um seine Worte wirken zu lassen.

»Ich weiß nicht«, fuhr Roger Wells fort, »ob sich die Herren der Details des Debakels der Continental Illinois im Jahre 1984 entsinnen. Ich kenne sie, weil ich heute morgen einige Aufzeichnungen meines Vorgängers gelesen habe.

Das Gerücht, die Continental befände sich in ernsten Schwierigkeiten, tauchte an einem Donnerstag morgen, westeuropäische Zeit, in London auf. Sechs Stunden später öffnete die Zentrale von Continental in Chicago ihre Schalter, und schon in der ersten Stunde hoben die Europäer über drei Milliarden Dollar ab. Wieder ein paar Stunden später hörten die Japaner davon, und noch am gleichen Tag hatten sie weitere eineinhalb Milliarden abgezogen. Bevor die Woche um war, mußten wir — ich meine wir und der *Fed* — siebzehn Milliarden Dollar einschießen, um die Continental vor einer Schließung zu bewahren.«

Das Eingeständnis der FDIC, daß der *Fed* geholfen hatte, erfolgte offensichtlich widerstrebend, denn obwohl die FDIC und der *Comptroller of the Currency* und der *Fed* die drei wichtigsten regulierenden Kräfte im Bankenwesen der Vereinigten Staaten darstellten, wußte doch jeder, daß es in Wahrheit der *Fed* war, der das Heft in den Händen hielt.

»Wenn Sie also etwas tun, laufen Sie Gefahr, einen Run herbeizuführen«, stellte Dekan Krogh fest. »Und wenn Sie nichts tun . . .«

»Wenn wir nichts tun«, versetzte Roger Wells, »und etwas richtig schiefläuft, wird uns der Kongreß gehörig auf die Zehen treten.«

»Aber wissen denn die Leute nicht, daß sie von Ihnen geschützt werden, ganz gleich, was mit der Bank geschieht?« fragte der Dekan.

»Ja und nein. Sie wissen es, aber viele glauben es einfach nicht und halten sich an das alte Prinzip: Vorsicht ist die Mutter der Porzellankiste. Sicher, die großen Anleger sind von der *Federal Deposit Insurance Corporation* nicht gedeckt. Das ist auch der Grund, warum sie so unbeständig sind, vor allem die Ausländer. Und wenn einmal die Großen anfangen, mit ihren Einlagen das Weite zu suchen, ist der kleine Mann überzeugt, daß die Burschen etwas wissen müssen, was er nicht weiß. Das ist dann der Moment, wo die Lemminge beginnen, an den Schaltern Schlange zu stehen. Stimmt's, Bob?«

Der Vorsitzende des *Fed* nickte zustimmend. »Darum haben wir alle gegen Verluste geschützt, die Geld in der Continental hatten, die Großen wie auch die Kleinen.«

»Aber werden Sie das wieder tun? Das ist die große Frage, nicht wahr?« äußerte Paul Mayer jetzt seine Zweifel.

»Na sicher«, gab Reston zurück. »Aber *Sie* wissen, daß wir gezwungen wären, es zu tun. *Ich* weiß, daß wir es tun müßten. Aber *sie* wissen es nicht, und ich habe Verständnis für ihre

Denkweise; schließlich können sie ja nicht völlig sicher sein. Wir — und mit ›wir‹ meine ich, zumindest theoretisch, die FDIC — sind gesetzlich nicht dazu verpflichtet, Einlagen über dieses Limit von hunderttausend Dollar hinaus zu decken.« Diesmal war es der Mann von *Fed*, der die Existenz der FDIC anerkannte, indem er einen Blick auf Roger Wells warf, bevor er weitersprach. »Wir können nicht einmal durchblicken lassen, was Sie und ich wissen — daß wir gezwungen sein würden, sie zu decken, weil wir unmöglich zulassen können, daß ein Geldinstitut kaputtgeht — denn wenn wir das täten, würde es ein Zetergeschrei ohne Ende geben — über die internationalen Finanzhaie, die in Saus und Braus leben — auf Kosten des amerikanischen Steuerzahlers.«

»Wieviel Prozent vom Stammkapital der B of A hat der Geldmarkt hergegeben?« wollte Mayer jetzt wissen.

»Nicht so viel wie bei den meisten Großbanken«, antwortete Reston, und es zeigte sich deutlich, daß er im Laufe des Gesprächs die dominierende Rolle des *Fed* herausstrich. »Sie haben eine verdammt breite Anlagenbasis in Kalifornien, aber ich würde meinen, daß zumindest vierzig Prozent außerhalb des Deckungsbereiches der FDIC liegen.«

Und dann: »Wir reden immer nur vom Deckungsbereich der FDIC in bezug auf Einleger der Bank of America. Das ist ein wesentlicher Punkt, aber nach unserer, nach Meinung des *Federal Reserve Board*, nicht der entscheidende. Es ist nicht nur eine Bank, über die wir uns Sorgen machen, es ist das Banksystem. Weder die Europäer noch die Japaner werden Jubelgesänge anstimmen, wenn die Demokraten am 20. Januar ans Ruder kommen. Sie setzen Demokraten mit Inflation gleich und Inflation mit einer Wertminderung des Dollars. Einige, vielleicht sogar viele von ihnen, könnten sich dazu entscheiden, ihr Geld in irgendeiner anderen Währung anzulegen, bis deutlich wird, was die neue Regierung vorhat. Dann sähen wir uns gleich mit zwei Problemen konfrontiert: nicht nur mit den Gerüchten über eine in Schwierigkeiten geratene große amerikanische Bank — die zu einem Run auf dieses Geldinstitut führen könnten —, sondern auch noch mit der Befürchtung, der Dollar könnte schwer ins Trudeln geraten — was zu einem Run auf die Währung führen könnte. Wenn wir einen solchen Doppelschlag auf den Kopf bekommen, könnte das gesamte Bankenwesen seine Liquidität verlieren. Vergessen Sie nicht: Ausländer haben gegenwärtig Vermögenswerte in der Höhe von eineinhalb Billionen Dollar in den Vereinigten Staaten, und davon eine Billion in Form kurzfristiger Einlagen in unseren Banken . . . Einlagen, die besonders schnell abgezogen werden können. Wenn auch nur zehn Prozent davon unvermittelt ins Ausland fließen . . .«

Nachdem Reston verstummt war, herrschte eine ganze Weile Schweigen am Tisch.

Der Vorsitzende des *Fed* setzte seine Ausführungen fort. »Sehen Sie mal, meine Herren: Wir wissen ja alle, daß wir auf das, was nach dem 20. Januar geschehen wird, keinen Einfluß nehmen können. Aber vielleicht können wir etwas in bezug auf die B of A tun. Das ist ja schließlich auch der Grund, warum ich mit Ihnen sprechen wollte, Paul. Warum *wir* mit Ihnen sprechen wollten.«

»Na schön, ich höre«, sagte Mayer.

»Sie haben doch ein gutes Verhältnis zu George Pace, nicht wahr?«

»Das stimmt. Ich kannte ihn schon lange, bevor er Vorsitzender der B of A wurde. Er leitete jahrelang ihre Geschäfte in der Schweiz, und zu dieser Zeit vertrat ich die Schweizerische Nationalbank in Basel. Natürlich haben wir viele Geschäfte miteinander abgewickelt. Und weil wir gerade davon reden — wir wissen ja alle, daß es keine Zufälle gibt in diesem Leben —, er hat mir über den Fernsprechauftragsdienst heute morgen eine Nachricht hinterlassen: Ich soll ihn zurückrufen.«

»Er ist in London, nicht wahr?«

»Ja.«

»Hätten Sie etwas dagegen, hinüberzufliegen und mit ihm zu sprechen?«

Es war nun an Paul Mayer, seine Antwort zu überlegen.

»Eigentlich nein.« Und dann: »Wann würden Sie denn wollen, daß ich fliege?«

»Möglichst bald.«

Wieder überlegte Paul Mayer. »Noch in dieser Woche?« fragte er.

»Morgen, wenn Sie es einrichten können. Oder noch besser heute abend.«

Wieder eine Pause. Und dann: »Na schön. Wenn Sie glauben, daß es so dringend ist. Wie soll ich mich Ihrer Meinung nach Pace gegenüber verhalten, wenn ich nach London komme?«

»Reden Sie ganz offen mit ihm. Sagen Sie ihm, daß ich Sie gebeten habe, mit ihm zu sprechen.« Robert Reston machte sich diesmal gar nicht die Mühe, die FDIC einzubeziehen. »Sagen Sie ihm, daß ich es für geboten hielt — nach allem, was wir so hören. Fragen Sie ihn, ob etwas Wahres an der Geschichte von über zwei Milliarden Dollar Totalschaden dran ist. Und wenn nicht, versuchen Sie festzustellen, ob er weiß, wer hinter diesen Gerüchten steckt. Und warum sie in die Welt gesetzt werden.«

»Und wenn er Hilfe braucht?«

»Unsere Position ist ganz klar: Er bekommt jede Hilfe, die er braucht vom *Fed*. Und wir stellen auch keine Fragen. Zumindest vorderhand nicht.«

»Ich kann ihm genau das sagen?« fragte Mayer.

»Ja. Wenn er es wirklich haben will, kann er auch das haben.«

»Sie meinen also . . . wenn er ein diesbezügliches Telex haben will, sagen wir übermorgen, bekommt er es?«

»Die Sache geht nicht ganz so einfach. Nach der Continental Illinois und diesem Desaster in Texas müssen wir methodisch vorgehen. Schnell und korrekt.«

»Wie ist das zu verstehen?« wollte Mayer wissen.

»Das ist so zu verstehen, daß wir zuerst *Ihren* Bericht bekommen. Dann bekommt er *sein* Telex — wenn er es braucht. Wobei wir inständig hoffen, daß er es nicht braucht«, fügte Reston hinzu.

»Sie sind doch einverstanden, nicht wahr?« fragte er nun den Vorsitzenden der FDIC.

»Aber natürlich. Wenn Sie eingreifen müssen, haben Sie unsere volle Unterstützung.«

Reston wandte sich wieder an Mayer. »Glauben Sie, ich könnte Ihren Bericht zum Wochenende haben?«

»Ich weiß nicht, warum das nicht möglich sein sollte.«

Reston gab Mayer seine Privatnummer und schlug als Treffpunkt sein Haus in Bethesda vor. Er erwähnte auch, daß der *Comptroller of the Currency* möglicherweise darauf bestehen würde, an ihrer für das Wochenende geplanten Zusammenkunft teilzunehmen, da er ja mit dem *Fed* und der FDIC mitverantwortlich für Situationen dieser Art war. Reston erklärte nicht, warum der Mann nicht auch zum Lunch gebeten worden war. Mayer vermutete, daß es mit der ewigen Rivalität der drei regulierenden Kräfte des Bankwesens zu tun haben könnte. In diesem Fall wollten *Fed* und FDIC den *Comptroller* offensichtlich mit einem *fait accompli* überrumpeln.

Peter Krogh zeichnete die Rechnung ab. Als sie gingen, beobachtete der Schweizer Botschafter, der gerade seinen Lunch mit dem Beamten vom State Department beendete, wie die vier im Aufzug verschwanden. Er sah auf die Uhr. Es war zu spät, um in Bern noch jemanden ans Telefon zu bekommen; er würde ein Telex schicken müssen. Wenn die Vorsitzenden des *Fed* und der FDIC mit Dr. Paul Mayer zu Mittag aßen, braute sich in der Welt der internationalen Finanzen etwas Schwerwiegendes zusammen — vermutlich gab es Ärger. Genauer formuliert, ging es hier wahrscheinlich um große Schwierigkeiten für eine große Bank, eine große amerikanische Bank.

Die Schweizer mögen keinen Ärger mit ihrer bevorzugten

Ware, dem Geld, außer sie können irgendwie Gewinn daraus ziehen. Es gehörte zu den wichtigsten Funktionen der Schweizer Botschaften in aller Welt, der Eidgenossenschaft eine überlegene Stellung zu sichern, indem sie ihrer Regierung in Bern wirtschaftliche Informationen lieferten. Ihr besonderes Augenmerk richteten sie auf jedes Vorkommnis, das den wettbewerbsfähigen Status der Schweiz als eines der hervorstechendsten Finanzzentren der Welt beeinträchtigen konnte. Sie wußten, daß die Prosperität der Schweiz von der Fähigkeit der Banken abhing, eine kontinuierliche Versorgung mit billigem Geld zu gewährleisten. Wenn die Sparer der Welt davon überzeugt waren, daß die Schweiz der sicherste Zufluchtsort auf Erden war, würden sie dort ihr Geld auch weiterhin zu drei, zu einem oder auch zu null Prozent oder noch weniger anlegen. Weil die Banken nämlich in besonders unruhigen Zeiten ihren Kunden ein oder zwei Prozent für das Privileg berechneten, ihr Geld in der Schweiz bewahrt zu wissen.

All dies erlaubte es den Schweizer Banken, billiges und oft schmutziges Geld, das sie aus dem Ausland hereinscheffelten, im Inland zu sehr niedrigen Zinssätzen zu verleihen. So konnte ein Schweizer Bürger eine Hypothek zu vier Prozent aufnehmen, während sich ein Amerikaner oder Engländer mit einem dreimal so hohen Zinssatz abfinden mußte. Viel wichtiger aber war dies: Die Schweizer Banken stellten ihren Schweizer Kunden aus der Industrie massive und zinsgünstige Kredite zur Verfügung, die wiederum solch billiges Geld dazu verwendeten, große Unternehmen in Europa, Amerika und der Dritten Welt aufzukaufen — sehr zum Leidwesen der Leute, die diese Unternehmen seit Jahrzehnten betrieben und nun mit einemmal auf der Straße standen. Oder Hoffmann-La-Roche, der Pharmariese in Basel, der seine umfangreichen Forschungs- und Entwicklungsprogramme mit der gleichen Art von langfristigen, zinsgünstigen Krediten finanzieren konnte. Damit genoß das Unternehmen einen enormen Kostenvorteil gegenüber seiner Konkurrenz in anderen Ländern, die zwei- und dreimal so hohe Zinssätze zahlen mußte, um ihre Geschäfte zu finanzieren. So war es also Hoffmann-La-Roche, die den meisten Absatz an Drogen der Nachkriegszeit, Librium und Valium, zu verzeichnen hatten, und jahrzehntelang — besonders auf dem amerikanischen Markt — abkassierten, bis 1985 die Patente endlich erloschen.

Wenn also die Schweizer Banken florierten, florierte auch die Schweizer Industrie und letztendlich das ganze Land. Den Banken ging es lange Zeit sehr gut. Das Resultat: Von allen Völkern der Erde genossen die Schweizer den höchsten Lebensstandard. Wo nun aber Amerika und seine Banken in zunehmendem Maß ihre finanziellen Zähne zeigten, war es in letzter Zeit fraglich geworden, wie lange die Schweiz noch auf Kosten der restlichen Welt so gut würde leben können.

Wenn das von ihm im Metropolitan Club beobachtete Treffen tatsächlich auf große Schwierigkeiten einer großen amerikanischen Bank hinwies, so die Schlußfolgerung des Schweizer Botschafters, konnte das nur eine gute Nachricht für die Schweizer Banken und somit auch für sein Volk sein. Dies erklärte sein Verhalten in den folgenden Stunden: In die Botschaft zurückgekehrt, setzte er persönlich ein Telex an das Politische Departement in Bern auf — so die offizielle Bezeichnung für das Schweizer Außenamt —, eine Tätigkeit, die er üblicherweise für unter seiner Würde hielt. Beim Abendessen schickte er die gewohnte Flasche Dôle zurück — ein Schweizer Rotwein, der so schwer ist, daß man nach dem zweiten Gläschen weiche Knie bekommt — und ließ sich statt dessen einen Château Mouton Rothschild, Jahrgang 1976, kommen. Die Neuigkeit verdiente gefeiert zu werden: Die hochmütigen amerikanischen Banker waren schon wieder in Schwierigkeiten; vielleicht brachen sie sich diesmal alle Knochen! In diesem Fall würden Milliarden bald wieder in die Sicherheit Schweizer Banken zurückfließen.

Der Vorsitzende des *Fed* machte sich erbötig, den Dekan und Mayer in seiner Limousine nach Georgetown zurückzufahren. Die Herren nahmen gern an und unterhielten sich unterwegs über die Redskins, die nicht nur die Ausscheidungsspiele erfolgreich absolviert hatten, sondern im Januar vermutlich auch die Super Bowl erreichen würden, sollten diese US-Meisterschaften in Palo Alto ausgetragen werden. Sie setzten Mayer an der Ecke Dent und 35th Street ab und wünschten ihm Glück.

Um acht Uhr abends war Mayer in einer PanAm-Maschine auf dem Weg nach London. Es war ihm gelungen, George Pace, den Vorsitzenden der Bank of America, zu erwischen und sich mit ihm für den nächsten Abend im »Savoy«-Grill zu verabreden. Dann ließ er sich von der offiziellen Dinnerparty entschuldigen, an der er an diesem Abend in der Botschaft der Bundesrepublik Deutschland hätte teilnehmen sollen. Maria hatte seinen Smoking umsonst gebügelt. Aber erst als Mayer den halben Weg über den Atlantik zurückgelegt hatte, erinnerte er sich der anderen, noch unerledigten Angelegenheit — des Ersuchens Sergio Dobrovskys vom *Center for Strategic and International Studies*, bei ihm vorbeizukommen. Er hatte es völlig vergessen.

2. Kapitel

Roberto Martínez, der Bruder von José Martínez senior und Onkel von José Martínez junior, der an der Universität von Georgetown studierte, hob um genau die gleiche Zeit vom Flughafen Simón Bolívar Internacional ab. Fast hätte er das Flugzeug verpaßt, denn die Straße von Caracas nach Maiquetía war wie üblich eine Katastrophe gewesen. Es war eine achtundzwanzig Kilometer lange prachtvolle Autobahn, die sich den Berg hinunterschlängelte und die zurückzulegen in den meisten anderen Ländern dreißig Minuten gedauert haben würde. In Venezuela jedoch, das vielleicht mehr schlechte Fahrer hat als jedes andere Land der Erde, brauchte man üblicherweise eine Stunde. Nicht daß etwas Besonderes los war, denn es fehlten noch zehn Tage bis zur ersten Weihnachtsmesse, bis zu dem Tag also, da die Bürger von Caracas in Massen ihre Häuser verließen, um Weihnachtslieder zu singen, während sie, wie es Brauch war, auf Rollschuhen durch die Straßen rasten und damit das normale Getümmel auf venezolanischen Seitenstraßen in totales Chaos verwandelten.

Roberto Martínez war ein mächtiger Mann in Venezuela. Als Ölminister des Landes kontrollierte er persönlich Petróleos de Venezuela — und das war nicht irgendeine Ölgesellschaft. Es war die Gesellschaft, die ein Monopol auf die Produktion von Petroleum und Petroleumprodukten besaß, deren Verkauf der Regierung von Venezuela den größten Teil ihrer Einkünfte lieferte. Die Gesellschaft wurde vor zwei Jahrzehnten ins Leben gerufen, als Venezuela sich entschloß, die Ölindustrie zu verstaatlichen und alle Ölfelder und Raffinerien aufzukaufen, die Esso und British Petroleum dort entwickelt und Venezuela damit zu einer der größten Ölmächte der Welt gemacht hatten. Obwohl sich *Petróleos* de Venezuela zur Gänze in Staatseigentum befand, war es auch eine Kapitalgesellschaft, und daher mußte das Management pro forma einmal im Jahr eine Aktionärsversammlung abhalten. Diese unterschied sich von den Aktionärsversammlungen anderer Ölgesellschaften dadurch, daß nur ein Mann daran teilnahm, nämlich Roberto Martínez, da er als Vertreter der Regierung alle Aktien besaß und daher auch alle Stimmen kontrollierte. So war sein Wort buchstäblich Gesetz, soweit es Erdöl in Venezuela betraf. Da Roberto das Öl des Landes kontrollierte und José senior die Finanzen, konnte man sagen — und viele scheuten sich nicht, es zu tun —, daß die beiden Brüder Martínez Venezuela kontrollierten; das Land stand oder fiel mit ihnen.

Daß Roberto Martínez in einer Maschine der KLM nach Zürich flog, lag in der Tatsache begründet, daß Venezuela tatsächlich abglitt, daß es in die Armut zurückglitt. Warum? Weil der Ölpreis wieder fiel. Warum? Weil, wie jeder wußte, der sich nicht scheute, die Wahrheit zu sagen, die Vereinigten Staaten von Amerika es so wollten. Tatsache war doch, daß sie schon seit Beginn der achtziger Jahre auf das Sinken der Ölpreise hingearbeitet hatten, indem sie die Nachfrage manipulierten, Lieferungen aus Nicht-OPEC-Ländern forcierten, alle Welt nötigten, auf dem Spot-Markt in Rotterdam zu kaufen, und so das Ölkartell völlig unterwanderten, dessen Mitbegründer Venezuela gewesen war. Welche Gemetzel diese Politik zur Folge hatte, wie viele Menschen in den Bergen hinter Caracas oder in den Slums rings um Mexico City Hungers starben, das kümmerte die Yankees wenig. Sie regierten die Welt, und solange der amerikanische Dollar und Wall Street weltweit das Sagen hatten, würden die Amerikaner auch weiterhin ungestraft genau das tun, was ihnen beliebte.

Bei dem Gedanken, daß Amerika wieder einmal seinen Willen durchsetzte, knirschte Roberto Martínez mit den Zähnen. Nicht gerade beliebt machte ihn diese Grimasse bei den KLM-Stewardessen, die schon die Augen verdreht hatten, als Roberto Martínez an Bord gekommen war. Der widerliche Duft seines Gesichtswassers und die Pomade, die seinen schwarzen Haaren Halt geben sollte, verrieten ihnen sogleich: ein Geschenk Gottes für die Weiblichkeit. Zumindest nach seiner Ansicht und der vieler Latinos. Seitdem er seinen Platz eingenommen hatte, verging kein Augenblick, ohne daß er ihnen einladende Blicke zugeworfen hätte. Er musterte sie von oben bis unten und von vorn bis hinten, bedachte gelegentlich eine von ihnen mit einem Lächeln und zweifelte nicht daran, daß diese Holländerinnen es nicht erwarten konnten, ihn in ihre Finger zu bekommen. Schon dieses Vorgefühl würde ihn zu einem der glücklichsten Männer auf diesem KLM-Flug gemacht haben, wären seine Gedanken nicht immer wieder zu den verdammten Yankees zurückgekehrt.

Doch dann besserte sich seine Stimmung. Keine Frage:

Wenn Venezuela — und die Brüder Martínez — mit dem Öl standen oder fielen, dann stand oder fiel Amerika mit dem allmächtigen Dollar. Durch die OPEC, seine Schöpfung, hatte Venezuela in den siebziger Jahren um ein Haar den Dollar ruiniert, gewaltig an Einfluß gewonnen und es zu einem noch nie dagewesenen Wohlstand gebracht. Die Brüder Martínez hatten dabei mitgeholfen. Als das OPEC-Kartell den Ölpreis auf vierunddreißig Dollar das Barrel hinaufgetrieben hatte, waren die Vereinigten Staaten von der Inflation erfaßt worden, der Dollar hatte schwere Einbußen erlitten, und mit ihm auch die Macht Amerikas. Das Resultat: Venezuela und die Brüder Martínez hatten in Washington Respekt gefordert und schließlich auch erworben.

Freilich, das ›Millenium‹ hatte sich kaum zehn Jahre gehalten. Und jetzt waren die Venezolaner, die Mexikaner, die Argentinier, praktisch ganz Lateinamerika, mit Ausnahme von Kuba und Nicaragua, genau wieder dort, wo sie angefangen hatten: wieder gezwungen, vom amerikanischen Almosen zu leben. Heute, bei einem Ölpreis von sechzehn Dollar fünfzig je Barrel und einem weltweit wiedererstarkten Dollar, wurden die Venezolaner von den Amerikanern wieder einmal wie der letzte Dreck behandelt! Aber wenn der große Bruder im Norden das letzte Mal kirregemacht worden war, als er die Kontrolle über eine einzige Ware, das Öl, verloren hatte, so konnte und würde er diesmal dadurch in die Knie gezwungen werden — das hatten sich Roberto Martínez und sein Bruder geschworen —, daß er die Kontrolle über eine noch viel wichtigere Ware verlor; und diese Ware hieß: Geld!

Dieser Zweck würde alle Mittel heiligen. Erst gestern abend waren die Brüder übereingekommen, daß sie, wenn nötig, auch davor nicht zurückschrecken würden, Hilfe bei Venezuelas berüchtigtstem Bürger zu suchen: bei Carlos.

Aber es war nicht Carlos, der Roberto Martínez auf dem Zürcher Flughafen erwartete, sondern ein Mann, wie er kaum in stärkerem Gegensatz zum Doyen des internationalen Terrors stehen konnte. Es war Dr. Ulrich Huber, Aufsichtsratsvorsitzender der größten Kommerzbank der Schweiz, der Schweizerischen Nationalbank, und somit das personifizierte Establishment. Von ihren gleichrangigen Zentralen in den drei bedeutendsten Städten der Schweiz aus — Zürich, Basel und Genf — gebot die Schweizerische Nationalbank über Vermögenswerte von mehr als hundert Milliarden Dollar und betrachtete sich als führende Hüterin jenes Klebstoffs, der die zivilisierte Welt zusammenhielt — das Geld der reichen Leute. Ihre Aufgabe war es, dieses Geld vor dem Zugriff des Pöbels dieser Welt zu bewahren.

Nach Ansicht des Vorsitzenden der Schweizerischen Nationalbank umfaßte dieser Pöbel selbstverständlich Terroristen wie Carlos, aber auch alle Steuereinheber, Kommunisten, Sozialisten, jeden jungen Mann mit langen Haaren und fast alle Amerikaner. Sie waren zwar Kapitalisten, aber so primitiv in ihrem Benehmen und so überheblich — so arrogant — in ihrer Einstellung, daß es Dr. Huber jedesmal den Magen umdrehte, wenn er vor ihnen einen krummen Buckel machen mußte.

Aber vielleicht würde es nicht mehr länger nötig sein, Kotau vor ihnen zu machen. Das war zumindest die stille Hoffnung der beiden Männer, als der venezolanische Ölminister und der Schweizer Bankier sich in den frühen Morgenstunden des 7. Dezember 1988 in Kloten die Hände schüttelten. Und während sie anschließend ins Hotel Baur au Lac fuhren, war es tatsächlich der Venezolaner, der darauf hinwies: Wenn sie Erfolg hatten, mochte dieses Datum sehr wohl zweimal als ›Tag der Infamie‹ in die Geschichte eingehen — zumindest soweit es die Vereinigten Staaten von Amerika betraf.

»Ich habe heute früh etwas sehr Interessantes erfahren«, schlug Dr. Huber einen ernsteren Ton an. »Von unserer Regierung. Es hat fast sicher Bezug auf unsere Pläne.«

»Mit ›interessant‹ meinen Sie hoffentlich etwas Gutes?« forschte der Venezolaner.

Paradoxerweise unterhielten sie sich in Englisch — ungeachtet der Tatsache, daß sie beide nicht nur Amerika, sondern auch England verachteten. Der Abscheu des Venezolaners war auf einen konkreten Ursprung zurückzuführen: Es war England gewesen, das viel dazu beigetragen hatte, der OPEC den Boden unter den Füßen wegzuziehen, indem es Mitte der achtziger Jahre sein Nordseeöl zu Ausverkaufspreisen auf den Spot-Markt geworfen hatte. Im Sommer 1985 hatte er, Roberto Martínez, Margaret Thatcher persönlich auf die Torheit dieser Handlungsweise hingewiesen. Er hatte hervorgehoben, daß es in Englands Interesse läge, mit der OPEC zusammenzuarbeiten und die Nordseeproduktion unverzüglich einzuschränken. Nur wenn man die Lieferungen jetzt einschränkte, ließ sich das Abrutschen des Ölpreises aufhalten und letztendlich umkehren. Die Araber, die Mexikaner, die Venezolaner, sie alle leisteten ihren Teil; alle hatten die Förderungen stark gedrosselt — unter schweren Opfern ihrer Länder. War es zuviel verlangt, wenn man auch den Engländern nahelegte, eine vernünftige Ölpolitik zu betreiben?

Sie hatte ihn nicht einmal einer Antwort gewürdigt. Statt dessen hatte sie ihn zwei Minuten später entlassen — wie einen Dienstboten, dessen Dienste man nicht mehr benötigt, aus der verdammten Downing Street hinausgeworfen! Diese Schlampe! Die Folge war, daß der Ölpreis schon wenige Monate später von einunddreißig Dollar je Barrel auf zehn gestürzt war, was Venezuela um ein Haar zugrunde gerichtet hätte.

Der Schweizer Bankier beurteilte das Volk, das auf dieser kleinen Insel vor der Küste Europas lebt, etwas differenzierter. Er mochte die Engländer grundsätzlich nicht: Sie waren faul, unordentlich und arm. Daß er die Engländer aus diesen Gründen ablehnte, stellte jedoch kein Präjudiz gegen die Angelsachsen dar. Er empfand die gleiche Abneigung gegen die Portugiesen. Und gegen die Türken. Und gegen die Syrer. Etc., etc.

»Ja«, sagte Dr. Huber, »gute Nachrichten. Gestern hat unser Botschafter in Washington ein sehr interessantes Treffen beobachtet. Die Vorsitzenden des *Federal Reserve Board,* der *Federal Deposit Insurance Corporation* und Dr. Paul Mayer nahmen daran teil.

Den besonderen Grund für diese Zusammenkunft kannte unser Botschafter nicht, aber er vermutet, es könnte bedeuten, daß eine große amerikanische Bank in Schwierigkeiten geraten ist. Er hat natürlich keine Ahnung, welche das sein könnte.«

Der Venezolaner lachte laut: »Aber wir wissen es, nicht wahr, Ulrich?«

Der Schweizer Bankier zuckte zusammen. Er hatte es nicht gern, wenn jemand ihn beim Vornamen nannte.

Der Venezolaner merkte nichts. Er griff in seine Brusttasche, nahm sein Zigarrenetui heraus, entnahm ihm eine Monte Cristo, biß die Spitze ab und spuckte sie auf den Boden der Limousine — was Dr. Hubers Unmut steigerte —, zündete sie an und füllte den Mercedes 600 mit schwarzen Rauchwolken.

»Sie sehen also«, fuhr der Bankier fort und hüstelte, »wir tun das unsrige. Und wie steht es mit Ihnen?«

»Ich habe gestern mit meinem Kollegen in Mexico City gesprochen. Er hatte zuvor mit unserem Freund in Brasilien geredet. Den Argentiniern braucht man gar nichts zu sagen. Sie sind schon vor Jahren für diese Idee eingetreten. Sie sehen also«, fügte er etwas gereizt hinzu, »ich halte mein Versprechen.«

»Aber darf ich Sie, lieber Ulrich, daran erinnern«, fuhr der Venezolaner fort, »daß ›das Ihrige‹ auch Vereinbarungen mit unseren Freunden im Osten einschließt?«

»Keine Sorge. Wir werden einen von ihnen heute beim Lunch in der Bank sehen«, antwortete Dr. Huber. In der Absicht, den Venezolaner wieder in seine Schranken zu weisen, fügte er hinzu: »In dieser Sache müssen wir alle sehr, sehr vorsichtig sein. Ich muß Sie bitten, absolutes, ich wiederhole, absolutes Stillschweigen zu bewahren, jetzt und auch in Zukunft.«

Durch den Rauch funkelte er den Venezolaner an. Er wußte,

daß es naiv wäre zu hoffen, daß ein Latino die Bedeutung des Wortes Stillschweigen begreifen konnte, aber es war einen Versuch wert.

»Selbstverständlich, selbstverständlich«, erwiderte Martínez, so als ob es kaum noch etwas gäbe, worüber man sich weniger Sorgen zu machen brauchte. Sie näherten sich der Bahnhofstraße, und von hier waren es nur mehr zehn Blocks bis zum Hotel.

»Könnten Sie mir vielleicht noch eine Frage beantworten, Ulrich: Dieser Dr. Mayer, was halten Sie von ihm? Könnte er gefährlich werden?«

Der Bankier warf einen Blick auf die Uhr. Es war acht Uhr fünfzehn, und er hätte schon vor einer Dreiviertelstunde in seinem Büro sein sollen. Er würde Martínez' Frage rasch beantworten und dann den Ölminister für die nächsten zwei Stunden los sein.

»Er könnte sehr gefährlich werden! Man kann dem Mann einfach nicht trauen. Sie wissen das vielleicht nicht, aber Mayer behauptet zwar, schwedischer Herkunft zu sein, ist aber in Wahrheit Schweizer. Alles, was er weiß, hat er hier gelernt. Ende der dreißiger Jahre kam sein Vater mit Per Jacobson aus Stockholm nach Basel. Die beiden blieben zwanzig Jahre in der Schweiz, wo sie die BIS — die *Bank for International Settlements* — leiteten, bis Jacobson nach Washington ging und den Internationalen Währungsfonds übernahm. Kurz und gut, Paul Mayer ist hier aufgewachsen. Aber nicht nur das: Nachdem er an der Universität Basel sein Doktorat in Wirtschaftswissenschaften gemacht hatte, trat er in unsere Bank in Basel ein. Er und ich, wir haben zur gleichen Zeit dort angefangen. Zuerst machte er Konjunkturanalysen. Dann wurden wir beide nach New York beordert, um dort die Kniffe unseres Geschäfts zu lernen. Später schickte man Mayer nach London, wo er am Ende unser weltweites Konsortialgeschäft leitete. Ich selbst kehrte in die Schweiz zurück.

Einige Jahre später kehrte auch Mayer wieder heim und

wurde 1971 der jüngste Generaldirektor in der Geschichte der Schweizerischen Nationalbank. Tatsache ist, er wurde mein Chef. Es war natürlich nicht allein sein Verdienst. Seine Mutter, müssen Sie wissen, war eine Wallenberg. Die Enskilda Bank in Stockholm ist in Familienbesitz, und dadurch kontrollieren die Wallenbergs seit zwei Generationen den privaten Sektor der schwedischen Wirtschaft. In allem haben sie ihre Finger drin: Schiffe, Fluglinien, Büromaschinen, Nähmaschinen und sogar Atomkraftwerke — weltweit. Dank seiner Mutter und den Verbindungen der Wallenbergs konnte der junge Paul Mayer große Geschäfte einbringen. In den Vereinigten Staaten würde man ihn einen ›Regenmacher‹ genannt haben. Die Bank wußte, was sie an ihm hatte, und zahlte ihm ein fürstliches Gehalt. Nicht, daß Paul Mayer etwas an Geld gelegen wäre. Er wußte, daß seine Mutter ihm ein Vermögen hinterlassen würde, und das tat sie dann auch. Um mich kurz zu fassen: Zwei Jahre später kündigte er. So etwas hatte es bisher nicht gegeben und hat es auch seither nie wieder gegeben.

Man hatte ihm den Posten eines Stellvertretenden Geschäftsführers des Internationalen Währungsfonds in Washington angeboten; die Verbindungen seines Vaters dürften dabei eine Rolle gespielt haben . . . Er war sechsunddreißig Jahre alt. Wäre er bei seinem neutralen Erbe geblieben — schließlich besaß er einen schwedischen Paß und wuchs in der Schweiz auf — und hätte er sich im Internationalen Währungsfonds entsprechend betätigt, niemand — und ich am allerwenigsten — hätte ihm auch nur den leisesten Vorwurf gemacht.

Doch gerade das tat er nicht. Als schließlich, nachdem Jacques de Larosière in den Ruhestand getreten war, die Spitzenposition frei geworden war, nominierte ihn die amerikanische Regierung für diesen Job, und sie sollte diese Entscheidung nicht bereuen. Wie so viele Leute von der gleichen Sorte — Kissinger und Brzezinski sind die besten Beispiele —, ist Mayer der Prototyp eines Einwanderers, der zum Superamerikaner wurde. Erst unter Larosière, dann unter Mayer wurde der Internationale Währungsfonds zu nichts weniger als dem Instrument der amerikanischen Außenhandelspolitik. Sie hielten die Schuldensituation der Dritten Welt unter Kontrolle, indem sie bereits notleidenden Ländern in Lateinamerika Sparprogramme aufzwangen, um die amerikanischen Banken zu schützen; als das amerikanische Budget völlig außer Kontrolle geriet, sagte Mayer kein Wort zu seinen Herren im Weißen Haus oder im Schatzamt. Er sprach keine Warnung aus, als auf der ganzen Welt, angelockt von den exorbitant hohen Zinsen, Kapital in die Vereinigten Staaten zu strömen begann — *unser* Kapital. Er übte nicht die leiseste Kritik, als dieses Geld — *unser* Geld — dazu benutzt wurde, Reagans immense Defizite und die amerikanische Industrie zu finanzieren, und damit in Amerika Prosperität hervorbrachte, während unser Kontinent in einen Zustand verfiel, den die Anglosachsen zynisch ›Eurosklerose‹ nannten. Was glauben Sie wohl, warum wir jetzt in Europa einunddreißig Millionen Arbeitslose haben?

Ob Mayer gefährlich ist? Unserer Meinung nach heute mehr denn je. Voriges Jahr verließ er endlich den Internationalen Währungsfonds. Fünfzehn Jahre seines Lebens, sagte er, hätte er dort verbracht, wenn ich mich recht entsinne, ›im Dienst der Welt‹, und daß es nun an der Zeit wäre, einen neuen Wirkungskreis zu finden. Im Alter von zweiundfünfzig Jahren! Das erste, was er nach seinem Ausscheiden aus dem Internationalen Währungsfonds tat, er tauschte seinen schwedischen Paß gegen einen amerikanischen. Und jetzt unterrichtet er. In Wahrheit aber arbeitet er mit Kissinger und Brzezinski und Schlesinger und einer Bande ehemals hoher Beamter der amerikanischen Regierung, sowohl Demokraten als auch Republikaner, in einem ›Forschungsinstitut‹ in Washington. Sie haben sich als Akademiker getarnt und benützen die Universität Georgetown als Deckadresse. In Wahrheit sind sie alles andere als Akademiker. Sie stehen im Geschäft, einem Geschäft, das darin besteht, daß sie gemeinschaftlich ihre Namen, ihre Verbindungen und ihre persönliche Macht einsetzen, um für die ganze Welt bedeutende Entwicklungen zu beeinflussen. Sie arbeiten sehr umsichtig über sogenannte ›*back channels*‹-Beziehungen, die nicht offen zutage treten. Seien wir doch ehrlich: Wenn Kissinger Gorbatschow anruft, kommt Gorbatschow ans Telefon. Wenn Mayer den Präsidenten der Bank von England oder den Finanzminister von Mexiko anruft, kommen sie ans Telefon, und zwar gleich. Ihr Ziel ist ganz klar: Sie wollen den *Status quo* aufrechterhalten, der es den USA ermöglicht, auch weiterhin unangefochten zu herrschen. Finanziell werden sie voll und ganz von jeder Großbank und jeder Ölgesellschaft und von der Rüstungsindustrie in den Vereinigten Staaten unterstützt.

Darum ist Dr. Mayer so gefährlich. Er gehört jetzt zu ihnen. Wenn er herausfindet, was wir vorhaben, werden er und seine Freunde die ersten sein, die uns sabotieren.«

Die Limousine hielt vor dem »Baur au Lac«. Während sich die Hoteldiener um das Gepäck des Venezolaners kümmerten, erinnerte Dr. Huber Roberto Martínez daran, daß man ihn um Punkt elf Uhr fünfundfünfzig abholen würde. Er hoffe, sagte er, der Ölminister werde dann schon in der Lobby warten.

Für Martínez war es eine lange Nacht gewesen, und er wußte, daß er sich für ein paar Stunden hinlegen sollte. Aber es fiel ihm immer besonders schwer, sich auf die Flüge von West nach Ost einzustellen. Dazu kam, daß ihn die letzten Worte des Schweizer Bankiers einigermaßen beunruhigt hatten.

Dieser Mayer: Huber hatte zweifellos recht. Martínez entsann sich seiner ersten Begegnung mit Mayer. Als Vertreter der beiden Ministerien, Öl und Finanzen, wo sie damals arbeiteten, diesen Regierungsstellen aber noch nicht vorstanden, waren er und sein Bruder ins oberste Stockwerk der Zentrale des Internationalen Währungsfonds in Washington beordert worden. Der Anlaß: Sie sollten eine verspätete Zinszahlung der zwei Milliarden Dollar rechtfertigen, die der Fonds Venezuela vorgeschossen hatte, um dem Land über eine frühere finanzielle Notsituation hinwegzuhelfen. Das war 1967, erinnerte sich Martínez. Sie waren gezwungen gewesen, sich eine halbe Stunde lang im Büro des stellvertretenden Geschäftsführers die Beine in den Bauch zu stehen, während er im anstoßenden Sitzungssaal bei irgendeinem unwichtigen Meeting den Vorsitz führte. Offenbar hatte es der Geschäftsführer selbst nicht für nötig gehalten, seine Zeit mit Venezuela zu verschwenden.

Als Mayer schließlich aus dem Saal kam, konnten die zwei Latinos nicht umhin, beeindruckt zu sein. Er war fast ein Meter fünfundneunzig groß und überragte damit sowohl Roberto Martínez als auch seinen Bruder um dreißig Zentimeter. Mayer erschien in einem tadellos geschnittenen italienischen Maßanzug, trug ein rotes Kavalierstuch in seiner Brusttasche und bewegte sich mit dem Elan eines berufsmäßigen Sportlers. Roberto Martínez entsann sich sogar seines ersten Händedrucks. Mayer hatte ihm nicht die Hand geschüttelt, er hatte sie ihm beinahe zerquetscht, zweifellos mit Absicht. Und dann, ganz überraschend, hatte er seine Gäste eingeladen, einen Drink mit ihm zu nehmen. Schließlich wäre es in Caracas jetzt halb sechs Uhr nachmittags, meinte er.

Mayer war selbst an die Hausbar in einem Winkel seines riesigen Büros gegangen und mit zwei sehr großen Gläsern Chivas und Wasser zurückgekommen. Und zwei Monte-Cristo-Zigarren hatte er auch mitgebracht. Diesen Mann mußte man doch einfach mögen!

Aber ob man ihn nun mochte oder nicht: Was Mayer in der Folge getan hatte, war unverzeihlich und eine Beleidigung Roberto und José Martínez' als Bürger und der venezolanischen Souveränität gewesen. Statt sie beim Wort zu nehmen — daß sie daheim unverzüglich Importrestriktionen verhängen und massive Änderungen in ihrer Steuer- und Geldpolitik vornehmen würden, wenn der Internationale Währungsfonds ihnen eine Gnadenfrist für die Zinszahlungen einräumte —, hatte Mayer schon Wochen danach ein ganzes Team von Fremden, einen Haufen Volkswirtschaftler, nach Caracas geschickt. Sie wären nur da, um Venezuelas Fortschritte zu überwachen, sagte er; in Wahrheit waren sie da, um zu diktieren! Steuerdefizit abbauen! Geldbedarfsentwicklung unter Kontrolle halten! Sperrzoll auf die Einfuhr von schottischem Whisky! Andernfalls würden sie, das heißt der Internationale Währungsfonds, das heißt Mayer, Venezuela den Geldhahn zudrehen.

Dieser Hurensohn!

Es hatte funktioniert. Aber das war nicht Mayers Verdienst. Venezuela hatte schon 1979 seine schlechte Finanzlage überwunden, aber nur weil — dank OPEC — der Ölpreis von zwanzig Dollar je Barrel auf vierunddreißig Dollar gestiegen und Venezuela reich an Dollars war. Es hatte nicht nur die Zinsrückstände bezahlt, sondern auch seine Schulden an den Internationalen Währungsfonds halbiert!

Doch dann war der Ölpreis wieder auf unter zwanzig Dollar je Barrel gefallen, manchmal sogar weit unter zwanzig Dollar, und Venezuela stand abermals da, wo es früher gestanden hatte. Nur daß es jetzt dem Internationalen Währungsfonds und den amerikanischen Banken, die ihn schützten, fünfmal soviel schuldete wie 1977. Und 1988 waren die Zinssätze höher. Was zur Folge hatte, daß die zu zahlenden Zinsen eine schwindelnde Höhe erreichten. Und daß Venezuela bereits zwölf Monate im Verzug war. Bei einem Ölpreis von sechzehn Dollar fünfzig je Barrel hatte Venezuela einfach keine Möglichkeit, die Zinsen zu zahlen — jetzt nicht und auch nicht in zwölf Monaten oder vielleicht auch nicht in zwölf Jahren. Fidel Castro hatte das vorausgesehen und schon vor Jahren darauf hingewiesen, daß es nur eine einzige ›Lösung‹ gab — eine einzige Alternative zu einer Revolution in ganz Lateinamerika: der Internationale Währungsfonds müsse auf *alle* Zahlungen ein zwanzigjähriges Moratorium gewähren — auf Kapitalbeträge *und* Zinsen.

Doch die amerikanischen Banken konnten das unmöglich akzeptieren. So war also ihr gehorsamer Diener, der Internationale Währungsfonds, nach Venezuela zurückgekehrt und hatte sich dort unnachgiebiger als je zuvor festgesetzt. Die Leute vom Internationalen Währungsfonds versuchten gar nicht, diplomatisch zu sein. »Visieren Sie die von uns gegebenen Wirtschaftsziele an!« hatten sie der venezolanischen Regierung vorige Woche gedroht. »Sonst bekommen Sie keinen Cent mehr. Nicht von uns, nicht von der Weltbank und auch von keiner Kommerzbank in Nordamerika.«

Gewiß, es war nicht mehr Mayer, der den Laden direkt schmiß, aber wie Roberto Martínez' Bruder ihm immer wieder in Erinnerung rief: Es war Mayer gewesen, der von Anfang an seine Leute mit der Absicht nach Venezuela geschickt hatte, dem Land seinen Weg vorzuschreiben. Dieser Hurensohn von einem Yankee! Aber nein, er war ja gar kein richtiger Yankee! Er war auch nur ein Immigrant, der sein Besuchervisum gegen die amerikanische Staatsbürgerschaft eingetauscht hatte!

Was tun, damit Mayer nicht seine Nase in diese Sache steckte?

Roberto Martínez zog einen Zettel mit einer Frankfurter Telefonnummer aus seiner Brieftasche. Er griff nach dem Telefon. Doch dann änderte er seine Absicht und wählte statt der Frankfurter Nummer eine in Caracas, die seines Bruders. In Caracas war es drei Uhr früh, und Roberto begriff, daß er einen Fehler gemacht hatte, als nicht sein Bruder, sondern seine Schwägerin den Anruf entgegennahm. Wie es schien, war José nicht zu Hause. Beide wußten, wo er steckte: in der Wohnung seiner Geliebten.

Und um José juniors Nummer in Washington zu bekommen, mußte sich Roberto erst eine zehnminütige Tirade darüber anhören, was die Brüder Martínez für Nichtsnutze seien.

»Du dumme fette Kuh!« Aber das sagte er erst, nachdem er aufgelegt hatte.

José juniors Stimme klang verschlafen, aber er war sofort hellwach, als sein Onkel ihm erklärte, was er brauchte.

»Sobald du es erfahren hast, ruf mich sofort an, José, und wenn ich nicht da bin, hinterlasse eine Nachricht bei der Telefonistin.« Er gab ihm die Nummer des »Baur du Lac« und legte auf. Dann stellte er seinen Wecker auf elf Uhr vormittag und ging zu Bett.

Als Dr. Ulrich Huber in seinem Büro in der Schweizerischen Nationalbank eintraf, rief er als erstes eines der Mädchen aus seinem Sekretariat, um die Tagesordnung durchzugehen. Das Opfer war wie üblich Hanni Graber, und wie üblich trug sie einen Pferdeschwanz, eine Frisur, die nach Ulrich Hubers Meinung an einer Frau von fünfzig Jahren lächerlich aussah.

Der erste Termin des Tages war für acht Uhr angesetzt. Jetzt war es acht Uhr siebenunddreißig.

»Wo ist also Herr Weber?« fragte Huber. »Er sollte doch längst hier sein.«

»Er war hier, Herr Doktor«, antwortete Hanni Graber. »Er hat fünfzehn Minuten gewartet und ist dann in sein Büro zurückgegangen.«

»Na, dann rufen Sie ihn an und sagen Sie ihm, er soll noch einmal herkommen. Und, Hanni, warum entschließen Sie sich nicht zu einer anderen Frisur. Dieser Zopf ist ja ein Witz.«

Tränen rollten über Hanni Grabers Wangen, nachdem sie sich ins Sekretariat zurückgeflüchtet hatte. Und es war doch so schön gewesen heute nacht. Vielleicht sollte sie ihn einmal kurz anrufen und es ihm sagen. Huber mochte Anstoß daran nehmen, wie sie ihr Haar trug, aber ihrem Freund gefiel es sogar sehr. Zu dumm, daß er in Bern wohnte und nur einmal in der Woche nach Zürich kommen konnte. Nun ja, seufzte sie, einmal in der Woche war besser als einmal im Monat. Jawohl, sie würde ihn anrufen, obwohl er sie mehrmals ersucht hatte, ihn nicht im Büro anzuläuten. Aber zuerst mußte sie dem obersten Verwaltungsbeamten die gute Nachricht zukommen lassen, daß Herr Dr. Huber eingetroffen war.

Ein nervöser Herr Weber betrat Minuten später Hubers Büro. Er hatte schlechte Nachrichten für den Chef.

»Grüezi, Herr Weber. Haben Sie die Zahlen parat?« ging Huber gleich in medias res.

»Ja, Herr Doktor«, lautete die Antwort.

»Und?«

»'sgseht nit guet us, Herr Doktor.«

Mit diesen Worten legte er ihm die Zahlen seiner Geschäftsprognose für den Jahresabschluß und die Gewinn- und Verlustrechnung der Schweizerischen Nationalbank vor. Es war der 7. Dezember und somit an der Zeit, die Verschleierungsoperationen einzuleiten — die alle Schweizer Banken um diese Zeit durchführten.

Dabei ging es um das temporäre Jonglieren mit den entscheidenden Finanzstatistiken, die im Status der Bank ihren Niederschlag fanden. Diese ›Anpassungen‹ hatten den Zweck, die Bank im bestmöglichen Licht erscheinen zu lassen, wenn die Jahresultimozahlen im Jahresbericht veröffentlicht wurden. Dahinter steckte die Absicht, den Aktionären und den Einlegern den Eindruck zu vermitteln, daß ihre Bank nicht nur sicher, sondern auch auf Wachstum orientiert war und Gewinne abwarf. Wenn ein Banker solche Tricks in den Vereinigten Staaten anwandte, würde er vielleicht nicht gerade im Zuchthaus Leavenworth, mit Sicherheit aber für einige Jährchen im Knast landen. In der Schweiz, wo die Bankgesetze locker sind und wo es keine behördliche Einlagenversicherung wie in Amerika die FDIC gibt, um die Nerven der Einleger zu beruhigen, wird es als dumm, wenn nicht gar als unpatriotisch angesehen, wenn man sich zum Jahresende nicht von seiner besten Seite zeigt. Denn wie es den Banken ergeht, so ergeht es auch der Schweiz.

Wie Huber sofort erkannte, als er den Computerausdruck überflog, waren die Zahlen für den 31. Dezember 1988 katastrophal. Mit der Bank, und daher auch mit der Eidgenossenschaft, sah es nicht gut aus.

Die Zinserträge waren stabil geblieben, die Geldbeschaffungskosten jedoch enorm gestiegen. Im Darlehensgeschäft hatten sie nicht einmal kostendeckend gearbeitet. Und ihre Vermögenswerte waren stark gefallen. Das war nun das zweite

Jahr hintereinander, daß es so aussah. Der Ertragssockel der Bank wurde in einem in ihrer Geschichte noch nie dagewesenen Tempo ausgehöhlt, und das Geld strömte in einem gleichsam unsichtbaren Run auf die Schweizerische Nationalbank aus der Tür. Und was die Sache noch schlimmer machte: Die Kapitalabwanderung aus der Schweizerischen Nationalbank wurde nicht durch die Kunden hervorgerufen, die ihr Geld an die Konkurrenz in Zürich oder Basel oder Genf transferierten und sich für den Schweizerischen Bankverein oder die Unionsbank entschieden, weil ihnen diese Institute bessere Konditionen anboten. Nein, es floß einfach aus der Schweiz ab.

In welche Richtung?

In die Vereinigten Staaten, wohin sonst? Zur Chase und zur Citybank, zur Wells Fargo und sogar zur Continental Illinois! Die Amerikaner saugten das Geld der ganzen Welt auf! Weil sie acht Prozent Zinsen boten und die Schweiz nur drei Prozent. Vor kurzem hatte jemand gesagt, daß die fünf Prozent Unterschied ausreichten, um selbst vom Mond Geld anzulocken. Der Abwanderungsprozeß wurde noch dadurch beschleunigt, daß es 1988, in der neuen Ära elektronischer Transfers, so leicht war, Gelder umzubuchen. Um zehn Uhr vormittag war es noch in Zürich; um zehn Uhr eins in New York.

Und mit welchem Resultat? Helmut Schmidt, der frühere Kanzler der Bundesrepublik Deutschland und nach Meinung vieler einer der fähigsten Volkswirtschaftler Europas, hatte es so ausgedrückt: »Die erstaunliche Erholung Reagans Wirtschaft beruht auf dem Geld anderer Leute.«

Auf Europas Geld. Auf Schweizer Geld!

Daß etwas getan werden mußte, und zwar rasch, zu diesem Schluß kam Dr. Ulrich Huber vielleicht zum hundertsten Mal. Mit dem Unterschied, daß heute, am 7. Dezember 1988, tatsächlich etwas getan werden würde.

Der Aeroflot-Flug 76 aus Moskau landete um zehn Uhr vormittags in Kloten. Unter seinen etwa zwanzig Passagieren befand sich auch ein gewisser Wladimir Dolgich. Dolgich war ein Kandidat auf die Mitgliedschaft im Politbüro, und das hieß, daß er kurz vor der Aufnahme in dieses dreizehnköpfige Gremium stand, das in der Sowjetunion regierte. Sein Chef war Nikolai Ryschkow, den Gorbatschow, kurz nachdem er 1985 an die Macht gekommen war, zum Ministerpräsidenten gemacht hatte. Zusammen lenkten Ryschkow und Dolgich die Wirtschaft der zweitmächtigsten Nation der Erde. Obwohl er nur Ryschkows Juniorpartner war, wurde Dolgich als besonders mächtig angesehen, weil er eine Doppelrolle im sowjetischen Regierungssystem spielte: Er war allein für die Energiewirtschaft, Bergbau und Metallindustrie der Sowjetunion verantwortlich — mußte aber auch regelmäßig im Ausland, vornehmlich in Osteuropa, als wirtschaftlicher ›Feuerwehrmann‹ fungieren.

Diese Mission brachte eine totale Überschneidung seiner beiden Funktionen mit sich und führte Wladimir Dolgich ohne Umwege in das Haus in der Züricher Schützengasse, das die schweizerische Niederlassung der sowjetischen Außenhandelsbank beherbergte. Sie war das Zentrum von Rußlands Finanzoperationen auf dem europäischen Kontinent. Es hatte keine offizielle Begrüßung auf dem Flughafen gegeben; der Wagen, der Dolgich in die Stadt brachte, war ein völlig unauffälliger Citroën, der Privatwagen des Bankdirektors. Auch in der Bank selbst wurde keinerlei Aufhebens von dem Besuch aus Moskau gemacht, doch seine Anwesenheit war ein Beweis für die Schlüsselstellung, die Zürich in den finanziellen Angelegenheiten der Sowjetunion im Hinblick auf die zwei hauptsächlichen Bezugsquellen von harter Währung einnahm. Denn die Schweizer Niederlassung der Außenhandelsbank der Sowjetunion tätigte alle Goldverkäufe der Sowjetunion; sie verwaltete auch den größten Teil der Einkünfte aus dem anderen bedeutenden Export Rußlands in den Westen: der Energie. Von den fünfunddreißig Milliarden Dollar im Jahr aus dem Westen entfallen über dreißig Milliarden auf diese beiden Exportgüter.

Gold und Öl: Ohne die Dollars, die sie einbrachten, würden ganze Sektoren der russischen Wirtschaft in das neunzehnte Jahrhundert zurückfallen, weil die Einfuhr von allem, angefangen von kanadischem Weizen bis zu deutschen Werkzeugmaschinen und elektronischen Bausteinen aus Finnland, nicht mehr finanziert werden könnte. Fünfunddreißig Prozent der Investitionen der Sowjetunion in neue Maschinen und Geräte, unverzichtbar, wenn das Land überhaupt wachsen sollte, kamen aus dem Westen. Wenn sich der aus dem Export von Energie und Gold ergebende Dollarertrag weiterhin verringerte, müßten solche Importe stark eingeschränkt werden, und für die Sowjetunion würde eine Periode negativen Wachstums anbrechen.

Das konnte Gorbatschow nicht zulassen. Und hatte daher persönlich Wladimir Dolgich, den Mann, der für Rußlands Öl und Gold zuständig war, nach Zürich geschickt.

Die Männer, die in der Außenhandelsbank arbeiteten, kamen auch nicht auf zehn Kilometer in Gorbatschows Nähe. Sie waren Beamte, nichts weiter. Sie stellten die Kreditbriefe aus, die den Außenhandel ihres Landes finanzierten. Sie spekulierten an Spot- und an Terminmärkten, in Dollar oder Schweizer Franken, oder Yen oder D-Mark, so wie ihre Kollegen vom Schweizerischen Bankverein oder von Chase oder Barclays, und bemühten sich, aus Geld mehr Geld zu machen. Sie planten und vollzogen den Verkauf von russischen Goldbarren auf dem Zürcher Goldmarkt und betätigten sich auch im Goldtermingeschäft in New York und Chicago, wenn sie sich entschlossen, zu nutzen, was wie ein guter Goldpreis aussah. In gewissem Sinn gingen sie dabei nicht anders vor als ein Farmer aus Iowa mit Schweinebäuchen und Sojabohnen. Und ihr Motiv war das gleiche wie das ihrer kapitalistischen Pendants: Profit.

Die Sowjetbank jedoch sollte Gewinne für Mütterchen Rußland erwirtschaften, nicht für irgendwelche anonymen Aktionäre. Und es gab einen zusätzlichen Leistungsanreiz für die

Russen, die in der Sowjetbank in der Schweiz beschäftigt waren; wenn sie keine Gewinne erzielten, würden sie nach Hause geschickt werden, wo sie Schande, wenn nicht Schlimmeres, zu erwarten hatten.

Genau die Angst davor war durch ein Telex ausgelöst worden, das die baldige Ankunft Dolgichs ankündigte. Weil sich nämlich jedermann in der Bank eines schicksalsschweren Tages im November 1984 entsann, als auch ein Mann aus dem Kreml — wenn auch kaum aus den luftigen Höhen des Politbüros — in Begleitung von sechs anderen Sowjetbürgern, nämlich vom KGB, gekommen war.

Bis zu diesem Tag hatte die finanzielle Präsenz der Russen in der Schweiz eine andere Form und einen anderen Namen gehabt. Wozchod Handelsbank AG hatte das Geldinstitut geheißen: Und es war keine Niederlassung gewesen, sondern eine, wenn auch finanziell unabhängige, Tochtergesellschaft (daher das AG) im Alleineigentum der sowjetischen Staatsbank, dem russischen Gegenstück zum *Federal Reserve Board.*

Der Chefdevisenhändler der Bank, ein Schweizer Angestellter, der stets seinen eigenen Vorteil im Auge behielt, war in seinen Bemühungen, die Gewinne für seine sowjetischen Herren zu maximieren, übereifrig gewesen und hatte sich auf eine waghalsige Spekulation eingelassen. Er war in der Hoffnung in Termingeschäfte eingestiegen, daß der Dollar fallen würde — wie das in diesem Jahr auch viele andere Schweizer Makler taten. Der Dollar jedoch erreichte seinen höchsten Stand seit zwölf Jahren. Das Resultat: Der Schweizer Devisenhändler verlor dreihundertfünfzig Millionen Dollar vom schwerverdienten Geld der UdSSR, unterließ es jedoch — zumindest erzählte man es sich so —, seinen sowjetischen Vorgesetzten davon Mitteilung zu machen. Als die Wahrheit zwangsläufig ans Licht kam, trafen kurz darauf der Mann aus dem Kreml und sechs Kettenhunde vom KGB in Zürich ein. Auf dem Rückflug der Aeroflot noch am gleichen Tag war die Zahl der mitreisenden Sowjetbürger von sieben auf zwanzig gestiegen. Die anderen dreizehn waren die Russen, die für das Gesamtmanagement der Wozchod Handelsbank AG die Verantwortung getragen hatten. Sie alle behaupteten, nichts gewußt zu haben; es war alles die Schuld dieses verdammten Schweizer Devisenhändlers!

Niemand, weder die Russen noch die Schweizer Bankenkommission, das Gegenstück zum Amt des *Comptroller of the Currency* in den Vereinigten Staaten, nahm ihnen die Geschichte ab. Es herrschte Einigkeit darüber, daß so ein abscheuliches Verbrechen — sie hatten schließlich dreihundertfünfzig Millionen Dollar verloren und den Ruf beider Länder schwer geschädigt — eine angemessene Strafe verdiente.

In einem Wäldchen in Sibirien hörte man zwei Wochen später dreizehn Gewehrsalven.

Vier Monate später, Freitag, den 1. März 1985, teilte die Schweizer Bankenkommission mit, daß die Wozchod Handelsbank AG für immer ihre Schranken schließe. Die Liquidierung der Bank im sowjetisch-schweizerischen Stil war vollzogen.

Der Chefmakler kam ungeschoren davon und bewies einmal wieder, daß es sich auszahlt, Schweizer zu sein, wenn es um Geld, insbesondere das Geld anderer Leute, und den Verlust desselben geht. Vorausgesetzt, die ›anderen Leute‹ sind Ausländer.

Als sich die neue Niederlassung der sowjetischen Außenhandelsbank — der Wneschtorgbank, wie sie in Moskau hieß — aus der Asche der alten Wozchod erhob, wurde sie von einer sehr nervösen neuen Mannschaft von sowjetischen Fachleuten geführt. Ihre Nervosität erreichte an jenem 7. Dezember eine akute Phase, denn sie wußten, daß sich 1988, so wie 1984, als weiteres katastrophales Jahr erwiesen hatte. Doch im Gegensatz zu vor vier Jahren, wo schwere moralische Probleme auszumachen waren, wußten sie, daß es diesmal nicht ihre Schuld gewesen war. Schließlich setzte die Züricher Niederlassung der Außenhandelsbank der Sowjetunion nicht den internationalen

Goldpreis fest; noch weniger konnte sie den Preis des Rohöls auf dem Weltmarkt beeinflussen. Es lag nicht an ihnen, daß der Preis von Gold und Rohöl am Zusammenbrechen war. Die Schuld hatte einzig und allein der saudische Ölminister. Schon 1986 hatte Scheich Jamani beschlossen, den anderen ölproduzierenden Ländern eine Lektion zu erteilen. Wenn sie nicht Disziplin üben, wenn sie ihre Fördermengen nicht der Marktlage anpassen wollten, um den Preis aufrechtzuerhalten, dann würde auch Saudi-Arabien das nicht tun. Zu lange schon hatte es zum eigenen Schaden den Bremser gespielt. Und so hatte Jamani die Fördermenge in Saudi-Arabien auf vier Komma fünf Millionen Barrel pro Tag verdoppelt — trotz der bereits bestehenden Ölschwemme. Doch statt ein paar Dollars nachzugeben, womit bewiesen gewesen wäre, daß Jamani recht hatte, war der Preis zusammengebrochen, war in wenigen Wochen von einunddreißig Dollar auf unter zehn Dollar gefallen. Daß damit auch Rußlands Dollareinkommen zusammengebrochen war, lag nicht an ihnen. Konnten sie etwas dafür, daß, während sich all dies auf der Einkommenseite abspielte, ihre Dollarausgaben höher als je zuvor in der Geschichte der Sowjetunion gewesen waren? Wer konnte voraussehen, daß sie 1988 soviel Weizen würden kaufen müssen?

Schon möglich, daß sie das nicht hatten voraussehen können, aber die Folge aller dieser verhängnisvollen Entwicklungen konnten die Herren in der russischen Bank in der Schützengasse sehr wohl voraussehen: daß die Sowjetunion Ende 1988 ohne einen Dollar dastehen würde.

Also mußte etwas getan werden, und zwar rasch. Und das war es wohl, was einen hohen sowjetischen Funktionär veranlaßt haben mochte, nach Zürich zu kommen, eine vage Einladung anzunehmen, die Dr. Ulrich Huber von der Schweizerischen Nationalbank erst vor fünf Tagen ausgesprochen hatte. Und darum war jeder einzelne Angestellte der Niederlassung der sowjetischen Außenhandelsbank ernstlich ermahnt worden, über die ganze Sache Stillschweigen zu bewahren.

Was sie ohnehin getan hätten. Denn sie hofften: Wenn Wladimir Dolgich Erfolg hatte, erlaubte man ihnen vielleicht, weitere drei oder vier Jahre in Zürich zu bleiben und sich an Scotch, Schweizer Geschnetzeltem und deutschen Pornofilmen gütlich zu tun.

Der Speisesaal der Führungsspitze der Schweizerischen Nationalbank unterschied sich in nichts von Speisesälen für Bankpräsidenten und Generaldirektoren in London, New York oder Frankfurt. Sie alle hatten eine Menge Bäume das Leben gekostet: Eichen, soweit es amerikanische oder englische Banken betraf, Nußbaum bei der Einrichtung Schweizer oder deutscher Elitekantinen.

Auch die Gespräche, die in diesem mit Nußbaumholz getäfelten Speisesaal in Zürich geführt wurden, unterschieden sich in nichts von solchen in anderen Städten. Sie hatten ein einziges Thema zum Inhalt, nämlich das Geldverdienen auf Kosten anderer. Es gab allerdings einige wenige Eigenarten der Schweizer Gnomen, durch die sie sich von den übrigen Banken der Welt abhoben. Eine davon war ihre Unverblümtheit. Die Schweizer hielten es nicht für nötig, über das Wetter zu plappern oder über die Araber oder die Concorde, wie das die englischen Bankiers taten. Oder über Golf zu reden — Haben Sie schon einmal auf diesem Golfplatz in Schottland gespielt? Oder dem in Palm Springs? — wie die Amerikaner. Nein, die Schweizer kamen gleich zur Sache.

So begann also Dr. Ulrich Huber, nachdem er Roberto Martínez aufgefordert hatte, zu seiner Linken, und Wladimir Dolgich zu seiner Rechten Platz zu nehmen, und nachdem das Horsd'oeuvre, das, wie in Zürich so oft, aus Bündnerfleisch und Prosciutto bestand, aufgetragen worden war, unverzüglich mit seinem Eröffnungsmanöver. Er gebrauchte einfache Worte, um dem Russen jede Gelegenheit zu geben, auch zu verstehen, was er sagte. Er tat dies nicht nur, weil es sich für die Gäste um eine Fremdsprache handelte; er tat es vornehmlich darum, weil er die Russen für noch beschränkter hielt als die meisten Ausländer.

»Wir haben beide Liquiditätsprobleme, Mr. Dolgich.«

Pause.

»Und wir wissen, was diese Probleme geschaffen hat: die Steuer- und Geldpolitik der Vereinigten Staaten in den vergangenen acht Jahren.«

Pause.

»Die Amerikaner haben ihre Zinssätze so hoch gehalten, daß die ganze Welt auf Dollar umgestiegen ist. Auf Dollar-Depositenguthaben, auf Dollar-Obligationen, auf Dollar-Aktien. Auf Dollar.«

Pause.

»Sie sind aus Schweizer Franken, Schweizer Depositenguthaben, Schweizer Obligationen, Schweizer Aktien ausgestiegen.«

Pause.

»Die Leute haben sich auch nicht in Gold engagiert. Aus dem gleichen Grund. Es ist Ronald Reagans Politik, die die Regierung der Vereinigten Staaten nötigt, sich auch weiterhin riesige Summen zu leihen; dadurch werden die Dollars knapp und natürlich auch teuer. Wenn die Regierung der Vereinigten Staaten bereit ist, jedem, der ihr Geld leiht, acht Prozent Zinsen zu zahlen, warum sollten unsere Kunden — unsere früheren Kunden, sollte ich vielleicht besser sagen — ihr Geld auch weiterhin in Gold anlegen, wenn sie nichts dafür bekommen? Oder in Schweizer Franken, die nur mit drei Prozent rentieren?«

Pause.

»Also ziehen die Leute auch weiterhin ihr Geld ab. Aus unseren Banken und Ihrem Gold.«

Der Russe aß sein Bündnerfleisch.

»Wir müssen unseren Kunden eine Lektion erteilen. Daß Habgier allein nicht reicht. Und auch den Amerikanern muß eine Lektion erteilt werden. Daß sie dem Rest der Welt nicht mehr die lange Nase zeigen können. Daß sie den Weltpreis von Geld oder Gold oder Öl nicht mehr einseitig bestimmen können.«

Als der Russe das Wort ›Öl‹ hörte, hielt seine Hand mit der Gabel zum Mund inne.

Der Bankier spürte, daß dies der geeignete Augenblick für sein entscheidendes Argument war.

»Mein lieber Dolgich, wenn wir Erfolg haben, könnte das sehr wohl unser Liquiditätsproblem, Ihr Liquiditätsproblem und das unseres venezolanischen Freundes lösen. Und das läge doch in unser aller Interesse.«

»Erklären Sie es ihm«, forderte er Roberto Martínez auf.

Das Hauptgericht — geschnetzeltes Kalbfleisch Zürcher Art und Rösti —, begleitet von einem gutgekühlten St. Saphorin, war serviert und abgetragen worden, aber der Venezolaner redete noch immer. Er verstummte erst, als der Crème Karamel und Kaffee kam.

Wladimir Dolgich saß immer noch da — und trank seinen Kaffee.

Zehn Minuten später verließ der Russe die Schweizerische Nationalbank. Um fünf ging er an Bord einer Aeroflot-Maschine, um den Rückflug nach Moskau anzutreten. Der Venezolaner und sein Mitverschwörer hatten ihn in Versuchung gebracht. In große Versuchung. Aber etwas störte ihn. Wollten sie ihn reinlegen?

Etwa zu der Zeit, da die Aeroflot-Maschine auf dem Seremetjevo-Flughafen in Moskau landete, stieg José Martínez junior in Georgetown aus dem Bett. Ein kurzer Blick auf seine mit Diamanten besetzte Rolex sagte ihm, daß es zwei Uhr nachmittags war; mit einem Wort, die übliche Zeit, sich zu erheben.

Die meisten Studenten wohnten in einiger Entfernung vom Universitätsgelände, denn auf dem Campus reichten die Plätze in den Wohnheimen nicht aus. Sie wohnten im Souterrain alter und sehr kleiner Häuser in Georgetown, die noch zu Beginn der fünfziger Jahre um zwanzigtausend Dollar zu haben waren. Jetzt wurden sie mit zehn- oder zwanzigmal soviel gehandelt. Aber trotz der Preissteigerungen blieben die Kellerwohnungen die gleichen elenden Löcher, die sie immer schon gewesen waren; der einzige Unterschied bestand darin, daß die Mieten jetzt sechshundert Dollar im Monat betrugen.

Aber doch keine Kellerwohnung für José Martínez junior! Er logierte in einer mit zwei Schlaf- und zwei Badezimmern ausgestatteten Suite in einem der vornehmsten Wohnhäuser der Stadt, den Georgetown Arms. Zu den Annehmlichkeiten gehörte ein das ganze Jahr über geheizter Swimmingpool und Personal. Die Suite kostete José Martínez senior zweitausend Dollar im Monat, was José junior jedoch kaum beunruhigte.

José junior entschied, daß die »Tombs« der geeignete Ort waren, seinen Auftrag in Angriff zu nehmen. Dort würde er alle seine Kumpel treffen. Und zweifellos würde einer von ihnen wissen, wie er an die Information gelangen könnte, die sein Onkel haben wollte. Daß der alte Knacker ihn aus Zürich angerufen und fast flehentlich gebeten hatte, ihm zu helfen! Mensch, das sollte doch wohl einen Jaguar wert sein oder gar einen Ferrari, wenn er mit seinen Bemühungen Erfolg hatte. Zur Abwechslung begann José Martínez junior diesen akademischen Tag durchaus motiviert.

Für die Studenten in Georgetown sind die »Tombs« das, was »Maury's« für die angehenden Akademiker der Universität Yale oder die »Nassau Tavern« für die von Princeton ist: *der* Treffpunkt. Das Lokal befand sich an der Ecke der 36th Street und Prospect, genau gegenüber dem Gebäude, das früher die *School of Foreign Service* beherbergte, und *unter* dem »1789«, einem der besseren Restaurants Washingtons. Anders als die meisten Etablissements dieser Art rühmen sich die »Tombs« einer ausgezeichneten Küche und bieten ihren Gästen weder Budweiser noch Coors, sondern Heineken-Faßbier.

Es war halb drei Uhr nachmittags, und an dem großen Tisch hinten saßen wie gewöhnlich José juniors Freunde. Da es der

8. Dezember war und somit die Zeit der Semesterprüfungen, saßen die meisten Studenten in den Hörsälen oder in der Lauinger Bibliothek. Nach alter lateinamerikanischer Tradition schätzten die Jungs aus Brasilien, Argentinien und Venezuela solch unziemliches Betragen so lange gering, bis es unbedingt nötig war und unaufschiebbar. Dann heuerten sie die besten Repetitoren an, um die Prüfungen schließlich mit knapper Not zu bestehen.

Man mußte eine Durchschnittsquote von zwei Komma null erreichen, wenn man nicht aus Georgetown hinausgeworfen werden wollte — selbst wenn man ein guter Basketballspieler war. Die Durchschnittsnoten der jungen Herren an diesem Tisch in den »Tombs« lagen bei zwei Komma eins, wie sie sich — jeder mit viel Mühe — ausgerechnet hatten. Mit anderen Worten: ziemlich perfekt. Was schadete es also, wenn ihre Zeugnisse furchtbar aussahen? Es würde sie sowieso keiner anschauen. Ihre Eltern, die das ihrige getan hatten, um sie immatrikulieren zu lassen, würden ebenso sicher dafür sorgen, daß sie ihr Studium erfolgreich beendeten, und wenn sie an den Papst appellieren müßten; schließlich war Georgetown eine von den Jesuiten betriebene Hochschule. Sie würden ebenfalls dafür sorgen, daß ihre Kinder einen ordentlichen Job in einer der Banken oder Handelsgesellschaften bekamen, die sie entweder daheim oder in New York oder Europa kontrollierten.

Wozu sich also den Arsch aufreißen?

Nachdem José junior am Tisch Platz genommen hatte, stiftete er zunächst eine Runde Heineken-Faßbier für seine Kommilitonen.

»Kennt einer von euch zufällig jemanden vom Büro des Dekans?« fragte er. »Intim, meine ich.«

Alle kannten Jan. Intim. Sie bediente das Telefon in der *School of Foreign Service* und bereitete sich ebenfalls auf eine Karriere im Ausland vor, indem sie Spanisch und Portugiesisch auf die angenehme Art studierte, nämlich in allerhand verschiedenen Betten.

»Ist sie jetzt im Dienst?«

Allgemeines Achselzucken.

Es gab eine Telefonzelle neben der Treppe, die von der 36th Street zum Restaurant hinunterführte. José junior wählte die Nummer 625-4216, und eine Stimme meldete sich: *»School of Foreign Service,* Büro des Dekans.«

»Jan?«

»Ja.«

»José Martıez.«

»He, José, hab schon lange nichts mehr von dir gehört. Aber mach schnell, der Dekan treibt sich heute schon den ganzen Tag im Büro herum.«

»Was hältst du von einem Dinner heute abend bei mir?«

»Ich würde lieber auswärts essen. Italienisch.«

»Okay. Wie wäre es mit ›Tiberio's‹?«

»Tiberio's« war das teuerste italienische Restaurant in einem Umkreis von zweihundert Meilen.

»Ich hole dich um sieben ab«, sagte José, ohne auf eine Antwort zu warten. Und dann: »Ob du mir wohl einen kleinen Gefallen tun könntest?«

»Na klar. Aber sagen wir lieber halb acht.«

»Kein Problem. Hör mal, könntest du vielleicht Professor Paul Mayer für mich aufspüren?«

»Was meinst du mit ›aufspüren‹?«

»Na ja, wo er wohnt und wo er zu finden ist.«

»Das dürfte ich eigentlich nicht tun.«

»Das geht schon in Ordnung, kannst mir glauben. Mein Dad will ihm nur etwas schicken.«

»Na gut. Vielleicht. Also um halb acht.«

Die Rechnung im »Tiberio's« belief sich auf hundertfünfundneunzig Dollar.

Nach einer Lektion Spanisch für Fortgeschrittene war Jan ihm auch in der anderen Sache zu Diensten, die José von ihr wollte. Professor Mayer wohnte 3514 Dent Place. Aber er war jetzt nicht da. Sie hatte dem Dekan heute nachmittag einen

Schrieb überbracht und auf Antwort warten müssen, während er ein Telefongespräch führte, in dessen Verlauf er dem Anrufer mitteilte, daß Professor Mayer nach London geflogen sei, den Rest der Woche dort verbringen und vermutlich über die dortige Niederlassung der Bank of America zu erreichen sein würde.

José junior belohnte sie großzügig, indem er ihr die venezolanische Stellung beibrachte, die bald große Mode in Georgetown werden sollte, zumindest in jenem Teil von Georgetown, der in wenigen Minuten zu Fuß zu erreichen war.

Als er Jan endlich losgeworden war, rief José junior die Nummer in Zürich an, die er von seinem Onkel bekommen hatte. Er war nicht da. Aber so wie ihm aufgetragen worden war, setzte er die Telefonistin von allem in Kenntnis, was er über den Aufenthalt von Professor Mayer erfahren hatte und schärfte ihr ein, die Nachricht unverzüglich im Brieffach seines Onkels zu deponieren.

3. Kapitel

Nach dem köstlichen Lunch in der Schweizerischen Nationalbank kehrte Roberto Martínez ins »Baur au Lac« zurück und beschloß, ein Schläfchen zu halten. Nicht ganz ohne die Wirkung der zwei Kirschwasser, die er sich zum Kaffee genehmigt hatte, dauerte sein Nickerchen bis in den Abend des 7. Dezembers 1988 hinein. Da es nach Schweizer Begriffen schon spät war und sich draußen ein Wirbelsturm zusammenzubrauen schien, beschloß der Venezolaner, im Hotel zu bleiben und allein im Grillroom zu dinieren, das erste Mal seit Jahren, daß er allein speiste. Er war daher trüber Stimmung, die allerdings durch eine Flasche des ausgezeichneten, unter dem »Baur au Lac«-Etikett abgefüllten weißen Burgunders aufgehellt wurde, die der Mahlzeit eine besondere Note verlieh.

Es war schon fast elf, als er das letzte Mal einen Blick in sein Fach warf und die Nachricht seines Neffen vorfand. Seine Stimmung besserte sich zusehends. Er ging sofort auf sein Zimmer und griff nach dem Telefon. Jetzt würde er diese Nummer in Frankfurt anrufen.

Er wählte die Nummer, legte aber dann abrupt auf, noch bevor die Verbindung zustande gekommen war.

Das wäre nicht sehr klug gewesen, sagte er sich. Die Spezialabteilung der Schweizer Polizei, deren Aufgabe es war, die Ausländer zu überwachen — die berühmte Fremdenpolizei —, hatte das »Baur au Lac« zweifellos vom Dach bis zum Keller mit Wanzen gespickt. Und wenn das nicht, würden sie zumindest täglich eine Liste aller Anrufe bekommen, die vom Hotel aus getätigt wurden. Diese Frankfurter Nummer war das letzte, was sie bekommen sollten — von ihm bekommen sollten. Wenn die Schweizer Polizei Nachforschungen anstellte und die Leute in Frankfurt herausbekamen, wie die Behörden auf sie gestoßen waren, dann würde er, Roberto Martínez, ohne Zweifel schon sehr bald ein sehr toter Mann sein.

Sollte er den Anruf überhaupt machen?

Er betrachtete noch einmal den Zettel mit der Nummer. Sie war seinem Bruder — persönlich — von einem von Carlos' Vettern gegeben worden, der in Caracas lebte und sich im schlechten Ruf seines berühmten terroristischen Verwandten sonnte. Wenn er sich nicht gerade sonnte, arbeitete er als Beamter im Finanzministerium, das Robertos Bruder unterstand.

Der venezolanische Ölminister zog seinen Mantel an. Warum es nicht so machen, wie man es immer im Film sah?

Ein paar Minuten später verließ er das »Baur au Lac« und wandte sich zur Bahnhofstraße. Es war elf Uhr zehn abends, und Zürich war tot. Ein Blick zum See hinunter und dann zum Paradeplatz hinauf; kein Lebewesen war zu sehen. Aber auch keine Telefonzelle. Und jetzt kam ein Wind vom See auf und drückte die Temperatur unter den Gefrierpunkt. Es begann zu schneien.

Wie sich seine Position seit den guten alten Zeiten, noch vor wenigen Jahren, doch verändert hatte, dachte Martínez verbittert. Wenn ein Ölminister wie er damals in die Schweiz gekommen war, dann mit einem Gefolge von einem Dutzend Personen, einschließlich Pressesprecher und Leibwache. Er und seine Kollegen aus Riad und Kuwait und Teheran waren die Herren der Energiewirtschaft gewesen und damit der Mittelpunkt des Weltwirtschaftsgetriebes. Er und seine Kollegen hatten die Schweizer auf ihre Drahtesel zurückverbannt, nachdem in der Schweiz, um Energie zu sparen, das Sonntagsfahrverbot für Motorfahrzeuge erlassen worden war.

Wie anders jetzt alles war! Keine Presseleute, die sich um ihn drängten, seinen Worten begierig lauschten und jede seiner Gesten filmten. Kein Gefolge. Nicht einmal ein Leibwächter, der eine Telefonzelle für ihn gesucht hätte. Oder zumindest ein Taxi, das ihn zu einer Telefonzelle gebracht hätte, bevor er erfror.

Jetzt waren es die Schweizer, die ihm ein Verkehrsmittel versagten.

Schon wollte Martínez abermals reagieren, als endlich — vielleicht war es ein gutes Omen — ein Taxi auftauchte, ein großes, gut geheiztes Taxi mit einem englischsprechenden Fahrer namens Uri, der eine Kneipe in der Altstadt kannte, wo es einen Münzfernsprecher gab.

Zehn Minuten später, nachdem er Uri angewiesen hatte, vor dem Lokal zu warten, das »Zum Ochsen« hieß, saß er an der Theke und nippte an einem Schweizer Bier, das in einer großen braunen Flasche mit dem Etikett der Feldschlößchenbrauerei serviert wurde. Es schmeckte wie warmer Sirup. Nach einer, wie ihm schien, angemessenen Zeit erkundigte er sich nach dem Telefon; der Kellner deutete auf einen Gang, der zur Herrentoilette führte.

Eine Frau meldete sich in Frankfurt. Sie sprach fließend Englisch. Sie wußte, wer Martínez war. Sie wies ihn an, zu der Zellenreihe von Münzfernsprechern im Zürcher Hauptbahnhof zu gehen, gleich links beim Eingang vom Bahnhofsplatz aus. Die Zelle, wo er angerufen werden würde, wäre die letzte der Reihe von zehn; die Nummer war (01) 797-4422. Ob er wohl in einer halben Stunde dort sein könnte?

Er könnte.

Sie legte auf.

Es lief alles wie im Kino.

Roberto Martínez war so zufrieden mit sich, daß er sich einen Scotch genehmigte, ihn herunterstürzte, dann einen zweiten bestellte, den er langsamer trank, während er periodisch auf die Uhr sah. Nach einer Viertelstunde zog er wieder seinen Mantel an und trat in die kalte Schweizer Nacht hinaus, wo sein getreuer Fahrer Uri mit laufendem Motor und eingeschalteter Heizung auf ihn wartete.

Um Mitternacht war der Zürcher Hauptbahnhof ebenso verlassen wie die Straßen der Stadt. Alle Telefonzellen waren leer. Als der Anruf kam, klang das Läuten so schrill in der eisigen Leere des Bahnhofs, daß sich Martínez zum zweiten Mal an diesem Abend versucht fühlte, Reißaus zu nehmen.

Statt dessen nahm er den Hörer ab, um dem Schrillen ein Ende zu machen. Er meldete sich, und die Stimme — diesmal war es eine männliche — wies ihn auf Spanisch an, am nächsten Tag zu Mittag im dritten Stock des Kunstmuseums in Basel zu sein. Wo die Holbeins hingen.

Frankfurt legte auf, ebenso abrupt, wie die Frau es das erste Mal getan hatte.

Uri brachte seinen lateinamerikanischen Fahrgast in weniger als fünf Minuten ins »Baur du Lac« zurück. Er verlangte zweihundert Franken für die Fahrt.

Der Portier informierte Martínez, daß es einen Zug gab, der Zürich im 10 Uhr 48 verließ und um 11 Uhr 56 in Basel eintraf, und daß es mit dem Taxi höchstens sieben Minuten bis zum Kunstmuseum waren.

Ob er sich auch die Picassos ansehen wollte?

»Nein«, antwortete der Venezolaner, »die Holbeins.«

Der Portier nickte beifällig. Offenbar waren doch nicht alle Lateinamerikaner Barbaren.

Von dem Gedanken befriedigt, daß er auch *sans entourage* immer noch so erfolgreich agieren konnte wie eh und je, schlief Roberto Martínez bereits zehn Minuten später unter der Daunendecke, wie eines der besten Hotels der Welt sie seinen Gästen zur Verfügung stellte.

In einem Zimmer in einem Haus, zwei Blocks vom Frankfurter Hauptbahnhof entfernt, in einem Viertel, wie es in der Stadt kaum ein schäbigeres gab, lagen der Mann und die Frau, mit denen der Venezolaner gesprochen hatte, im Bett, schliefen aber noch nicht. Sie debattierten über das Risiko, das er einging, wenn er den Frühzug nach Basel nahm, um sich mit dem Venezolaner zu treffen. Es wäre ein Wahnsinn, meinte sie, die Grenze zu passieren und Gefahr zu laufen, von der Grenzpolizei oder einem Zollbeamten erkannt zu werden. Es stünde einfach nicht dafür.

Doch, widersprach er, er brauche das Geld.

»Schau dir doch diese Bruchbude an«, sagte er. »Weit ist es gekommen mit Carlos Ilich Sánchez!«

Er schwieg eine Weile.

Dann: »Sie verbreiten Gerüchte, ich wäre tot. Wenn ich diese Sache nicht schaukle, wäre ich vielleicht wirklich besser tot.«

»Red doch kein dummes Zeug«, rügte sie ihn und fragte dann: »Warum hilft Gaddafi dir nicht weiter?«

»Vielleicht weil ich kein Araber bin. Vielleicht weil ich alt werde. Wer kennt sich bei diesem Mann schon aus? Er ist verrückt. Aber wenigstens hat er mir meine Villa nicht weggenommen. Obwohl er sie überhaupt nicht mehr pflegen läßt. In ein paar Jahren wird sie aussehen wie dieses Loch hier. Außer ich verschaffe mir Geld und lasse sie auf meine Kosten herrichten.«

»Von wieviel Geld redet der Venezolaner?«

»Fünf Millionen Dollar.«

Sie war beeindruckt.

»Wenn etwas draus wird, könnten wir nach meiner Rückkehr ein Appartement im Frankfurter Hof nehmen.«

Sie kicherte.

»Aber es ist nicht nur das Geld«, fuhr Carlos fort. »Wir brauchen eine neue Richtung, und der Venezolaner könnte sie uns weisen.«

»Wieso eine neue Richtung?«

Weil, erklärte ihr Carlos, sie mit der alten nicht weiterkamen. Er hatte erkannt, daß sie schon seit Jahren den falschen Weg eingeschlagen hätten. »Wir erleiden Schiffbruch, und ich werde einfach zu alt, um mir noch mehr Fehlschläge leisten zu können.«

Carlos war jetzt einundsechzig. Jahrelang hatte er, von der Welt vergessen, seine Tage zumeist in der zunehmend baufälligen Villa am Stadtrand von Tripolis zugebracht. Der Schiffbruch, von dem er sprach, bezog sich auf den ›neuen‹ Euroterrorismus, der sich Ende der siebziger Jahre ausgebreitet hatte. Es war seine Idee gewesen, seine letzte große Idee, und im Frühjahr 1977 war er persönlich von Libyen nach Frankfurt gereist, um die Rote-Armee-Fraktion zu überzeugen, daß sie darin ihre Mission erblicken sollte.

Es gab einfach keine Möglichkeit, die europäische Gesellschaft, in diesem Fall die Gesellschaft der Bundesrepublik Deutschland, solange ihre Regierung von den Mächten kontrolliert wurde, die sich in der NATO zusammengeschlossen hatten, davon abzubringen, für den Privatbesitz der Produktionsmittel einzutreten. Man müßte die Bindung der Bundesrepublik an die NATO sprengen; dann würden die Ketten zerreißen, die Westdeutschland an den Kapitalismus fesselten, dann würde sich das Tor zu einer Verständigung mit dem Osten öffnen. Wenn Deutschland diesen Weg ging, würde der Rest der Allianz folgen.

Um aber die Allianz lahmzulegen, mußte man den Willen

der Führungskräfte in Deutschland brechen, die hinter der NATO standen, weil sie am meisten davon profitierten. Damit waren nicht nur die Generäle gemeint, sondern die deutschen Industriekapitäne, die den Generälen die Waffen lieferten, und die Banken in Frankfurt und Düsseldorf, die die Rüstungsindustrie finanzierten.

Man durfte auch die Richter nicht übersehen, denn sie waren es, die das kapitalistische Raubzeug schützten, das die Umwelt zerstörte und die deutschen Wälder meuchelte. Sie waren es, die eine Rechtsordnung aufrechterhielten, die darauf abzielte, dem Besitz einen höheren Stellenwert zuzuordnen als der Menschenwürde, ein System, das es fast zustande gebracht hätte, die deutsche Seele zu verderben, indem es am Rhein eine Konsumgesellschaft schuf, in der dem deutschen Volk eingeredet wurde, daß die Erfüllung nicht so sehr in der Kontemplation von Goethes Worten, im Sichversenken in Bachs Musik oder Marx' Ideen lag, sondern darin, Kühlschränke zu kaufen, einen Mercedes zu fahren oder Urlaub in Spanien zu machen.

Dieser gleichermaßen militärische, industrielle, finanzielle und rechtliche Komplex, der all dies bewirkt hatte, war das Ziel. In Deutschland würden sie den Anfang machen. Bald würde ganz Europa einbezogen werden. Vom Atlantik bis zur Elbe wäre kein Bankier, Industrieller oder General mehr sicher. Sie alle würden Freiwild sein. Ja, wenn die RAF in der Bundesrepublik Erfolg hatte, das hatte Carlos ihnen zugesagt, würde er persönlich sicherstellen, daß die gleiche Methodologie auch in Frankreich, in Italien, in Belgien — wo immer nötig — angewandt werden würde.

Wenige Monate später, im Sommer 1977, wurde die neue Weise des Vorgehens erstmals praktiziert.

Die erste Zielscheibe war einer von Deutschlands führenden Bankiers, Jürgen Ponto, Vorstandssprecher der Dresdner Bank. Warum Ponto? Weil die deutschen Banken, vor allem die zwei größten, die Deutsche und die Dresdner, nicht nur dem militärisch-industriellen Komplex Kredite gewährten, sondern auch Hauptaktionäre der Unternehmen waren, die das Herz des Systems darstellten. Wenn man die Großbanken angriff, erschütterte man das Fundament des Systems und zerstörte es schließlich auch.

Hanns Martin Schleyer, Präsident der Bundesvereinigung der deutschen Arbeitgeberverbände, der mächtigsten und einflußreichsten Gruppierung von »Kapitalisten« in der Bundesrepublik, war im Oktober 1977 das nächste Opfer gewesen.

Im Jahr darauf töteten sie einen von Berlins höchsten Richtern, der einige ihrer Kameraden von der RAF hinter Gitter gebracht hatte, und taten damit der deutschen Justiz kund, daß in der dekadenten Gesellschaft der Bundesrepublik keiner mehr gefeit war.

Ein Jahr danach kamen sie dem eigentlichen Kern der Sache noch näher. Sie versuchten, General Alexander Haig, den Oberbefehlshaber der NATO, auf seinem Weg ins Hauptquartier in Brüssel in die Luft zu sprengen. Aber diesmal klappte es nicht. Sie hatten sich um fünf Sekunden verrechnet.

Tatsächlich gelang es den Euroterroristen erst 1985, einen General zu ermorden. Das Opfer, General René Audran, war Frankreichs Waffenhändler — der Mann, der im Auftrag des französischen Verteidigungsministeriums Saudi-Arabien mit Mirage-Flugzeugen belieferte und den Irak und Argentinien mit Exocet-Raketen. Sie erledigten ihn mit einem Maschinengewehr vor seinem Haus im Pariser Vorort La-Celle-Saint-Cloud. Und diesmal taten sie alles, um die Welt wissen zu lassen, daß die terroristische Malaise ganz bewußt und koordiniert verbreitet wurde; daß dieser Mord das Ergebnis eines Gemeinschaftsunternehmens war, an dem sich die deutsche RAF, die französische Action Directe und die belgischen Cellules Communistes Combattantes beteiligt hatten.

Einige Wochen später betraten Angehörige der gleichen Gruppierung das in einem Vorort von München gelegene Haus von Dr. Ernst Zimmermann, als dieser gerade ins Büro fahren wollte. Sie fesselten ihn, legten ihn auf das Ehebett und »exekutierten« ihn mit einem Kopfschuß; Ingrid, seine Frau, mußte zusehen. Was er verbrochen hatte? Er war Vorstandsvorsitzender der Motoren- und Turbinen-Union, des führenden Unternehmens der deutschen Raumfahrtindustrie. Zimmermann, beziehungsweise seine Gesellschaft, lieferte die Motoren für den deutschen ›Leopard‹-Panzer und den Jagdbomber ›Tornado‹ der NATO. Darum mußte er weg.

Und so weiter.

Das »Wall Street Jornal« faßte die Lage in Europa im Jahre 1988 mit der Feststellung zusammen: »Jedes große Tier in der Industrie oder im Finanzwesen hat Angst, ausgelöscht zu werden.« Und weiter: »Und um genau das geht es ja den Terroristen: Sie wollen dem Feind Angst einjagen.«

Aber obwohl die Angst gegenwärtig war, zeigte sie sich mehr im Privatleben der großen Tiere, zwang sie, ihre aufwendige Lebenshaltung einzuschränken und sich in der Öffentlichkeit weniger sehen zu lassen. Was aber ihre allbekannte Bindung an die NATO und den Westen betraf, die blieb völlig intakt.

So führte also die neue Taktik zu nichts. Aber nicht nur das: Auch die alte Taktik — die europäischen Politiker einzuschüchtern — erwies sich in zunehmendem Maße als wirkungslos.

Also regierten in Deutschland die Christdemokraten unter Helmut Kohl trotz der bedrohlichen Präsenz der RAF immer noch so erfolgreich wie früher unter Adenauer und Erhard. Wenn diese Präsenz überhaupt etwas bewirkte, so half die Gleichsetzung des Terrors in der Bundesrepublik mit der extremen Linken den Konservativen, an der Macht zu bleiben, denn die CDU/CSU wurde von den meisten Deutschen als stärkeres Bollwerk gegen den Terror auf den Straßen angesehen als die Sozialdemokraten, von den Grünen ganz zu schweigen.

In England waren immer noch Margaret Thatcher und ihre konservative Regierung am Ruder. Daran hatte auch der Versuch der irischen Terroristen nichts geändert, sie und ihr ganzes Kabinett in jenem Hotel in Brighton, wo alle zum Jahreskonvent ihrer Partei zusammengekommen waren, in die Luft zu sprengen. Trotz jahrzehntelangem Terror von links und rechts, trotz der Entführung und Ermordung von Dutzenden Persönlichkeiten der italienischen Elite, einschließlich des früheren Ministerpräsidenten Aldo Moro, hatte der demokratische Prozeß nicht nur überlebt; in der zweiten Hälfte der achtziger Jahre blühte er wie kaum zuvor. Und seit 1976 war der Stimmenanteil der Kommunisten in allen Wahlen gesunken.

Und wie stand es 1988 um die Macht Arafats und der PLO? Sie hatten die Ultrakonservativen in Israel einmal zu oft provoziert, und so war Begin im Libanon einfach gegen sie losmarschiert und hatte sie buchstäblich ins Meer getrieben. Ihr Versuch, das Saudi-Regime zu stürzen, indem sie in Mekka eine Revolution anzettelten, scheiterte kläglich. Am Ende war Arafat selbst in der arabischen Welt zum politisch Aussätzigen geworden.

Somit hatte sich der Terrorismus in seiner traditionellen Erscheinungsform als Fehlschlag erwiesen.

Carlos wußte das.

Und in diesen letzten Tagen des Jahres 1988 wußte er auch, warum: Sie hatten die falschen Ziele verfolgt!

Sie hatten geglaubt, »gewinnen« zu können, indem sie den Staat Israel durch terroristische Angriffe von libanesischen Stützpunkten aus unterminierten. Sie hatten geglaubt, daß sie der Herrschaft der Oberschicht in England ein für allemal ein Ende bereiten könnten, indem sie Mountbatten auf seiner Yacht töteten, indem sie die Premierministerin des Vereinigten Königreichs mitsamt ihrem Kabinett in Brighton in die Luft sprengten, und sie hatten gehofft, die Westdeutschen den Ostdeutschen in die Arme treiben zu können, indem sie Düsseldorfer Bankiers und Münchener Industrielle ermordeten.

Jetzt erkannte Carlos, daß es sich immer nur um Aktionen von terroristischer Theatralik gehandelt hatte, die jedoch am Kern der Sache vorbeigegangen waren.

Der wirkliche Feind, das waren nicht die Machthaber in

Israel oder Großbritannien, die das Sagen hatten, nicht die königliche Familie von Saudi-Arabien und auch nicht die Kapitalisten in Westdeutschland.

Nein. Der Feind — der Westen — stand oder fiel mit einer einzigen Nation: den Vereinigten Staaten. Der Rest — die Israelis, die Briten, die Westdeutschen und die Saudis — taten einfach nur das, was die Amerikaner von ihnen verlangten.

Und das eine Land, das sich erstaunlicherweise im wesentlichen immun gegen den Terrorismus erwiesen hatte, das waren die Vereinigten Staaten. Zugegeben, zweihundertachtzig amerikanische Marineinfanteristen waren, während sie in ihren Baracken in Beirut schliefen, von Terroristen massakriert worden. Zugegeben, als die Schiiten den TWA-Jet entführten, hatten sie fünfzig amerikanische Geiseln im Libanon gefangengehalten. Aber in den Vereinigten Staaten selbst? Auf amerikanischem Boden?

Nichts.

Seit der Zeit, da die Polizei von Los Angeles beschlossen hatte, die Symbiotische Befreiungsarmee vor laufenden Fernsehkameras einzuäschern, war der organisierte Terrorismus von der amerikanischen Szene praktisch verschwunden. Vermutlich waren eine Menge Möchtegern-Terroristen zu dem Schluß gekommen: Wozu in einem Land herumalbern, wo sich die Bullen wie tollwütige Hunde aufführen?

Und doch, das war nun Carlos' unumstößliche Ansicht, mußte man den Feind ins Herz treffen, wenn man ihn vernichten wollte. Das Herz bestand aus den fünfzig Bundesstaaten der Vereinigten Staaten von Amerika.

Aber wie?

Wie sollte man vorgehen, um in den Vereinigten Staaten ein Klima der Angst zu erzeugen und so ihre Fähigkeit, sich selbst zu regieren, erschüttern? Und des weiteren ihre Fähigkeit, den Rest der von ihnen beherrschten Hälfte der Welt unter Kontrolle zu halten?

Eine Möglichkeit bestand einfach darin, die alten Methoden

auf den neuen Kontinent zu übertragen. Das Massaker der Marines in Beirut hatte bewiesen, daß die Amerikaner durch die psychologischen Auswirkungen des Terrorismus äußerst verwundbar waren. Wenige Wochen nach dem Massaker war der Druck der öffentlichen Meinung in Amerika so stark geworden, daß sich die Regierung gezwungen gesehen hatte, sich aus dem Nahen Osten völlig zurückzuziehen. Nachdem die Amerikaner dreißig Jahre lang die Politik dieser Region beherrscht hatten, waren sie durch den selbstmörderischen Akt eines LKW-Fahrers vertrieben worden; er hatte seinen Wagen mit Sprengstoff beladen und war damit auf eine nur wenige hundert Meter von der Ostküste des Mittelmeers entfernte Baracke mit schlafenden Marines losgefahren. Als der TWA-Jet später in Beirut entführt wurde und die amerikanischen Geiseln Tag für Tag im amerikanischen Fernsehen gezeigt wurden, nahm bei den Amerikanern die Überzeugung zu, daß der Nahe Osten eine Region sei, von der sich die Regierung der Vereinigten Staaten so weit wie irgend möglich fernhalten sollte.

Könnte eine Reihe ähnlicher Aktionen, jetzt auf amerikanischem Boden, einen weiteren massiven Rückzug der Amerikaner bewirken — diesmal aus Europa? Würde ein reichliches Blutvergießen — das Blut amerikanischer Bankiers, Industrieller, Richter und Politiker —, würde ein solches Blutvergießen die amerikanische Öffentlichkeit nicht überzeugen, daß der Preis für eine weitere Verwicklung in die Angelegenheiten anderer Länder einfach zu hoch war? Daß die Zeit gekommen war, sich auf den ›Flugzeugträger‹ Amerika, oder noch besser auf das ›Raumschiff‹ Amerika, zurückzuziehen?

Schließlich war das SDI-Programm in den letzten vier Jahren vorangetrieben worden und würde schon bald seine Früchte tragen. Die für den »Krieg der Sterne« nötige Hardware würde bald eingesetzt werden können. Wer brauchte dann noch die NATO? Warum sollten Amerikaner, nur weil die Vereinigten Staaten an einer überholten Allianz festhielten, auch weiterhin Zielscheiben für verrückte europäische kommunistische Terroristenbastarde abgeben?

Aber das allein würde kaum genügen. Und Carlos wußte das.

Es würde jedoch eine Hilfe sein. Wahrscheinlich sogar eine gewaltige Hilfe. Und sie würde Carlos abermals auf die Titelseiten aller Zeitungen der Erde katapultieren.

Aber auch das würde nicht reichen. Sie brauchten etwas ganz Neues. Etwas von weit größerer Tragweite.

Etwas auf einer völlig anderen Ebene.

Auftritt seines Vetters in Caracas. Drei Tage war es her, daß er Carlos in Libyen angerufen und ihm in einem langen Telefongespräch mitgeteilt hatte, daß die Brüder Martínez, die in Venezuela das Sagen hatten, fuchsteufelswild waren. Sie waren die Schlüsselfiguren dieser Klasse, und ganz besonders der Clique innerhalb dieser Klasse, die immer schon dieses Land regiert hatten. Und sie alle haßten jetzt die Nordamerikaner wie nie zuvor. Weil der Internationale Währungsfonds und die amerikanischen Banken einen wesentlichen Teil ihrer Macht an sich gerissen hatten. Jetzt waren die beiden Martínez endlich bereit, etwas dagegen zu unternehmen. Das ganze Land würde hinter ihnen stehen, angefangen vom Präsidenten der Republik bis zu den Gewerkschaftsbossen. Ihm, Carlos' Vetter, war anvertraut worden, daß sie eine Idee für ein ›Gemeinschaftsunternehmen‹ mit ihrem Landsmann Carlos hatten und mit ihm darüber reden wollten.

Es klang, als ob es genau das wäre, was gebraucht wurde, auf jeden Fall das, was er, Carlos, brauchte. Sein Gastgeber, der ihn jetzt völlig links liegen ließ, würde seine helle Freude daran haben. Nicht daß er Gaddafi auch nur ein Wort sagen würde. Der Mann war ja verrückt und könnte etwas tun oder sagen, was die ganze Sache zum Scheitern bringen konnte.

Überraschte es ihn, daß ein Mann vom Format eines Roberto Martínez, eines Ölministers, und seines Bruders José, eines Finanzministers, etwas mit ihm, dem Terroristen Carlos, zu tun haben wollten?

Keineswegs. Schließlich waren sie ja, wie sein Vetter betont hatte, allesamt Venezolaner. Und sie wußten alle, daß der Befreier Lateinamerikas, ein Revolutionär, auch er ein Terrorist, wenn man ehrlich sein wollte, ihnen allen, und völlig zu Recht, warnend aufgezeigt hatte, wer ihr gemeinsamer Feind war.

»Die Vereinigten Staaten«, hatte Simón Bolívar gesagt, »scheinen dazu bestimmt zu sein, Lateinamerika im Namen der Freiheit ins Elend zu treiben.«

Eine dieser Freiheiten schien das Privileg zu sein, Lateinamerika eine massive Schuld aufzuerlegen, auf diese Schuld Wucherzinsen zu berechnen und dann im Namen des freien Unternehmertums pünktlich Rückzahlung zu verlangen — ganz gleich, wieviel menschliches Elend diese Forderung zur Folge haben mochte.

Nein, das ging zu weit. Das konnte man einfach nicht länger hinnehmen. Es hieß, eine drastische Gegenkraft organisieren, und alle Venezolaner, letztendlich alle Lateinamerikaner würden Teil dieser Gegenkraft sein müssen.

So kam es, daß sie — der Ölminister, der Finanzminister und der Revolutionär — eine gemeinsame Sache hatten, wenn es je eine solche gegeben hatte.

Und drei Stunden später verließ Carlos sein Bett, ohne seine noch schlafende Gefährtin zu wecken, und wanderte durch den anbrechenden Frankfurter Morgen.

Eine halbe Stunde später saß er im Rheingoldexpreß, unterwegs zur südlichen Grenze der Bundesrepublik und zur Stadt Basel, die unmittelbar hinter dieser Grenze lag.

4. Kapitel

Den ersten Augenblick der Wahrheit an diesem Donnerstag, dem 8. Dezember 1988, erlebte Carlos, als der Rheingoldexpreß im Badischen Bahnhof hielt. Dieser Bahnhof ist eine deutsche Enklave, eingeschlossen von der Schweizer Stadt Basel. Die Privilegien, die dieser Status mit sich brachte, waren in den dreißiger Jahren von den Nazis fleißig genossen worden, als sie dort Hitlerjugendtreffen für Schweizer Knaben abhielten.

Die Nazis waren gekommen und wieder gegangen, aber der Badische Bahnhof hatte seinen Status als Enklave behalten. Alle Züge, die aus Norden kamen, hielten hier für ein paar Minuten. Aber nur wenige Fahrgäste stiegen aus. Von denen, die im Zug blieben, fingen einige an nervös zu werden. Dies, weil sie wußten, daß im Badischen Bahnhof Beamte des Schweizer Grenzschutzes und der Zollbehörde zustiegen.

Wie immer, so blieben sie auch an diesem Tag die nächsten zehn Minuten im Rheingoldexpreß, während der Zug langsam durch die Stadt rollte, um sein Ziel am anderen Rheinufer, dem Basler Hauptbahnhof, zu erreichen. Langsam bewegten sich auch die Schweizer Beamten, während sie argwöhnisch die Papiere jedes einzelnen Reisenden kontrollierten. Nur selten ließen sie Gepäckstücke öffnen. Aber sie konsultierten häufig die dicken Bücher, die sie bei sich hatten, Nachschlagebücher, die die Nummern von Pässen enthielten, auf die sie achten sollten, aber auch Bilder, Fotografien oder Zeichnungen von Männern und Frauen, die von Interpol oder von den Schweizer Behörden gesucht wurden.

Ein internationaler Haftbefehl gegen Carlos war schon ausgestellt worden, nachdem er das Kidnapping der OPEC-Minister in Wien organisiert hatte. Die Zeichnung, die Interpol von Carlos besaß, stammte aus dieser Zeit. Sie war vierzehn Jahre alt und daher unbrauchbar.

Die Liste der Reisepässe war ebenso nutzlos, denn der mexikanische Paß, mit dem Carlos reiste, war nicht darin enthalten. Er war völlig einwandfrei; schließlich hatte ihn der Polizeipräsident von Mexico City eigenhändig ausgestellt. Der hohe Polizeibeamte — mittlerweile ins Zivilleben zurückgekehrt und in einer Villa außerhalb von Mexico City wohnhaft, die als eine der luxuriösesten der Welt galt — hatte im Drogenhandel, den er intensiv betrieb, Hilfe gebraucht: Zwei seiner Kunden in Europa hatten ihn hereingelegt. Er wollte sie töten lassen. Da er ein vielbeschäftigter Mann war — er mußte seinen Pflichten als Gesetzeshüter nachkommen, gleichzeitig aber auch seine Obliegenheiten versehen, die ihm aus der Leitung eines sehr großen internationalen Drogenhandels erwuchsen —, sah er sich gezwungen, für dieses Projekt fremde Hilfe in Anspruch zu nehmen. Carlos hatte das sehr rasch für ihn erledigt. Als Gegenleistung hatte der venezolanische Terrorist einen Haufen Pesos bekommen — damals waren fünfzig Pesos so gut und so solide wie ein amerikanischer Dollar —, sowie einen Stapel druckfrischer mexikanischer Reisepässe.

Aber obwohl er das alles wußte, mußte Carlos dennoch enorme Selbstbeherrschung aufbieten, um gelassen zu bleiben, als der Schweizer Gendarm in seiner grünen Uniform in sein Abteil trat: »Ihre Pässe, bitte.«

Der Paß wies ihn als Pharmazeuten aus. In Basel befinden sich die Zentralen von drei der größten Arzneimittelherstellern der Welt: Hoffmann-La Roche, Ciby-Geigy und Sandoz. Das paßte. Carlos bekam seinen mexikanischen Paß zurück, und der Schweizer Beamte ging weiter.

Fünf Minuten später befand sich Carlos, immer noch ein freier Mann, auf Schweizer Boden.

Der Zug 476 der Schweizerischen Bundesbahnen verließ Zürich um Punkt 10 Uhr 48; er beförderte eine Menge Schweizer Geschäftsleute und einen venezolanischen Ölminister. Roberto Martínez reiste natürlich Erster Klasse. Mit geübtem Blick hatte er die rotgepolsterten Raucherabteile im dritten Waggon des aus elf Wagen bestehenden Zuges entdeckt. Schon wenige Minuten nachdem sich der Zug in Bewegung gesetzt hatte, paffte er seine zweite Monte Cristo des Tages, paffte sie mit wachsender Wut, je mehr er sich in die Lektüre der »Herald Tribune« vom 8. Dezember vertiefte.

Aufmacher und Leitartikel der Titelseite waren der nun bestätigte Waffenstillstand zwischen dem Irak und dem Iran. Wo nun der Friede wiederhergestellt zu sein schien, war anzunehmen, daß die beiden Länder 1989 vermutlich auf Vorkriegsebene Öl fördern würden — und das bedeutete sechs Millionen Barrels für den Iran und vier Millionen für den Irak. Auf Seite zwei wurde eine Erklärung Präsident Reagans zitiert: Sein letzter Haushaltsplan, hatte er gesagt, würde wahrscheinlich das kleinste Defizit des Jahrzehnts nach sich ziehen. Dennoch würde die Staatsschuld auf etwa zwei Komma sieben Billionen Dollar anwachsen. Der Leitartikel auf Seite sechs hielt fest, daß die Staatsschuld, als Reagan vor acht Jahren Präsident geworden war, weniger als eine Billion Dollar betragen hatte, und stellte anschließend die Frage: Wenn das in acht Jahren konservativer republikanischer Administration geschehen konnte, wie würde es jetzt unter den liberalen Demokraten weitergehen? Was würde im besonderen mit dem Gramm-Rudmann-Act werden? Das war das 1985 vom Kongreß verabschiedete Gesetz, das von einigen als das Mittel zur fiskalischen Rettung der Vereinigten Staaten gepriesen, von anderen als vorprogrammierte Katastrophe angesehen wurde. Was es vorsah, war dies: Wenn es dem Kongreß nicht gelang, das Haushaltsdefizit jedes Jahr auf eine bestimmte Höhe, und 1991 schließlich auf Null zu reduzieren, dann würden automatisch generelle Kürzungen der Regierungsausgaben in Kraft treten, um so diese Ziele zu erreichen. Diese Abstriche würden ungeachtet der Folgen für die Verteidigung oder viele Sozialleistungen gemacht werden müssen; selbst die Budgets des FBI und der Finanzverwaltung würden davon nicht ausgenommen bleiben. Daher die Angst vor der Katastrophe.

Bis jetzt war es zu dieser Katastrophe nicht gekommen. Weil die Wirtschaft unter Präsident Reagan immer nur gewachsen war und stets zunehmende Steuereinkünfte hervorgebracht hatte. Resultat: Die im Gramm-Rudmann-Act angegebenen Ziele waren jedes Jahr erreicht worden, ohne große wirtschaftliche Erschütterungen zur Folge zu haben. Diese unheilverkündenden Kürzungen der Regierungsausgaben waren nie erforderlich gewesen.

Wo aber jetzt die Wirtschaft zu schrumpfen begann, meinte die »Herald Tribune«, würde der Gramm-Rudmann-Act automatisch vorübergehend außer Kraft gesetzt werden. Die Verfasser dieses Gesetzesentwurfs hatten diese Notwendigkeit wohlweislich einkalkuliert. Wenn aber, so der Leitartikel, die Demokraten in Kürze wieder an die Macht kommen, ist es da nicht wahrscheinlich, daß das Gesetz überhaupt aufgehoben wird? Müßte es nicht aufgehoben werden, um dem neuen Mann im Weißen Haus genügend fiskalischen Spielraum zu geben, um mit der steigenden Arbeitslosigkeit fertig zu werden, die sich 1989 und danach nicht vermeiden lassen würde? Wenn sich dann die Demokraten ernstlich daranmachten, die Wirtschaft anzukurbeln, würde das Finanzministerium nicht wieder anfangen müssen, Kredite in großem Stil aufzunehmen?

Würden aus den zwei Komma sieben Billionen dann vier oder sechs Billionen Dollar werden? Würde der Rest der Welt wieder gezwungen sein, die Hälfte der immer größer werdenden amerikanischen Schulden zu finanzieren? Und wenn nicht, wie sollte es weitergehen?

Die Folgen der Nachrichten spiegelten sich im Finanzteil. Die »gute« Nachricht vom Frieden zwischen dem Irak und dem Iran hatte den Rohölpreis um weitere fünfzig Cents hinuntergedrückt. Es wurde auf die Möglichkeit hingewiesen, daß es zu einer neuen Ölschwemme kommen könnte, die den Preis auf neun Dollar je Barrel oder noch weniger drücken könnte. Das würde eine niedrigere Inflationsrate und niedrigere langfristige Zinssätze bedeuten. Doch die ›schlechte‹ Nachricht, daß die Vereinigten Staaten dazu verurteilt waren, tiefer und tiefer in Schulden zu geraten, hatte die kurzfristigen Zinssätze in New York steigen und den Dollar in Europa sinken lassen. Diese Entwicklung gab dem Wirtschaftsredakteur der »Herald Tribune« Rätsel auf. Für gewöhnlich, eigentlich fast immer, wenn die amerikanischen Zinssätze stiegen, stieg auch der Dollar. Wieso bewegten sie sich plötzlich in entgegengesetzter Richtung?

Dem Venezolaner machte das richtig Spaß. Er wußte es. Und bald, vielleicht schon sehr, sehr bald, würden auch sie es wissen. Was hatte Reagan gesagt, als er das zweite Mal gewählt wurde? »Das war doch gar nichts!«

Martínez faltete die Zeitung zusammen und blickte durch das Fenster auf die vorbeiziehende Schweizer Landschaft. Hier gab es keine Berge, nur hügeliges Gelände, leicht mit Schnee bedeckt, dann ein kleines Dorf, nach fünf Minuten wieder eines. Alles makellos sauber. Friedliche, ruhige, sichere Schweiz. Warum sollte er sich nicht hier einen Besitz kaufen und zur Ruhe setzen? Warum in seinem Alter noch Risiken eingehen? Warum nicht die Amerikaner vergessen? Die Ölpreise vergessen? Und . . . Carlos vergessen.

Wieder ein kleiner Ort. »Aarau« stand auf dem Schild zu lesen. Wieder eines. »Rheinfelden« flog vorbei.

Nein, verdammt noch mal, es war einfach zu verlockend. Weil, je länger er darüber nachdachte, seine Überzeugung wuchs, daß es tatsächlich funktionieren könnte. Es könnte zum größten finanziellen Ereignis aller Zeiten werden.

Himmel Herrgott noch mal! Im Geist konnte er schon die Schlagzeilen der »Herald Tribune« sehen. Dicke schwarze Balkenzeilen:

DIE PANIK DES JAHRES 1989!

Es lohnte sich, ein Risiko auf sich zu nehmen. Selbst ein gewaltiges Risiko. Selbst das Risiko, in der Öffentlichkeit mit Carlos gesehen zu werden. Weil nämlich, wenn sich später einmal jemand einen Vers darauf machte, es schon zu spät sein würde. Für *sie*.

Das Basler Museum ist das älteste öffentliche Kunstmuseum der Welt. Die Universalität und die Vortrefflichkeit der hier zur Schau gestellten Kunstwerke reflektieren eine Stadtstaatkultur, die in ihrer bürgerlichen und doch aristokratischen Perfektion einzigartig in Europa war und ist. Wäre das die Beschreibung einer Stadt in irgendeinem anderen Land, würde sie offensichtlich einen Widerspruch in sich selbst einschließen.

Aber nicht, soweit es die Stadt Basel betrifft. Sie ist vielleicht die letzte noch verbleibende Bastion des klassischen Humanismus in einer Welt, wo jetzt die Massenkultur — ein echter Widerspruch in sich selbst — unwiderruflich dominiert. Anerkennung für die Einrichtung eines so bewundernswerten Standes der Dinge ist zum größten Teil den Hugenotten zu zollen, die wegen ihres protestantischen Glaubens Ende des sechzehnten und Anfang des siebzehnten Jahrhunderts aus Frankreich vertrieben wurden. Viele von ihnen ließen sich in Basel nieder. Sie brachten eine Arbeitsmoral mit, die es ihnen gestattete, in ihrer Adoptivheimat rasch Vermögen zu schaffen. Sie behielten das Vermögen in dem Sinn für sich, daß ihre Moral ihnen nicht zwingend vorschrieb, einen Teil davon mit den Armen zu teilen. Wohl aber gebot ihnen ihre französische protestantische Moral, ihr Vermögen darauf zu verwenden, ihre Mitbürger in ihrer neuen Heimat zu erziehen — ungeachtet der Tatsache, daß die meisten von ihnen primitiver schweizerischen bäuerlicher Herkunft waren. Sie fühlten sich verpflichtet, sie kulturell zu bereichern, ihnen die Renaissance in der Hoffnung nahezubringen, Basel könnte für Mitteleuropa werden, was Florenz für Norditalien war.

So wurde also ihr Reichtum in einem bemerkenswerten Ausmaß dazu verwendet, die Kunst in jeder Form zu fördern — vom Theater und Ballett zu Gemälden und Skulpturen.

So entstand das öffentliche Kunstmuseum, das erste der Welt.

Doch ein näherer Blick auf die Geschichte des Stadtstaates verrät uns sofort, daß der Ursprung von Basels einzigartigem Anspruch auf kulturellen Reichtum nicht im siebzehnten Jahrhundert und bei den Hugenotten zu finden ist, sondern eher im späten fünfzehnten und frühen sechzehnten Jahrhundert: in der Kirche und in der Erfindung des Buchdrucks. Denn es geschah 1431, daß der Papst, der nach langem Exil wieder in Rom residierte, ein Konzil nach Basel einberief, wo sich die ganze Christenheit achtzehn Jahre lang vergeblich abmühte, die Flut der Korruption aufzuhalten, die das Fundament der einen wahren Kirche zu untergraben drohte. Aus diesem Konzil ging 1456, vom Papst gestiftet, die Universität hervor. Die Universität wiederum lockte die Buchdrucker an, unter ihnen auch den Verleger und Künstler Frobenius.

Die Folge war, daß der Stadtstaat bald zum Magnet für einige der fähigsten Köpfe Europas wurde. In den ersten Dezennien des sechzehnten Jahrhunderts kamen Erasmus von Rotterdam, Paracelsus und Hans Holbein nach Basel.

So wurde die Holbein-Sammlung im ersten öffentlichen Kunstmuseum der Welt in Basel zusammengetragen.

Und in dem Saal, in dem Holbeins größte Meisterwerke hängen, stand an diesem Dezembertag des Jahres 1988 ein venezolanischer Ölminister, der sich für all das nicht interessierte. Das heißt aber nicht, daß er ungerührt und unbewegt dastand, denn das Bild von Holbein, das diesen Raum, ja vielleicht das ganze Museum beherrschte, ist ein prachtvolles Gemälde des gekreuzigten Erlösers. Es ist so gewaltig, daß es wahrhaftig Gefühle erweckte — in Form einer Träne aus den Augen des Roberto Martínez, eines Mannes, so tief in unserer säkularen Welt verankert wie jeder andere Erdenbürger. Oder fast jeder.

Weil sich, wie verabredet, noch ein anderer Mann in diesem Saal aufhielt, dessen Leumund im Vergleich selbst einen lateinamerikanischen Ölminister wie einen Heiligen erscheinen ließ. Es war ein kleinwüchsiger, dunkelhäutiger älterer Mann, der, als er nun auf Roberto Martínez zutrat, ehrfurchtsvoll den Kopf vor dem Kunstwerk an der Wand senkte. Er hatte das Treffen hier aus einem Grund vorgeschlagen, der in keiner Weise mit dem Papsttum, der Universität, der Buchdruckerkunst, Holbein oder den Hugenotten im Zusammenhang stand. Der Grund war, er wußte, daß Museen immer schon als ausgezeichnete Treffpunkte für geistig anspruchsvolle Verbrecher wie Spione und Terroristen gedient haben.

»*Buenos días, compadre*«, begrüßte er den Ölminister.

»*Buenos* . . .«

Die Hand des Terroristen hieß ihn schweigen. »Wir wollen englisch sprechen«, forderte er.

»Herrlich, nicht wahr?« Carlos deutete mit dem Kopf auf das riesige Gemälde vor ihm und fuhr fort: »Es erfüllt einen mit Ehrfurcht.«

Man konnte von Glück reden, daß das Museum blitzschutzgesichert war.

Carlos, der »mexikanische Pharmazeut«, schlurfte in den angrenzenden Saal, in dem sich das von Dürer gemalte Porträt Luthers und das von Holbein geschaffene Konterfei des Erasmus befinden. Ein Museumswächter beobachtete ihn aus einiger Entfernung. Er war dafür ausgebildet, Leute, die nicht hierherzugehören schienen, herauszufinden. Ohne Zweifel paßte diese Beschreibung auf diesen Fremden in seinem schäbigen Anzug und den abgetretenen Schuhen. Aber er machte auch einen harmlosen Eindruck. Der Aufseher ging weiter, und der Ölminister und der Terrorist setzten ihr vertrauliches Gespräch fort.

»Sind Sie Senor Martínez?« fragte Carlos.

»Ja, der bin ich.«

»Ich kenne ein Caféhaus am Rheinufer. Dort gibt es die beste Pâtisserie in der ganzen Schweiz. Da können wir hingehen und uns unterwegs unterhalten.«

Carlos kannte Basel, weil einer seiner Berufskollegen, der Türke Oral Çelik, Komplize eines weiteren Mitglieds der internationalen Terroristenbruderschaft — Mehmet Ali Agca, der Mann, der auf den Papst geschossen hatte — in dieser Stadt einen Heroinring aufgezogen hatte. Agca und Çelik gehörten zu den Grauen Wölfen, der gefährlichsten Terroristenorganisation in der Türkei. Çelik hatte die Browning 9-mm-Pistole erworben, die Agca später bei seinem Attentat auf den Papst verwendete. Çelik flüchtete, und die Grauen Wölfe boten ihm Schutz. Sie verhalfen ihm zu einem guten Start im Drogengeschäft, indem sie ihn in Istanbul mit Heroin belieferten. Sie stellten für Çelik auch eine Verbindung zu Carlos' Organisation her, die nicht nur für eine in einer Klinik unweit von Frankfurt vorgenommene Operation sorgte, die sein Aussehen veränderte, sondern ihm auch noch half, in Basel eine Verkaufszentrale einzurichten, um die Märkte nördlich der Alpen zu beliefern. Çeliks Hauptarbeit bestand darin, das Heroin vom Bosporus über Griechenland, Jugoslawien und Italien an den Rhein zu bringen. Mit den Jahren transportierte er enorme Mengen. Hin und wieder tauchte Carlos in Basel auf, um seinen Anteil am Gewinn zu kassieren.

Ihr Weg führte sie durch die Rittergasse, am Münster vorbei und den Rheinsprung hinunter.

In ihrer Unterhaltung ging es um fünf Millionen Dollar; außerdem wurden drei Personen namentlich erwähnt: der Vorsitzende der Bank of America, der größten Bank der Welt, der Vorsitzende des *Federal Reserve Board* der Vereinigten Staaten von Amerika, der »Zentralbank« der Welt und . . . Paul Mayer.

»Spielmann's« hieß die Konditorei. Die Pâtisserie wurde ihrem Ruf gerecht. Ihr Gespräch wendete sich nun den »guten alten Zeiten« in Caracas zu. Als die Rechnung kam, zahlte Carlos.

Vor dem Lokal befand sich ein Münzfernsprecher. Carlos, der nicht der Mann war, Kreditkarten zu gebrauchen oder Telefonistinnen zu bemühen, hatte genügend Schweizer Münzen bei sich, um ein Gespräch mit London durchzuwählen. Das Gespräch dauerte keine drei Minuten.

»Mein Freund wird sich sofort darum kümmern«, teilte er Martínez mit, nachdem er die rote Telefonzelle verlassen hatte. »Morgen, bevor die Banken schließen, erwarte ich hier die fünf Millionen Dollar. Sie sollen telegraphisch auf diesen Namen und diese Kontonummer bei der Schweizerischen Nationalbank überwiesen werden.«

Der Terrorist übergab dem Ölminister einen Zettel. Und wartete.

»Vielleicht könnten Sie das gleich arrangieren«, sagte er und deutete auf die noch leere Telefonzelle.

Roberto Martínez, der seine Einkäufe stets mit Kreditkarten beglich, hatte Glück. Sein Bruder war daheim. Er versprach, die Überweisung morgen, sobald die Banken in Caracas aufmachten, unverzüglich anzuordnen. Das hieß, daß das Geld zwischen zwei und drei Uhr nachmittag des morgigen Tages in Basel sein würde.

»Und wie geht es sonst?« fragte José Martínez senior seinen Bruder aus Caracas.

»Ausgezeichnet. Prima«, erwiderte sein Bruder in der Schweiz.

»Und die Russen?«

»Man kümmert sich um sie. Jetzt bist du dran, José.«

»Morgen früh fliege ich nach Mexico City.«

»Was ist mit dem Mann aus Brasilien?«

»Der ist schon dabei.«

»Gut. Ich denke, wir sollten das Gespräch jetzt beenden. Man weiß ja nie«, sagte Roberto Martínez und legte auf.

Er verließ die Telefonzelle und gab Carlos die gute Nachricht.

Dann schüttelten sich die beiden Venezolaner, der Ölminister und der Terrorist, die Hände und verschwanden in der mittäglichen Menge biederer Schweizer Hausfrauen, die ihren täglichen Besorgungen nachgingen. Natürlich waren sie sich der Tatsache nicht bewußt, daß in ihrer Mitte soeben ein verhängnisvolles Geschehen in Gang gesetzt worden war.

Bevor es vorüber war, würden alle, würde die ganze Welt darunter zu leiden haben — einige stärker als andere. Viel stärker.

Zu diesen Auserwählten würde auch Dr. Paul Mayer gehören.

5. Kapitel

An diesem 8. Dezember 1988 hatte Paul Mayer in seiner Suite im »Savoy« mit gutem Appetit sein Frühstück verzehrt. Zum ersten Mal seit Jahren hatte er Kippers gegessen; und noch während des Frühstücks ließ er sich einmal mehr durch den Kopf gehen, was beim Dinner am vorigen Abend geschehen war. Im großen und ganzen, mit einer Ausnahme, war alles gut gelaufen. Sehr gut sogar.

Mit strahlendem Lächeln war George Pace im Grillroom erschienen, hocherfreut, seinen alten Freund wiederzusehen — noch dazu in London, einer Stadt, die sie beide gut kannten und sehr liebten. Beide waren in einem Alter, um Martinis zu schätzen, und während sie an ihren Gläsern nippten, sprachen sie von den guten alten Zeiten in den sechziger und siebziger Jahren, als die Großbanken der Welt noch dick und fett und die Männer, die sie leiteten, stolz auf ihre Berufung und ihrer Zukunft sicher waren.

Doch dann, nachdem sie das Dinner bestellt hatten, stellte der Vorsitzende der Bank of America die Frage, die vorübergehend die Atmosphäre veränderte. Als er, Pace, Mayer am Montag angerufen hatte, wollte er ihn um Hilfe bitten. Aber er hatte nicht erwartet, daß Mayer alles stehen und liegen lassen und ins Flugzeug springen würde. Was hatte ihn zu einem so überstürzten Entschluß veranlaßt?

Mayer erzählte ihm von seinem Lunch im Metropolitan Club.

Pace lauschte aufmerksam, und je länger er ihm zuhörte, desto mehr veränderte sich sein Gesichtsausdruck.

»Fertig?« fragte er schließlich.

»Ich denke schon«, antwortete Mayer.

»Zunächst einmal möchte ich dir für deine Offenheit danken, Paul. Du warst immer schon ein geradliniger Mensch. Genau das hast du heute abend wieder bewiesen. Aber du hast mich auch in eine prekäre Lage gebracht.«

»Wie das?«

»Ich werde ebenso offen mit dir reden, wie du es getan hast. Als ich dich Anfang der Woche anrief, wollte ich dir den Vorschlag machen, an Bord der B of A zu kommen. Über deinen Titel hatten wir uns noch nicht geeinigt, aber vielleicht brauchtest du gar keinen. Mit ›wir‹ meine ich den gesamten Verwaltungsrat, der sich bereits einverstanden erklärt hat. Was uns dabei vorschwebt: Du sollst Sonderberater des Vorsitzenden werden. Mein Sonderberater also. Du und ich, wir würden zusammen gegen die Bastarde da draußen kämpfen.«

»Ich fühle mich geschmeichelt, George. Außerordentlich geschmeichelt.«

»Aber bist du denn noch ein freier Mann?« fragte Pace.

»Bin ich nicht. Der *Fed* ist dir sozusagen zuvorgekommen. Ich bin jetzt beauftragt, dich mir genau — objektiv — anzusehen, und dann dem *Federal Reserve* und der FDIC zu berichten.«

»Einerseits ist das bedauerlich«, sagte Pace.

»Sicher. Aber dieses Arrangement wird ja nicht ewig bestehen bleiben. Und dann, immer vorausgesetzt, daß nach Meinung aller kein Interessenkonflikt vorliegt, dann sehe ich keinen Grund, daß wir nicht noch einmal über dein sehr großzügiges Angebot sprechen könnten.«

»Großzügig? Ich habe die Frage der Vergütung nicht einmal angeschnitten, Paul.«

»Ich denke, du weißt, daß für mich Geld nicht von so großer Bedeutung ist. Ich sagte großzügig in bezug auf die Vertrauensstellung, die du mir angeboten hast«, gab Mayer zurück. »Aber bleiben wir beim Thema. Ich soll also den gegenwärtigen Status deiner Bank prüfen — rasch, kühl und nüchtern. Willst du mir dabei behilflich sein?«

»Selbstverständlich. Voll und ganz.«

»Na wunderbar. Ich kann dir jetzt schon sagen, daß Bob Reston entzückt sein wird. Das gleiche gilt für die FDIC. Mit den Jungs im Büro des *Comptroller of the Currency* könnte es anders sein. Vermutlich halten sie sich schon jetzt bereit, euch nächste Woche ein paar hundert Buchprüfer ins Haus zu schikken. Aber ich bin sicher, der *Fed* kann die Leute beruhigen, immer vorausgesetzt, wir können die Gerüchte zum Verstummen bringen. Und damit sind wir auch schon bei der Kernfrage: Wie sind sie zu bewerten?«

»Du meinst, daß wir nächstes Jahr den Verlust des Jahrhunderts werden einstecken müssen?«

»Genau.«

Das Roastbeef, der Yorkshirepudding und ein Pommard Jahrgang 1979 wurden serviert, und während sie aßen, sagte George Pace: »Es stimmt, daß wir einen Verlust werden einstecken müssen, aber auch nicht annähernd die zwei Milliarden, von denen diese Idioten reden.«

»Wo reden sie denn?«

»In den guten alten Vereinigten Staaten von Amerika.«

»Und wieviel wird es sein?«

»Maximal eine Milliarde.«

»Was würde dieser Verlust für eure Kapitalbasis bedeuten?«

»Er würde sie mit einer halben Milliarde Dollar unter das Sechs-Prozent-Minimum drücken.«

»Und das hieße . . .«

»Daß wir uns wieder nach einer Fremdfinanzierung umsehen müssen, um diese halbe Milliarde aufzutreiben.«

»Und das bedeutet?«

»Ärger und Verdruß. Weil es ja so aussehen würde, als stimmten die Gerüchte. Sie würden sich auch möglicherweise auf unsere Einlagenbasis auswirken und auf jeden Fall auf die Geldbeschaffungskosten — und da ist noch etwas.«

Pace legte eine Pause ein.

»Das bleibt unter uns, Paul«, fuhr er dann fort, »aber es sind uns auch noch andere Gerüchte zu Ohren gekommen, wonach wir abgeschossen werden sollen.«

»Übernahme.«

»Genau.«

»Wer könnte sich das leisten?«

»Hör mal, sechs oder sieben Milliarden könnten reichen. Maximal acht.«

»Wer hat soviel Geld?«

»General Motors vielleicht. Könnte sein, eine andere Bankengruppe. Eine Ölgesellschaft.«

»Und der *Fed*? Würde er so etwas zulassen?«

»Zulassen? Was glaubst du, heutzutage ist nichts mehr sakrosankt. Schau dir doch nur mal die Fernsehgesellschaften an. Sie wurden immer als unangreifbar angesehen. Nicht nur, weil sie für ihre Sender Zulassungen brauchten; irgendwie sah man in ihnen Träger der öffentlichen Meinung und als solche erhaben über das Hickhack in der Finanzwelt. Was aber einen Kerl wie Ted Turner nicht gehindert hat, sich um CBS zu bewerben.«

»Mit Banken ist das anders.«

»Ach ja? Wer sagt das?«

Darauf wechselte der Chef der B of A das Thema. »Das ist ja auch nicht meine größte Sorge. Da draußen lauert einer, und wir müssen herausfinden, wer das ist. Und dann, wenn es nötig ist, unsere Verteidigung aufbauen. Aber unser unmittelbares Problem, das sind diese verdammten Gerüchte, die unsere großen Einleger nervös machen.«

»Wie kann ich helfen?«

»Bring sie zum Schweigen. Unverzüglich.«

»Aber wie?«

»Laß bekannt werden, daß wir einen Verlust von einer Milliarde Dollar erleiden werden, aber daß schon entsprechende Maßnahmen ergriffen wurden. Wo du jetzt für den *Fed* arbeitest, wird man dir das abnehmen.«

»Kannst du mir Zahlen nennen?«

»Selbstverständlich. Wir haben alles bis auf den letzten Cent aufgeschlüsselt.«

»Wo liegen die größten Schwierigkeiten?«

»Liegenschaften, Landwirtschaft und diese verdammten Darlehen an die Energiewirtschaft. Der Ölpreis ist wieder unterwegs nach unten, und das hat zur Folge, daß jede Woche ein Kunde in Houston oder Beaumont oder Denver Pleite macht, und dabei jedesmal ein paar Millionen von unserem Geld mitnimmt.«

»Du sprichst von Inlandsgeschäften?«

»Ja.«

»Wie steht es mit Mexiko und Brasilien und Venezuela? Wie hoch ist da euer Engagement?«

»Eine Spur über sechs Prozent unserer Aktiva. Oder hundert Prozent unserer Kapitalbasis, wenn du boshaft sein willst. Na und wenn schon, da wird nichts passieren, was irgendwelche Abschreibungen nötig machen würde. Hör mal, daß Lateinamerika erledigt ist, brauche ich dir ja wohl nicht zu sagen. Aber solange keiner in aller Öffentlichkeit Pleite macht, wird es, soweit es uns betrifft, keinen Ärger geben. So schließt also diese Milliarde keine weiteren Abschreibungen für Staatskredite ein.«

»Na gut. Ich wollte nur genau wissen, worüber wir reden. Jedenfalls stimme ich deiner Logik völlig zu, und das wird auch jeder andere tun.«

Bevor die Herren auseinandergingen, wurde vereinbart, daß Pace am nächsten Morgen vor Mittag alle mit dem Status der Bank im Zusammenhang stehenden Schlüsseldaten ins »Savoy« bringen und dann zusammen mit Mayer die Zahlen durchgehen würde. Sobald sie sich dann über alles geeinigt hatten, würde Mayer seine Rundreise durch Europa antreten, bevor er nach Washington zurückkehrte, um den Herren vom *Fed* die guten Nachrichten zu überbringen.

Paul Mayer war kaum mit seinem Frühstück und seinen Überlegungen über den vorhergehenden Abend zu Ende, als George Pace eintraf. Wie versprochen, brachte der Chef der Bank of America die kompletten Computerausdrucke der Situation der dubiosen Kredite und der Abschreibungen, die sie erfordern würden. Wie er schon am Vortag geschätzt hatte, belief sich das »Problem« auf etwas über eine Milliarde Dollar.

»Darf ich das den Herren in Washington zeigen?« fragte Mayer, nachdem er die Zahlen eine gute Viertelstunde lang durchgesehen hatte.

»Ohne weiteres.«

»Gut. Aber wie wir gestern ausgemacht haben, werde ich zunächst in Europa die entsprechenden Erklärungen abgeben. Ich werde hier in der City anfangen. Ich werde mich sogar, wenn du nichts dagegen hast, George, gleich ans Telefon hängen und ein paar Termine für heute nachmittag auf die Beine stellen. Dann kommen Frankfurt und Zürich an die Reihe, und anschließend fliege ich nach Washington zurück. Ist dir das recht?«

»Es ist genau das, was ich mir erhofft habe«, erwiderte Pace und erhob sich, um zu gehen, fügte aber noch hinzu: »Ich wäre dir dankbar, wenn du mit mir in Verbindung bliebest. Vor allem dann, wenn es so aussieht, als ob die Dinge außer Kontrolle geraten könnten.«

»Keine Sorge«, antwortete Mayer, »es wird nichts passieren.«

»Ich habe noch eine Idee. Ich denke, du solltest nach San Francisco kommen und mit meinem Vorstand sprechen. Anfang nächster Woche haben wir eine Sitzung. Du könntest ihnen dann sozusagen von Angesicht zu Angesicht bestätigen, daß der *Fed* hinter mir steht. Ein paar von ihnen werden schon unruhig.« Und schließlich: »Ich weiß, es sind nur noch wenige Tage bis Weihnachten, aber . . .«

»Keine Sorge. Du weißt, ich habe keine Familie, aber das wird Bob Reston entscheiden müssen. Ich werde ihn sofort, wenn ich wieder in Washington bin, darauf ansprechen, aber ich bin sicher, daß er nichts dagegen haben wird.«

»In diesem Fall, warum kommst du dann nicht zu Annie und mir nach Belvedere?«

Das Telefon klingelte.

Mayer nahm den Hörer ab, hörte kurz zu und winkte George Pace heran. Nach kaum dreißig Sekunden murmelte Pace ein paar Dankesworte und legte auf.

»Das war meine Sekretärin in San Francisco«, erklärte er Mayer. »Das ›Wall Street Journal‹ möchte mit mir sprechen. Dringend. Sie wissen, daß ich in London bin, obwohl meine Leute in der Bank dichtgehalten haben. Darum sind sie auch so fuchsteufelswild.«

»Das hat uns gerade noch gefehlt«, sagte Mayer.

»Ich gewöhne mich langsam an Dinge, die wir nicht brauchen«, bemerkte der Banker.

George Pace war erst achtundvierzig Jahre alt. Er war ein vierschrötiger Mann und hatte zu einer Zeit im Footballteam von Standford Halfback gespielt, als die Mannschaft noch unter der Bezeichnung Stanford Indians antrat. Man kannte ihn in San Francisco als einen immer gutgelaunten Mann, der jede Gesellschaft, in der er sich befand, mit Späßen erheiterte und mit Leben erfüllte. Was aber einem Beobachter als erstes auffiel, wenn George Pace einen Raum betrat, das war Kraft. An diesem frühen Dezembermorgen in London jedoch begann sich diese Qualität sichtbar aufzulösen. Pace ging zum Bett auf der anderen Seite von Mayers kleiner Suite hinüber und ließ sich schwer auf die Kante fallen. Seine Gesichtsfarbe war grau, seine Schultern verkrampft. Er sah aus wie ein achtundfünfzigjähriger Kandidat für die Herzklinik.

»Weißt du, Paul«, fuhr er mit schneidender Stimme fort, »man hat mir vor zwei Jahren angeboten, die Bank zu übernehmen. Es war der Höhepunkt meiner Karriere. Die Chefetage, die Limousine, firmeneigene Flugzeuge, der Pacific Union Club. Ich fand es herrlich. Annie fand es herrlich. Die Kinder fanden es herrlich. Nicht daß ich irgendwelche Illusionen gehabt hätte. Du weißt ja, daß die Bank zu Beginn der achtziger Jahre in großen Schwierigkeiten steckte. Mein Vorgänger kam ans Ruder und leistete eine verdammt gute Arbeit. Er löste viele Probleme, und ich dachte, ich könnte den Job zu Ende führen. Jetzt bin ich nicht mehr so sicher.« Er fuhr sich mit der Hand über die Augen.

»Ich werde mich um das ›Journal‹ kümmern«, sagte Mayer

rasch. »Dazu bin ich ja schließlich hier. Um dir zu helfen, stimmt's? Laß mich den Reporter anrufen.«

Pace nickte.

»Wie heißt er denn überhaupt?« erkundigte sich Mayer.

»Ach ja«, sagte Pace, »es ist kein Er. Es ist eine Sie, und sie heißt Sally Brown.«

»Den Namen kenne ich. Sie hat mich ein paarmal angerufen, als ich noch beim Internationalen Währungsfonds war. Sie ist hier in London?«

»Es scheint so.«

Mayer ging zum Schreibtisch und nahm das Telefonbuch aus der Lade. Es sah ziemlich abgegriffen aus. Das »Wall Street Journal« hatte sein Büro unweit der Fleet Street. Die Nummer war 353-0671.

Er wurde sofort mit Miss Brown verbunden, stellte sich vor und sagte ihr, daß er sie aus dem Savoy-Hotel anrief.

»Sie sind *der* Paul Mayer?«

»Ja. Vielleicht erinnern Sie sich. Wir haben früher schon mehrmals miteinander gesprochen.«

»Natürlich erinnere ich mich. Aber Sie sind doch nicht mehr beim Internationalen Währungsfonds, oder?«

»Nein.«

Sie wartete.

»Ja, also, wie ich erfahren habe, versuchen Sie, an George Pace von der Bank of America heranzukommen.«

»Das ist richtig.«

»Darf ich fragen, was Sie von ihm wollen?«

»Das würde ich Mr. Pace lieber persönlich sagen.«

»Das kann ich verstehen, aber ich versichere Ihnen, daß er mich bevollmächtigt hat, alle Fragen zu beantworten, die Sie ihm zu stellen wünschen. Allerdings nur inoffiziell.«

Es folgte eine lange Pause. Miss Brown schien nicht geneigt, auf das »inoffiziell« einzugehen.

»Ich wußte nicht, daß Sie etwas mit der Bank of America zu tun haben.«

»Das habe ich auch nicht. Ich bin im Auftrag des *Federal Reserve Board* in London. Und in dieser Eigenschaft habe ich George Pace einen Besuch abgestattet. Sie sind nicht die einzige, Miss Brown, die sich gegenwärtig dafür interessiert, was in der Bank of America vorgeht.«

»Na schön. Könnten Sie hier rüberkommen, um zu reden?«

»Worüber im besonderen?«

»Gerüchte gehen wie ein Lauffeuer durch die Stadt — über die faulen Kredite, eine mögliche Übernahme. Sie müssen mehr wissen als ich.«

»Könnte wohl sein. Treffen wir uns doch . . .« Mayer überlegte rasch, suchte nach einem möglichst unauffälligen Ort. ». . . an der Bar im ›Carlton Tower‹. Sie kennen doch das Hotel, auf dem Cadogan Square. Sagen wir zu Mittag?«

Sie war sofort einverstanden.

Nachdem er aufgelegt hatte, warf Mayer einen Blick auf George Pace. Das Gesicht des Bankiers hatte wieder Farbe bekommen.

»Das könnte eine große Chance für uns sein, George«, sagte Mayer. »Wenn ich sie überzeugen kann, daß du die Lage beherrschst, und sie das in ihrem Bericht überzeugend darstellt, würde mir das eine Rundreise durch Europa ersparen.«

»Das hoffe ich sehr. Wie sieht sie denn überdies aus?«

»Ich habe keine Ahnung.«

»Na dann, Paul, wer weiß, vielleicht haben wir heute beide einen Glückstag.«

6. Kapitel

Das Carlton Tower Hotel hat in langen Jahren Höhen und Tiefen erfahren, aber der Rib-Room und seine Bar sind dennoch intakt und beliebt geblieben. Eine Menge amerikanischer Geschäftsleute sind immer dort abgestiegen, und wie gewöhnlich war die Bar um diese Zeit voll von ihnen. Paul Mayer, der schon ein wenig früher in seinem eleganten Maßanzug erschienen war, paßte gut dazu.

Innerhalb weniger Minuten betrat zuerst eine, dann eine zweite Dame ohne Begleitung die Bar. Keine der beiden war besonders attraktiv. Zu Mayers Erleichterung war auch keine von ihnen Sally Brown. Nach George Paces anzüglicher Bemerkung und aus irgendwelchen juvenilen Regungen heraus hatte Mayer hohe und vermutlich gänzlich unrealistische Hoffnungen gehegt, Sally Brown könnte etwas mehr als nur ein Blaustrumpf sein, eine Frau, die ihre Erfüllung darin fand, bis spät im Büro zu sitzen und gehässige Artikel auszuhecken, die dazu angetan waren, ein weiteres Opfer aufzuspießen.

Im Augenblick, wo er sie sah, wußte er, daß sie Sally Brown und daß sie alles andere als ein Blaustrumpf war. Sie maß vielleicht ein Meter fünfundsechzig, hatte dunkelblondes Haar, ein sonnengebräuntes Gesicht und trug ein elegantes beigefarbenes Anne-Klein-Kostüm, das nicht nur guten Geschmack verriet, sondern auch die Tatsache herausstrich, daß sie sich ihrer Beine nicht zu schämen brauchte.

Als sich Paul Mayer mit seinen ein Meter neunzig erhob, um sie zu begrüßen — sie steuerte, ohne einen Augenblick zu zögern, auf seinen Tisch zu —, zogen sie die Blicke aller Männer in der Bar auf sich. »Ein paar Tage mit so einer Frau in London verbringen zu können!« Das war der Gedanke, der die meisten von ihnen veranlaßte, sich als dürftigen Ersatz noch einen Bourbon mit Wasser zu bestellen.

»Ich nehme an, Sie sind Mr. Mayer«, sagte sie mit einem nüchternen Lächeln, auf das ein noch nüchternerer Händedruck folgte.

»Miss Brown«, gab er zurück, »endlich begegnen wir einander. Darf ich Sie zu einem Drink einladen?«

»Nein, danke«, antwortete sie, während sie sich setzte, wobei sie mit einer Handbewegung andeutete, daß sie keiner Hilfe bedurfte.

Doch während sie beobachtete, wie er seine hochgewachsene Gestalt auf einen Stuhl sinken ließ, änderte sie ihre Meinung.

»Warum eigentlich nicht? Einen Manhattan. Seit ich in London bin, habe ich noch keinen getrunken.«

»Ich auch nicht«, gab Mayer zu, »obwohl ich erst gestern gekommen bin.«

Das gleiche automatische Lächeln spielte um ihre Lippen. Sie beobachtete ihn, während er bestellte.

»Sie sind jünger, als ich dachte«, sagte sie. »Und ich könnte mir vorstellen, daß Sie sogar Humor haben.«

»Was hatten Sie denn erwartet?«

»Das weiß ich nicht genau«, antwortete sie. »Aber ich entsinne mich, daß ich Sie mir ein bißchen kräftiger vorgestellt habe. Professorenhaft. Teutonisch. Ein Produkt des Internationalen Währungsfonds, wenn Sie verstehen, was ich meine. Aber wo wir jetzt zusammensitzen . . .«

Als ob sie sich gerade noch gefangen hätte, holte sie ein Notizbuch aus der Tasche, die sie auf den Tisch gelegt hatte.

Jetzt war es Mayer, der sie beobachtete. Sie erinnerte ihn an . . . Leslie Stahl von PBS. Das gleiche blonde Haar, die gleiche Schlankheit, wo Schlanksein sich lohnte, die gleiche weiche Stimme, und doch lag ein Glitzern in ihren Augen, das vor Härte warnte.

»Wollen wir anfangen?« fragte sie. Ihr Ton war kühler, das Glitzern ausgeprägter.

»Gern.« Sie dürfte einunddreißig oder zweiunddreißig sein, spekulierte Mayer. Ein bißchen zu jung für mich. Wahrscheinlich war es das, was sie mit ›teutonisch‹ ausdrücken wollte. »Sie haben die Gerüchte gehört?« fragte sie.

»Ja. Soviel wir wissen, kommen sie aus Zürich.«

»Aus Zürich und Frankfurt. Und aus Tokio.«

Das ›Tokio‹ ließ Mayer kaum merklich zusammenzucken.

»Von wem in Frankfurt, Zürich und Tokio?«

»Tut mir leid.«

»Na gut«, fuhr Mayer fort, »wenn wir mit dem ›Von wem‹

nicht weiterkommen, beschäftigen wir uns eben mit dem ›Was‹.«

»Drei Punkte. B of A wird einen Verlust von zwei Milliarden Dollar in Inlandskrediten hinnehmen müssen. Sie wird mit ein paar von diesen Kreditzusagen herausrücken müssen, die sie schon so lange vor einer vertrauensseligen Öffentlichkeit versteckt gehalten hat. Und . . .«

»Augenblick. Wie war das noch mal?«

»Ich spreche von den Eventualverbindlichkeiten in Höhe von hundertachtzehn Milliarden Dollar, die im Rechnungsabschluß nicht erscheinen. Wie wir hören, soll eine halbe Milliarde bald fällig werden.«

Paul Mayer machte ein skeptisches Gesicht, was Sally Brown nicht entging. Er wußte sehr wohl, daß jede Großbank in den Vereinigten Staaten der Praxis huldigte, Kreditgarantien zu übernehmen, und daß keine dieser Aktivitäten in der Bilanz ihren Niederschlag fand. Es gab die verschiedensten Varianten: Die Bank versicherte, daß die Stadt San José die Kommunaldarlehen tilgen würde, die sie an das Publikum ausgegeben hatte; sie garantierte Zinszahlungen, die von Zins-Swapgeschäften herrührten. Sie garantierte Devisenverträge, aber auch einfache Darlehensverpflichtungen. Keine dieser Transaktionen ging »auf Risiko« im üblichen Sinn. So war es also nach Mayers Ansicht durchaus plausibel, sie »unter dem Strich« zu lassen — der Ansicht eines Mannes nach, der das Produkt des Internationalen Währungsfonds war, wie sie es vermutlich sehen würde, dachte er.

»Das werde ich nachprüfen müssen«, sagte er, »aber es sieht mir nach einer falschen Spur aus. Vielleicht hat sich etwas auf diesem Gebiet ergeben, aber es kann unmöglich auch nur annähernd eine halbe Milliarde Dollar involvieren. Was haben Sie noch?«

»Venezuela.«

»Was ist mit Venezuela?«

»Daß es weder imstande noch bereit ist, weitere Zinsen auf

seine Auslandsschulden zu zahlen. Weil der Ölpreis jede Woche weiter sinkt.«

»Das stimmt überhaupt nicht. Und ich staune, daß Sie auf so alte Kamellen überhaupt noch reinfallen. Erst war es Argentinien, dann war es Brasilien, dann Mexiko, dann die Philippinen, jetzt Venezuela. Ist auch nur eines von diesen Ländern jemals mit seinen Zahlungen in Verzug geraten? Zum Teufel, nein! Also vergessen wir auch diesen Punkt. Sonst noch etwas?«

»Eins noch. Daß einige Leute vom Vorstand der B of A von George Pace die Nase voll haben. Sie haben das Gefühl, daß er die Bank in Grund und Boden wirtschaftet. Es heißt auch, daß eben diese Leute sehr aktiv nach einem Fusionspartner suchen, der eine Menge neues Kapital einbringt — das die Bank nach all diesen Verlusten brauchen wird —, und nach einem neuen Häuptling, der ihnen garantiert, daß so etwas nicht noch einmal passiert.«

»Wer sagt das?«

»Ich bitte Sie, Mr. Mayer. Oder ist Ihnen Dr. Mayer lieber?«

»Weder noch. Wie wäre es mit Paul? Klingt nicht so teutonisch.«

Sie schien darüber nachzudenken und beschloß dann, sich ein wenig nachgiebiger zu zeigen.

»Okay. Paul soll mir recht sein. Wenn Ihnen Sally recht ist.«

»Abgemacht.«

Mayer langte nach unten in seine Aktentasche und zog die Computerausdrucke heraus, die George Pace ihm vor einigen Stunden gegeben hatte.

»Fangen wir mit den dubiosen Darlehen an. Da sind sie, frisch aus dem Computer.«

Sie nahm ihm die Papiere aus der Hand und fing an, sie rasch durchzusehen.

»Sind Sie tatsächlich autorisiert, mir das zu geben?« Verwunderung sprach aus ihren Worten und ihrer Miene.

»Es Ihnen zu zeigen; nicht, es Ihnen zu geben.«

»Das ist nur recht und billig.«

Sie blätterte weiter.

»Das wird der B of A nicht weh tun«, meinte sie, nachdem sie die letzte Seite gesehen hatte. »Man glaubt allgemein, daß der Schaden doppelt so hoch ist.«

»Wir wissen, wie es steht. Jetzt wissen Sie es auch. Und ich hoffe, daß es jetzt auch bald der Rest dieser neugierigen Menschen in aller Welt wissen wird.«

»Wie steht es mit dem zweiten Punkt?«

»Was war das bloß noch?«

»Diese Eventualverbindlichkeiten, die schiefgelaufen sind.«

»Ich weiß es wirklich nicht, aber ich bezweifle, daß es da Ärger in größerem Ausmaß gegeben hat. Und wenn, würde es zweifellos jede Großbank der Vereinigten Staaten berühren.«

»Wieso?«

»Weil alle es machen, und in großem Stil.«

»Wie groß?«

»Also schön. Nehmen wir die fünfzehn großen Banken in den Vereinigten Staaten. Plus/minus ein paar -zig Milliarden haben sie zusammen Aktiva in der Höhe von etwa einer Billion Dollar. Okay? Wieviel davon, würden Sie meinen, entfällt insgesamt auf solche von den Bilanzen nicht erfaßte Verpflichtungen?«

»Ich geb's auf.«

»Auch eine Billion. Im Augenblick würde ich sogar sagen, liegt die Summe eher bei eins Komma zwei Billionen.«

»Das ist erschreckend.«

Mayer zuckte die Achseln.

»Warum machen sie das?« fragte sie.

»Um Geld zu verdienen. Genauer gesagt, um jetzt Geld zu verdienen. Sie kassieren die Gebühren für die Garantien im voraus.«

»Obwohl sie möglicherweise auf Jahre hinaus in Kraft bleiben?«

»Auf Jahre und Jahre«, sagte Mayer. »Ihr zusätzlicher Reiz besteht darin, daß sie, weil sie ja nicht in der Bilanz erscheinen, bei der vorschriftsmäßigen Kalkulation des Mindestkapitalbedarfs einer Bank nicht berücksichtigt werden müssen. Müßten sie berücksichtigt werden, wären die Banken genötigt, ihr Kapital um viele Milliarden zu erhöhen, und Kapital, wie Sie ja wissen, ist teuer.«

Miss Brown schien ihm aufmerksam zuzuhören, und so entschloß sich Mayer, seine Ausführungen fortzusetzen.

»Es gibt da noch einen weiteren Anreiz. Für gewöhnlich werden diese Garantien in Form von Kreditzusagen abgegeben. Die Gerichte haben entschieden, daß, wenn eine Bank in Konkurs geht, die FDIC verpflichtet ist, für die Garantien aufzukommen, auch wenn sie nicht in die Bilanz einbezogen wurden.«

»Und warum?«

Wieder zuckte Mayer die Achseln.

»Auf diese Frage hätte ich wirklich gern eine Antwort«, drängte Sally Brown.

»Weil die Einleger, zumindest die anspruchsvolleren Einleger, nervös werden könnten, wenn sich die FDIC nicht hinter diese in den Bilanzen nicht ausgewiesenen Garantien stellen würde. Bedauerlicherweise haben wir in den Vereinigten Staaten in den letzten sechs oder sieben Jahren Hunderte von Bankkrachs erleben müssen. Mit Ausnahme einiger kleiner Sparvereine in Ohio und Maryland, die nur durch von den einzelnen Bundesstaaten übernommene Garantien gestützt wurden, mußte zum Glück keine Bank einem Run standhalten, wie wir sie im ganzen neunzehnten Jahrhundert und noch bis 1933 regelmäßig beobachten konnten. Weil nämlich seit 1933, als die FDIC gegründet wurde, der, der in Panik gerät, nur seine Ignoranz demonstriert. Die FDIC steht hinter den Verpflichtungen aller Banken, ganz gleich, ob sie im Rechnungsabschluß erscheinen oder nicht.«

Sally Brown ließ sich das durch den Kopf gehen. »Paul«,

sagte sie dann, »das können Sie dem Rotary Club in Petaluma erzählen, aber hier in Europa machen Sie damit niemandem etwas vor. Auch mir nicht.«

»Wer will Ihnen etwas vormachen?«

»Sie. Und damit Sie verstehen, was ich meine, gehen wir diese Argumentation noch einmal gemeinsam durch, okay?« Sie wartete nicht auf Antwort. »Als erstes sagen Sie mir: Werden europäische Einlagen in der Bank of America von der FDIC garantiert, ja oder nein?«

»Nein. Keine Auslandseinlage in einem amerikanischen Geldinstitut wird von der FDIC gedeckt. Daher zahlt auch keine Bank Versicherungsprämien für solche Einlagen.«

»Warum?«

»Weil Auslandsanlagen von Natur aus institutionell sind. Sie kommen von europäischen Banken, Körperschaften, Pensionskassen . . . Institutionen eben. Ihrer Bestimmung entsprechend sind sie alle beträchtlich. Eine Million Dollar ist kein ›offizielles‹ Minimum, aber der Betrag stellt die normale Einheit für Einlagen in Eurodollar dar. Das heißt, daß sie alle weit über der Hunderttausend-Dollar-Marke liegen, bei der die FDIC-Versicherungen ein Ende haben — ganz gleich, von wo die Einlage kommt, von Europa oder Santa Rosa, Kalifornien.«

»Kapiert. Nächste Frage: Wie hoch liegt bei der B of A der Prozentsatz der gesamten Einlagen aus Übersee, vornehmlich, wie ich annehme, aus Europa und Japan?«

»Diese Zahl kann ich Ihnen nicht geben, weil ich sie selbst nicht kenne.«

»In Ordnung. Dann wollen wir also generalisieren. Nehmen wir die fünfzehn größten Banken in den Vereinigten Staaten — B of A, Chase, Citybank, Security, Pacific — Sie kennen ja die Liste. Alle zusammengezogen, wieviel Prozent ihrer Gesamteinlagen kommen aus dem Ausland?«

»Die Hälfte.«

Zum zweitenmal gab Sally Brown jetzt ihrer Verwunderung Ausdruck. »So viel?«

»Ja.«

»Und das geben Sie zu?«

»Es ist eine Tatsache.«

»Wer weiß davon?«

»Der *Fed*, die FDIC, der *Comptroller of the Currency,* um nur einige wenige zu nennen. Außer diesen . . . na, ich will es einmal so formulieren: 99,9 Prozent der Amerikaner wissen nichts davon.«

»Also gut«, fuhr die Reporterin fort, »lassen Sie uns jetzt einmal ›Was wäre, wenn‹ spielen.«

»Okay«, stimmte er zu, obwohl sich jetzt in Mayers Augen erhöhte Vorsicht spiegelte.

»Was würde man wirklich tun müssen, um eine amerikanische Bank, eine ganz große, zum Kollaps zu bringen?«

»Wie etwa die B of A«, bemerkte Mayer trocken.

»Sie haben es erfaßt.«

»Was würden Sie tun?« konterte er.

»Den europäischen Einlegern einen Schrecken einjagen.«

»Indem man Gerüchte über Zwei-Milliarden-Dollar-Verluste ausstreut?«

»Richtig.«

»Aber am Ende müssen Gerüchte auch einen Kern haben, wenn das, worauf sie spekulieren, auch wirklich geschehen soll.«

»Zugegeben. Also nehmen wir einmal an, die Gerüchte über den Zwei-Milliarden-Dollar-Verlust stellen sich als falsch heraus. Die benötigte Deckung der Darlehensverluste beläuft sich nur auf eine Milliarde Dollar. Was wäre, wenn man zusätzlich zu den Gerüchten über den jetzt nur mehr eine Milliarde Dollar hohen Verlust an Inlandsdarlehen nun auch noch munkelte, daß Venezuela und dann auch noch Mexiko und dann Brasilien beschlossen hätten, keine Zinsen mehr auf ihre Schulden zu zahlen. Nicht etwa, daß sich diese Länder miteinander verschworen hätten, sondern nur auf Grund der Tatsache, daß die Preise von allem, was sie exportieren, angefangen von Bananen bis zum Erdöl, ins Bodenlose fallen, was zur Folge hat, daß ihre Dollareinkünfte für die Bedienung ihrer Schulden nicht mehr ausreichen. Das heißt, daß sie sich noch mehr Geld von den amerikanischen Banken leihen müssen, um fällige Zahlungen zu leisten. Und zu welchem Zweck? Bloß um die Yankeebanken in die Lage zu versetzen, die Fiktion aufrechtzuerhalten, daß alle diese Darlehen an die Dritte Welt buchmäßig gut aussehen. Was wäre also, wenn die Venezolaner zu dem Schluß kämen, daß es ein Problem der Banken ist und nicht ihres, und sich dafür entschieden, ganz offen und offiziell ihren Zahlungsverpflichtungen nicht mehr nachzukommen? Das könnte südlich unserer Grenzen eine Entwicklung auslösen, bei der ein finanzieller Dominostein nach dem anderen ins Wanken geraten würde.« Sie unterbrach sich. »Können Sie mir folgen?«

»Selbstverständlich.«

»Was würde dann geschehen?« fragte sie.

»Unsere Regierung würde eingreifen, und die Sache wäre erledigt. Kein Run, keine Panik.«

»Ach ja? Würden Sie Ihr Geld bei der B of A lassen, wenn das passierte — wenn Sie ein völlig unversicherter Einleger hier in Europa wären, wenn sie nicht nur unversichert wären, sondern auch ohne die nötige Durchschlagskraft, um die maßgeblichen Regierungsstellen in Washington dazu zu bewegen, Sie unter den Schutz der FDIC zu stellen, obwohl diese legal nicht dazu verpflichtet ist?«

Paul Mayer ließ sich mit der Antwort Zeit. Dann: »Ich habe Ihnen die offizielle Antwort gegeben. Wenn Sie meine persönliche Meinung hören wollen, ich würde aussteigen, wenn ich in dieser Lage wäre. So unlogisch das auch wäre, mein Gefühl würde mir sagen: Wozu das Risiko — zugegeben, nur eins zu einer Million — eingehen, daß die Regierung der Vereinigten Staaten uns Ausländer im Regen stehen läßt? Ich würde mein Geld abziehen und es nach Hause bringen, wo immer dieses auch liegen mag — London, Tokio, Hongkong oder Zürich.«

»Wenn jeder hier so reagieren würde, könnte es geschehen, daß die Hälfte aller Einlagen der B of A abgezogen werden, sechzig Milliarden Dollar!«

»Das ist richtig.«

»Paul Mayer«, erklärte die Reporterin, »Sie sind wirklich ein ungewöhnlicher Typ. Ich bin noch keinem Menschen aus der Finanzwelt begegnet, der mir diese Antwort gegeben haben würde.«

»Das ehrt mich. Aber vergessen Sie nicht, es ist alles inoffiziell. Und bevor wir mit Ihrem ›Was-wäre-wenn‹-Spiel fortfahren, lassen Sie mich Ihnen eine Frage stellen.«

»Ihr gutes Recht.«

»Warum sollte Venezuela oder Brasilien oder Mexiko so etwas tun? Das wäre doch reiner Selbstmord. Weil sie nämlich sehr genau wissen: Wenn wir untergehen, gehen sie auch unter. Selbst Castro weiß das.«

»Kann sein, kann aber auch nicht sein. Und jetzt lassen Sie mich Ihnen etwas erzählen.«

»Ich lausche.«

»Haben Sie schon mal etwas von einem gewissen Senor Martínez aus Caracas gehört?«

»Sicher. Aber da gibt es zwei. Der eine heißt José, aber den Namen seines Bruders habe ich vergessen.«

»Roberto.«

»Richtig. Er ist Ölminister. Und?«

»Er hat in Zürich die Runde gemacht.«

»Wo diese Gerüchte ihren Ursprung haben.«

»Um ehrlich zu sein, sie haben schon angefangen, bevor Martínez aufkreuzte. Aber seitdem haben sie sich verstärkt.«

»Danke für diesen Hinweis.«

»Gern geschehen. Noch eine kleine Information . . . auch wieder inoffiziell. Ein gewisser Genosse Dolgich, Mitglied oder Fastmitglied des Politbüros, war am gleichen Tag wie Señor Martínez in Zürich und nahm sogar zusammen mit ihm an einem Lunch in einer Schweizer Bank teil.«

»Und?«

»Halten Sie das für einen Zufall?«

Zum ersten Mal lachte Paul Mayer, und es war ein freundliches Lachen. »Meine liebe Sally Brown, ich fürchte, Sie verlieren das rechte Maß. Wir sprechen über Banken und Bankiers und Darlehen und Finanzen. Das ist kein Material für Le Carré oder Freddy Forsyth, so sehr ich die beiden auch bewundere. Vergessen Sie die Venezolaner und die Russen und wahrscheinlich sogar auch die Schweizer. Ich denke, besser gesagt, ich fürchte, daß alles, was in den letzten Wochen passiert ist, eine sehr einfache Erklärung hat, und ich glaube auch, daß Sie es spitzgekriegt haben. Jemand arbeitet, zusammen mit einem Komplizen im Vorstand der B of A, an einem Übernahmeplan oder zumindest an einem Fusionsplan. Und jetzt versuchen sie den Kurs von B of A-Aktien zu drücken, indem sie diese Gerüchte ausstreuen — während sie Aktien aufkaufen.«

Sally Brown schien beeindruckt.

»Haben Sie eine Ahnung, wer es sein könnte?« wollte Mayer wissen.

»Lassen Sie mich darüber nachdenken.«

»Beim Lunch?« fragte er. »Das Roastbeef ist hier ausgezeichnet.«

»Sehr gern. Aber zunächst: Wo sind hier die Waschräume?«

Er sah ihr nach, wie das auch die anderen in der Bar taten. Er zahlte die Getränke und ging zum Oberkellner, um einen Tisch zu bestellen. Er wollte einen am Ende der Dachterrasse, wo sie nebeneinander sitzen und den ganzen Rib-Room überblicken konnten. Als Sally Brown zurückkam, arrangierte der Ober persönlich ihre Plätze. Er erinnerte sich an Mayer und die Fünfdollarnote, die dieser ihm in die Hand zu drücken pflegte.

»Sehr nett«, meinte sie, während sie sich auf der roten Polsterung niederließ. »Ich war noch nie hier.«

»Es sind vornehmlich amerikanische Geschäftsleute und Typen aus dem Nahen Osten, die hier absteigen.«

Wie auf ein Stichwort erschien der Oberkellner von neuem.

Diesmal begleitete er eine recht auffällig zurechtgemachte Dame mit olivfarbenem Teint, vermutlich eine dieser Exil-Iranerinnen, wie Mayer sie auf Grund ihres etwas arroganten Auftretens und der übertriebenen Eleganz ihrer Kleidung einschätzte. Der Kerl, der sie begleitete, einen Kopf kürzer und ein wenig schmierig, wirkte so deklassiert, daß er einem leidtun konnte. Es stellte sich heraus, daß sie den Tisch rechts von Mayer und der Reporterin zugewiesen bekamen. Einen Augenblick lang hing das Parfüm der Dame in der Luft, während das exotische Paar neben den Amerikanern auf der roten Polsterbank Platz nahm.

»Ich verstehe, was Sie meinen«, flüsterte Sally Brown Mayer zu. »Würden Sie lieber woanders sitzen?«

»Nicht nötig. Wie ich höre, werden sie alle fett, wenn sie über dreißig sind.«

»In diesem Fall hat der kleine Mann ja Glück gehabt. Sie ist über dreißig, sieht aber großartig aus. Vielleicht ein wenig überreif, muß ich wohl hinzufügen.«

»Ich ziehe meine Tischgefährtin vor, wenn ich das sagen darf.«

»Sie dürfen. Sooft Sie wollen, Paul.« Und nach einer Pause: »Genehmigen wir uns doch noch einen Manhattan.«

»Sie können Gedanken lesen«, erwiderte Mayer und winkte einen Kellner heran.

»Sehen Sie, das ist der Vorteil, den Sie bei uns amerikanischen Reporterinnen haben«, sagte sie. »Wir sind vielleicht nicht so lecker, aber wenigstens wissen wir, wie man trinkt. Das lernen wir schon im College.«

»Welches haben Sie besucht?«

»Duke.«

»Hätte ich mir eigentlich denken können«, bemerkte Mayer. »Weil Sie, wie ihr Amerikaner sagt, einen Hauch von Klasse haben. Südstaatenklasse.«

»Nochmals danke, mein Herr. Aber was heißt, ›ihr Amerikaner‹? Sind Sie denn kein Amerikaner?«

»Jetzt schon, aber ich bin in der Schweiz aufgewachsen. Dort wird ›Klasse‹ anders definiert. Dort wird einem gelehrt, steif, zurückhaltend und immer vorsichtig zu sein. Man soll nicht erwarten, viel Spaß im Leben zu haben, wird einem beigebracht — eine Ansicht, der Sie wahrscheinlich nicht zustimmen.«

»Armer Junge.«

Mayer bemühte sich, seine Gefühle zu beherrschen.

»Haben Sie denn jetzt keinen Spaß?« fuhr sie fort.

»Natürlich.« Mayer schien von seiner Antwort überrascht.

Die zweite Runde Manhattan wurde serviert. Der Tisch nebenan bekam einen Krug Eistee.

»Auf unseren Zwei-Manhattan-Lunch, Paul«, sagte Sally Brown und stieß mit ihm an.

Der Kellner kam, um ihre Bestellung entgegenzunehmen. Beide entschieden sich für das Roastbeef. Dazu orderte Meyer eine Flasche leichten Burgunder.

»Zum Teufel«, lachte Sally, »soll auch noch der Rest des Nachmittags draufgehen. Aber darf ich zuvor noch einmal auf das Geschäft zurückkommen?«

»Sicher.«

»Was für ein Verhältnis haben Sie zu George Pace von der B of A?«

Er erzählte es ihr. Ausführlich. Und während er sprach, wechselten die beiden Typen aus dem Nahen Osten am Nebentisch kein Wort miteinander. Die Iranerin ließ zweimal die Serviette fallen, und immer, wenn sie sie aufhob, ließ sie einen Teil ihres beträchtlichen Busens sehen. Auch schien sie immer näher an Paul Mayer heranzurücken. Er spürte ihre Nähe und mußte, ob er wollte oder nicht, einen Blick auf ihren Busen werfen. Wäre nicht die ebenso attraktive amerikanische Schönheit zu seiner Linken gesessen, er hätte sich versucht gefühlt, die Dame aus dem Iran sorgfältiger ins Auge zu fassen. Offensichtlich bemerkte Sally Brown, was hier vorging.

»Ich glaube so etwas wie sinnliche Begierde im Herzen Ihrer

Nachbarin zu entdecken. Und wer scheint wohl das Ziel ihres nahöstlichen Verlangens zu sein?«

»Wenn Sie einen so schmierigen Einfaltspinsel an Ihrer Seite hätten, könnte es wohl sein, daß auch Sie Ihre Serviette in alle möglichen Richtungen fallenlassen«, konterte er.

»Touché.«

»Und jetzt sagen Sie mir«, fuhr er fort, »wer ist der Mann, von dem man sich erzählt, er wäre hinter B of A her? Karl Miller?«

Das war das drittemal an jenem Nachmittag, daß Sally Brown ihre zarte Kinnlade fallenließ.

»Woher zum Teufel wissen Sie das?«

»Ich habe es nicht gewußt.«

»Gemein!«

»Wo Sie es mir jetzt gesagt haben, von wem wissen Sie es?«

»Es ist Ihnen doch klar, daß ich Ihnen das nicht verraten kann«, plänkelte sie. »Na schön, ich werde es Ihnen verraten. Nachdem ich begonnen hatte, den Gerüchten über die B of A nachzujagen, die in Europa zirkulierten, bat ich einige unserer Leute vom ›Journal‹ in New York, sich ein wenig umzuhören. Und die kamen mit diesem Miller daher.«

»Wie verläßlich sind diese Leute im allgemeinen?«

»Na ja«, antwortete sie, »ich möchte es so ausdrücken: Ich bin immer ziemlich skeptisch. Die Leute von der Wall Street versuchen immer wieder — aus naheliegenden Gründen —, uns Gerüchte anzudrehen.«

»Die Bank of America ist selbst für Miller ein großer Bissen. Zu groß, wenn Sie mich fragen. Man müßte mit mindestens sechs Milliarden rechnen. Vielleicht auch sieben. Wo will er denn soviel Geld hernehmen?«

»New York weiß auch darauf eine Antwort.«

»Wer also?«

»›Man‹ hat mir gesagt, Miller habe sich der Unterstützung Drexel Burnham Lamberts versichert — die Spezialisten für Schwindel-Obligationen.«

Der Ausdruck der Bestürzung auf Mayers Gesicht sprach Bände. »Können Sie sich die Reaktion vorstellen, die eine solche Nachricht in Europa auslösen würde? Wenn Amerikas zweitgrößte Bank von einem notorischen Straßenräuber, einem Finanzhai ärgster Sorte, übernommen werden sollte — finanziert durch eine Ausgabe von Schwindel-Obligationen in Höhe von sechs Milliarden Dollar? Du lieber Himmel!«

»Das wäre gar nicht gut«, murmelte sie. »Womit sich für uns der Kreis geschlossen hat.«

»Wie meinen Sie das?«

»Wir kommen wieder auf die Frage zurück, wie man die europäischen Einleger in Schrecken versetzen könnte.«

Mayer zog es vor, sich nicht dazu zu äußern.

»An Ihrer Stelle würde ich das nachprüfen«, fuhr sie fort und fügte nachträglich hinzu: »Und es mich dann wissen lassen.«

»Wie?«

»Rufen Sie doch Drexel Burnham an.«

»Ich kenne dort niemanden. Der Internationale Währungsfonds hat sich nie mit Schwindel-Obligationen abgegeben.«

»Kann schon sein. Aber B of A muß laufend große Geschäfte mit ihnen abwickeln. Vielleicht könnte Ihr Freund George Pace die Leute anrufen.«

»Eine gute Idee. Danke.«

»Gern geschehen.«

Als die Rechnung kam, griff sie hastig danach. Es folgte eine kleine Rangelei, wobei Paul Mayer sie zum erstenmal richtig berührte. Aber er verlor.

»Sie müssen mir erlauben, mich bald zu revanchieren«, sagte er ein wenig lahm, als sich der Zahlkellner mit ihrer Kreditkarte entfernte.

»Mit Vergnügen.« Und diesmal war sie es, die die Hand ausstreckte, um seinen Arm zu berühren.

Als sie das Hotel verließen, hatte der Nieselregen, der schon den ganzen Vormittag gefallen war, endlich aufgehört, und die

Sonne schien sogar durch die Wolken brechen zu wollen. Der Türsteher in seinem Beefeater-Kostüm winkte ein Taxi heran.

»Darf ich Sie bei Ihrem Büro absetzen?« fragte Mayer. »Wir fahren in die gleiche Richtung. Ich wohne im ›Savoy‹.«

»Ich muß zuerst zu ›Harrods‹. Ich möchte mir ein paar Steaks aus der phantastischen Fleischabteilung holen.«

»Ich begleite Sie. Es sind ja nur fünf oder sechs Blocks.«

Sie zögerte. Und erklärte sich einverstanden.

Das Taxi war nicht umsonst vorgefahren. Die beiden Nahost-Typen waren unmittelbar nach Paul Mayer und Sally Brown aus dem Hotel gekommen. Die Frau nahm ein Taxi. Der Mann gab dem Türsteher ein Trinkgeld und blieb stehen. Er sah auf die Uhr, so als überlegte er, wie er die Zeit bis zu seinem nächsten Termin totschlagen sollte. Nachdem das Taxi mit seiner Tischgefährtin um die Ecke gebogen war, schien er sich entschlossen zu haben, einen kleinen Spaziergang durch Knightsbridge zu unternehmen. Er blieb etwa einen halben Block hinter den beiden Amerikanern zurück.

Nachdem er sich vor dem Londoner Büro des »Journal« von Sally Brown verabschiedet hatte und ins »Savoy« zurückgekehrt war, rief Mayer sofort das Londoner Hauptquartier der Bank of America an und wurde sehr rasch mit George Pace verbunden. Er berichtete ihm über das Wesentliche seines Gesprächs beim Lunch und wiederholte Sally Browns Vorschlag. Sie hatte recht gehabt. Die B of A unterhielt eine rege Geschäftsverbindung mit Drexel Burnham, und George Pace kannte den Chef der Firma ziemlich gut. Er versprach, ihn gleich morgen früh anzurufen.

»An deiner Stelle würde ich das gleich tun«, riet ihm Mayer.

»Warum?«

»Dann kann ich die Dame vom ›Journal‹ noch heute nachmittag verständigen — bevor sie ihren Bericht der Redaktion übergibt. Wenn es eine schlechte Nachricht ist, wäre es mir lieber, wenn wir es ihr sagen.«

»In New York ist es jetzt acht Uhr abends«, gab Pace zu bedenken. »Aber wie gewöhnlich hast du auch diesmal recht. Ich werde versuchen, ihn zu erreichen. Rühr dich die nächste Stunde nicht vom Telefon weg.«

Fünfundvierzig Minuten später rief Pace ihn zurück.

»Ich habe ihn zu Hause in Greenwich erwischt. Er hat mir hoch und heilig versichert, daß Drexel Burnham weder mit Miller noch sonst jemandem an der Finanzierung der Übernahme einer Bank beteiligt sind.«

»Glaubst du es ihm?«

»Ja.«

»Noch etwas. Hast du irgendwelche Schwierigkeiten mit deinen Kreditzusagen?«

»Sie belaufen sich auf fünfzig Millionen.«

»Nicht mehr?«

»Das ist alles.«

»Ich glaube ihm.«

Paul Mayer rief Sally Brown an, und auch sie glaubte es. »Damit bleiben uns nur wieder die Gerüchte, aber kein erkennbarer Ursprung«, sagte sie nachdenklich.

»Kein erkennbarer Ursprung und — ich hoffe Ihnen das nachgewiesen zu haben — auch nichts, worauf sie basieren könnten.«

»Ich stimme Ihnen zu.«

»Wird das aus Ihrem Bericht hervorgehen?«

»Das wird es. Wenn sie ihn drucken.«

»Wenn sie es tun, wann wird er erscheinen?«

»Morgen früh.«

»Danke. Lassen Sie sich die Steaks gut schmecken.«

Er war nicht aufgefordert worden, sie mit ihr zu teilen, was ihn mehr als nur ein wenig ärgerte.

Mayer beschloß, sich darauf zu verlassen, daß der Bericht im »Journal« erscheinen würde. Wenn er erschien, würde die Londoner »Financial Times« ihn aufgreifen, und als Endeffekt würde genau jene Beruhigung der europäischen Wellen eintreten, die er und George Pace bestrebt waren zu erreichen. Es hatte also keinen Sinn, eine Runde durch die europäischen Banken anzutreten. Damit würde er nur ›den Protest übertreiben‹, wie die Briten es formulierten. Er würde also morgen früh nach Washington zurückfliegen und Bob Reston, wie ursprünglich geplant, über das Wochenende Bericht erstatten. Er verfügte ja auch über die Computerausdrucke als zusätzliches Mittel, die Wellen zu beruhigen. Somit würde er seinen Auftrag für den *Federal Reserve Board* in Rekordzeit ausgeführt haben.

Aber immer noch sah sich Mayer mit zwei bohrenden Fragen konfrontiert: Wer brachte die Gerüchte in Umlauf? Und zu welchem Zweck?

Dem ›Wer‹ kam er schon am nächsten Morgen näher, viel näher, als er ahnen konnte.

Mayer war einer der letzten Passagiere, die an Bord der Pan-Am-Maschine, Flug 747 nach Washington, gingen. Er hatte den Platz 6a in der Ersten Klasse. Kaum hatte er sich gemütlich zurückgelehnt, blätterte er schon die europäische Ausgabe des »Wall Street Journal« durch. Er hatte sie im Vorbeigehen am Flughafenkiosk gekauft.

Der Bericht war auf Seite drei, zweite Spalte oben.

Er war perfekt. Er las ihn ein zweites und dann ein drittes Mal, um sicher zu sein. Er war immer noch perfekt. Sally Brown hatte ihr Versprechen gehalten!

So hatte die Maschine bereits das Vorfeld verlassen und näherte sich der Rollbahn 2 des Flughafens Heathrow, bevor Mayer vom letzten Passagier Notiz nahm, der an Bord gekommen war, einer Frau, der man den Platz 6b neben ihm angewiesen hatte, und die sich seitdem in die Morgenausgabe der »Herald Tribune« vergraben hielt.

Es war eine sehr schöne und gut zurechtgemachte Frau von dunkler, nahöstlicher Hautfarbe.

ZWEITER TEIL

7. Kapitel

Zu der Zeit, da Paul Mayer über dem Atlantik dahinschwebte, war es in Moskau lange noch Mittag, und Wladimir Dolgich saß in seinem Lieblingslokal und hatte bereits seinen zweiten Wodka vor sich stehen.

Nicht nur seine Nähe sprach für das Café Jama, das sich nur ein kleines Stück vom Bolschoi-Theater den Puschkin-Kai hinauf, nur etwa fünf Häuserblocks von Dolgichs Industrie- und Handelsministerium befand. In einer Stadt, die für ihre grauslichen Bars bekannt ist, wo man an kleinen brusthohen Tischen stehen muß — inmitten der Boden übersät mit Brotkrümeln, Lachen von verschütteten Getränken — und die nicht minder grauslichen Restaurants, in denen es immer nach Kohl stinkt und wo man von verdrießlichen Kellnern in altersgrauen Schürzen grausliche Speisen vorgesetzt bekommt, ragt das Jama hervor wie eine Oase in der Wüste Gobi.

Es ist im Kellergeschoß eines alten Hauses untergebracht, das dem französischen General Murat als Hauptquartier diente, als Napoleons Truppen 1812 Moskau besetzten. Wenn man vom Puschkin-Kai die Treppe hinuntersteigt, befindet man sich in einer Reihe kleiner, intimer, miteinander verbundener, mit viel Geschmack restaurierter Räume. Besucher aus dem Westen, die zufällig auf das Jama stoßen, nachdem sie wochenlang ein anständiges Lokal gesucht haben, pflegen unweigerlich den Rest des Tages oder des Abends dort zu verbringen. Es ist, als hätten sie wie durch ein Wunder in Moskau eine Zufluchtsstätte gefunden, ein Äquivalent jenes Londoner Pubs oder jener Pariser Brasserie, die sie zu ihrem großen Bedauern zurückgelassen haben. Für den Osteuropäer mit einiger Kultur ähnelt das Jama jenen ehrwürdigen Kellerlokalen, die man in alten baltischen Städten wie Riga oder Wilna, oder weiter im Süden, an der Donau, in Budapest, findet.

Dreimal in der Woche nahm Dolgich dort sein Mittagessen ein. Es war ein Ort, wo er in alkoholischer Abgeschiedenheit über Vergangenes nachgrübeln oder auch mit seinen Vertrauten vom Ministerium Zukünftiges planen konnte. Als Kandidat auf die Mitgliedschaft im Politbüro bestand er im Jama auf Ungestörtheit und Privilegien — die ihm auch eingeräumt wurden. Der Tisch ganz hinten war stets für ihn reserviert; seine Flasche Stolitschnaja stand immer auf Eis, war ständig voll und wurde nie berechnet. Aber man gewährte Dolgich nicht nur Privilegien, man zollte ihm auch Respekt. Denn anders als viele andere der Machtelite, die in der Sowjetunion das Sagen hatten, fuhr Dolgich nie in einer Limousine vor und erschien nie in Begleitung von jemandem aus dem KGB.

Überdies hatte Dolgich ein sympathisches Wesen. Er war von kleiner Statur, untersetzt, und seine Haare hingen ihm meistens in die Stirn. Er ging ziemlich schmuddelig gekleidet und erzählte, nachdem er ein paar Gläschen getrunken hatte, mit lauter Stimme schlechte und oft schmutzige Witze. Einmal im Monat — stets an einem Freitagnachmittag — traf er sich dort mit einem hübschen, wenn auch ein wenig zu rundlichen Mädchen. Ein anderer Stammgast des Jama behauptete, sie arbeite im Kreml im Schreibsaal. Man nahm an, daß Dolgich sie nach dem Essen in seine Datscha mitnahm und dort nach Strich und Faden durchzog. Im Jama nahm ihm das keiner übel. Ganz im Gegenteil. Es zeigte, daß er ein Mensch war.

An diesem Freitag, dem 9. Dezember 1988, fühlte sich Dolgich nicht sehr wie ein Mensch. Er war allein. Und er machte sich Sorgen. Seine Gedanken schweiften unaufhörlich zwischen Grübeln und Planen hin und her.

Seine Grübeleien bezogen sich auf den schriftlichen Bericht, den er unmittelbar nach seiner Rückkehr von Zürich nach Moskau seinem Chef, Nikolai Ryschkow, vorgelegt hatte. Ministerpräsident Ryschkow, Intimus von Generalsekretär Gorbatschow und Wirtschaftszar der Sowjetunion, hatte nichts für Dummköpfe oder Fehler übrig. Würde Dolgichs Bericht ihn als Dummkopf erscheinen lassen? Hatte er das, was der Finanzminister von Venezuela zu tun beabsichtigte, richtig eingeschätzt? Wenn ja, sollte man es ernst nehmen? Wenn auch diese letzte Frage mit Ja zu beantworten war, warf sie eine weitere auf: Warum hatten sie — der Venezolaner und der Schweizer Bankier — darauf bestanden, die Sowjets in Kenntnis zu setzen?

Was er Ryschkow bei der für zwei Uhr angesetzten Besprechung empfehlen sollte, war sorgfältig zu planen. Wäre nur der Venezolaner involviert gewesen, es wäre ein leichtes gewesen, die Empfehlung auszusprechen. Ignorieren wir den Mann doch einfach, hätte er geraten. Er ist doch auch nur so ein Spinner aus Lateinamerika. In Wahrheit war es doch so: Wäre es nur um den Venezolaner gegangen, würden Ryschkow und dessen Boß Gorbatschow ihn wohl kaum nach Zürich geschickt haben.

Es war die Tatsache, daß die Schweizer dabei mitmischten, insbesondere die Schweizerische Nationalbank, die den Ausschlag gegeben hatte. Weil es die gleiche Zürcher Bank war, die 1984 ein Konsortialdarlehen in Schweizer Franken für die Sowjetunion managte, die erste große Finanzierung, die die Sowjetunion seit der Revolution von der Schweiz bekommen hatte. In den vier folgenden Jahren war die Schweizerische Nationalbank zu einer ihrer führenden Banken im Westen geworden, die ihnen, direkt oder indirekt, über fünf Milliarden Dollar besorgte. Ein guter Teil dieser Kredite war dazu verwendet worden, Bohrausrüstungen anzuschaffen, die die Sowjetunion ständig brauchte, um dringend benötigte neue Energiequellen zu erschließen.

In der Einladung, die von der Schweizerischen Nationalbank

an das Ministerium ergangen war, hatte es geheißen, daß Dinge zur Sprache kommen sollten, die sowohl Öl als auch Gold betrafen. Die Schweizer wußten, daß Öl und Gold die ausschlaggebenden nationalen Interessen der Sowjetunion darstellten. Weil es Öl und Gold, vor allem die Ölexporte in den Westen waren, die die Sowjetunion kreditwürdig machten. Natürlich hatten das die Schweizer nicht so kraß formuliert, aber die sinngemäße Auslegung ließ keine andere Deutung zu. Weil die Schweizerische Nationalbank so wie alle Banken auf Deckung bestehen mußte. Wo es um souveräne Darlehen ging, reichten der gute Glaube und das Ansehen des betreffenden Landes nicht aus. Die Banken wollten sehen, ob ein Land über genügend harte Währung verfügte, und jedes Darlehen, das ihm gewährt wurde, zurückzahlen konnte — zur Gänze, pünktlich, mit Zinsen und in Schweizer Franken. Sollten diese Sicherheiten über ein gewisses Limit hinaus an Wert verlieren, gab's kein Geld mehr. Es war ein Teufelskreis. Schrumpften die Öleinnahmen der Sowjetunion, war Schluß mit den Hartwährungskrediten; ohne Kredite keine neuen Bohrgeräte; ohne neue Bohrausrüstung keine neuen Ölfelder. Das aber hieß, daß sich die Einkünfte der Sowjetunion aus ihren Ölexporten in dem Maße verringern mußten, wie die schon länger in Betrieb stehenden Felder sich erschöpften — was sehr bald der Fall war. Und der Lebensstandard des Landes würde weiterhin stagnieren — im besten Fall.

Und so hatte Ryschkow Dolgich nach Zürich geschickt, wo er sich »an die Schweizer halten« sollte.

»Wir haben keinerlei Interesse an dem Venezolaner«, hatte der Chef erklärt. »Und auch nicht an dem, was er möglicherweise vorzuschlagen hat.«

Ryschkow machte klar, was er von den Venezolanern hielt. »Es sind habgierige, charakterlose, ränkevolle, kapitalistische Bastarde, die jeden betrügen, wenn sie Profit daraus ziehen können«, meinte er.

Schon möglich. Aber nach dem, was der Venezolaner in Zürich gesagt hatte, konnte man sich da noch leisten, ihn zu ignorieren? Wenn man ihn ernst nehmen konnte — in seinen Gedanken kam Dolgich immer wieder darauf zurück —, würde sich, was er vorschlug, zweifellos in größerem Ausmaß auf den zukünftigen Preis von Öl und Gold auswirken. Aber es ging hier um viel, viel mehr. Wenn einer der alternativen Pläne des Venezolaners zur Ausführung gelangte, konnte das — nein, nach Dolgichs Meinung würde das — die globale Position der Sowjetunion unweigerlich verändern:

— Sie würde sich verschlechtern, wenn der Plan eins des Venezolaners ausgeführt wurde.
— Sie würde sich zu ihrem Vorteil, gewaltig zu ihrem Vorteil verändern, wenn sich Venezuela und dann Brasilien und dann vermutlich auch die anderen lateinamerikanischen Länder für den alternativen Plan zwei entschieden.

Genau das hatte er in seinem Bericht an Nikolai Ryschkow festgehalten. Was aber Wladimir Dolgich, der jetzt seinen zweiten Wodka kippte, beunruhigte, war das: Wenn sich all das, was der Venezolaner von sich gegeben hatte, als nicht mehr als das Geschwätz eines Psychopathen erwies, würde er, Dolgich, seine Chance vertan haben, irgendwann Vollmitglied im Politibüro zu werden? Oder könnte es noch schlimmere Folgen haben?

Er warf einen Blick auf seine Rolex — der Direktor der Wneschtorgbank in Zürich, der mit ihm herumgefahren war, hatte darauf bestanden, sie ihm als Souvenir zu verehren — und beschloß, sich noch einen Stoli für unterwegs zu genehmigen.

Um Punkt zwei Uhr betrat Wladimir Dolgich das Vorzimmer der Büros des Ministerpräsidenten Nikolai Ryschkow. Als Verantwortlicher für drei Schlüsselbereiche der Sowjetwirtschaft, Energie, Bergbau und Hüttenwesen, erschien Dolgich verhältnismäßig oft in Ryschkows Büro in dem grauen Gebäude am Novaja Ploschad. Allerdings mußte er trotz seines hohen Ranges häufig warten — manchmal stundenlang.

Aber nicht an diesem Freitag, dem 9. Dezember 1988.

In der Tat, er war kaum eingetreten, als Ryschkow schon aus seinem Büro gestürzt kam. Er war ein drahtiger Mann von fünfundfünfzig Jahren, ein ernster Mann, der stark an einen jüngeren Andropow erinnerte. Er war ein intellektuell ungeduldiger Mann, er haßte Leute, die langatmige Erklärungen abgaben, und wie um diese Einstellung zu betonen, neigte er dazu, in kurzen Sätzen zu sprechen.

»Laß deinen Mantel an, Wladimir«, empfahl er Dolgich. »Unten steht schon ein Wagen. Michail Gorbatschow erwartet uns um zwei Uhr fünfzehn in seinem Büro.«

Dem Himmel sei Dank für die zwei Wodkas, war Dolgichs erster Gedanke. Und dem Himmel sei Dank, daß Wodka geruchlos ist. Michail Gorbatschow war ein fanatischer Gegner jedes Alkoholkonsums. Während Ryschkow mit Hilfe einer Hilfskraft in seinen Mantel schlüpfte, fragte Dolgich: »Hat er meinen Bericht schon gelesen?«

»Nein. Gehen wir.«

Es gibt vor allem zwei Möglichkeiten, in den Kreml zu gelangen. Der eine Zugang erfolgt durch das Dreifaltigkeits-Turmtor vom Marx-Prospekt aus und ist für die Touristen bestimmt; obwohl bewaffnete Sowjetsoldaten das Tor bewachen, halten sie sich zumeist im Hintergrund. Der Grund für ihre Unbekümmertheit liegt darin, daß dieser Teil des Kremls für Touristen geöffnet und vom Rest der riesigen Anlage abgeschlossen ist. Nachdem der Besucher einen kurzen Weg durch tadellos gepflegte Gärten zurückgelegt und den Gebäudekomplex betreten hat, wird er ersucht, seine Schuhe abzulegen; er befindet sich mit einemmal an einem Ort, der durch sein malerisches, altmodisches Ambiente besticht. Weil er nur in Strümpfen oder in dicken braunen Filzpantoffeln, die ihm zur Verfügung gestellt werden, durch die Säle schlurfen darf, die die zaristischen Schätze von einst enthalten. Man befindet sich hier unter alten Männern, jungen Müttern, Kindern, ein paar reichen Deutschen, Sowjetbauern in ihrem Sonntagsstaat, aber alle in Strümpfen oder den gleichen braunen Filzpantoffeln. Während man durch die Säle schlurft, die einst den Hof einer Katharina der Großen beherbergten, vergegenwärtigt man sich in dieser von altertümlichen Strukturen geprägten Umgebung auch bald den historischen und kulturellen Reichtum dieser Hauptstadt der UdSSR. Man muß einfach von dem Sprachengewirr beeindruckt sein, das einen umgibt. Man hört nicht nur die Dialekte der asiatischen Provinzen, die zu den »sozialistischen Sowjetrepubliken« zählen, sondern auch Chinesisch und Spanisch und Englisch und Zulu. Im Jahre 1988 war der Kreml das Mekka für einen bemerkenswert großen Prozentsatz der Völker dieser Erde.

Aber nicht wegen des malerischen Ambiente seiner kulturellen Vergangenheit. Der Magnet, der eine so bunte Menge in das Herz Moskaus zieht, hat seinen Ursprung in der Macht, der absoluten Macht, die in dem anderen, abgeriegelten Teil des Kremls residiert, der nur durch das Spasskij-Tor gegenüber dem Roten Platz zugänglich ist. Bei diesem Eingang stehen Sowjetsoldaten in großer Zahl und halten sich durchaus nicht im Hintergrund. Hier gibt es keinen Fußgängerverkehr; man sieht nur Militärfahrzeuge und schwarze Limousinen, wie die, die Nikolai Ryschkow und Wladimir Dolgich an diesem Winternachmittag des Dezember 1988 zum Genossen Gorbatschow brachte. Es hatte zu schneien begonnen, aber keiner der beiden achtete darauf. Sie waren tief in Gedanken versunken, als sie jetzt am Kremltor anlangten.

Die Wachen in ihren dicken grauen Mänteln mit den Insignien der Kreml-Elite hatten offenbar ihre Instruktionen: Ihre Tschaika-Limousine wurde durchgewinkt, bevor sie noch angehalten hatte.

Der »Arbeitsbereich« des Kreml ist eine sonderbare Mischung aus alt und modern. Der Kongreßpalast, alles Glas und Stahl, steht in krassem Gegensatz zu und unmittelbar neben dem ältesten und zweifellos prächtigsten Gebäude in der ummauerten Anlage; er enthält Gorbatschows Büro. Lenin und Stalin, Chruschtschow und Breschnew, Andropow und Tschernenkow, sie alle haben die Sowjetunion aus diesen Räumen im dritten Stock regiert.

Der vom ausgehenden zwanzigsten Jahrhundert geprägte Stil Gorbatschows — der nach Meinung vieler mehr dem eines Rechtsanwalts aus der Wall Street als dem eines slawischen Potentaten entspricht — stand in ebenso diametralem Gegensatz zu den Artefakten, die das Vorzimmer zu seinem persönlichen Büro schmückten. Die beiden Besucher wurden von einem seiner Sekretäre begrüßt und unverzüglich in das Allerheiligste geleitet. Der Raum war mit blauen Seidentapeten ausgeschlagen. An der Wand hinter dem Schreibtisch des Generalsekretärs hingen Porträts von Marx und Lenin. Gorbatschow, der einen gut geschnittenen blauen Nadelstreifenanzug, eine diagonal gestreifte Krawatte und ein weißes Hemd trug, kam hinter seinem Schreibtisch hervor und schüttelte zuerst Ryschkow und dann Dolgich die Hand. Dann lud er sie ein, mit ihm zusammen an einem Tischchen Platz zu nehmen.

»Genosse Ryschkow hat mir von deinem Ausflug nach Zürich erzählt, Wladimir«, wandte er sich an Dolgich. »Erzähl mir bitte, was du dort erlebt hast, und fasse dich so kurz wie möglich.«

Seine beiden Besucher lauschten sehr angestrengt, denn Gorbatschow hatte die Angewohnheit, in tiefem, weichem Flüsterton zu sprechen.

»Ich werde mich bemühen, Michail Sergejewitsch.«

Vordergründig hat immer eine lockere Formlosigkeit unter den Mitgliedern des Politbüros bestanden, und alle, einschließlich des gegenwärtigen *primus inter pares*, des Generalsekretärs Gorbatschow, sprechen einander mit dem Vornamen an.

Dolgich zog einen Umschlag mit Notizen aus seiner Aktentasche.

»Laß die Notizen stecken«, gebot Gorbatschow. Plötzlich

war die flüsternde Stimme verschwunden und durch einen scharfen, schneidenden Ton ersetzt worden.

Dolgich tat, wie ihm geheißen.

»Am Dienstag dieser Woche«, begann er, »traf ich mich mit dem Ölminister von Venezuela im Büro der Schweizerischen Nationalbank in Zürich. Die Einladung zu diesem Treffen war von dem Vorsitzenden der Bank, Dr. Ulrich Huber, ergangen.

Der Venezolaner heißt Roberto Martínez. Die finanzielle Lage Venezuelas, sagte er, ist unhaltbar geworden. Ihre Auslandseinkünfte basieren fast ausschließlich auf ihren Ölexporten. Ohne diese Einkünfte können sie nicht mehr für die Importwaren zahlen, die ihr Volk braucht und verlangt. Darüber hinaus schulden sie den Amerikanern jetzt fünfundvierzig Milliarden Dollar, und die Amerikaner bestehen darauf, daß sie vor allem anderen die Zinsen auf diese Schuld zahlen.«

»Das ist mir alles bekannt«, fiel Gorbatschow ihm ins Wort. »Komm zur Sache.«

»Die Sache ist: Sie wollen jetzt etwas dagegen unternehmen.«

»Gegen was?« wollte Gorbatschow wissen. »Gegen den Ölpreis oder gegen die Schulden?«

»Beides.«

»Fahr fort«, drängte Gorbatschow.

»In bezug auf das Öl wollen sie zusammen mit den Mexikanern einen von zwei Wegen gehen: entweder ihre Förderkapazität bis zum letzten ausschöpfen, um, ganz gleich, was mit dem Ölpreis passiert, rasch die größtmöglichen Einkünfte zu erzielen.«

»Was das Ende der OPEC bedeuten würde«, warf Ryschkow ein. »Und sehr wahrscheinlich einen Preissturz auf sechs bis acht Dollar zur Folge haben würde — statt der sechzehn Komma fünfzig, die wir immer noch bekommen.«

»Oder«, fuhr Dolgich fort, »sie würden die Vereinigten Staaten durch Erpressung dahin bringen, daß diese für das Öl einen Mindestpreis von zwanzig Dollar je Barrel festlegen; dafür würden sie sich verpflichten, ihre gegenwärtigen Fördermengen beizubehalten.«

»Wie sollten die Amerikaner das machen?«

»Indem sie Hunderte Millionen Barrel zu diesem Zwanzig-Dollar-Preis für ihre strategischen Reserven kontrahieren. Die legalen Voraussetzungen für diese Reserven sind schon seit vielen Jahren gegeben; dennoch sind sie nur zur Hälfte genützt — sagt der Venezolaner. Es wäre also nur eine vom Präsidenten zu erlassende Durchführungsverordnung erforderlich, um zu erreichen, daß die Vereinigten Staaten wieder in ganz großen Mengen Öl kaufen.«

Gorbatschow ließ sich das durch den Kopf gehen.

»Würde das funktionieren?« fragte er dann.

»Wahrscheinlich ja. Die Amerikaner haben in der Vergangenheit schon ähnliche Maßnahmen getroffen. Die Administration hat gelegentlich riesige Vorräte an Silber oder Zink oder Kupfer angelegt, um den Preis zu stützen und die Inlandsproduzenten zu besänftigen. Und es hat funktioniert. So hat zum Beispiel die US-Regierung durch den Kauf von zwei Milliarden Unzen Silber den Silberpreis jahrzehntelang bei eins Komma neunundzwanzig Dollar die Unze Silber gehalten — trotz einer weltweiten Übersättigung der Märkte.

Eine solche Vorratsbildung, behaupteten sie, wäre nötig für den Fall eines nationalen Notstands — um die Wähler zu beruhigen«, fügte Ryschkow hinzu.

Gorbatschows Miene war skeptisch.

»In den fünfziger Jahren und bei Silber könnte das noch geklappt haben, aber wir reden jetzt von Öl und 1989. Ohne fremde Hilfe, auf eigene Faust, können die Vereinigten Staaten nicht alles Öl aufnehmen, was der Rest der Welt auf den Markt wirft.«

»Natürlich nicht«, entgegnete Dolgich eilig. »Das würde bedeuten, daß die Amerikaner ihre Verbündeten beknien müßten — besonders die Saudis, England und Norwegen —, damit sie ihre Förderleistung herabsetzen. Und die OPEC würde endlich die Einhaltung der Förderquoten ihrer eigenen Mitglieder erzwingen müssen.«

»Und was wird mit uns?« erkundigte sich Gorbatschow.

»Zum Teil ging es in Zürich natürlich auch um diese Frage«, antwortete Dolgich. »Sie würden auch von uns verlangen, daß wir unsere Exporte drosseln.«

»Wurden irgendwelche Zahlen genannt?« fragte Gorbatschow.

»Nicht im einzelnen. Aber es wurde ganz allgemein, und mehr als einmal, von einer weltweiten Drosselung von zwanzig Prozent gesprochen — wenn ein amerikanisches Preisstützungsprogramm Erfolg haben sollte.«

»Und für wie lange?«

»Auch hier wurden keine konkreten Angaben gemacht. Wenn ihr meine Meinung hören wollt: es müßte für eine lange Zeit sein, mindestens für zwei Jahre.«

»Für uns entspräche das einem Einkommensverlust von zwanzig Milliarden Dollar.«

»Wenn nicht mehr. Auch unsere Kreditwürdigkeit würde Einbußen erleiden.«

»Es wäre eine wirtschaftliche Katastrophe«, erklärte Gorbatschow abschließend.

Schweigen trat ein.

»Welche Alternative bleibt uns?« fragte er schließlich.

»Die ölproduzierenden Länder Lateinamerikas würden verrückt werden. Sie würden fördern, soviel sie können und so schnell sie können, und das Öl dann auf den Spot-Markt werfen.«

»Und wie würde sich das auf den Preis auswirken?«

»Er könnte um die Hälfte fallen. Scheich Jamani hat das gleiche schon 1986 versucht. Er verdoppelte Saudi-Arabiens Förderleistung, und der Ölpreis fiel von mehr als dreißig Dollar je Barrel auf unter zehn Dollar. Wenn die Lateinamerikaner diesen Wahnsinn wiederholten und den jetzigen Preis halbierten, würden wir auf eine einziffrige Zahl kommen.«

»Und was würde uns das kosten?«

»Auf lange Sicht? Vierzig Milliarden Dollar, vielleicht sechzig.«

Gorbatschow erhob sich von seinem Lehnsessel.

»Diese gottverdammten lateinamerikanischen Bastarde. Castro kostet uns drei Milliarden im Jahr. Jetzt werden uns diese Wahnsinnigen zwanzigmal soviel kosten!«

»Sie werden die Vereinigten Staaten noch viel mehr kosten«, gab Ryschkow zu bedenken.

»Nicht unbedingt«, widersprach Gorbatschow seinem Kollegen aus dem Politbüro. »Wenn sie sich für die Variante ›Massenproduktion‹ entscheiden, könnten Venezuela und Mexiko den Ölpreis mit Leichtigkeit auf neun Dollar drücken, und die Vereinigten Staaten würden sich bei ihren Importen -zig Milliarden Dollar ersparen. Sie würden dabei gewinnen und alle anderen verlieren.«

Er hatte recht. Beinahe.

»Die Deutschen, die Schweizer, die Franzosen und die Japaner — auch die würden gewinnen, Michail Sergejewitsch«, sagte Dolgich. »Sie müssen ihr ganzes Öl verkaufen. Verlieren würden die Verkäufer im Nahen Osten und in Afrika — und wir.«

»Aber nur, wenn der sogenannte Plan eins von den Venezolanern durchgeführt wird«, bemerkte Ryschkow. »Das habe ich gemeint, Michail Sergejewitsch.«

Michail Gorbatschow fing an, im Zimmer auf und ab zu gehen.

»Und wie steht es mit ihrem Plan zwei — wenn sie ihr Ziel über den ›Preis‹ erreichen wollen?«

»Es ist ein im besten Falle fragwürdiger Plan«, antwortete Dolgich. »Der sogenannte Plan eins kann von den Venezolanern und Mexikanern einseitig in Angriff genommen werden. Sie brauchen nur die Ölhähne, die sie kontrollieren, ganz aufzudrehen. Der Erfolg des anderen Plans, der ›Preis‹-Lösung, hängt allein von den Vereinigten Staaten ab. Genauer gesagt davon, ob sie sich dazu erpressen lassen, diesen Mindestpreis von zwanzig Dollar festzulegen.«

»Wie sollen die Amerikaner erpreßt werden?«

»Man würde ihnen drohen, das amerikanische Bankensystem zu zerschlagen, wenn kein Übereinkommen erzielt wird.«

»Wie denn?«

»Sie würden alle Kräfte aufbieten, um ganz Lateinamerika zu einer offiziellen und offen deklarierten Zahlungseinstellung zu bewegen.«

»Aber warum sollte Brasilien da mitmachen? Oder Chile? Oder Argentinien? Sie haben doch das gleiche Interesse wie die Amerikaner, Billig-Öl zu importieren.« .

»Weil sie bestrebt sein würden, den Vereinigten Staaten ihre eigenen Konzessionen abzuringen.«

»Wie etwa was?«

»Genau das, was Fidel Castro schon mehr als einmal vorgeschlagen hat. Ein auf zwanzig Jahre befristetes Gesamtmoratorium für alle lateinamerikanischen Zahlungen, einschließlich Kapital und Zinsen. Allein was sie sich an Zinsen ersparen könnten, würde den etwas höheren Preis, den sie für das Öl zahlen müßten, mehr als ausgleichen.«

»Und Venezuela und Mexiko würden sowohl an den Zinsen als auch am Öl verdienen«, fügte Ryschkow hinzu.

Gorbatschow schüttelte den Kopf.

»Das ist doch blanker Unsinn. Castro weiß das genausogut wie ich. Ich habe es ihm sogar vor drei Jahren selbst gesagt. Er hat nicht auf mich gehört und statt dessen eine Konferenz lateinamerikanischer Schuldnerländer nach Havanna einberufen. Aber es ist niemand gekommen. Und wißt ihr, warum? Weil man die Leute einfach nicht dazu bringen kann, die Amerikaner so herumzuschubsen. Und warum? Weil die Vereinigten Staaten die Regierungen der lateinamerikanischen Länder fest in der Hand haben. Wenn die ihre Zahlungsverpflichtungen nicht einhielten, würden ihnen die Amerikaner — die Regierung, die Banken, die Körperschaften — schon am nächsten

Tag die Kredite kündigen und alle ihre Vermögenswerte, deren sie habhaft werden können, rücksichtslos pfänden. Das würde eine wirtschaftliche Katastrophe bedeuten. Darum würden sie es nie riskieren, weil keines dieser Länder es sich leisten kann, ein solches Risiko einzugehen.«

»Der Schweizer Bankier teilt deine Meinung nicht, Michail Sergejewitsch«, sagte Dolgich.

Seine beiden Vorgesetzten starrten ihn überrascht an. Gorbatschow stellte sogar sein Auf-und-ab-Gehen ein.

»Ach ja?« machte er. »Das ist aber wirklich interessant. Erklär uns das mal.«

Und das tat Dolgich.

Als die Limousine mit Wladimir Dolgich und Nikolai Ryschkow an diesem Nachmittag im Dezember zum zweiten Mal das Spasskij-Tor des Kreml — diesmal in umgekehrter Richtung — passierte, war es in Moskau vier Uhr und schon seit einer vollen Stunde dunkel. Von seinem Erfolg ermutigt, tat Dolgich, was er nie zuvor getan hatte. Er schlug seinem Chef vor, angesichts der späten Stunde statt zurück ins Büro lieber auf ein oder zwei Gläschen ins Café Jama zu gehen. Zu seiner Überraschung war Ryschkow sofort dazu bereit.

Aber Dolgich hatte etwas übersehen. Es war dies der zweite Freitag des Monats, und das hieß, daß das Mädchen aus dem Schreibsaal des Kreml wie gewohnt im Jama auf ihn wartete. Als er die Stufen vom Puschkin-Kai hinunterkam und sie vor der Bar sitzen sah, stand er vor einer weiteren kritischen Entscheidung in einer Woche scheinbar nicht endenwollender Krisen. Sollte er sie ignorieren und sich eine Vögelei in ländlicher Abgeschiedenheit entgehen lassen? Oder sollte er es riskieren und sie mit Ryschkow bekannt machen, der als äußerst prüder Typ galt? Er entschied sich für das Liebesspiel in der Datscha. Wie schon so oft in dieser Woche, zahlte es sich auch diesmal aus, ein Risiko eingegangen zu sein. Sein Chef fand sofort Gefallen an Swetlana, und bald saßen die drei dicht aneinandergedrängt an dem Tisch im hinteren Teil des Café Jama, wo das einzige Licht von einer einsamen roten Kerze gespendet wurde. Dolgichs eiskalte Flasche siebzigprozentigen Stolischnaja hatte schon auf dem Tisch gestanden und auf sie gewartet. Da die Flasche schon früher am Tag angebrochen und nicht mehr ganz voll war, wurde sie von den drei Russen im Eiltempo geleert. Als Dolgich an die Theke ging, um eine zweite zu besorgen, nützte Swetlana die Gelegenheit, um sich zu entschuldigen und die Damentoilette anzusteuern.

Was sie dazu veranlaßte, war der Umstand, daß sich vor wenigen Minuten Genosse Ryschkows rechte Hand mit festem Griff ihres etwas vollen linken Schenkels bemächtigt und sofort danach langsam, aber doch merklich nach oben vorgeschoben hatte. Weil sie sich nicht sicher fühlte, welche Privilegien einem Vollmitglied des Politbüros eingeräumt werden sollten, kam sie zu dem Schluß, daß eine Beratung mit Dolgich dringend nötig geworden war.

Während sie beide nun dem vorderen Teil des Cafés zustrebten, erklärte sie in hastigem Flüsterton, was am Tisch vorgegangen war; noch bevor Dolgich antworten konnte, erwähnte sie eine Freundin im Schreibsaal, die vermutlich dort noch ihren Dienst versah und ebenso vermutlich bereit sein würde, sich ihnen anzuschließen und bei einem für alle Seiten vorteilhaften flotten Vierer mitzumachen. Dolgich nahm den Vorschlag begeistert auf. So süß und willig Swetlana sein mochte, eine kleine Abwechslung konnte nicht schaden. Er wies sie an, ihre Freundin anzurufen. Die war einverstanden. So liefen also die beiden zum Puschkin-Kai hinauf, wo Dolgich sie in die wartende Limousine verfrachtete und dem Fahrer seine Instruktionen gab.

Als Dolgich mit einer frischen Flasche Stoli, aber ohne Swetlana an seinen Tisch zurückkehrte, teilte er seinem Chef mit, was er arrangiert hatte. Anschließend machte er ihm den Vorschlag, nach Eintreffen der Mädchen in seine Datscha überzuwechseln. Der Minister klatschte vor Freude in die Hände.

Bei den Stillen weiß man nie, ging es Dolgich durch den Kopf. Und ich dachte, bei ihm gäbe es nur das Geschäft.

Als ob er Dolgichs Gedanken erraten hätte, beugte sich Nikolai Ryschkow über den Tisch und sagte: »Bevor die Mädchen kommen, Wladimir, möchte ich noch auf etwas zu sprechen kommen, was mir der Erwähnung wert zu sein scheint: Vor einigen Tagen habe ich mit Viktor Tschebrikow über Zürich gesprochen.«

Dolgich überkam ein Frösteln. Viktor Tschebrikow war der Chef des KGB.

»Nun hat er mich heute morgen angerufen«, fuhr Ryschkow fort. »Wie es scheint, ist dein Venezolaner in der Schweiz auch mit dem Terroristen Carlos zusammengetroffen. Wir wissen nicht, welche Verbindung es da gibt, aber Tschebrikow ist sicher, daß es eine gibt, und daß es, bevor die Sache noch zu Ende ist, einen Toten geben wird.«

»Aber warum hast du das dem Genossen Gorbatschow nicht erzählt?«

»Ich hielt es nicht für nötig.«

Als Ryschkow die Sorgenfalten auf Dolgichs Gesicht sah, legte er gleich den Arm um ihn. »Mach dir keine Sorgen, Wladimir. Viktor Tschebrikow weiß, wie er mit solchen Situationen fertig wird.«

In Dolgichs Kopf ging ein rotes Licht an. Der Gang der Ereignisse bewegte sich auf eine Gefahrenzone zu, auf den Bereich einander oft widersprechender Loyalitäten. Das Problem war in der Sowjetunion nie gelöst worden. Eine Loyalitätslinie zog sich geradewegs durch Parteiinstanzen zum Generalsekretär hinauf. Die andere führte, immer nur über Umwege, durch ein Labyrinth von Intrigen zum Chef des KGB. Dolgich wußte, daß den Männern, die loyal zu Viktor Tschebrikow standen, nur eine Stimme zur Mehrheit im Politbüro fehlte. Vielleicht waren sie, die Verfechter eines harten Kurses, schon dabei, Gorbatschow seine Führerrolle streitig zu machen. Möglicherweise könnte der Mann neben ihm, der Ministerpräsident, am Ende das Zünglein an der Waage sein. Und wenn er und seine Freunde verloren, mochte sein Dolgichs-Hals, allein aufgrund seines Umgangs, mit in der Schlinge stecken.

Dolgich war weder Parteimitglied noch KGB-Mann, sondern schlicht und einfach ein Bürokrat. Er hatte immer noch eine Vierzimmerwohnung, und nie war ihm ein Dienstwagen zugebilligt worden. Aus Zürich zurückgekehrt, hatte er gedacht, daß er jetzt nach seiner Mission dem Kreis der hohen Tiere und all den Privilegien, die ihm noch versagt waren, nähergekommen wäre. Wenn er aber damit in einen auf gegenseitige Vernichtung abzielenden Kampf hineingezogen wurde, war es das Risiko ganz sicher nicht wert.

Von einem Freund im Außenministerium hatte Dolgich gehört, daß im Januar ein unbedeutender diplomatischer Posten frei werden würde: Botschafter in Ceylon. Seiner Frau würde das warme Klima behagen, und er zweifelte nicht daran, daß sie sich Dienstboten würden leisten können. Zu Ryschkow würde er kein Wort darüber verlauten lassen, aber morgen früh seine Bewerbung einreichen.

8. Kapitel

Zu dieser Zeit war Paul Mayer auf seinem PanAm-Flug noch eine Stunde vom Airport Dulles entfernt, und gleich Wladimir Dolgich in Moskau sonnte auch er sich in seinem Erfolg, wenn er an die aufregende Woche zurückdachte, die hinter ihm lag. Es sah ganz so aus, als wäre es ihm mit Hilfe des »Wall Street Journal« gelungen, die Lage der Bank of America zum Besseren zu wenden, noch bevor sie ein kritisches Stadium erreicht hatte.

Auch sah es so aus, als ob er, wie selten zuvor bei einem Flug, Glück gehabt hätte. Seine Sitznachbarin entsprach dem Bild, das er in Erinnerung behalten hatte. Ihn entzückte das wallende schwarze Haar, die dunkle Hautfarbe und die schwellenden Formen, die sich so deutlich unter ihrer weißen Bluse abzeichneten.

Darum tat er jetzt, was er in einem Flugzeug noch selten getan hatte: Er versuchte, mit einer ihm Unbekannten ein Gespräch anzuknüpfen.

»Entschuldigen Sie bitte«, sagte er zu ihr, »aber haben wir nicht gestern beim Lunch an benachbarten Tischen gesessen?«

Sie wandte sich ihm zu, schien sich aber nicht sicher zu sein, wie sie sich verhalten sollte.

»Im Rib-Room des ›Carlton Tower‹«, wollte er ihr auf die Sprünge helfen.

An seiner verlegenen Miene war zu erkennen, daß er es schon bedauerte, ein Wort gesagt zu haben. Dann aber, wie aus Mitgefühl für den komischen Mann neben ihr, ließ sich die Dame in der weißen Bluse und dem schwarzen Rock doch bewegen, den Mund aufzumachen.

»Ja, ich erinnere mich.« Sie sprach bestes Schulenglisch; ihrem Akzent nach war sie Levantinerin, dachte er. »Sie waren in Gesellschaft einer sehr schönen Frau«, fügte sie hinzu.

Womit sie wohl zum Ausdruck bringen wollte, daß die Dame seine Gattin gewesen sein müsse. Und daß er, so faßte Mayer es auf, als verheirateter Mann eigentlich darauf verzichten sollte, eine fremde Frau im Flugzeug anzuquatschen.

Mayer verfiel in Schweigen. Mit zweiundfünfzig war er noch immer nicht sehr gewandt im Umgang mit dem anderen Geschlecht. Mit dreißig Jahren hatte er geheiratet — eine junge Deutsche. Er hatte sie an der Universität in der Schweiz kennengelernt, und beide hatten im gleichen Jahr ihr Doktorat in Wirtschaftswissenschaften gemacht. Sie war groß und knochig, aber ihr Intellekt, ihre geistreiche Konversation, die Intensität ihres Wesens, ihre Energie — wogen ihre vielleicht etwas negativen körperlichen Attribute reichlich auf. Das war zumindest die Meinung ihrer Freunde. In der Tat, fast alle Kommilitonen an der Universität Basel hatten gemeint, sie wären ein ideales Paar. Also heirateten sie. Er brauchte zwei Jahre, um zu entdecken, daß sie mehr an ihren intellektuellen Studien interessiert war als an ihm. Sie interessierte sich nicht für Kinder und kaum für Sex. Das schlimmste aber war, daß sie sich über nichts freuen konnte. So trennten sich ihre Wege. Sie kehrte nach Deutschland zurück und lehrte Volkswirtschaft an der Universität Tübingen. Er blieb in der Schweiz, wo er sich in der Schweizerischen Nationalbank die organisatorische Leiter hinaufarbeitete, so daß er nie eine ernsthafte Verbindung mit einer anderen Frau aufnahm. Als er dann zum Internationalen Währungsfonds nach Washington kam, hatte er begonnen, ein halbwegs zufriedenstellendes Junggesellenleben zu führen, ohne jedoch ein Keuschheitsgelübde abgelegt zu haben. Tatsache war, daß sich seine Gedanken in die entgegengesetzte Richtung bewegten: Vierzigtausend Fuß über dem Atlantik verspürte er deutliche Zeichen von Lust in seinem Herzen. Und in seinen Lenden. Darum setzte er das Gespräch fort.

»Die Dame in meiner Begleitung . . . ist Reporterin beim ›Wall Street Journal‹. Ich habe sie gerade erst kennengelernt. Es war dies nur ein schneller Trip nach London und zurück.«

Die dunkelhäutige Frau zu seiner Rechten schien zu merken, daß seine Unbeholfenheit nicht gespielt und daß er kein Salonlöwe alten Schlages war.

»Sie leben also in Washington?« fragte sie.

»Ja. Ich lehre dort. In Georgetown. Und Sie?«

»San Francisco. Vorher London. Und vor London Teheran.«

»Sie sind also Iranerin?«

»Ja. Ich habe das Land 1979 verlassen. Mein Mann schickte mich nach London.«

»Und werden Sie und Ihr Mann jemals in Ihre Heimat zurückkehren?«

»Sie haben meinen Mann umgebracht. Er war beim Stab von General Khatani. Sie haben beide getötet.«

»Es tut mir leid.«

»Trotzdem bin ich zurückgefahren. Meine Mutter lebt in Teheran. Und zwei Brüder und meine Schwester.«

Eine Stewardeß unterbrach sie, um ihnen Drinks anzubieten. Seine Sitznachbarin bestellte einen Gin-Tonic, er einen Martini. Die Getränke wurden gebracht, und er beschloß, das Eis noch ein wenig mehr zu brechen.

»Ich heiße Mayer. Paul Mayer.«

»Mein Name ist Azar. Azar Shahani.« Sie erhob ihr Glas und lächelte zum ersten Mal.

»Azar«, wiederholte er.

»Er bedeutet Feuer. Ein Name, der im Iran häufig vorkommt. In unserer Tradition ist das Feuer ein Symbol der Reinheit.«

Nun war sie es, die verlegen lächelte. »Auf englisch klingt das ein wenig komisch, nicht wahr?« fügte sie hinzu.

Er lachte. »Und Shahani?«

»Das bedeutet ›königlich‹.«

Das erklärte ihre Kleidung, ihre Manieren, ihr tadelloses Englisch.

»Ich fürchte, daß weder Paul noch Mayer mit solchen Namen konkurrieren können.«

»Aber Ihr Name klingt irgendwie bekannt«, bemerkte sie. »Wieso?«

»Vielleicht wegen meiner früheren Tätigkeit.«

»Und das war?«

»Ich stand ein paar Jahre an der Spitze des Internationalen Währungsfonds.«

»Natürlich. Aber dann müssen Sie ja auch meine Heimat kennen.«

»Nicht sehr gut, aber ich bin einige Male dagewesen. Und ich habe Ihren früheren Botschafter in den Vereinigten Staaten, Ardeschir Zahedi, sehr gut gekannt. Ein reizender Mann. Offenbar stand ich auf seiner Gästeliste, wenn er seine berühmten Dinnerparties gab. Wenn ich in Washington war, ging ich meistens hin, denn ich gebe zu, daß ich Kaviar und

Champagner liebe — und davon hatte Zahedi stets einen großen Vorrat.«

Sie sah ihn prüfend an. »Mein Mann und ich, wir waren einmal auf einer solchen Party. Das war 1977, im Mai. Als der Schah die Vereinigten Staaten besuchte. Aber ich bin sicher, daß Sie damals nicht dabei waren. Ich würde mich sonst an Sie erinnern.«

Das hörte er gerne, aber er sagte nichts.

»Jetzt sind Sie also kein Bankier mehr?« fuhr sie fort.

»Nein. Jetzt bin ich Universitätslehrer.«

»Aber warum?«

»Warum ich mich verändert habe?«

»Ja. Sie müssen ein sehr mächtiger Mann gewesen sein.«

»Ja, das war ich. Doch eines Tages hatte ich von dem Geschäft die Nase voll.«

»Aber vermissen Sie nicht das ganze Drum und Dran?« fragte sie und fügte dann hinzu: »Sicher stellt man Ihnen immer wieder diese Frage. Entschuldigen Sie.«

»Sie brauchen sich nicht zu entschuldigen. Es ist richtig, daß mir all die Leute dieselbe Frage stellen, und ich antworte immer das gleiche: noch nicht. Schließlich bin ich erst seit einem Semester an der Uni.«

Eine Minute lang blieb er stumm. Und dann: »Doch da Sie das Thema jetzt wieder zur Sprache gebracht haben — ich denke, ich werde meine Antwort neu fassen müssen: Ja, ich vermisse die Limousinen, die Hotelsuiten, die Einladungen und ganz besonders, das muß ich zugeben, die Flugzeuge, die einem immer zur Verfügung standen. Und darum bin ich jetzt auch gerade dabei, eine Rückkehr zu alten Gewohnheiten zu erwägen. Was übrigens dazu führen könnte, daß ich sehr bald nach San Francisco komme.«

Ob sie nun die in diesem letzten Satz enthaltene Andeutung begriff oder nicht, sie ließ sich jedenfalls nichts anmerken. Nachdem sie auf dem Airport Dulles gelandet waren, schien es sich ganz von selbst zu ergeben, daß sie auch im Bus nebeneinander saßen, der sie vom Flugzeug zur Ankunftshalle brachte. Während sie bei der Gepäckausgabe warteten, ließ sie ihn wissen, daß sie nur einen Tag in Washington bleiben und dann nach San Francisco weiterfliegen würde.

Sie hatte also begriffen.

»Vielleicht könnten wir nächste Woche dort zu Abend essen?« schlug Mayer vor.

»Sehr gern.«

»Welches sind Ihre liebsten Restaurants dort?«

»›Trader Vic's‹. ›Stars‹. ›L'Etoile‹.« Es war nicht zu überhören, daß man ihr diese Frage schon öfter gestellt hatte.

»In dieser Reihenfolge?«

»Ach nein. Sie sind mir alle drei gleich lieb.«

»Also dann ›Trader Vic's‹. Ich werde mich um einen Tisch kümmern.« Er unterbrach sich, weil es ein so plumper Annäherungsversuch zu sein schien, aber er hatte keine andere Wahl. »Würden Sie mir gestatten, nach Ihrer Telefonnummer zu fragen?« Er wurde tatsächlich ein wenig rot.

»Sie sind ein sehr netter Mann«, sagte sie und streckte die Hand aus, um seinen Arm zu berühren.

Jetzt war er richtig verlegen.

Sie zog eine Visitenkarte aus ihrer Handtasche und reichte sie ihm. Darauf stand zu lesen: Azar Shahani, Boutique, 121 Main Street, Tiburon, Kalifornien.

»Das ist mein kleiner Laden in Marin County«, erklärte sie ihm. »Ich spezialisiere mich auf französische und deutsche Modelle. Ich spielte mit dem Gedanken, auch einen Laden in London aufzumachen. Darum habe ich diese Reise unternommen. Aber jetzt bin ich nicht mehr so sicher.«

Sie nahm einen Kugelschreiber heraus, erbat sich die Karte zurück und schrieb ihre Telefonnummer auf die Rückseite. »Das ist meine Privatnummer. Ich lebe auf Belvedere, das ist die Insel gleich neben Tiburon.«

»Ich kenne die Gegend«, sagte er und fügte hinzu: »Vielen Dank, Azar.«

»Gern geschehen, Paul.«

Und dann erschien das Gepäck auf dem Laufband. Ihr Koffer war einer der ersten, und wenige Minuten später war sie verschwunden.

Draußen wartete ein BMW auf sie. In dem Wagen saßen drei Männer. Ein Iraner, ein Palästinenser und der Fahrer, ein Deutscher. Sie waren alle Anfang Dreißig. Als der Palästinenser den Kofferraum öffnete, hatte er Schwierigkeiten, ihren Koffer unterzubringen, weil es nämlich ein kleiner Kofferraum war, der bereits eine Uzi-Maschinenpistole enthielt.

Sie nahm auf dem Beifahrersitz des BMW Platz, und als der Wagen losfuhr, sah sie der Deutsche, ein blonder, vierschrötiger Mann mit brutalem Gesicht, von der Seite an und fragte:

»Wie ist es gelaufen?«

»Er hat sich erinnert, mich gesehen zu haben.«

»Du hast es also versaut.«

»Ganz im Gegenteil«, erwiderte sie in eisigem Ton. »Ich ›versaue‹ nie etwas.«

Sie mußten vor einer Schranke anhalten, um die Flughafenparkgebühr zu bezahlen.

»Wollt ihr jetzt wissen, wie es gelaufen ist oder nicht?« fragte sie, während sich der BMW wieder in Bewegung setzte.

Der Deutsche maß sie mit einem Blick, der aus dem Lauf der Maschinenpistole im Kofferraum hätte kommen können. Aber er schwieg.

»Tatsache ist, es ging alles tadellos. Ich saß die ganze Zeit von London bis hierher neben ihm. Wie ich schon sagte, erinnerte er sich an mich. Wir saßen gestern in einem Restaurant in London an zwei benachbarten Tischen. Er hielt es für einen reinen Zufall. Der Mann hat keine Ahnung, daß wir ihn im Auge haben, seitdem er im ›Savoy‹ abgestiegen ist.«

Einer der Nachtportiers im »Savoy« war ebenfalls Iraner.

»Ich habe also«, fuhr sie fort, »in den vergangenen acht Stunden einen Großteil seiner Lebensgeschichte erfahren —

Vergangenheit, Gegenwart und Zukunft. Nächste Woche trifft er in San Francisco am Sitz der Bank of America mit deren Vorsitzendem George Pace zusammen. Wir haben uns zum Dinner verabredet.«

»Er muß an dir Gefallen gefunden haben«, meinte der Deutsche. »War es vielleicht Liebe auf den ersten Blick?«

Sie würdigte ihn keines Blickes.

»Wer hat drüben alles organisiert?« ließ sich der kleine Araber vernehmen.

»Ahmed.« Die Art, wie sie den Namen aussprach, ließ deutlich erkennen, was sie von dem dunkelhäutigen Libyer hielt, der sie zum Lunch im »Carlton Tower« begleitet und während des restlichen Tages Paul Mayer beschattet hatte.

»Wie hast du es denn geschafft, im Flugzeug den Platz neben ihm zu bekommen?«

»Als Mayer sein Flugticket umschreiben ließ, beauftragte er das Reisebüro im ›Savoy‹ damit. Dabei wurde er von Ahmed beobachtet. Euer Mann beim Empfang — ich bin ihm nie begegnet — brachte die Details in Erfahrung, und danach ging alles ganz leicht.«

»Ich betrachte es als einen Glücksfall, daß du gerade in London warst, Azar«, bemerkte der andere Mann, der Iraner, auf dem Rücksitz.

»Für eure Leute sicher.«

Wieder trat Schweigen ein.

»Sag uns jetzt genau, was alles gesprochen wurde«, forderte der Deutsche. »Und sprich dabei in dieses Bandgerät.«

Er langte hinüber, um einen kleinen Sony aus dem Handschuhfach zu nehmen, und reichte ihn ihr. Sie schien nicht recht zu wissen, wie sie damit umgehen sollte.

»Drück den roten Knopf, und fang an«, sagte er.

Immer noch ohne einen Blick auf ihn zu verschwenden, sprach sie vierzig Minuten mit monotoner Stimme. Gerade als sie zu Ende war, fuhren sie vor dem Four Seasons Hotel am Stadtrand von Georgetown vor; sie gab dem Deutschen das

Gerät zurück. Er stellte es ab und steckte es in seine Jackentasche.

»Hier ist für heute nacht ein Zimmer für dich reserviert, und morgen um neun fliegst du mit der ›United‹ nach San Francisco«, teilte ihr der Deutsche mit.

»Was habe ich als nächstes zu tun?«

»Wir werden es dich wissen lassen«, erwiderte er. »Und jetzt steig aus.«

Er war es, der den Türsteher mit einer Handbewegung abwies, bevor er Azar Shahanis Koffer aus dem Kofferraum nahm. Dann bekam der Deutsche vom Rücksitz des BMW eine Aktentasche gereicht. Er stellte sie neben Azars Koffer, und ohne noch ein Wort zu verlieren, ließ er sie einfach stehen, schob sich hinter das Steuer des BMW und fädelte sich in den dichten Rush-hour-Verkehr Georgetowns ein.

Zehn Minuten später, nachdem sie dem Pagen ein Trinkgeld gegeben und die Tür hinter ihm verschlossen hatte, öffnete sie die Aktentasche. Sie enthielt das Flugticket nach San Francisco und zwanzigtausend Dollar in Hundertdollarnoten.

Was war das nur für ein Alptraum geworden! Wäre sie nur 1981 nicht in den Iran zurückgekehrt! Aber es war die einzige Möglichkeit gewesen zu erfahren, ob und wie sie ihre Mutter herausbekommen konnte. Kaum war sie in Teheran aus dem Flugzeug gestiegen, hatten sie sie schon gefaßt. Und unterbreiteten ihr unverzüglich einen Vorschlag: Sei unser Auge und unser Ohr. Hilf uns, wenn wir Hilfe brauchen, und zu gegebener Zeit bekommt deine Mutter eine Ausreisegenehmigung. Die Mullahs wußten, wie sie es anstellen mußten. Sie wußten, wie heilig die Familie allen Iranern ist, und so wußten sie auch, daß sie für ihre Mutter alles, buchstäblich alles tun würde.

Nachdem man sie zwei Tage lang festgehalten und gezwungen hatte, ihre westliche Kleidung ab-, einen schwarzen *Tschador* anzulegen und ihr Gesicht zu verschleiern, durfte sie endlich nach Hause, ihrem wirklichen Zuhause in Nord-Teheran. Einen Monat später erlaubten sie ihr auch, Teheran zu verlassen. Aber Azar Shahani hatte sich nie ihrer Kontrolle entziehen können.

Am frühen Abend läutete in der Luxusbude von José Martínez junior in Georgetown das Telefon. Völlig erschöpft hatte er den Anruf erwartet, denn nach seinen Begriffen war es ein harter Tag gewesen.

Noch im Morgengrauen hatte sein Onkel ihn angerufen — diesmal aus Madrid. Er hatte ihm eine mysteriöse, aus zwei Sätzen bestehende Botschaft übermittelt: Erstens sollte José Martínez junior mit Sicherheit um sieben Uhr abends an seinem Telefon sitzen. Zweitens sollte er genau das tun, was ihm am Telefon aufgetragen werden würde, und auch dies ohne Diskussion.

Diese Art, herumkommandiert zu werden, hatte ihn stocksauer gemacht. So stocksauer, daß er nicht wieder einschlafen konnte. Was, wie sich herausstellte, auch seinen Vorteil gehabt hatte. Er mußte um zwei Uhr nachmittags zu seiner Semesterprüfung in ›Internationale Finanzen‹ antreten, und da er sowieso nicht schlafen konnte, hatte er gegen seine Gewohnheit den ganzen Vormittag damit verbracht, wieder einmal richtig zu büffeln, was sich als brillanter Einfall erwiesen hatte. Professor Mayer war nicht zur Prüfung gekommen, und so hatte man einen Universitätsassistenten geschickt. Das bedeutete, daß nicht gemogelt werden konnte, denn der kleine Scheißer nahm sein Amt tierisch ernst. Aber dank dem Anruf seines Onkels war José jetzt sicher, daß er trotz eines so schweren Handicaps gut abgeschnitten hatte.

Dennoch: Die Kraft, die es ihn gekostet hatte, eine Prüfungsarbeit ohne jede fremde Hilfe zu schreiben, hatte ihn völlig erschöpft. Nachdem er dem kleinen Scheißer das blaue Heft übergeben hatte, verließ er das anheimelnde Milieu des Interkulturellen Zentrums. Dem beißenden Dezemberwind, der vom Potomac herüberblies, die Stirn bietend, schwankte er über den Campus in Richtung ›Tombs‹. Als er schließlich diese

Zufluchtstätte erreicht hatte, begann sein lateinisches Blut zu erstarren. Es bedurfte einiger Gläser Bourbon pur mit ein paar Schuß Bier zum Nachspülen, um ihn wieder zu beleben.

Bald trudelten seine Kumpel, die Jungs aus Brasilien, Mexiko und Venezuela ein und setzten sich zu ihm an den großen runden Tisch im hinteren Teil des Lokals. Sie kamen alle von der gleichen Semesterprüfung. Alle waren niedergeschlagen und fühlten sich von dem kleinen Assistenten-Scheißer schikaniert, der sie mit Luchsaugen beobachtet hatte. Am Ende war ihnen nichts anderes übriggeblieben, als ihre fast leeren Hefte abzugeben. Nächsten Monat würden ihre Eltern in São Paulo, Mexico City und Caracas die Zensuren erhalten und ihnen die Monatswechsel kürzen; die jungen Herren würden in Armut und Verzweiflung versinken.

Sie waren sich wieder einmal einig: Es war eine feindselige, beschissene Yankeewelt, in der sie zurechtkommen mußten.

Darum stellten sie sich jetzt gemeinsam darauf ein, den Abend damit zu verbringen, ihren Kummer zu ersäufen und sich gegenseitig zu bedauern. Sie empfanden es daher als Schock, als ausgerechnet José Martínez junior um sechs Uhr fünfundvierzig auf die Uhr sah und bekanntgab, daß er gehen müsse. Er hatte sich ja auch schon vorher verdächtig benommen. Als er zur Bar ging, um eine Runde zu bestellen, hatte einer die Vermutung ausgesprochen, daß er das nur tat, weil er für die Prüfung gebüffelt und sie wahrscheinlich auch bestanden hatte. Aber diese Vermutung wurde als böswillige Verleumdung abgetan.

Jedenfalls war José Martínez junior zu Hause, als um sieben Uhr eins das Telefon klingelte.

Er nahm den Hörer ab, und jemand fragte: »Spricht dort José Martínez?« Der Armleuchter sprach das ›J‹ wie ›Ch‹ aus.

José junior übersah diesen Fehler. In einem Ton, den er für gelangweilt und kultiviert hielt, antwortete er: »Ja.«

»Hat Ihr Onkel mit ihnen gesprochen?«

»Hat er.«

»Sie wissen also, was Sie zu tun haben!«

Der Mann fragte nicht, er befahl — womit er José junior ganz schön auf die Palme brachte. »Ich soll tun, was Sie mir auftragen«, antwortete er und fügte ein paar Sekunden später ein »Sir« hinzu, um den Kerl wissen zu lassen, was er von ihm hielt.

Der Armleuchter am anderen Ende merkte das gar nicht.

»Sie wissen, wo Professor Mayer wohnt?«

»Das weiß ich.«

»Wo?«

»Dent Place in Georgetown.«

»Was?«

»Dent Place. D-E-N-T«, buchstabierte er laut. »Haben Sie verstanden?«

»Wo ist das?«

»Mensch! In Georgetown, wie ich schon sagte.«

»Wo in Georgetown?«

Die Stimme am anderen Ende hatte einen drohenden Klang angenommen.

»Zwischen Wisconsin Avenue und dem Campus. Ungefähr.«

»Ich möchte, daß Sie mir das zeigen.«

»Wie Sie wünschen.«

»Wo könnten wir uns in, sagen wir, dreißig Minuten treffen?«

José hatte einen brillanten Einfall.

»›The Tombs‹.«

»Was ist das?«

»Das ist ein Restaurant. Es ist nur sechs oder sieben Blocks von dem Haus entfernt, wo Professor Mayer wohnt. Wo sind Sie jetzt?«

»Nehmen wir an, am Du Pont Circle.«

»Von dort ist es ganz leicht zu finden.«

Martínez junior erklärte ihm genau, wo sich »The Tombs« befand und wie man hinkam. Er würde, sagte er, an der Theke warten und eine Zigarre rauchen. Dann zog er seinen Mantel an und stürzte sich wieder in die schneidende Kälte hinaus.

Die Kameraden saßen immer noch in den ›Tombs‹, und der Lärmpegel an ihrem Tisch bezeugte ihre um vieles verbesserte Stimmung. Als sie José sahen, wurde er mit lautem Geschrei begrüßt. »Setz dich«, riefen sie, während er auf ihren Stammtisch zukam.

»Kann ich nicht«, erwiderte er. »Ich bin dienstlich hier.«

Damit entfesselte er Lachstürme.

»Das ist kein Witz«, versicherte ihnen José und fügte hinzu, als sich der Lärm ein wenig gelegt hatte: »Könnte sogar sein, daß ich eure Hilfe brauche.« Er hatte keine Ahnung, warum und wie sie ihm helfen sollten, aber was machte das schon: Sie würden es schlucken.

Und das taten sie. Weil sie allesamt Geld rochen, das sie dringend brauchen würden, sobald ihre Zeugnisse daheim eintrafen. Das ging jedes Jahr so.

»Um was geht es?« fragte ein Kommilitone aus Brasilien.

»Überwachung«, antwortete José.

Das stopfte ihnen das Maul.

Den Respekt nützend, den er seinen Freunden eingeflößt hatte, begab sich José Martínez junior zur Theke und nahm auf einem Hocker an der Wand am anderen Ende Platz. Er bestellte eine »Marguerita« und zündete sich eine kleine kubanische Zigarre an. Er war bereit.

Um acht Uhr kam dieser große blonde Typ in einem Pelzmantel — man stelle sich vor — in die »Tombs« marschiert, als ob er den Laden eben gekauft hätte. Er war Anfang Dreißig, hatte eine Narbe auf seiner linken Wange und sah wie ein Gewalttäter aus.

Instinktiv wußte José junior, daß das sein Mann war, und winkte ihm mit seiner kubanischen Zigarre. Der Typ sah es und kam sofort auf ihn zu.

»Ich glaube, wir haben vor kurzem miteinander telefoniert«, sagte der große blonde Mann mit der Narbe.

»Ja, das haben wir, Sir«, sagte José. Diesmal meinte er es ernst mit dem ›Sir‹.

»Haben Sie einen Wagen?«

»Ja, Sir.«

»Hier?«

»Nein, Sir. Er steht in der Garage, wo ich wohne.«

»Holen Sie ihn.«

»Jetzt?«

»Jetzt!«

José Martínez stand auf und verließ, ohne ein Wort zu verlieren, das Lokal. Der große Typ, der mit ihm gesprochen hatte, legte seinen Pelzmantel ab, setzte sich auf den Hocker, den José eben freigemacht hatte, und bestellte mit gutturaler Stimme einen doppelten Brandy. Der Barkeeper servierte ihm den Drink in Rekordzeit.

Genußvoll beobachteten die jungen Herren am Stammtisch jede Bewegung. »Der verdammte Martínez hat uns nicht angeschissen«, flüsterte einer, und alle nickten zustimmend.

Nach fünfzehn Minuten kam José junior zurück. Sobald der Kerl ihn die Treppe herunterkommen sah, warf er einige Scheine auf die Theke, zog seinen Pelzmantel an, trat auf José zu, packte ihn am Arm und drehte ihn in die Richtung, aus der er gekommen war. Zusammen stiegen sie die Stufen hinauf.

Zehn Minuten später parkten José Martínez junior aus Caracas, Venezuela, und Joachim Schmidt aus Frankfurt, Westdeutschland, an der Ecke Dent Place und 35th Street im roten Mazda des jungen Studenten. Von hier hatten sie ungehinderte Sicht auf das schmale Haus mit der Nummer 3514.

»Das ist sein Haus«, sagte Martínez, nachdem er den Motor abgestellt hatte.

»Gut«, sagte der Mann von der RAF. »Jetzt stellen Sie fest, ob er da ist.«

»Wie denn?«

»Gehen Sie hin und schauen Sie nach.«

José junior stieg aus und schlenderte die Straße hinauf. In

Nummer 3514 brannten die Lichter sowohl im Erdgeschoß als auch oben. An der Kreuzung stand eine Telefonzelle. José betrat sie, nahm den Hörer ab, tat, als ob er ein Gespräch führte, und beobachtete das Haus.

So stand er zehn Minuten, dann fünfzehn, dann zwanzig. In beiden Richtungen gingen die Leute vorbei, ohne von ihm Notiz zu nehmen. In Georgetown waren Studenten in Telefonzellen zu jeder Tages- und Nachtzeit nichts Aufregendes. Dann kam seine Chance. Ein Lieferwagen des französischen Feinkostgeschäftes an der Wisconsin Avenue hielt vor 3514 Dent Place. Der Fahrer stieg aus, ging, einen Papiersack mit Köstlichkeiten auf dem Arm, zur Haustür und drückte auf den Klingelknopf. Aber es war ein Dienstmädchen, nicht Mayer, das ihm öffnete. Sie nahm das Paket entgegen, gab dem Mann offenbar sein Geld, und damit war die Sache erledigt.

»Verdammt!« stieß José junior hervor.

Aber er hielt durch, obwohl ihm von Minute zu Minute kälter wurde. Und wer erschien fünf Minuten später mit einem Stoß blauer Hefte? Der kleine Scheißer! Der falkenäugige Universitätsassistent, der einem halben Dutzend lateinamerikanischer Studenten ihre Weihnachtsferien versaut hatte. Wieder öffnete das Mädchen die Tür, doch nun erschien auch Professor Mayer, und gleich darauf überreichte ihm der kleine Scheißer die kläglichen Resultate auf fünf Fragen, die José und den anderen Studenten der ›Internationalen Finanzen‹ von dem Finanzgenie gestellt worden waren, das Nr. 3514 Dent Place bewohnte.

Der Professor und sein Assistent plauderten zwei oder drei Minuten auf dem Vorplatz des Hauses; dann entließ Mayer den kleinen Scheißer und schloß die Tür. Der kleine Scheißer verschwand die P Street hinauf. José junior hängte auf und kehrte zu seinem geparkten Wagen zurück.

»Professor Mayer ist da. Ich habe ihn gesehen«, teilte er dem Deutschen mit, der zusammengekauert in der kalten Finsternis saß.

»Wer war der andere?«

José erklärte es ihm.

»Gut gemacht. Das hier ist meine Telefonnummer in Washington«, sagte der Deutsche und gab dem jungen Venezolaner einen Zettel. »Wenn Mayer ausgeht, folgen Sie ihm. Wenn er angekommen ist, wo er hinwill, rufen Sie mich an und sagen mir, wo er ist. Wenn er sich mit jemandem trifft, ganz gleich wo, notieren Sie das Kennzeichen des Wagens. Das gilt auch für jeden, der hierherkommt.«

»Na klar.«

»Vernichten Sie den Zettel, sobald Sie sicher sind, daß Sie die Nummer behalten haben.«

»Ja, Sir. Noch eines, Sir. Sie erwarten von mir doch nicht, daß ich die ganze Nacht hier herumstehe, oder?«

Der Deutsche überlegte. »Nein. Wenn er um zehn noch da ist und niemand ihn besucht, gehen Sie nach Hause und kommen am Morgen um acht Uhr wieder. Und noch etwas: Haben Sie eine Polaroid-Kamera?«

»Nein, Sir.«

»Dann kaufen Sie gleich morgen früh eine. Und genügend Filme. Wen immer Sie in Mayers Gesellschaft sehen, versuchen Sie ein Bild von ihm — oder ihr — zu knipsen.«

»Wo soll ich denn um acht Uhr früh eine Kamera hernehmen?«

»Jemand soll sie für Sie kaufen.«

»Wo soll der denn das Geld dafür hernehmen?«

»Keine Sorge. Ich habe noch etwas für Sie.« Er reichte Martínez einen Umschlag. »Für die Spesen. Halten Sie Kontakt.«

Der große blonde Mann mit der Narbe und dem deutschen Akzent stieg aus und ging die Wisconsin Avenue hinunter. José junior beobachtete ihn im Rückspiegel seines Mazda, bis er in die Dezembernacht verschwunden war.

Dann schaltete José junior die Armaturenbrettbeleuchtung ein und öffnete den Umschlag. Er enthielt fünfzig Hundertdollarnoten.

Zehn Minuten später hielt ein Taxi vor dem Haus Dent Place 3514, und das Hausmädchen kam heraus und bestieg es. Nach weiteren zehn Minuten gingen die Lichter im Haus von Professor Mayer aus.

»Na bitte«, dachte José Martínez junior, schaltete die Zündung ein, drehte die Heizung ganz auf und fuhr los. Das Fotogeschäft in der Wisconsin Avenue war noch offen. Er kaufte die beste Polaroidkamera, die sie hatten, und dazu ein halbes Dutzend Filmpacks.

Während er zu seiner Wohnung zurückfuhr, fing José an, über Professor Mayer nachzudenken. Gewiß, mit seiner Denkweise war der Bursche oft auf dem Holzweg, aber sonst schwer in Ordnung: Mayer war ein Klassemann. Darum hatte er, José Martínez junior, sich ja so bemüht, in sein Seminar zu kommen. Er war überrascht gewesen, als Mayer ihn aufgenommen hatte. Schließlich war sein Notendurchschnitt ja nicht gerade überwältigend gewesen. Und seitdem hatte Mayer ihm nie eine schlechtere Note als B+ gegeben — und dies ungeachtet einiger Theorien in bezug auf die Rolle, die die Vereinigten Staaten in Lateinamerika spielen sollten, hirnrissige Theorien, mußte selbst er zugeben. Und dann war da noch etwas: Jeder wußte, daß Mayer nicht nur ein mächtiger Mann war, sondern auch noch reich wie Krösus. Aber er ließ sich nie etwas anmerken. Ohne Frage, ein Klassemann.

Dann dachte er an seinen Onkel: ein schmieriges Individuum, wie man es sich nicht schmieriger vorstellen konnte. Am abstoßendsten aber war die Art, den großen Liebhaber zu spielen. Ganz Caracas wußte, daß Onkel Roberto hinter jedem Rock in der Stadt her war, je jünger, desto besser, und alle schauten weg, weil er ein so großer Mann war. José juniors Mutter konnte ihn nicht ausstehen.

In sein Apartment zurückgekehrt, ging José junior sofort zu Bett und war schon eingeschlafen, bevor seine Rolex zehn Uhr zeigte. Aber noch bevor er eindöste, waren seine Gedanken dem springenden Punkt näher gekommen. Was zum Teufel ging hier eigentlich vor? Warum sollte ein Typ wie dieser Scheißnazi mit seiner Narbe und überhaupt Professor Mayer beobachten? Und wie konnte sein Onkel, zugegebenermaßen ein charakterloses Schwein, sich so weit erniedrigen, mit einem solchen Dreckskerl etwas zu schaffen zu haben?

Und warum machte er, José Martínez junior, bei diesem Scheiß mit?

9. Kapitel

Professor Mayer schlief bis tief in den Vormittag hinein. Er wußte schon seit langem, daß Schlaf das beste Mittel gegen die Folgen der Zeitverschiebung war. Doch um zehn wurde er durch Marias Hantieren in der Küche geweckt. Zehn Minuten später öffnete sich die Tür zu seinem Schlafzimmer.

»Kommen Sie rein, Maria«, sagte er.

Das tat sie, strahlend über das ganze Gesicht, mit einem Frühstückstablett reichlich bestückt mit allem, angefangen von Waffeln bis zu pochierten Eiern.

»O Professor Mayer«, sagte sie, während sie den Kaffee einschenkte. »Es ist so schön, daß Sie so lange schlafen konnten. Sie haben gestern abend so müde ausgesehen.«

»Aber jetzt fühle ich mich ausgezeichnet, Maria. Ich danke Ihnen für Ihre Anteilnahme. Sagen Sie mir, bitte, könnten Sie vielleicht auch morgen kommen? Ich weiß, es ist Sonntag, aber . . .«

»Selbstverständlich.«

»Ich dachte daran, einen Lunch zu organisieren, gegen eins. Wir wären zu viert. Können Sie das schaffen?«

»Sehr gern.«

Offensichtlich betete sie ihren Dienstherrn an.

»Aber erst muß ich sehen, ob ich es arrangieren kann.«

Zögernd verließ sie das Schlafzimmer, während er zum Telefon griff und die Privatnummer des Vorsitzenden des *Federal Reserve Board* wählte.

»Bob?«

»Ja.«

»Paul Mayer.«

»Sie sind also wieder zurück. Wie ist es denn gelaufen?«

»Sehr gut.«

»Nach dem gestrigen ›Journal‹ habe ich das auch angenommen. Hatten Sie etwas damit zu tun?«

»Ja.«

»Dacht' ich mir. Wie weit entspricht der Artikel der Wahrheit?«

»Es ist alles wahr. Darum rufe ich ja an. Ich möchte Sie über die Details informieren. Ich habe alle Zahlen bei mir. Wir haben ursprünglich geplant, uns zum Wochenende bei Ihnen zu treffen, aber das möchte ich ändern, wenn es Ihnen nichts ausmacht. Wie wäre es, wenn Sie zu mir kämen? Zum Lunch?«

»Geht in Ordnung. Ich muß Sie aber auf eines hinweisen.«

Mayer spitzte die Ohren.

»Unser alter Freund, der *Comptroller of the Currency,* möchte auch dabeisein.«

»Kann ich mir denken.«

»Wollen Sie ihn anrufen, oder soll ich das tun?«

»Warum machen Sie das nicht, Bob?«

»Okay.«

»Und was ist mit der FDIC?«

»Die werden auch kommen wollen. Ich kümmere mich darum. Um welche Uhrzeit?«

»Gegen eins, würde ich sagen. Wissen Sie noch, wie Sie herkommen?«

»Sie wohnen am Dent Place. Dent Ecke 35th Street, richtig?«

»Richtig. Nummer 3514.«

»Um eins sind wir alle da. Außer ich rufe Sie noch zwischenzeitig an.«

»Fein.«

Maria, die vor der Schlafzimmertür das ganze Gespräch mit angehört hatte, klopfte eine halbe Minute später.

»Herein.«

»Kommen Sie also?«

»Ja. Um eins.«

»Ich werde mich um alles kümmern, Herr Professor. Sie brauchen sich keine Sorgen zu machen.«

»Ich weiß.«

»Möchten Sie jetzt noch eine Tasse heißen Kaffee?«

»Ja. Und bringen Sie mir bitte meine Aktentasche.«

Als sie mit beidem zurückkam, bedachte sie Mayer mit einem verlangenden Blick, der seinen Körper, wie er da unter der Decke lag, erbeben ließ. Schließlich war sie bei eingehender Betrachtung in vieler Hinsicht eine jüngere Version der Iranerin: Ihre Hautfarbe war oliv, ihr Busen üppig und, wie gewöhnlich, halb entblößt, ihr Haar dunkel und schulterlang. Das Wetter draußen war kalt, und sein Bett halb leer.

Mit gewaltiger Anstrengung riß er sich zusammen. »Das ist alles, Maria«, sagte er und fügte hinzu: »Im Moment.«

Sie schien zu spüren, was im Kopf des armen Mannes vorging. Als sie das Zimmer verließ, schenkte sie ihm ein Lächeln, das ihn dazu brachte, sich zu fragen, wie lange er durchhalten konnte.

Seine Aktentasche enthielt die Kopien der Computerausdrucke der B of A. Mayer wußte, daß der Druck auf die Bank of America, soweit es die Bankenaufsicht betraf, nachlassen sollte, sobald er seinen Gästen morgen die Printouts vorgelegt haben würde. Doch die Zahlen würden nicht dazu beitragen, die Frage zu klären, die ihm die tiefgreifendere und wichtigere zu sein schien: Wer hatte überhaupt versucht, einen Run auf die zweitgrößte Bank des Landes zu starten? Und warum?

Er nahm einen Block heraus und notierte einige Punkte:

Übernahme — Drexel Burnham.
Schweizerische Nationalbank?

Roberto Martínez???

Dolgich???

Alle vier Punkte waren bei seiner Unterhaltung mit Sally Brown im »Carlton Tower« zur Sprache gekommen. George Pace hatte die Sache mit der Übernahme im Zusammenhang mit Drexel Burnham überprüft und festgestellt, daß zumindest diese Vermutung unbegründet war. Wenn es, was man ihm gesagt hatte, stimmte — daß keine Aktion mit dem Ziel einer Übernahme im Gang war —, dann schien kein Mensch in den USA ein Interesse daran zu haben, den Ruf der Bank zu schädigen, um den Aktienkurs zu drücken — eine Überlegung, die Professor Mayer veranlaßte, seinen IBM-Personalcomputer einzuschalten.

Er drückte ein paar Tasten, und auf dem Bildschirm erschien die Schlußnotierung der Bank of America vom Freitag. Fünfzehneinhalb. In der Woche der Gerüchte war der Preis um einen Dreiviertelpunkt gefallen, der Umsatz jedoch nur geringfügig zurückgegangen — durchschnittlich 550 000 Aktien pro Tag. Wäre jemand darauf aus gewesen, die Kontrolle über die Bank zu erlangen, würde der Prozeß des Aktienaufkaufs bereits begonnen und die Umsätze der Bankaktien an der New Yorker Börse dies auch reflektiert haben. Das aber war nicht geschehen. Woraus klar hervorging: Drexel Burnham hatte die Wahrheit gesagt.

Das aber bedeutete wiederum, daß die Effektenbanken in der Wall Street unschuldig waren. Womit drei potentielle Schurken zur Wahl standen: die Schweizer, die Venezolaner und die Russen. Hatten sie irgendwie damit zu tun? Wenn ja, sollte er sie beim morgigen Lunch erwähnen, oder würde das nur die Wasser von neuem trüben?

Dann fügte er einen weiteren Punkt hinzu: George Paces Ersuchen, er möge nach San Francisco kommen, um der nächsten Vorstandssitzung der Bank of America beizuwohnen. Das mußte er mit Reston klären. Und vielleicht sollte er auch auf Paces Angebot einer Stellung zu sprechen kommen, obwohl er es abgelehnt hatte, zumindest unter den gegenwärtigen Umständen. Ein offenes Wort konnte kaum schaden. Es lag nicht in seiner Absicht, in der Stadt als ein zweiter Bert Lance angesehen zu werden.

Dann fiel ihm ein, daß es da noch jemanden gegeben hatte, den er nach seiner Rückkehr aus London anrufen wollte, aber bedauerlicherweise ließ ihn sein Gedächtnis diesmal im Stich.

Also fing er an zu lesen. Vier Tage Zeitungen und Zeitschriften und Journale lagen aufgestapelt auf dem kleinen Tisch am Bettende. Er verbrachte die folgenden acht Stunden damit, sie durchzusehen. Von dem, was er las, gefiel ihm vieles nicht. Bei Anbruch der Dunkelheit stand er schließlich auf und ging nach unten. Im Kühlschrank warteten einige Sandwiches und ein Bier auf ihn. Maria, die schon früher gegangen war, um für den sonntäglichen Lunch einzukaufen, hatte bereits alles vorbereitet.

Er nahm sein Abendessen im Wohnzimmer ein. Holte sich einen Film vom Videoregal, legte ihn in den Videorecorder ein und genoß, während er aß, wie Clint Eastwood ungefähr einundzwanzig Menschen auf den Straßen von San Francisco massakrierte. Um halb zehn gingen im Haus Dent Place 3514 die Lichter aus.

Eine Minute später brauste José Martínez junior in seinem roten Mazda los. Außer sechs Schnappschüssen von dem Hausmädchen hatte er für diesen Tag nichts vorzuweisen. Er fuhr in sein Apartment zurück, rief die Nummer an, die der Nazi ihm gegeben hatte, und vertraute seinen Bericht dem Anrufbeantworter an. Dann rief er das Mädchen an, das im Büro von Dekan Krogh das Telefon bediente, und lud sie zu sich ein. Als sie kam, nahm er einen Film aus dem Bücherregal; dann sahen sie sich zusammen noch einmal »Debbie does Dallas« an. Hin und wieder bemühte er sich, die Kunst, die das Wunder der Heimelektronik auf dem riesigen Fernsehschirm seines Bettendes bescherte, lebensecht nachzuahmen. Da Georgetown über kein Footballteam und daher auch über keine Claqueusen verfügte, war dies für José junior die einzige Methode, an Amerikas Nationalsport aktiv teilzunehmen.

An diesem Sonntag, dem 11. Dezember 1988, läutete die Türglocke des Hauses Dent Place 3514 um zwölf Uhr dreißig. Überrascht sah Paul Mayer auf die Uhr.

Als er die Tür öffnete, war es der Vorsitzende des *Federal Reserve Board*, Robert Reston, der mit verständnisheischender Miene vor ihm stand.

»Ich hoffe, es stört Sie nicht, wenn ich schon etwas früher komme«, sagte er, »aber ich hätte gern kurz mit ihnen gesprochen, bevor die anderen erscheinen.«

»Kommen Sie doch rein«, sagte Mayer.

Bevor sich die Tür schloß, hatte José Martínez junior ein perfektes Bild der beiden im Profil geknipst.

»Ich bin froh, daß Sie Feuer gemacht haben«, bemerkte Reston, während er seinen Mantel ablegte und ihn Maria reichte, die plötzlich neben ihm stand.

»Danke«, sagte er zu ihr, und dann, sich wieder Paul Mayer zuwendend: »Draußen ist es verdammt kalt.«

»Wie wäre es mit einem Glas, um sich aufzuwärmen? Sie haben eine Vorliebe für *Dewars*, wenn ich mich recht entsinne.«

»Sie haben recht wie immer, Paul.«

»Ich denke, ich werde es Ihnen gleichtun«, sagte Mayer. »Schließlich ist heute Sonntag.«

In Mayers Wohnzimmer gab es auch eine kleine Bar, und Maria hatte alles Notwendige vorbereitet.

»Also, was hat Sie veranlaßt, schon früher zu kommen?« fragte Mayer, während er seinem Gast einen Whisky reichte.

Der Vorsitzende des *Federal Reserve Board* war Kalifornier und schien in eine für Georgetown typische Umgebung nicht so recht zu passen. Obwohl es Dezember war, hatte die Sonne sein Gesicht kräftig gebräunt, und statt eine Krawatte umzubinden, trug er ein Sporthemd und einen Sweater. Er sah eher wie ein Tennisprofi mittleren Alters aus als wie der Chef des mächtigsten Geldinstituts der Erde, der Zentralbank der Vereinigten Staaten von Amerika. In vielen Leuten waren Zweifel aufgestiegen, als Paul Volcker beschloß, den *Fed* zu verlassen, und Reagan Robert Reston zu seinem Nachfolger bestimmte. Obwohl er zehn Jahre lang der größten Bank in Los Angeles vorgestanden hatte, war er in den Augen des Establishments der Ostküste immer noch ein Leichtgewicht, für den eigentlich nur seine Herkunft aus Kalifornien sprach. Viele dieser Leute hatten ihre Meinung sehr rasch geändert.

»Am späten Freitagnachmittag haben wir die vorläufigen Schätzungen des Bruttosozialprodukts und der Arbeitslosigkeit für das vierte Quartal bekommen«, begann Reston. »Ich fürchte, Paul, wir sind dabei, total in Verschiß zu geraten.«

»Um wieviel ist die Arbeitslosigkeit gestiegen?«

»Um einen ganzen Prozentpunkt. Das ist der größte Sprung, den ich je erlebt habe. Und das Bruttosozialprodukt im ersten Quartal 1989 wird vermutlich um zwei Prozent niedriger sein. Damit steht fest, daß wir auf eine Rezession zusteuern, und zwar sehr rasch.«

»Wie wird sich das auf die Finanzkasse auswirken?«

»Die Einnahmen werden ins Bodenlose fallen.«

»Haben Sie Ihre Veranschlagung des Budgetdefizits revidiert?«

»Wenn wir berücksichtigen, was auf der Ausgabenseite wird geschehen müssen, und dabei in Betracht ziehen, daß die Arbeitslosigkeit und der Sozialaufwand so schnell steigen, wie die Steuereinkünfte sinken werden . . . dann werden wir 1989 unserer Schätzung nach wieder bei zweihundertfünfzig Milliarden stehen.«

»Jetzt sind wir also dran«, sagte Mayer.

»Wie ein führerloser Güterzug kommt die Katastrophe auf uns zu«, bestätigte Reston, »und wenn sich die Menschen in unserem Land erst mal darüber klar werden, was sie erwartet, werden einige anfangen, Überlegungen anzustellen. Sie wissen ja, Paul: Die letzte große Rezession hatten wir 1981/82. Als sie einsetzte, belief sich unser Budgetdefizit auf sechsundvierzig Milliarden Dollar. Als sie zu Ende ging, waren es zweihundertzehn Milliarden Dollar. Mit anderen Worten: Die Rezession hatte eine Vervierfachung des Defizits zur Folge. Bei der letzten großen Rezession vor dieser, das war 1973 bis 75, stieg das Defizit von zwei Komma sechs auf neunundneunzig Milliarden. Sollte die Geschichte sich wiederholen, könnte es sein, daß wir uns auf ein Defizit von knapp einer halben Billion einstellen müssen.«

»Das ist doch wohl nicht auch Ihre Meinung?« wollte Mayer wissen.

»Natürlich nicht. Aber genau damit werden die Miesepeter und Weltuntergangspropheten herauskommen, wenn die Zahlen Anfang nächsten Monats bekannt werden. Und das werden sie Anfang nächsten Monats, darauf können Sie Gift nehmen. Unsere Behörde hat undichte Stellen wie jede andere in Washington auch. Aber selbst wenn die Finanzwelt die Zahlen von zweihundertfünfzig Milliarden akzeptiert, wird sich das verheerend auswirken. Ein Defizit in dieser Höhe wird die Staatsschuld früher als allgemein erwartet über die Drei-Billionen-Marke hinauftreiben. Und das bedeutet, daß nächstes Jahr allein für die Bedienung der Zinsen etwa eine Viertelbillion Dollar erforderlich sein werden, ein Betrag, der in etwa unseren Einkünften aus der Einkommensteuer entspricht. Eine erschreckende Aussicht!«

»Kann man wohl sagen.«

»Sehen wir doch den Tatsachen ins Auge, Paul«, fuhr Reston fort. »Die Entwicklung gerät außer Kontrolle. Und die Sache wird dadurch noch schlimmer, daß wir es zwischen jetzt und Ende Januar mit einer lahmarschigen Administration zu tun haben. Die Leute im Weißen Haus und im Finanzministerium packen ihre Koffer, so schnell sie können. Sie wollen fort sein, bevor wir richtig in der Scheiße sitzen. Aus den Augen, aus dem Sinn, das ist ihre Devise. Und das heißt, daß wir vom

Federal Reserve Board als einzige zurückbleiben werden, um den Laden zu schmeißen und die Sache auszubaden.«

»Wie wird der Kongreß reagieren?«

»Die werden verrückt spielen. Sie werden Japan und Kanada und Brasilien an allem die Schuld geben. Eine Woche nachdem sie wieder zusammengetreten sind, wird der Kongreß protektionistische Maßnahmen beschließen, daß Ihnen die Haare zu Berge stehen würden, Paul. Sie werden Zollsätze festlegen, wie zu Smoot-Hawleys Zeiten. Aber davon will ja niemand mehr etwas hören. Mindestens ein dutzendmal habe ich in diesem Jahr vor diesen Dummköpfen Erklärungen abgegeben und ihnen immer wieder vor Augen gehalten, daß es der amerikanische Protektionismus war, der in den dreißiger Jahren jene geistige und wirtschaftliche Einstellung zur Folge hatte, die eine schwere Rezession in die schwerste Depression der Geschichte verwandelte. Sie hören nicht mehr auf mich. Sie hören auf ihre Wähler. Und die wollen Blut sehen. Japanisches Blut.«

»Und der neue Präsident wird ihnen die Stange halten.«

»Na sicher. Er ist Demokrat. Er hat genauso gegen die Japaner wie gegen die Republikaner kandidiert. Er hat immer wieder betont, daß praktische Änderungen nötig sind, wenn wir nicht aus dem Status einer Schuldnernation, die beim Rest der Welt bereits mit einer halben Billion Dollar in der Kreide steht, zu einer völlig verarmten werden sollen, die nicht einmal mehr für eine American-Express-Karte gut ist. Erinnern Sie sich an diese Masche? In seinem Wahlkampf hat er dieses Thema vielleicht hundertmal breitgetreten. Und das amerikanische Volk hat es begeistert geschluckt.

Sollte der Kongreß einen zwanzigprozentigen Schutzzoll beschließen, während wir gleichzeitig in eine Rezession schlittern, kommt es zu einem dramatischen Rückgang der Nachfrage nach allem — von Bauxit bis zu Bananen.«

»Eine Katastrophe für Brasilien.«

»Und Argentinien. Und die Philippinen. Und . . .«

Er unterbrach sich und fügte dann hinzu: »Sie können es sich ja vorstellen.«

»Und wie ist die Ölsituation aus Ihrer Sicht?« fragte Mayer.

»Wollen Sie das wirklich wissen? Wenn es zu einer schweren Rezession kommt, und sie lange andauert — wie wir sie beim Amtsantritt von Reagan hatten, oder noch schlimmer —, wird der Energiebedarf stark nachlassen. Darum spricht man ja auch von sieben Dollar je Barrel. Als der Preis 1986 vorübergehend auf zehn Dollar fiel, warnte uns Jamani, daß es bald so kommen könnte. Damals dachten wir alle, es wäre nur ein blinder Alarm. Nächstes Jahr wird der Alarm Wirklichkeit werden.«

»Die Saudis werden auch noch bei diesem Preis überleben.«

»Aber Mexiko und Venezuela und Indonesien und Nigeria nicht. Und das gilt auch für die Hälfte aller Banken in Texas.«

»Was wird der *Fed* unternehmen?«

»Um ehrlich zu sein, ich weiß es nicht. Wir werden uns nächstes Jahr in einer unmöglichen Situation befinden. Das Weiße Haus wird von uns erwarten, daß wir einen Großteil dieses Zweihundertfünfzig-Milliarden-Defizits finanzieren. Das Finanzministerium wird wollen, daß wir mithelfen, eine Rettungsaktion für Lateinamerika finanziell zu sichern. Und gleichzeitig wird der Kongreß verlangen, daß wir einen ganzen Schwung mehr Liquidität in das System einbringen, um die Zinssätze zu senken und die Wirtschaft anzukurbeln. Können Sie sich die Folgen vorstellen, die sich international daraus ergeben? Wenn wir Geld und Kredite in einem Ausmaß beschaffen müssen, wie es das seit dem Sezessionskrieg nicht mehr gegeben hat?

Wie lange, glauben Sie, werden die Ausländer ihr Geld und ihre Staatspapiere in unseren Banken lassen, wenn sie davon Wind bekommen? Vor allem dann, wenn der Kongreß seinen Willen durchsetzt und die Dollarzinssätze zumindest vorübergehend sinken, und selbst dieser Anreiz, ihr Geld in New York statt in Frankfurt oder Tokio anzulegen, verschwindet. Dann hätten wir zusätzlich zur Budgetkrise und der Krise in bezug auf die Schulden der Dritten Welt auch noch eine systemimmanente Liquiditätskrise der Banken und eine Dollarkrise. Damit stehen wir wie nie zuvor zwischen Skylla und Charybdis. Wenn wir die Zinssätze hinuntertreiben, um das Wirtschaftswachstum zu beleben, ziehen die Ausländer ihre Gelder ab. Wenn wir die Zinssätze hinauftreiben, um sie zum Bleiben zu bewegen, geht es mit der Wirtschaft noch weiter bergab, und die Arbeitslosigkeit steigt weiter an.«

»Jetzt verstehe ich, warum Volcker seinen Job aufgegeben hat, als er noch vorn lag«, bemerkte Mayer.

»Es gibt Leute, die das gleiche von Ihnen behaupten.«

Mayer zuckte die Achseln. »Nicht schuldig. Ich hatte immer das Gefühl, daß alles in hohem Maß aufschiebbar ist — wenn es dieses Wort gibt. Daß wir uns auch weiterhin hier Geld borgen können, um dort Löcher zu stopfen; daß wir auch weiterhin genügend wachsen würden, um zu erreichen, daß unsere Produktion mit den Budgetdefiziten, den Handelsdefiziten, der Staatsschuld und der internationalen Schuld Schritt hält. Was ich mir erhoffte, war, daß alle Zahlen auch weiterhin steigen würden. Dann würden die Wertverhältnisse gleich bleiben und die Menschen beruhigt sein. Das war auch, würde ich sagen, der Kern der Reaganomics.«

»Wenn sich aber diese frühen Schätzungen in bezug auf das Wirtschaftsgeschehen als richtig erweisen, dann ist Schluß mit der Musik.«

»Und einige Leute werden vom Karussell abspringen.«

»Und dabei alles sausen lassen — angefangen von Jumbo-CDs bis zu Schatzanweisungen.«

»Das heißt nichts anderes, als daß der *Fed* kaufen muß, wenn alle anderen verkaufen. Sonst gibt es eine Panik.«

»Stimmt genau.«

Bob Reston sah auf die Uhr. »Hören Sie, die anderen werden gleich dasein. Lassen Sie mich Ihnen erklären, warum ich so frühzeitig gekommen bin. Wir, und mit ›wir‹ meine ich den

Gouverneursrat des *Federal Reserve Board*, würden es zu schätzen wissen, wenn Sie sich zu einer Konsulententätigkeit bei uns bereitfinden könnten. Wir haben es zu schätzen gewußt, daß Sie so kurzfristig nach London geflogen sind und, wie es scheint, die Wellen in beachtlichem Ausmaß wieder geglättet haben. Wir werden die gleiche Art von Hilfe brauchen, aber in wesentlich größerem Umfang, wenn diese Dinge, über die wir gesprochen haben, in den kommenden Tagen und Wochen tatsächlich über unserem Kopf schweben sollten. Sie kennen doch auf der ganzen Welt die Leute, auf die es ankommt.«

»Ich weiß Ihr Angebot zu schätzen und nehme es an«, erwiderte Mayer.

»Wunderbar«, freute sich Reston, »und wo wir Sie jetzt an Bord haben, muß ich Ihnen sagen, daß, zumindest anfangs, mein Vorschlag, an Sie heranzutreten, nicht einstimmig begrüßt wurde. Zwei Mitglieder gaben der Meinung Ausdruck, wir sollten versuchen, Paul Volcker als Konsulenten zurückzuholen. Was ich wohl zu diesem Zeitpunkt am wenigsten brauchen könnte. Sie werden das verstehen, Paul. Wenn Volcker heute in unseren Konferenzsaal käme, würde er, wie er das immer tut, die Führung übernehmen, und mir bliebe nichts anderes übrig, als zurückzutreten. Das ist jetzt natürlich rein akademisch, da es mir gelungen ist, sie davon abzubringen. Womit ich jetzt auf einen anderen Punkt zu sprechen kommen muß, nämlich auf Ihre Vergütung. Wir sind eine Regierungsstelle, und so großzügig wir auch sein möchten . . .«

Mayer fiel ihm ins Wort. »Ich weiß Ihre Einstellung mir gegenüber zu schätzen, aber wie Ihnen bekannt ist, brauche ich das Geld nicht. Merken Sie mich für den symbolischen Dollar im Jahr vor.«

»Sind Sie sicher?«

»Ganz sicher. Aber jetzt habe ich noch etwas. George Pace möchte, daß ich morgen nach San Francisco komme und am folgenden Tag an einer Vorstandssitzung teilnehme. Er dachte, es wäre von Vorteil, wenn der *Fed* durch meine Anwesenheit die Bereitschaft deutlich machen würde, der Bank, insbesondere Pace, über die Schwierigkeiten hinwegzuhelfen.«

»Ausgezeichnete Idee. Tun Sie's.«

»Pace hat mich auch wissen lassen, daß er mir zu einem späteren Zeitpunkt vorschlagen würde, als Berater der Bank of America tätig zu werden. Ich sagte ihm, daß ich es in Erwägung ziehen würde, immer vorausgesetzt, daß es keine Interessenkonflikte gegenüber Ihnen und dem *Fed* gäbe.«

»Da sehe ich keine Probleme. Was der Bank of America nützt, kann schließlich nur unserem gesamten Bankwesen zugute kommen. Hören Sie, kümmern wir uns zunächst um unsere laufenden Geschäfte; wenn Sie dann Ihren Ein-Dollar-Job bei uns gegen eine lukrative Position bei der Bank of America eintauschen wollen, wird Ihnen unser Vorstand zweifellos seinen Segen geben.«

In diesem Augenblick läutete abermals die Klingel im Hause Dent Place 3514, und während José Martínez juniors Polaroidkamera das Geschehen pflichtschuldigst aufnahm, betraten wenige Sekunden später der *Comptroller of the Currency* und der Vorsitzende der *Federal Deposit Insurance Corporation* das Haus von Professor Paul Mayer. Innerhalb von fünf Minuten hatte der junge Venezolaner auch die Kennzeichen der Wagen festgehalten, mit denen die Besucher gekommen waren. Es war ein Sonntag, kurz vor ein Uhr mittag, und auf den Straßen von Georgetown gab es viele leere Parkplätze; die Einheimischen waren mit ihren Wagen zur Kirche gefahren oder auch zu ihren Lieblingsrestaurants, um dort ihren sonntäglichen Brunch einzunehmen. Josés Überwachungsjob war leicht gewesen.

Jetzt braucht der Nazi nur noch herauszufinden, wem die Wagen gehören, dachte er sich, während er wieder in seinen roten Mazda kletterte. Was aber, spann er seine Überlegungen fort, nicht ganz leicht sein würde, denn zwei Kennzeichen waren aus Maryland und das dritte aus Virginia.

Am nächsten Morgen stellte ein junger Iraner, der im Verkehrsamt von Maryland arbeitete, innerhalb einer Stunde fest, wem die Kennzeichen gehörten. Wie zehntausend andere iranische Studenten, die nach der Flucht des Schah aus dem Iran in den Vereinigten Staaten gestrandet waren, gab er an seinen sich daraus ergebenden Schwierigkeiten nicht Khomeini, sondern den dummen Amerikanern die Schuld, die das ganze Fiasko zugelassen hatten. Nach dem Studentenvisum hatte er ein Besuchervisum, dann eine grüne Karte und schließlich die amerikanische Staatsbürgerschaft erhalten. Hatte er denn eine andere Wahl gehabt? Zurück in die Heimat konnte er nicht. Zumindest noch nicht. Mit der Staatsbürgerschaft hatte er eine Stellung im Verkehrsamt des Bundesstaates gefunden. Zwar erhielt ihn der Job bis auf weiteres am Leben, aber er wußte, daß, wenn es für ihn noch eine Zukunft gab, diese nur im Iran liegen konnte.

Darum bekamen »sie«, die ihn angerufen und um die kleine Gefälligkeit gebeten hatten, die gewünschte Auskunft innerhalb einer Stunde.

Mit seinem Schreibtischcomputer konnte er jedes Wagenkennzeichen in Maryland abrufen und den Besitzer identifizieren; ein Anruf bei seinem Kollegen drüben in Virginia genügte, um auch den Wagenhalter des in diesem Staat zugelassenen Kraftfahrzeugs ausfindig zu machen.

Wenn die Herren im Haus 3514 Dent Place von den Machenschaften gewußt hätten, die eben jetzt in den Straßen von Georgetown in Gang gesetzt wurden, wären sie wohl in weniger aufgeräumter Stimmung gewesen. Nicht daß sie sehr lange so aufgeräumt blieb.

»Warum setzen wir uns nicht gleich zum Essen nieder«, hatte Mayer vorgeschlagen, »und ich werde zusammenfassen, was ich über den gegenwärtigen Status der Bank of America weiß. Währenddessen wollen Sie dies bitte durchsehen.«

Er überreichte ihnen Kopien der Computerausdrucke der

Bank of America. »Ich hoffe, daß das, was Sie jetzt zu hören und zu sehen bekommen, Ihnen gefallen wird.«

Zweien gefiel es, einem gefiel es nicht. Letzterer war der *Comptroller of the Currency*, Charles Thayer. Er war ein Rechtsanwalt aus Boston, ein Mann ohne jeden Humor, ein Neuengländer bis ins Innerste, der ausnahmslos jedem mißtraute, der an der Westküste lebte. Die stärkste Antipathie jedoch empfand er gegenüber jenen, die da draußen Banken und Sparkassen leiteten. Nach seiner Auffassung führten sie ihre Institute wie Spielhallen. Die Folge war, daß allein in diesem ›goldenen Staat‹ Kalifornien im Durchschnitt jeden Monat eine Bank und zwei Sparkassen Pleite machten, und immer waren es die Bürger der restlichen Bundesstaaten — die im Nordosten mit eingeschlossen —, die von diversen Regierungsstellen der Vereinigten Staaten von Amerika genötigt wurden, die Zeche für die Unvernunft einiger weniger zu bezahlen.

Er hatte die Nase voll davon. Es war an der Zeit, diese Komiker mit ihren Goldkettchen und heißen Whirlpools wissen zu lassen, daß man sie und ihre lockere Art, Banken zu führen, nicht länger tolerieren dürfe. Sie unterminierten das Vertrauen der Amerikaner in das ganze nationale Bankwesen.

Während Maria den Nachtisch und Kaffee servierte, sprach er das offen aus.

»Denken Sie doch nur mal an die Crocker National Bank«, begann er. »Es war eine der größten Banken dieses Landes. Sie wurde so gründlich und so schnell zugrunde gerichtet . . . Wer weiß, was geschehen wäre, wenn Midland sie nicht übernommen hätte. Gott sei Dank schalteten sich die Briten ein. Zu ihrem großen Bedauern, wie sie später feststellen mußten. Am Ende mußte Midland für versteckte Verluste in Höhe von nahezu einer Millarde Dollar aufkommen. Einer Milliarde, meine Herren. Schließlich gaben sie auf und verkauften Crocker an Wells Fargo.

Wenigstens in diesem Fall sind Sie« — er deutete auf den Chef der FDIC — »zur Abwechslung einmal verschont geblieben. Aber es hat Sie eine hübsche Stange Geld gekostet, als das gleiche mit Seafirst oben in Seattle passierte, stimmt's?«

»Ich war damals noch nicht im Amt«, warf der Vorsitzende der FDIC ein, womit es ihm aber nicht gelang, Charles Thayers Redefluß zu unterbrechen.

»Vielleicht nicht, aber Sie sind alt genug, um zu wissen, daß Seafirst die größte Bank im Nordwesten war. Sie hatte Boeing, die Holzindustrie und die Kraftstromindustrie vor ihrer Tür... womit ich sagen will, daß das Management mehr als genug gute Leute in unmittelbarer Nähe der Zentrale in Seattle hatte, denen es Kredite geben konnte. Was aber tat das Management? Sie kauften Energieanleihen in Höhe von einer Milliarde Dollar von einem ›Bankier‹ aus Oklahoma, der sein Bier aus Cowboystiefeln soff. Sie erwiesen sich allesamt als uneinbringliche Forderungen. Und um ein Haar hätte Seafirst dichtmachen müssen.«

»Worauf wollen Sie hinaus, Charles?« fragte Bob Reston.

»Ich komme gleich zur Sache, Sir. Immer mit der Ruhe«, gab Thayer in scharfem Ton zurück und fuhr fort: »Erinnern wir uns doch einmal, was mit der Financial Corporation of America und ihrer Tochtergesellschaft American Savings passierte: die größte Sparkassenorganisation der Welt. Der Klugscheißer aus Los Angeles, der den Betrieb leitete, brachte ihn — mit Spareinlagen in Höhe von einunddreißig Milliarden — fast an den Rand des Ruins, wenn wir nicht rechtzeitig eingegriffen hätten. Mit Dreimonatsgeldern finanzierte er auf dreißig Jahre laufende Hypotheken mit festen Zinssätzen. In Boston wissen wir, daß das schon vor hundert Jahren ein sicherer Weg in die Pleite war. Jetzt höre ich, daß das neueste Spielchen der Banken und Sparkassen im Westen darin besteht, in London zu exorbitanten Preisen kurzfristig Eurodollar zu kaufen und dann damit Schwindel-Obligationen zu erwerben, die von Übernahmeartisten in New York verhökert werden. Reinster Selbstmord!«

»Das wissen wir«, sagte Mayer, »aber man kann nicht von

einem Problem sprechen, das auf die Westküste beschränkt ist. Schließlich sitzt die Continental Illinois in Chicago. Und einige der schwersten Bankkrisen in diesem Jahrzehnt haben sich in Ohio und Maryland ereignet.«

»Dem stimme ich zu«, ließ sich Reston vernehmen. »Und vergessen Sie eines nicht, Charles: Es waren Ihre eigenen Revisionen, die alle diese Entwicklungen erst zugelassen haben.«

»Aber damit ist jetzt Schluß«, wehrte sich Thayer. »Das war mein Vorgänger, der das hat einreißen lassen. Aber nicht mit mir! Und jetzt komme ich zur Sache, Mr. Reston. Ich werde solche Mätzchen nicht mehr dulden. Ich werde diesen Burschen ein paar Lektionen erteilen.«

»Was meinen Sie?« fragte Reston.

»Diesmal schicke ich meine eigenen Leute hinauf, um diesen Job anzupacken.«

»Was für einen Job?«

»Eine außerplanmäßige Revision der Bank of America.«

Damit schien der Dialog beendet zu sein.

Dann ergriff der Chef des *Federal Reserve Board*, Robert Reston, wieder das Wort. »Eine Revision zu diesem Zeitpunkt wäre meiner Meinung nach unklug, Charles, vor allem dann, wenn Sie Buchprüfer von der Ostküste hinaufschicken wollen.«

Damit brachte er Charles Thayer nur noch mehr in die Wolle. »Ich glaube nicht, daß ich einer Belehrung bedarf über das, was ich zu tun oder zu lassen habe, um die Gesundheit des Bankensystems unseres Landes zu gewährleisten. Wenn sich diese Bank in ernsten Schwierigkeiten befindet, will ich es wissen. Und zwar jetzt!«

»Dazu ist doch keine außerplanmäßige Revision erforderlich, Charles«, lenkte Reston ein. »Paul hat Ihnen ja schon alle Schlüsselzahlen genannt. Die B of A wird einen Verlust von einer Milliarde Dollar verkraften können.«

Charles Thayer zog es vor, sich nicht dazu zu äußern, aber sein Schweigen war vielsagend: Er traute einem Ex-Ausländer wie Paul Mayer ebensowenig wie diesen Whirlpool-Bankiers an der Westküste.

Robert Reston ging zum Angriff über. »Hören Sie«, sagte er, »ich habe soeben die vorläufigen Schätzungen des Bruttosozialprodukts und der Erwerbslosigkeit erhalten. Im vierten Quartal wird die Arbeitslosigkeit um einen ganzen Prozentpunkt steigen, und das Bruttosozialprodukt um zwei Prozent fallen. Darum ist jetzt nicht die Zeit, Unruhe zu stiften. Es herrscht schon genug Nervosität in unserem Land. Und ein paar von den Leuten im Ausland, die mehr als eine Milliarde Dollar in kurzfristigen Depositenguthaben bei unseren Banken liegen haben, könnten richtig nervös werden, wenn sie das Gefühl bekommen, die Vereinigten Staaten könnten 1989 mit großen wirtschaftlichen Schwierigkeiten zu kämpfen haben. Sie könnten zu dem Schluß kommen, daß bei einem Niedergang der Wirtschaft auch da und dort eine Bank in Mitleidenschaft gezogen werden würde. Und sie könnten sich dazu entscheiden, ihre Gelder abzuziehen. Das können wir uns nicht leisten.«

Er unterbrach sich. »Unter diesen Umständen möchte ich nicht, daß etwas geschieht, was einen Run auf eine Bank von der Größe der B of A auslösen könnte. Wie etwa eine vom *Comptroller of the Currency* angeordnete außerplanmäßige Revision. Wenn nötig, gehe ich damit ins Weiße Haus. Morgen.«

Charles Thayer, der vor kurzem seinen vierundsechzigsten Geburtstag gefeiert hatte, wurde aschfahl im Gesicht. Keiner konnte so mit ihm reden!

»Ich teile Bobs Meinung hundert Prozent«, warf der Chef der FDIC ein.

»Und ich ebenso«, fügte der Ex-Ausländer und Ex-Vorsitzende des Internationalen Währungsfonds, Paul Mayer, hinzu.

»Das wär's dann«, sagte der Vorsitzende des *Fed* und sprach ein letztes offizielles Wort, während er sich vom Tisch erhob. »Sie sollen wissen, Charles, daß Dr. Mayer, meinem Ersuchen folgend, morgen nach San Francisco fliegt. Er wird mit dem Vorsitzenden der B of A zusammenarbeiten. Wir hoffen, daß es den beiden Herren gelingen wird, allen weiteren Gerüchten entgegenzutreten und das Einlagengeschäft der Bank neu anzukurbeln. Wir haben für einen Beistandskredit von fünf Milliarden Dollar gesorgt, auf Abruf, wenn Paul das als notwendig erachten sollte. Ich bin sicher, daß das nicht der Fall sein wird, wenn Sie, Charles, kooperieren.«

Jetzt dachte Paul Mayer an die Checkliste, über die er hatte reden wollen, die Liste, auf der die Schweizer, die Venezolaner und die Russen erschienen. Inzwischen aber hatte sich Charles Thayer schon selber seinen Mantel aus der Garderobe geholt, ging auf die Tür zu, öffnete sie und verließ das Haus. Er hatte kein Wort mehr gesprochen.

»Seien Sie unbesorgt, Paul«, sagte Robert Reston, als er und der Chef der FDIC auf die kalte Straße hinaustraten. »Wenn Sie George Pace morgen sehen, richten Sie ihm aus, daß ich mit Thayer schon fertig werde. Kommen Sie dann zurück, so schnell Sie können. Ich fürchte, daß sich weit Schlimmeres als diese Aufregung über dieser Bank zusammenbraut, und wir werden Ihre Hilfe brauchen.«

10. Kapitel

Wenn der Durchschnittsamerikaner die Lateinamerikaner in feine Kerle und Schurken einteilt, richtet er sich für gewöhnlich danach, ob sie seinen Empfindungen nach für die politischen und wirtschaftlichen Ziele der Vereinigten Staaten eintreten. So rechnet man Kuba, Nicaragua und Argentinien üblicherweise den Schurken zu, während Brasilien, Costa Rica und Venezuela immer zu den Guten gehören.

Was Venezuela betrifft, liegt hier eine falsche Beurteilung

vor. Man denke bloß an die siebziger Jahre zurück. Wenn es da etwas gab, was die Wirtschaft der Vereinigten Staaten in diesem Jahrzehnt beinahe zugrunde gerichtet hätte, dann war das (von Jimmy Carters Präsidentschaft einmal abgesehen) die OPEC. Und wer war einer der Mitbegründer der OPEC und stets einer ihrer glühendsten Verfechter?

Venezuela.

Oder denken Sie an die achtziger Jahre zurück. Das Fußfassen des Kommunismus in der westlichen Welt wurde als eine der massivsten Bedrohung der Sicherheit der Vereinigten Staaten in dieser Dekade empfunden. Nach Ansicht Reagans im Weißen Haus und Shultz' im State Department waren die Sandinisten in Nicaragua der Herd alles Bösen südlich der Grenze. Und wer war es, der sich im Januar 1983 aktiv um die Einberufung einer Konferenz auf der Insel Contadora bemühte, einer Konferenz, die den Zweck verfolgte, diesem leidenschaftlich antiamerikanischen Regime Lateinamerikas seinen Segen zu geben?

Venezuela.

Diese Gruppierung, der auch Mexiko, Kolumbien und Panama angehörten, wurde folgerichtig unter der Bezeichnung »Die vier Contadora-Staaten« bekannt.

Und so geschah es, daß in den letzten Tagen des Jahres 1988 Venezuela wieder von Anfang an mit dabei war. Diesmal hatte es zwei andere Nationen zu Partnern, Mexiko und Brasilien. Als später die Hintergründe ans Licht kamen, ließ es sich nicht vermeiden, daß sie unter der Bezeichnung »Die drei Madrileños« bekannt wurden, obwohl fünf Herren aus diesen drei Ländern die »Gründerväter« dieser Verschwörung waren.

Warum trafen sie in Madrid zusammen? Weil sie, wenn sie in Mexico City oder Caracas oder Rio zusammengekommen wären, die Aufmerksamkeit der Welt oder zumindest der Amerikaner auf sich gezogen hätten. Hingegen war es für keinen der fünf etwas Außergewöhnliches, jeder für sich eine Reise nach Spanien zu unternehmen. Alle fünf hatten »Ferienhäuser« — ein Euphemismus für sichere Häfen — in Spanien oder Portugal — an der Costa del Sol oder an der Algarve. Die Nachrichtendienste in und um Washington wußten das natürlich, und auch, daß alle fünf beträchtliche Bankguthaben in Madrid besaßen. Und so löste die Tatsache, daß die Öl- und Finanzminister von Mexiko und Venezuela sowie der Finanzminister von Brasilien zufällig zur gleichen Zeit nach Spanien reisten, keinerlei Alarm aus.

Dazu kam noch, daß Spanien den zusätzlichen Vorteil für sich beanspruchen konnte, daß es vermutlich das engagierteste antiamerikanisch gesinnte Land Westeuropas war. Die große Mehrheit der Spanier, nicht bloß ihre Regierung, hatten volles Verständnis für die Aspirationen der spanischsprechenden Völker südlich des Río Grande und auch für ihr Bestreben, die Yankees und ihren schleichenden Einfluß nicht über diesen Fluß vordringen zu lassen.

Sie selbst waren bemüht, sie im Westen vom Atlantik und im Osten von den Pyrenäen fernzuhalten. So versuchten die Spanier schon seit Jahren, die amerikanischen Flottenstützpunkte auf ihrem Territorium, aber auch die Atom-U-Boote loszuwerden, die dort gewartet wurden.

Wenn es also einen Ort auf Erden gab, wo sich Lateinamerikaner ungestört in aller Heimlichkeit und — auch dies ein Punkt, der Berücksichtigung verdient — in luxuriöser Umgebung über Dinge unterhalten konnten, die sie und die Vereinigten Staaten angingen, dann war es das Hotel Ritz in Madrid.

Später wurde darauf hingewiesen, daß es unfair wäre, unter den »Drei Madrileños« die Vertreter dreier Länder zu verstehen. Denn, so argumentierten die Leute, und zweifellos zu Recht, es wäre die schnöde Begehrlichkeit außerordentlich korrupter Männer, nicht aber die edlen nationalen Aspirationen der von ihnen »vertretenen« Länder gewesen, die sie überhaupt erst ins Hotel Ritz geführt hatte. Diese Argumentation wurde immer wieder vorgebracht, wenn ihre Botschafter nur einen Monat später ins Außenamt gerufen wurden, um zu erklären, was da vorging. Nicht daß sich einer von ihnen entschuldigt hätte, obwohl sie privat alle dachten, daß die drei Madrenileños vielleicht etwas zu weit gegangen waren.

Die drei Madrileños hatten gewußt, daß sie tatsächlich sehr weit gingen, machten sich aber deswegen keinerlei Gedanken oder gar Sorgen. Weil ihre Pläne ausschließlich gegen die Amerikaner gerichtet waren, wußten sie, daß niemand daran Anstoß nehmen würde. Denn Ende 1988 waren die Vereinigten Staaten zur verhaßtesten Nation der Welt geworden. Genau diese heftige Abneigung gegen Amerika und die Amerikaner war es, die das »Betriebsklima« schaffen sollte, das es diesen korrupten Männern, die sich im Dezember in Madrid getroffen hatten, so leicht machte, später die Mithilfe sonst vernünftiger Leute zu gewinnen. Und dies nicht nur in Lateinamerika, wo man die Vereinigten Staaten schon seit Generationen als die letzte imperialistische Macht betrachtete. Nein, der gleiche Haß grassierte auch in Europa. Hier hielt man die USA für eine Bully-Nation unter der Führung primitiver Politiker, die immerzu die Vernichtung der Menschheit androhten, weil sie von der Idee besessen waren, ihre globale Macht bewahren zu müssen, wie hoch die Kosten — für andere — auch sein mochten. Viele Europäer waren davon überzeugt: Wenn es zu einer entscheidenden Kraftprobe kam, die Amerikaner würden kämpfen . . . bis zum letzten Deutschen und Franzosen und Briten. Lieber tot(e *Europäer*) als rot(e *Amerikaner*).

In Asien hielt man die Vereinigten Staaten für einen Haufen Schreihälse. Solange die restliche Welt nach dem Zweiten Weltkrieg in Trümmern gelegen hatte, waren die Amerikaner wie ein Mann für den Freihandel eingetreten. Überall verlangten die Menschen verzweifelt nach den Dingen, die nur Amerika liefern konnte. Sie kauften diese Sachen, ohne auf Preis oder Qualität zu achten. Als dann aber die restliche Welt ihre Produktionsanlagen endlich wieder aufgebaut und erneuert hatte, mußten die Amerikaner plötzlich feststellen, daß sie nicht mehr in der Lage waren, in Stahlerzeugnissen oder Automobilen oder Heimelektronik oder Textilien, ja sogar in Computern, mit Japan oder Hongkong, Taiwan oder Südkorea zu konkurrieren. Als dann der Freihandel Detroit oder Silicon Valley keine fetten Profite mehr bescherte — was taten die Produzenten? Statt ein wenig härter zu arbeiten, versuchten sie, die Regierung in Washington dazu zu zwingen, ihre Märkte zu schließen, indem sie Einfuhrkontingente festlegten. Und als das funktionierte, sagten sie zu den Europäern und Asiaten: »Tut uns leid, aber zur Abwechslung müssen wir auch mal an unsere eigenen Interessen denken.«

Im Nahen Osten sah man die Vereinigten Staaten als eine Nation, die nie davon ablassen würde, Israel blind seine Unterstützung zu gewähren. In Schwarzafrika stufte man sie als stillschweigende Verfechter der Apartheid ein; im weißen Südafrika betrachtete man sie als eine Nation einfältiger Weichlinge, die mehr auf Bischof Tutu als auf Reverend Jerry Falwell hörten.

Darum wußten die drei Madrileños, als sie ihre Pläne spannen, eines ganz genau: Die Machthaber in London, Frankfurt oder Zürich, in Tokio, Hongkong oder Riad würden sich für ihre persönlichen Motive überhaupt nicht interessieren. Aber selbst wenn sie das taten und ihre Beweggründe mißbilligten, würden sie im schlechtesten Fall ruhig zusehen — mitfühlend, aber ohne sich zu engagieren. Denn jeder für sich waren alle der Ansicht, daß es an der Zeit war, Onkel Sam auf Normalmaß zu stutzen. Was die Amerikaner allesamt brauchten, war eine wohlverdiente Strafe.

Und wenn die drei Madrileños mit ihrem Vorhaben durchkamen — viel Glück!

Und besser *sie* versuchten es als Castro. Weil keiner Castro wirklich mochte. Er redete zuviel. Und er hatte sich als Verlierer erwiesen. Zweimal hatte Castro versucht, dasselbe auf die Beine zu bringen. Beide Male war er auf seine bärtige Visage gefallen. Warum hatte es nicht geklappt? Weil er keine Durchschlagskraft besaß. Weil Castro den Vereinigten Staaten keinen müden Cent schuldete!

Die drei Madrileños aber — Brasilien, Mexiko und Venezuela — konnten einen gewaltigen Hebel ansetzen. Per ultimo Dezember 1988 schuldeten sie den Vereinigten Staaten und ihren Banken insgesamt über dreihundert Billionen Dollar!

Wenn dieser Hebel angesetzt wurde, könnte das die Vereinigten Staaten auf die Matte werfen.

Würde es sie auf die Matte werfen. Innerhalb von dreißig Tagen.

Wozu die Eile? Schließlich sahen die Herren in Madrid die aufziehenden Gewitterwolken genauso deutlich, wie das die Herren in Georgetown taten. Warum nicht warten, bis die Krise reifte? Daß dies 1989 geschehen mußte, darüber waren sich alle klar. Wenn Amerika im Dezember 1988 verwundbar war, würde es einem »Angriff« aus dem Ausland, sagen wir im Juni 1989, nicht noch weniger entgegenzusetzen haben?

Die Antworten auf alle diese Fragen lauteten »Ja«. Doch die Anführer der Verschwörung in Madrid, die Brüder Martínez, hatten ein Problem: Im Juni 1989 würden sie nicht mehr im Amt sein.

Als man später den ganzen Ablauf rekonstruierte — ein Versuch, die Schuld zuzuweisen und den Boden für eine Revanche zu bereiten —, wurde sofort klar erkennbar, daß die Aktion am ersten Sonntag im Dezember 1988, dem 4. dieses Monats, ihren Anfang nahm. Genau zwei Tage später, wie aus Aufzeichnungen hervorging, war Roberto Martínez mit einer KLM-Maschine nach Europa geflogen und schließlich in der Schweiz gelandet. Innerhalb weniger Tage hatte er den Präsidenten der Schweizerischen Nationalbank, Dr. Ulrich Huber, für seine Sache gewonnen, seine Pläne dem Russen Wladimir Dolgich vorgelegt und dem Terroristen Carlos, einem jetzt in Libyen wohnhaften Landsmann, eine »Anzahlung« von fünf Millionen Dollar für noch zu erbringende Dienste in die Hand gedrückt.

Drei Tage nach diesem ersten Sonntag im Dezember 1988 war sein Bruder, José Martínez senior, nach Mexico City geflogen, um den Öl- und Finanzminister Mexikos davon zu überzeugen, daß es sowohl im Interesse ihres Landes als auch in ihrem ureigensten finanziellen Interesse liegen würde, wenn sie nach Madrid kämen. Nicht daß es großer Überzeugungskraft bedurft hätte. Öl und Korruption gingen in Mexiko Hand in Hand. Jahrelang hatten die Männer an der Spitze der Macht das Land ausgeplündert; es gelang ihnen, vier Milliarden Dollar Öleinkünfte auf ihre Privatkonten in Schweizer Banken abzuzweigen. So war es also leicht, die beiden Minister zum Mitmachen zu bewegen. Noch am gleichen Abend, dem 7. Dezember 1988, hatten sie den Finanzminister von Brasilien in seiner Privatwohnung in São Paulo angerufen. Gewiß, der Brasilianer war schon früher ins Vertrauen gezogen worden, hatte sich aber erst endgültig bereit erklärt, mit den Venezolanern in Madrid zusammenzutreffen, nachdem ihm vom mexikanischen Finanzminister persönlich versichert worden war, daß Mexiko mit von der Partie sein würde. Unwiderruflich. Aber wozu dieses Herumtanzen? Wozu diese gegenseitigen Beteuerungen und Versicherungen?

Darauf gab es eine klare Antwort: Kein lateinamerikanisches Land konnte allein gegen die Vereinigten Staaten angehen und erwarten, sich durchzusetzen. Das letzte Land, das es versucht hatte, war Peru gewesen. In den ersten drei Tagen nach seinem Amtsantritt hatte Alan García, der neugewählte junge Präsident des Landes, zwei bestechende Ideen. Als erstes beschloß er, die Leute vom Internationalen Währungsfonds hinauszuwerfen, die praktisch das Finanzwesen des Staates kontrollierten. Dann gab er bekannt, daß er in Zukunft nur zehn Prozent der Exporterlöse der Nation dazu verwenden werde, die Auslandsschulden Perus abzugelten. Was nichts anderes bedeutete, als daß er seine Verpflichtungen nicht einzuhalten gedachte. Denn als er sein Amt antrat, beliefen sich Perus Schulden auf vierzehn Milliarden Dollar, was dem gesamten Volkseinkommen Perus in einem Jahr entsprach! Um die Lage Perus in die richtige Perspektive zu rücken: Hätten sich die Vereinigten Staaten in einer vergleichbaren Situation befunden, würden ihre Auslandsschulden vier Billionen Dollar betragen haben! All dies war den ausländischen Banken, die Peru ja das Geld geliehen hatten, nicht neu. Neu war allerdings die Tatsache, daß der Präsident der Schuldnernation, die mit vierzehn Milliarden Dollar bei den Amerikanern in der Kreide stand, mit dem Eingeständnis an die Öffentlichkeit gegangen war, daß Peru diesen Betrag nie und nimmer würde zurückzahlen können. Der peruanische Kaiser hatte zugegeben, daß er keine Kleider trug!

Die unmittelbare Folge war, daß die amerikanischen Banken eine fünfzehnprozentige Rücklage bilden mußten, um ihr peruanisches Engagement abzusichern. Das waren zwar nur kleine Fische innerhalb des gesamten Schuldentilgungsplans, aber es ging ihnen doch gewaltig an die Nieren. Diese verdammten Peruaner hielten sich nicht an die Spielregeln! Also mußte man sie aus dem Verein ausschließen.

Still und leise, aber ohne Ausnahme, kündigten die Banken Peru alle weiteren Kredite, selbst die sehr kurzfristigen, die das Land unbedingt brauchte, um damit seinen Außenhandel zu finanzieren.

Zwölf Monate später, nachdem ein wirtschaftliches Chaos über das Land hereingebrochen war, mußte Peru zu Kreuze kriechen. Versteht sich, daß die Peruaner immer noch nicht genug Geld hatten, um auch nur ein Zehntel Zinsen auf ihre Auslandsverschuldung zu zahlen. Aber sie willigten ein — willigten abermals ein, den Mund zu halten.

Schon am nächsten Tag bekam Peru seine Kreditkarten zurück.

Deshalb war ein gemeinsames Vorgehen unerläßlich. Es mochte den Banken gelungen sein, Peru, das ihnen lächerliche vierzehn Milliarden Mäuse schuldete, soweit einzuschüchtern, daß es sich den Yankees unterwarf. Sie hätten vielleicht das gleiche mit Venezuela tun können, das ihnen fünfzig Milliarden schuldete. Aber sie konnten sich nur schwer mit den drei

Madrileños anlegen, die ihnen insgesamt den dritten Teil einer Billion schuldeten.

Zurück zu der Frage, warum sie es so eilig hatten.

In diesem Punkt hatte die Antwort nichts mit Logik zu tun. Sie rührte von der Tatsache her, daß die Venezolaner alle vier Jahre einen neuen Präsidenten wählen. Die Amtszeit ist die gleiche wie die des Präsidenten der Vereinigten Staaten, nur der Wahltag ist ein anderer. Die Venezolaner wählen nicht am ersten Dienstag im November, sondern am ersten Sonntag im Dezember. Und damit ist der Kreis geschlossen — wir kommen auf den 4. Dezember 1988 zurück. Weil nämlich an diesem Sonntag der amtierende venezolanische Präsident und seine Partei die Wahlen verloren. Das hieß, daß der neue Präsident sein Amt, wie es die venezolanische Verfassung vorschrieb, siebzig Tage später, um genau zu sein am 10. Februar 1989, antreten würde. Und an diesem Tag würden der amtierende Öl- und natürlich auch der Finanzminister ihre Jobs los sein. Das war schlimm genug. Noch schlimmer aber war, daß sich die Brüder Martínez nicht auf diesen Schicksalsschlag vorbereitet hatten.

Sie hatten zu lange gewartet. Weil sie nämlich, anders als Hunderte ihresgleichen in ganz Lateinamerika, die Privilegien ihres ministeriellen Status nicht ausreichend genutzt hatten, um für den Tag vorzusorgen, da man sie aus dem Amt werfen würde.

Nicht daß sie moralische Bedenken gehabt hätten. Denn wenn ein Ölminister von einer ausländischen Ölgesellschaft oder einem heimischen Whiskyimporteur für noch zu erbringende Dienste illegale Provisionen oder Schmiergelder nimmt, unterscheidet er sich in den Augen der Lateinamerikaner nicht wesentlich von den leitenden Angestellten nordamerikanischer Unternehmen, die sich selbst »goldene Nasen« bewilligten. Kein Amerikaner war je ins Gefängnis gewandert, nur weil er sich selbst eine riesige Abfindung gezahlt hatte, wenn sich deutlich abzeichnete, daß ein Firmenplünderer drauf und dran war, die Aktienmehrheit seiner Firma zu erwerben. Der einzige Unterschied bestand darin, daß in Lateinamerika die Männer an der Macht ihre Abfindungen kassierten, bevor sie ihre Sessel räumen mußten. Und während der leitende Angestellte in den Vereinigten Staaten seine Aktionäre beschiß, beschiß der Ex-Polizeichef von Mexico City oder der Finanzminister von Bolivien die Steuerzahler ihres Landes. In beiden Fällen verteilten sich die Kosten dieser Raubzüge auf Tausende von Aktionären oder Millionen Steuerzahler und taten daher nicht richtig weh. Der Unterschied lag nur in der Größenordnung. Die Präsidenten einiger großer amerikanischer Gesellschaften mochten so unverschämt sein, sich ein paar Millionen oder auch zwanzig Millionen zu zahlen, wenn sie in der Folge einer Zwangsübernahme ihre Stellung verloren. Dem Ex-Polizeichef von Mexico City hingegen gelang es in seiner Amtszeit, eine runde Milliarde Dollar beiseite zu schaffen.

Die beste Methode, steinreich zu werden, besteht darin, ein ganzes Land unter seine Kontrolle zu bringen und es dann auf Teufel komm raus auszuplündern, bis das Volk einen schließlich davonjagt. Es braucht gar kein besonders wohlhabendes Land zu sein. Das haben die Duvaliers auf Haiti bewiesen, aber auch Ferdinand und Imelda Marcos auf den Philippinen, wo sie möglicherweise einen Weltrekord für eine Lumperei dieser Art aufgestellt haben.

Das waren die Zahlen, die die Brüder Martínez im Sinn hatten. Bis jetzt hatten sie zusammen nur drei Millionen beiseite gebracht und in Banken in Madrid und Miami angelegt, denn mit so lächerlichen Beträgen gaben sich ja die Privatbankiers in Genf nicht ab.

Darum hieß es jetzt oder nie. Alles mußte vor dem 10. Februar 1989 passieren, solange die Brüder Martínez noch an der Macht waren. Wenn sie mit ihrer Aktion Erfolg hatten, würden sie als sehr reiche Männer aus ihren Regierungsämtern scheiden und noch dazu mit dem Beifall eines dankbaren venezolanischen Volkes, weil sie die finanzielle Unabhängigkeit ihres Landes wiederhergestellt und ihm damit auch seinen nationalen Stolz wiedergegeben hatten. Man würde sie als moderne Bolívars feiern!

Sollte es ihnen hingegen nicht gelingen, diese Deadline einzuhalten, mochten ihre Nachfolger so schofel sein, Untersuchungen über die lächerlichen drei Millionen anzustellen, die sie bisher gestohlen hatten, und sogar versuchen, sie ins Gefängnis zu bringen.

Darum war, wie sie ihren Mitverschworenen am nächsten Morgen im »Ritz« klarmachten, der Zeitfaktor für sie von entscheidender Bedeutung.

Die zwei Mexikaner und der Brasilianer pflichteten den Brüdern Martínez bei, daß es in diesem Jahr 1988 schon zu spät war, um noch etwas zu unternehmen. In Europa machten Banken und Börsen ein paar Tage vor Weihnachten dicht und blieben auch noch einige Tage nach Neujahr geschlossen. Das bedeutete, daß sie bis zur zweiten Januarwoche 1989 warten mußten, um ihre Aktivitäten in Gang zu setzen.

Als erstes würden sie in einer gemeinsamen Aktion der zweitgrößten Bank der Welt das Messer an die Kehle setzen. Sie einigten sich darauf, vereint vorzugehen, und auch, daß das erste »Happening« in den Vereinigten Staaten bei voller Medienpräsenz über die Bühne gehen sollte. In New York oder San Francisco? Der brasilianische Finanzminister setzte sich entschieden für das Plaza-Hotel in New York ein. Dort waren die Finanzminister der Fünfer-Gruppe — die Vereinigten Staaten, Japan, Deutschland, Frankreich und Großbritannien — 1985 zusammengetreten und hatten bekanntgegeben, daß sie das Problem der Überbewertung des Dollars lösen würden, indem sie mittels Dollarverkäufen auf den Devisenmärkten der Welt intervenierten. In den folgenden zwei Monaten war der Dollar tatsächlich schrittweise, aber kontinuierlich um ein Drittel gefallen. Wenn die drei Madrileños im Januar 1989 im »Plaza« zusammenkamen, meinte der Brasilianer, würde *ihr* Kommuniqué zweifellos größere Resonanz finden. Allerdings würde es eine Entwicklung in Gang setzen, die mit Sicherheit in weit weniger geordneten Bahnen verlaufen würde. Wahrscheinlich würde es ihnen gelingen, den Dollar in wenigen Stunden auf die Hälfte seines Wertes fallen zu lassen, denn wenn die Welt erführe, was die drei Madrileños vorhatten, würden alle gleichzeitig versuchen, ihr Geld aus den Vereinigten Staaten abzuziehen. Um der Panik Einhalt zu gebieten, würde sich die Regierung diesmal bemühen müssen, diese verschleuderten Dollars aufzukaufen. Wenn aber nun ein paar Billionen Dollar in der Welt herumwanderten, würde das einem Versuch gleichkommen, den Pazifischen Ozean mit einem Schwamm aufzusaugen.

Was der Brasilianer vorschlug, gefiel seinen Kollegen, aber obgleich sein Plan viel für sich hatte, entschied man sich am Ende doch für San Francisco, weil die Reaktion gegen die amerikanischen Banken, nicht gegen den amerikanischen Dollar gerichtet war und weil ihr Bankopfer, ihr erstes Opfer, in San Francisco seinen Sitz hatte.

An diesem Montag, dem 12. Dezember, fünf Minuten vor sechs, wurde volles Einverständnis erzielt. Zehn Minuten später wurde Champagner und Belugakaviar serviert.

Kurz danach sprach der mexikanische Finanzminister einige Worte: »In meinem Land sagt man oft, die Bank of America sei nicht imstande, Mexiko verschwinden zu lassen; wohl aber sei Mexiko imstande, die Bank of America verschwinden zu lassen. Bald werden wir der Welt demonstrieren, wie wahr das ist. Lassen Sie uns darauf trinken!«

Er hob sein Glas: »Leb wohl, Bank of America!«

Alle lachten.

Am nächsten Morgen verließen sie Madrid in getrennten Flugzeugen.

11. Kapitel

Etwa zur gleichen Zeit, da die fünf Herren aus Lateinamerika Madrid in ihren jeweiligen Flugzeugen verließen, verließ Paul Mayer in San Francisco, das zeitlich neun Stunden hinter Madrid lag und wo es daher kurz nach Mitternacht war, das »Trader Vic's«. Sein Gang war ein wenig unsicher. Nicht daß er betrunken gewesen wäre, aber man hätte sagen können, daß er leicht beschwipst war. Schließlich hatte er in den vergangenen drei Stunden zwei »Mai Tais«, fast eine ganze Flasche Jordan 1976 Cabernet Sauvignon und ein, nein zwei Kirschwasser zum Kaffee zu sich genommen.

»Ich möchte einen Vorschlag machen«, wandte er sich an die charmante Iranierin an seiner Seite, während sie aus dem Restaurant in das nicht so romantische Gäßchen vor dem Restaurant traten. »Gehen wir doch noch auf einen Gutenacht-Drink ins ›L'Etoile‹ hinauf. Wie ich höre, ist es das beste Lokal in der Stadt.«

»Das ist richtig. Aber nur unter einer Bedingung.«

»Und die wäre, meine Liebe?«

»Daß wir einen Drink nehmen und ich Sie anschließend in Ihr Hotel fahre.«

»Eine wunderbare Idee. Gehen wir.«

Kaum hatte er sie aus dem Restaurant kommen sehen, war der Türsteher des »Trader Vic's« schon ihren Wagen holen gegangen. Drei Minuten später waren sie auf dem Nob Hill, wo D.W., der Türsteher des Huntington Hotels — gleich neben dem »L'Etoile« — ihren Wagen ebenso magisch wieder verschwinden ließ.

»Man scheint Sie hier zu kennen«, bemerkte Mayer.

»Bei einem Geschäft wie meinem muß man unter die Leute gehen«, erwiderte sie, »und in San Francisco sind das zwei der Lokale, wo ich einige meiner Kunden treffe, und sie mich.«

Nachdem sie die Treppe hinuntergestiegen waren, die zur Restaurantbar führte, wurden sie vom Besitzer, Claude Rouas, persönlich begrüßt. Er küßte ihr die Hand und führte sie dann zu einem matt erleuchteten Ecktisch an der Bar. Sekunden später wurde eine Flasche Champagner gebracht — mit den besten Empfehlungen des Patrons, murmelte der Kellner.

»Ich bin beeindruckt«, versicherte Mayer seiner Begleiterin, und es war schwer zu sagen, ob er sie meinte oder die Bar des »Etoile« mit seiner Atmosphäre der zwanziger Jahre, ein Eindruck, der noch durch die Tatsache verstärkt wurde, daß ein Klavierspieler im Smoking im Hintergrund eine Gershwin-Melodie spielte.

»Ich nehme an, das ist hier das Westküsten-Äquivalent des Carlyle-Hotels und ›Bobby Shorts‹?« fragte er.

»Stimmt genau«, antwortete sie.

Sie drehte den Sektquirl in ihrem Dom Perignon.

»Es war ein wunderbarer Abend, Paul«, sagte sie. »Der schönste, den ich seit Jahren erlebt habe.«

Paul Mayers Sinne mochten von den »Mai Tais« ein wenig benebelt sein, doch nicht so, daß sie sich bei diesen Worten nicht zu regen begannen. »Dann müssen wir das morgen abend wiederholen.«

Sie zögerte keinen Augenblick mit ihrer Antwort. »Einverstanden. Aber morgen abend bei mir.«

»Das war nicht meine Absicht, Azar«, gab er rasch zurück.

»Aber meine«, sagte sie.

Das Verlangen, das Paul Mayer empfand, als er auf dem Flug von London nach Washington neben ihr gesessen hatte, kehrte mit aller Kraft zurück.

»Wissen Sie«, sagte sie dann mit tiefer, rauchiger Stimme, »nachdem man meinen Gatten umgebracht hat, war ich mit keinem Mann mehr zusammen.«

Trotz allem, was er getrunken hatte, bekam Paul Mayer plötzlich eine trockene Kehle. Wollte sie damit sagen, was er glaubte, daß sie sagen wollte?

Zehn Minuten später schlug sie vor, zu gehen, denn es war schon weit über die Zeit, da sie sich zur Ruhe zu begeben pflegte. Sie öffnete ihre Boutique stets um zehn Uhr vormittags, und weil es nur noch zwei Wochen bis Weihnachten waren, würde es ein langer Tag werden.

Womit sie Mayers schnell aufgeblitztem Gedanken einen Dämpfer versetzte.

»Mittwoch aber«, fügte Azar hinzu, »öffne ich erst Mittag, und darum kann ich morgen abend . . .«

Sie setzte ihn am Hotel Clift ab, und eine halbe Stunde später, nachdem sie die Golden-Gate-Brücke überquert und in die Straße am Ende der Halbinsel Tiburon eingebogen war, drehte sie in ihrem Haus auf Belvedere die Lichter an, als das Telefon klingelte.

»Ja?«

»Wie ist es glaufen?«

Es war der Deutsche.

»Wie ich es vorausgesagt habe.«

»Was hast du erfahren?«

»Nichts. Noch nichts.«

»Was soll das heißen?« Die Stimme klang aggressiv.

»Genau das, was ich gesagt habe.«

»Komm mir nur nicht schnippisch, Schätzchen.«

»Er kommt morgen abend zum Dinner. Er wird den ganzen Tag in der Bank sein.«

»Er wird morgen in der Bank sein? Meine Auftraggeber werden das gern hören. Sehr gern. Paßt genau in ihren Zeitplan.«

Sie blieb stumm.

»Und wie sich die Dinge entwickeln, könnte es sein, daß ich nächste Woche nach San Francisco kommen muß«, fügte er hinzu.

»Ich verstehe.«

»Vielleicht kannst du ein paar Tage für mich reservieren. Ich könnte jemanden brauchen, der mich in der Stadt herumfährt. Und wenn wir schon dabei sind, vielleicht könntest du mir auch noch ein paar andere Dinge zeigen, hm?«

»Das wird unmöglich sein. Nächste Woche habe ich in meinem Geschäft alle Hände voll zu tun. Ich habe versprochen, alles, was ich kann, von Mayer zu erfahren. Darüber hinaus möchte ich nichts mit dir oder deinen Freunden zu tun haben.«

»Hast du in letzter Zeit von deiner Mutter gehört?« fragte er dann.

»Nein.«

»Du wirst von ihr hören . . . nachdem wir uns nächste Woche gesprochen haben. Und jetzt geh schön schlafen, Schätzchen. Morgen wirst du eine lange Nacht haben. Zumindest rechnen wir alle damit.«

Er legte auf.

Zitternd, den Hörer noch in der Hand, stand sie da. Sie fühlte, wie die Dinge, auch in ihrer neuen Heimat, bedrohlich nahe an sie herantrieben.

Am nächsten Morgen kam sie zum ersten Mal seit Jahren spät in ihre Boutique. Ihre beiden Angestellten waren schon da, aber keine schien zu merken, daß etwas nicht stimmte. Sie wußte, daß sie alles tun mußte, damit es auch so blieb. Denn wenn etwas passierte, würde man ihr später eine Menge Fragen stellen. Und sie wollte nicht, daß man ihr Leben ein zweites Mal zerstörte.

Paul Mayer schlief den Schlaf des Gerechten. Er erwachte am nächsten Morgen in bester Stimmung. Der Tag, der vor ihm lag, versprach ein guter Tag zu werden. Als er aus dem Hotel Clift in die frische Luft und den hellen Sonnenschein eines Dezembermorgens in San Francisco hinaustrat, beschloß er, zu Fuß zu gehen, statt die Limousine zu nehmen, die ihn erwartete. Es waren nur zehn Blocks, und sein Weg führte ihn die Geary Street hinunter zum Union Square mit seinen Palmen und Blumenbeeten, hinüber zur Post Street und »Dunhill's«, wo er sich kurz aufhielt, um ein paar Zigarren zu kaufen — Partagas Rounds —, am »Gumps« vorbei, wo er stehenblieb, um die prächtige Weihnachtsdekoration des Kaufhauses zu bewundern, durch die Arkade im Crocker Building, wo er fünf Minuten lang um einen Buchladen herumspazierte, und schließlich zur California Street und dem Sitz der zweitgrößten Bank der Welt.

Mayer nahm den Aufzug ins vierzigste Stockwerk, wo er wie das Mitglied einer königlichen Familie empfangen wurde. George Pace geleitete ihn unverzüglich in den Sitzungssaal, wo sich alle Anwesenden bei Mayers Eintritt erhoben. Er schüttelte jedem einzelnen die Hand und stellte dabei fest, daß ihr Durchschnittsalter um mindestens zehn Jahre höher lag als seines.

»Setz dich hier neben mich«, forderte ihn Pace auf, »und sage mir, wie du deinen Kaffee haben möchtest.«

»Schwarz«, antwortete Mayer, und es war George Pace höchstpersönlich, der die silberne Kanne holte, um ihm einzuschenken.

»Zunächst möchten wir dich in der Bank of America willkommen heißen, Paul«, begann Pace. »Ich habe den Vorstand von deiner Bestellung zum Sonderberater des Aufsichtsrats des *Federal Reserve Board* in Kenntnis gesetzt, Paul. Auch habe ich ihnen von deinen Aktivitäten letzte Woche für uns in England berichtet. Wir wissen das zu schätzen.«

Er machte eine Pause. »Üblicherweise würden wir es nicht schätzen, einen ›Außenstehenden‹ bei unseren Vorstandssitzungen dabeizuhaben, besonders dann, wenn er ein offizielles Aufsichtsorgan vertritt. Aber ich habe meinen Vorstandskollegen von unserer langjährigen Verbindung erzählt und ihnen versichert, daß du nicht nur als Berater, sondern auch als Freund der Bank zu uns gekommen bist.«

»Genauso ist es«, bestätigte Paul Mayer.

Ein kollektives Beifallsgemurmel wurde laut.

»Also gut. Das wäre erledigt. Ich habe meinen Kollegen auch von deinem Zusammentreffen zum Wochenende in Washington berichtet. Wie ist es gelaufen?«

»Ausgezeichnet in jeder Beziehung. Vor allem wurde mir versichert, daß du und deine Bank mit der vollen, und ich wiederhole, der vollen Unterstützung des *Federal Reserve Board* rechnen könnt. Robert Reston hat es mir persönlich zugesichert. Und was vielleicht noch wichtiger ist: Er rief mich gestern hier in San Francisco an, um mir mitzuteilen, daß der Aufsichtsrat in seiner Sitzung am Montag vormittag einen Beistandskredit von fünf Milliarden Dollar gebilligt hat, von dem die Bank of America ziehen kann, wenn es notwendig werden sollte.«

Diesmal war ein kollektiver Seufzer der Erleichterung zu hören.

In den letzten Jahren hatten die amerikanischen Gerichtshöfe eine steigende Tendenz erkennen lassen, Bankdirektoren persönlich für die Schäden haftbar zu machen, die ihren Kunden und Aktionären entstanden, wenn die Geldinstitute, die sie umsichtig und verantwortungsbewußt zu leiten hatten, den Konkurs anmelden mußten.

Ein Fünf-Milliarden-Dollar-Kreditrahmen beim *Fed* mochte diese Möglichkeit nicht ausschließen, würde aber entscheidend dazu beitragen, eine so verhängnisvolle Entwicklung hinauszuschieben.

»Das sind wunderbare Neuigkeiten«, erklärte George Pace. »Ich bin sicher, daß meine Kollegen mit mir einer Meinung sind. Aber auch ich habe gute Nachrichten: Ich glaube nicht, daß wir von diesem Kredit werden ziehen müssen. Denn ich kann dir versichern, daß sich die Beurteilung unserer Bank durch den Markt, offenbar von dem Artikel im ›Wall Street Journal‹ beeinflußt, schon gestern zum Besseren gewendet hat. ›Bank Watch‹ — der New Yorker *Rating Service*, den wir ja alle kennen — hat uns von der CD-Bewertung, die wir vorher hatten, wieder auf C hinaufgesetzt. Wir haben heute schon die Folgen beobachten können. E.F. Hutton ist im Laufe des Vormittags mit einer Hundert-Millionen-Dollar-Einlage zurückgekommen. Die Leute von der Kemper Financial in Chicago haben uns wieder auf ihre Liste mündelsicherer Anlagen gesetzt und vor einer halben Stunde zweihundert Millionen

Dollar herausgerückt. So können wir jetzt unsere kommerzielle Einlagenbasis wieder herstellen.

Aber es sollte sich keiner von uns irgendwelche Illusionen machen«, fuhr der Vorsitzende der B of A fort. »Wir sind noch immer nicht über den Berg. Die Abschreibung von einer Millarde Dollar wird die meisten unserer laufenden Probleme lösen. Ich sage die meisten, weil es ja naiv von uns wäre, wollten wir nicht realisieren, daß jeder Filialleiter da draußen mindestens zwei oder drei faule Kredite im Schreibtisch versteckt hat.«

»Warum treiben wir sie nicht aus dem Bau?« warf ein Vorstandsmitglied ein. »Dann hätten wir alles auf dem Tisch des Hauses. Wir gewähren Moratorien. Wir sagen unseren Leuten, daß wir hier in der California Street niemandem etwas tun werden, wenn er mit der Wahrheit herausrückt. Wenn wir das unterlassen, wird das Auftauchen neuer Gerüchte nicht zu vermeiden sein.«

»Ihr Vorschlag gefällt mir. Aber wir können ihn uns leider nicht leisten«, entgegnete Pace.

»Warum nicht?«

»Weil Sie über Beträge reden, die mindestens noch einmal eine halbe Milliarde ausmachen. Vielleicht auch mehr. Wenn wir tun, was Sie vorschlagen, würden die da draußen sofort annehmen, daß wir immer noch eine weitere Milliarde oder mehr versteckt hatten. Keefe Bryettes ›Bank Watch‹ würde uns auf eine D-Bewertung setzen, und die Leute würden ihr Geld so schnell wieder von uns abziehen, wie es jetzt langsam wieder hereinkommt.«

Paul Mayer verspürte ein leichtes Unbehagen. »Was für Probleme gibt es noch?« fragte er.

»Die Handelsflotte. Kommerzielle Immobilien. Landwirtschaftliche Betriebe. Wir haben ein Überangebot an Tankern, ein Überangebot an Bürohäusern hier und in Los Angeles, und ein Überangebot an allem, angefangen bei Trauben aus dem Napa- bis zur Baumwolle im Imperial Valley.

Die Immobilien machen uns die meisten Kopfschmerzen. Gerade heute morgen habe ich die vorläufigen Zahlen erhalten: Im vierten Quartal werden unsere uneinbringlichen Kredite allein in diesem Gebiet um vier Millionen Dollar höher sein.«

»Wie steht es mit euren Krediten an die Energiewirtschaft?« wollte Mayer wissen.

»Die sind in dem Totalschaden von einer Milliarde Dollar inbegriffen.«

»Aber was geschieht, wenn der Ölpreis nächstes Jahr um weitere fünf Dollar je Barrel fällt?«

»An diese Möglichkeit glaubt hier keiner. In Wahrheit denkt hier keiner, daß der Preis je wieder unter fünfzehn Dollar das Barrel sinken könnte.«

Es war jetzt sehr still im Saal.

»Dr. Mayer«, ergriff jetzt ein anderes Mitglied des Vorstands das Wort. »Sie haben doch jetzt mit diesen Leuten in Washington geredet. War auch der Ölpreis ein Thema Ihrer Gespräche?«

»Er war ein Thema.«

»Und?«

»Wir waren uns einig: Der Ölpreis hängt von der Richtung ab, die die Wirtschaft nächstes Jahr einschlägt.«

»Und welche Richtung schlägt sie ein?«

»Abwärts.«

»Sind Sie sicher?«

»Ja.«

»Könnte das Barrel um fünf Dollar fallen?«

»Ja, das könnte es. Und um weit mehr als fünf Dollar.«

»Ist das der Grund, warum der *Fed* sich zu dieser Fünf-Milliarden-Dollar-Kreditzusage bereit erklärt hat?«

»Ich könnte mir vorstellen, daß das zumindest teilweise der Grund ist.«

»Sie sagen, daß die Wirtschaft nach unten tendiert, Dr. Mayer«, fuhr der Fragesteller fort und wandte sich jetzt an George

Pace: »Was passiert, wenn die Wirtschaft schon jetzt ins Rutschen kommt, George, und wenn eine solche Entwicklung ein abruptes Nachlassen des Energiebedarfs auslöst? Dann fällt der Ölpreis garantiert unter zehn Dollar je Barrel. Und vielleicht noch tiefer. Haben Sie auch für einen solchen Fall vorgesorgt? Würden dann diese fünf Milliarden auch noch reichen?«

»Das läßt sich heute nicht sagen«, erwiderte Pace. »Warum sind Sie mit einemmal so pessimistisch? Wir haben einen Großteil unserer Probleme vom Hals. Wir haben eine Wende herbeigeführt. Das habe ich doch eben deutlich gemacht. Die großen Einleger kommen zurück.

Hören Sie«, fuhr Pace fort, »wenn die Wirtschaft eine krisenhafte Entwicklung nimmt, wird jede große Kommerzbank in Schwierigkeiten geraten. Was denken Sie, was dann passiert? Glauben Sie wirklich, daß Keefe Bryette die Bonitätseinschätzung jedes Geldinstituts in den USA auf ein D heruntersetzen würde? Und wenn sie es täten, wie würde sich das auswirken? Wo würden die Geldmarktfonds ihr Geld anlegen? Sie kontrollieren dreihundert Milliarden Dollar und haben das meiste davon in Geldinstituten wie dem unsrigen angelegt. Sie wüßten gar nicht mehr, wohin mit ihrem Geld, nicht wahr? Wenn sie es aus unserer Bank abzögen, müßten wir natürlich auf diese fünf Milliarden des *Fed* zurückgreifen, aber wieviel andere Banken würden dann ebensolche Kredite benötigen? Zehn? Zwanzig? Verstehen Sie, was ich meine? Habe ich recht oder nicht, Paul?«

»Ich fürchte, ja«, bestätigte Mayer.

»Dann gestatten Sie mir noch eine Frage, Dr. Mayer«, ließ sich der beharrliche Fragesteller vernehmen, der erst vor kurzer Zeit und weil er vier Prozent der Aktien der Bank besaß, in den Vorstand gewählt worden war, »verfügt wenigstens der *Federal Reserve Board* über Pläne für den Fall, daß unvorhergesehene Umstände eintreten sollten?«

»Er wird zweifellos sehr bald über solche Pläne verfügen«,

lautete Mayers Antwort. »Tatsache ist, daß ich soeben gebeten wurde, den *Fed* in genau diesen Fragen zu ›beraten‹. Ich kann jetzt nichts anderes tun, als zu wiederholen, was ich Ihnen schon gesagt habe: Der Aufsichtsrat des *Federal Reserve Board* hat mich ermächtigt, Ihnen zu versichern, daß er hinter der Bank of America stehen wird.«

Damit glättete er die Wogen. Nun wandte sich die Diskussion anderen Dingen zu, insbesondere der Frage, ob als kostensparende Maßnahme weitere Niederlassungen geschlossen werden sollten.

Während die Herren redeten, drängten sich Paul Mayer andere Gedanken auf. Wie sich jetzt zeigte, sah es übler aus, als George Pace in London zugegeben hatte. Vielleicht hatte er es selbst nicht erkannt. Was nun aber die Frage aufkommen ließ: War George Pace für diesen Job der geeignete Mann? Gab es überhaupt einen? Ganz gewiß wäre es verfrüht gewesen, anzunehmen, daß Pace der Erfolg versagt bleiben würde; schließlich stand die Bank heute besser da als zu dem Zeitpunkt, da er die Führung übernommen hatte. Mit ein bißchen Glück mochte es ihm tatsächlich gelingen, der B of A ihren früheren Glanz wiederzugeben.

Mayers Grübeleien erfuhren eine Unterbrechung, als eine Sekretärin den Konferenzsaal betrat und dem Vorsitzenden der Bank ein Telex reichte. Noch während dieser es las, kehrte die Verbitterung, die Paul Mayer in London George Paces Miene gelesen hatte, in voller Stärke zurück. Außer Paul Mayer schien es keiner im Saal zu merken, wollte es vielleicht gar nicht merken, mutmaßte Mayer.

Fünfzig Minuten später vertagte Pace die Sitzung. Wie schon vorher abgesprochen, blieb Paul Mayer zurück.

»Laß uns noch eine kleine Weile plaudern, Paul«, sagte George Pace. »Es hat sich da eben eine Situation ergeben, die sich unter Umständen als brenzlig erweisen könnte.«

Er reichte Mayer das Telex, das seine Sekretärin ihm während der Sitzung gebracht hatte.

»Wir setzen Sie hiermit von unserer Absicht in Kenntnis, uns innerhalb von dreißig Tagen auf den Paragraph 81 des mehrjährigen Umschuldungsabkommens vom 18. Februar 1987 zwischen der Regierung von Venezuela und Ihnen zu berufen.«

Unterschrieben war die Mitteilung von »José Martínez, Finanzminister«.

»Was besagt der Paragraph 81?« erkundigte sich Mayer.

»Es ist die *Force majeure*-Klausel.«

»Und was deckt sie?«

»Erdbeben«, antwortete der Banker, »und eine weitere drastische Talfahrt des Ölpreises weltweit . . .«

»Wer hat dem zugestimmt?«

»Mein Vorgänger. Nach den Ereignissen des Jahres 1986.«

»Das ist doch nicht zu glauben!« rief Mayer, der nun seine eiserne Selbstbeherrschung zu verlieren drohte. »Daß ein Mensch so dumm sein kann! Haben auch noch andere Länder diese Klausel in ihren Verträgen?«

»Nur noch zwei andere.«

»*Nur* noch! Welche zwei anderen?«

»Mexiko und Brasilien.«

»Wenigstens über Brasilien brauchst du dir keine Sorgen zu machen«, sagte Mayer, der sich ein wenig beruhigt hatte.

»Vielleicht. Vielleicht auch nicht.«

»Was meinst du?«

»Sie haben seinerzeit darauf bestanden, statt Öl einen Warenkorb einzuschließen. Ihre Waren natürlich. Wenn die Preise für Kaffee und Zucker in den Keller rutschen, kann sich Brasilien auf seine *Force majeure*-Austrittsklausel berufen. Und du weißt ja, Paul: Wenn der Ölpreis purzelt — wie du das voraussiehst —, werden Kaffee und Zucker nicht lange auf sich warten lassen.«

»Und dem haben alle zugestimmt?« wunderte sich Mayer.

Mit »alle« meinte er die etwa sechshundert Banken, die dem Konsortium angehörten, das Venezuela, Mexiko und Brasilien

Geld geliehen hatte. Als diese Darlehen refinanziert werden sollten, war ein aus vierzehn Banken bestehendes Beratungsgremium gebildet worden, und weil die Bank of America in allen drei Konsortien als Führungsbank agierte, hatte man ihren Chef dazu bestimmt, den Vorsitz des Ausschusses zu übernehmen und in Vertretung aller Banken die Verhandlungen zu führen. Die daraus resultierenden Neuarrangements wurden durch die, wie Bankleute sie nannten, »Myras« (multi-year reschuling agreements) — mehrjährige Umschuldungsabkommen — bestimmt.

»Sie hatten keine andere Wahl.«

»Hast du diesbezüglich etwas von Mexiko gehört?«

»Gott sei Dank, nein.«

In genau diesem Augenblick betrat die Sekretärin des Vorsitzenden noch einmal den Konferenzsaal. »Ich dachte, Sie würden das gleich sehen wollen«, sagte sie.

Nachdem George Pace einen Blick auf die zwei neuen Telexe geworfen hatte, wurde sein Gesicht so fahl, daß Mayer fürchtete, er würde im nächsten Augenblick die Besinnung verlieren.

»Laß mal sehen, George«, sagte Mayer.

Pace schob ihm die zwei Papiere über den Tisch.

Das erste Telex begann: »Hiermit setzen wir Sie von unserer Absicht in Kenntnis, innerhalb von dreißig Tagen den Paragraph 92 des mehrjährigen Umschuldungsabkommens zwischen der mexikanischen Regierung und . . .«

»Das ist die *Force majeure*-Klausel?« fragte Mayer.

»Ja.«

Das zweite Telex: »Wir, die brasilianische Regierung, setzen Sie hiermit von unserer Absicht in Kenntnis, innerhalb von dreißig Tagen Paragraph 117 . . .«

»Das ist das Ende«, stöhnte Pace.

»Immer mit der Ruhe«, sagte Mayer, während er seinen Freund aufmerksam beobachtete. Und dann: »Sieh mal, George, du mußt zunächst einmal sofort darauf antworten.«

»Wie denn?«

»Weise sie in deinem Fernschreiben darauf hin, daß es keinen Anlaß gibt, sich auf die *Force majeure*-Klausel zu berufen, und daß du sie ohne Verzug hier in San Francisco zu sehen wünschst. Andernfalls setzt *du sie* innerhalb von dreißig Tagen auf die Schwarze Liste, wie du das vor einigen Jahren mit Peru gemacht hast.«

»Laß uns das gleich aufsetzen.«

Fünfzehn Minuten später gingen gleichlautende Fernschreiben nach Caracas, Mexico City und Brasilia.

Nach einer halben Stunde kam die erste Antwort, von Venezuela. José Martínez, der Finanzminister des Landes, ersuchte um eine Zusammenkunft. Er schlug Dienstag, den 10. Januar 1989, um neun Uhr früh vor; Treffpunkt sollte San Francisco sein. Er bat dringend um Bestätigung. Die Nachricht aus Venezuela schloß mit der Empfehlung, die Sache beiderseits äußerst vertraulich zu behandeln.

»Es funktioniert«, freute sich der Vorsitzende der B of A, der sich jetzt wieder in der Gewalt hatte.

Wieder fünfzehn Minuten später kam ein ähnliches Telex aus Mexico City.

»Ich fürchte, es funktioniert zu gut«, meinte Paul Mayer.

»Was meinst du?« fragte Pace.

»Hast du nicht auch so ein flaues Gefühl im Magen, daß du — wir — reingelegt werden sollen?«

Als dann zehn Minuten später genau das gleiche Telex aus Brasilia eintraf, sah George Pace Mayer nur stumm an.

»Wie hoch ist euer Engagement in Venezuela?« wollte Mayer wissen.

»Zwei Milliarden.«

»Mexiko?«

»Drei Milliarden.«

»Brasilien?«

»Vier Milliarden.«

»Wie hoch sind die Rücklagen für diese Beträge?«

»Fünf Prozent.«

»Du lieber Himmel! Wenn ihr diese Darlehen abschreiben müßtet, würde das euer ganzes Kapital auffressen.«

»Und nicht nur das. Davon darf absolut nichts an die Öffentlichkeit dringen.«

»Dieser Meinung scheinen auch die Absender dieser drei Fernschreiben zu sein.«

»Sollen wir auf ihren Vorschlag eingehen?«

»Wir haben keine andere Wahl.«

»Du kommst doch zu diesen Verhandlungen?«

»Selbstverständlich«, antwortete Mayer. »Aber was ist mit den anderen Banken, die im Beratungsausschuß sitzen?«

»Die erwarten gar nicht, daß sie eingeladen werden. Zumindest jetzt noch nicht.«

»Ich denke nicht an die Verhandlungen im Januar. Ich rede von jetzt. Mußt du sie nicht benachrichtigen?«

»In allen drei Fernschreiben betonen die Latinos, daß sie diese Sache vertraulich behandelt sehen wollen. Ich finde, es bleibt uns gar nichts anderes übrig, als ihrem Wunsch zu entsprechen. Das ist doch auch deine Meinung, nicht wahr?«

Paul Mayer blieb stumm.

»Schließlich haben sie sich ja nicht wirklich auf die *Force majeure*-Klausel berufen. Hätten sie das getan, würde ich natürlich schon am Telefon hängen«, fuhr Pace fort. »Da sie es aber nicht getan haben und die Wahrscheinlichkeit groß ist, daß sie einfach nur bluffen, liegt es meiner Ansicht nach im Interesse aller Banken des Konsortiums, daß die Sache unter uns bleibt.«

»Wahrscheinlich hast du recht«, pflichtete Mayer ihm zögernd bei. »Aber ich werde umgehend den *Fed* informieren müssen.«

»Den ganzen *Fed* oder nur Präsident Reston?«

»Nur Reston.«

»Und den *Comptroller of the Curreny?* Und die FDIC?«

»Für die arbeite ich doch nicht, oder?«

Zum ersten Mal an diesem Tag lachte George Pace.

In San Francisco war es Mittag geworden. »Was hältst du von einem Lunch?« fragte Pace.

»Gehen wir.«

Sie aßen im Banker's Club im obersten Geschoß des Bank of America-Hauses, und das hieß, daß sie von einer großen Anzahl leitender Angestellter der Bank gesehen wurden, die hier zu speisen pflegten. Sie alle waren mit der Lage der Bank vertraut und viele von ihnen daher in letzter Zeit recht unruhig geworden. Um also auch nicht den geringsten Hinweis auf neue Schwierigkeiten aus ihren Mienen erkennen zu lassen, vermieden George Pace und Paul Mayer jede weitere Diskussion der drohenden Krise in bezug auf die Dritte Welt. Bevor sie den Banker's Club verließen, machte Pace Paul Mayer mit einem halben Dutzend seiner engsten Mitarbeiter bekannt und vergewisserte sich, daß der Eindruck entstand, Mayer hätte die Bank nur besucht, um jetzt, da die »Schwierigkeiten« beseitigt waren, bei der Lösung zukünftiger Probleme mitzuhelfen.

In George Paces Büro im vierzigsten Stockwerk angelangt, ließen sie die Masken fallen.

»Ich fürchte, ich werde einige Details für den *Fed* benötigen«, erklärte Mayer.

»Sag mir nur, was du brauchst«, entgegnete Pace.

»Alle drei Umschuldungsabkommen. Und eine Punkt-für-Punkt-Aufschlüsselung der Außenstände der B of A in Lateinamerika.«

»Du meinst in Mexiko, Brasilien und Venezuela?«

»Nein. Ich meine in Lateinamerika. In ganz Lateinamerika.«

»Das wird eine Weile dauern.«

»Keine Sorge. Ich setze mich in dein Vorzimmer und lese die Zeitungen, während du ein bißchen was arbeitest.«

Nach fünfundvierzig Minuten kehrte Mayer in Paces Büro zurück. Auf dessen Schreibtisch stapelten sich die gewünschten Unterlagen.

»Du kannst das doch nicht alles mit dir nach Washington

schleppen«, meinte Pace. »Was hältst du davon, wenn ich es mit einem Kurier nachschicke?«

»Ausgezeichnet.«

»Wo sollte er das Zeug am besten abgeben? Und wann?«

»Sagen wir übermorgen mittag in meinem Haus 3514 Dent Place.«

Pace schrieb sich das auf und legte das Memo auf den Stoß der Dossiers.

»Fliegst du noch heute abend zurück?«

»Nein, morgen früh mit der ›United‹.«

»Und was hast du für heute abend vor? Warum kommst du nicht mit mir zum Dinner nach Belvedere? Ich rufe Annie an und sage ihr, daß du kommst. Sie wird sich sehr freuen.«

Mayer zögerte einen Augenblick. »Eigentlich bin ich schon zum Dinner auf Belvedere eingeladen«, sagte er. Und fügte hinzu: »Von einer Dame.«

George Pace lachte zum zweiten Mal an diesem Tag. »Kenne ich sie?«

»Nein. Ich habe erst vor kurzem ihre Bekanntschaft gemacht.«

»Ist sie attraktiv?«

»Sehr.«

»Warum holen wir sie dann nicht einfach ab? Wir könnten zu viert wenigstens einen Drink bei mir nehmen.«

»In Ordnung. Wenn sie damit einverstanden ist.«

»Frag sie. Ich hole dich um halb sieben vom ›Clift‹ ab.«

Um Punkt sieben hielt die Limousine vor Azar Shahanis Haus in der Madrona Avenue. Noch bevor Mayer läuten konnte, öffnete sich die Eingangstür, und die dunkelhäutige Iranerin erschien.

»Ich hoffe, ich habe Ihre Pläne für das Dinner nicht durcheinandergebracht«, sagte Mayer.

»Keineswegs. Nach Ihrem Anruf habe ich alles warmgestellt.«

George Pace stand neben der offenen Tür des großen Cadillacs und war offensichtlich von ihrer Erscheinung beeindruckt, als sie und Mayer auf den Wagen zukamen.

»George«, stellte Mayer sie vor, »das ist Azar Shahani. George Pace.«

»Ich bin entzückt«, sagte der Bankier und meinte es augenscheinlich auch so.

Obwohl sie einen Nerzmantel trug, stand er offen, und beide Männer konnten die Tatsache nicht übersehen, daß ihr dunkelgrünes Kleid bis auf den Ausschnitt überall eng anlag.

Die Paces wohnten auf der anderen Seite der Insel Belvedere, der besseren Seite, weil sie San Francisco gegenüberlag und die Häuser daher zwei Millionen statt nur einer kosteten. Annie Pace schien von Paul Mayers Begleiterin ebenso entzückt wie ihr Mann zu sein. »Sie sieht phantastisch aus«, flüsterte sie ihm zu, während George Pace die Iranerin zur Bar führte. »Wo in aller Welt hast du sie aufgetan?«

»Auf einem Flug von London nach Washington.«

»Aber sie ist doch keine Engländerin, nicht wahr?«

»Nein. Iranerin.«

»Oh.«

»Nein, nein, sie ist keine von *diesen* Iranern, Annie. Ihr Mann hat mit dem Schah und mit uns zusammengearbeitet. Sie haben ihn umgebracht.«

»Wie schrecklich!«

Sie ging zu Azar Shahani hinüber, um sie unter ihre Fittiche zu nehmen. Schon eine halbe Stunde und zwei Drinks später waren die Frau des Bankiers und der iranische Flüchtling gute Freunde geworden.

George Pace hatte die Limousine der Bank warten lassen und bestand nun darauf, daß Paul Mayer sie behielt — für den Rest des Abends und die morgige Fahrt zum Flughafen. Während sie sich verabschiedeten, erfuhr Annie Pace, daß Azar die Feiertage allein verbringen würde, und lud sie ein, mit ihnen und ihren Freunden Silvester zu feiern.

»Nie werde ich Ihre Gastfreundschaft erwidern können«, klagte Azar, während sie auf die andere Seite der Insel hinüberfuhren. In ihrem Hause angelangt, bot sie Mayer noch einen Drink an.

»Nein, danke. Für den Augenblick war das genug.«

»Würde es Ihnen etwas ausmachen, allein im Wohnzimmer zu warten, bis ich alles organisiert habe? Ich werde eine Platte auflegen. Auf dem Tischchen liegt der ›Chronicle‹, falls Sie heute noch keine Zeitung gelesen haben.« Damit verschwand sie in die Küche.

Paul Mayer nahm den »San Francisco Chronicle« zur Hand und schlug automatisch den Handelsteil auf. Er fand nichts Interessantes, legte die Zeitung auf das Tischchen zurück und fing an, in dem großen Wohnzimmer umherzuwandern. An der Wand hingen zwei nicht sehr interessante moderne amerikanische Bilder; beeindruckender waren zwei antike Vasen zu beiden Seiten eines ziemlich großen Feigenbaums am anderen Ende des Raumes; ihr *Pièce de résistance* war zweifellos der riesige und offenbar sehr kostbare Isfahan-Teppich auf dem Fußboden. Durch die großen Panoramafenster genoß man einen herrlichen Blick auf die Bucht, die Lichter von Berkeley und die Berge von Oakland.

Mayer sah auf die Uhr. Dann ging er durch die Tür, von der er annahm, daß sie in Azar Shahanis Küche führte. Dort war sie auch und hatte augenscheinlich alle Hände voll zu tun.

»Verzeihen Sie, aber besitzen Sie vielleicht ein Telefonbuch von Marin County?« fragte Mayer.

»Selbstverständlich. Es liegt auf dem Tisch dort in der Frühstücksecke. Daneben steht auch das Telefon.«

Mayer zögerte. Wäre es unhöflich zu fragen, ob es auch noch einen anderen Apparat gab? Ja, entschied er, das wäre unhöflich. »Dürfte ich ein Ortsgespräch führen?« fragte er und fügte murmelnd hinzu, »wenn ich die Nummer finden kann.«

»Bitte sehr.«

Er ging zum Frühstückserker zurück und setzte sich, wobei er der Küche den Rücken zuwandte.

Die Nummer war angegeben, nicht aber die Adresse.

George Pace meldete sich erst beim fünften Summton, und wie er das tat, ließ klar erkennen, daß er nicht begeistert war, um diese späte Stunde daheim angerufen zu werden.

»Paul Mayer. Ich hoffe, ich störe dich nicht beim Essen.«

»Keine Sorge.«

»Hör mal, George. Bevor du mich vom Hotel abholtest, habe ich bezüglich der Zahlen noch einige Überlegungen angestellt.«

»Und zwar?«

»Du — wir — dürfen diesen Burschen keinen Zollbreit nachgeben. Deine Bank kann sich eine Neueinstufung eurer Darlehen an eines dieser Länder einfach nicht leisten, geschweige denn an alle drei. Wenn sie sich formal auf ihre *Force-majeure*-Klausel berufen, werden die Behörden in Washington alle Kredite amerikanischer Banken an Mexiko, Brasilien und Venezuela automatisch als ›gefährdete Werte‹ klassifizieren. Was eine sofortige Abschreibung von fünfzehn Prozent erforderlich macht. Das wären im Fall der B of A eins Komma fünfunddreißig Milliarden Dollar. Das kannst du dir einfach nicht leisten.«

»Wie recht du hast! Aber wer kann diese Burschen aufhalten?«

»Darum habe ich dich ja angerufen«, gab Mayer zurück. »Ich werde die Sache dem *Fed* vorlegen — und mit *Fed* meine ich Reston — und ihm genau das wiederholen, was ich dir eben gesagt habe. Es bleibt uns nichts anderes übrig: Wir müssen in jeder Beziehung hart bleiben. Wir können es nächsten Monat zuerst allein mit diesen Kerlen versuchen. Aber wenn es aussieht, als ob wir nicht durchkommen, werde ich Reston dazu bringen, mit der nächsten Maschine selbst nach San Francisco zu kommen. Dann können sie es aus berufenem Munde hören: Entweder sie vergessen den Scheiß mit der *Force majeure*, oder die Regierung der Vereinigten Staaten würde ihnen, finanziell gesehen, die Eier abschneiden.«

»Würde Reston sich dazu bereit finden?«

»Nachdem ich ihm gesagt habe, was heute passiert ist, und nachdem ich ihm eure Zahlen analysiert habe, würde ich definitiv mit einer Zusage rechnen.«

»Um Himmels willen, Paul, sieh bloß zu, daß nichts an die Öffentlichkeit gelangt. Weil sonst . . .«

»Keine Bange. Der *Fed* ist vermutlich die einzige Behörde in Washington, bei der es noch keine undichten Stellen gibt. Tut mir leid, wenn ich dich gestört habe, aber ich dachte, ich sollte dich meine Ansichten wissen lassen, bevor ich morgen früh ins Flugzeug steige.«

»Ich danke dir dafür, Paul. Ich stimme dir in jeder Beziehung zu.«

»Okay. Ich laß von mir hören.« Mayer legte auf und ging in die Küche zurück. »Entschuldigen Sie«, sagte er zu Azar Shahani.

»Befindet sich Mr. Paces Bank in Schwierigkeiten?« fragte sie. Und fügte rasch hinzu: »Ich konnte nicht vermeiden, das Gespräch . . .«

»Ja, er hat einige Probleme.«

»Aber Sie werden ihm helfen, sie zu lösen, nicht wahr?«

»Ja. Ich komme im Januar wieder. Wir werden es schon schaffen.«

»Mr. und Mrs. Pace sind sehr nette Leute, nicht wahr? Woher kennen Sie sie?«

»Sie lebten einige Jahre in der Schweiz, in Zürich, als ich noch bei der Schweizerischen Nationalbank war. Er war für die Transaktionen der B of A in der Schweiz verantwortlich. Ich habe vergessen, wie wir uns kennengelernt haben. Aber dann spielten wir oft Golf zusammen. Wenn ich es mir jetzt so überlege, begegneten wir einander auf dem Golfplatz in Crans-sur-Sierre. Wir machten beide dort Urlaub, und aus dem gleichen Grund. Der beste Golfplatz der Schweiz befindet sich in

Crans. In der Schweiz spielen nur wenige Leute Golf, und noch weniger spielen es gut, und so war es nicht leicht, ein Viererspiel zusammenzubekommen. Nachdem wir uns kennengelernt hatten, verbrachten wir dort den Rest unseres Urlaubs gemeinsam.«

Azar hörte zu, ohne ein Wort zu sagen.

»Vielleicht sollte ich Ihnen etwas über dieses ›Viererspiel‹ sagen«, fuhr Mayer fort. »Ich war damals verheiratet . . . das ist jetzt fast zwanzig Jahre her. Es hat nicht sehr lange gehalten.«

»Spielen Sie immer noch Golf?« erkundigte sie sich.

»Nein.«

»Und gibt es sonst nichts, was Ihnen Spaß macht?«

Jetzt war es Paul Mayer, der zunächst stumm blieb. Doch dann: »Zu tun, was ich jetzt tue, macht mir mehr als genug Spaß.«

»Zum Beispiel, was Sie jetzt für Mr. Pace tun?«

»Genau. Wir spielen ein sehr großes, ein sehr komplexes und, das können Sie mir glauben, ein sehr aufregendes Spiel. Die Risiken und auch die Einsätze sind enorm. Wozu brauche ich da noch Golf?«

»Vielleicht ist Golf weniger gefährlich«, meinte sie.

Paul Mayer ließ sich das durch den Kopf gehen.

»Sollten Sie befürchten, daß ich nach einem Herzschlag tot umfalle, vergessen Sie's. Ich habe mich vor einem Monat gründlich untersuchen lassen, und die Ärzte in Georgetown haben mir versichert, ich wäre so gesund wie die amerikanische Wirtschaft.« Er lachte. »Das war ein Scherz, Azar«, fügte er hinzu.

»Oh. Manche amerikanische Scherze verstehe ich nicht. Jetzt sind wir soweit. Würden Sie bitte die Weinflasche öffnen, Paul?« Offenbar hatte sie seine Vorliebe für Malagaweine entdeckt und darum je eine Flasche Chardonnay und Cabernet Sauvignon bereitgestellt.

Das Speisezimmer war klein, elegant und von Kerzenlicht erfüllt.

»Wenn wir daheim persisch essen, tun wir das auf unseren Teppichen. Wir breiten eine Lederdecke darüber, die wir *Sofreh* nennen, und die eine feste Unterlage für Schüsseln und Teller abgibt. Darüber kommt ein Tischtuch und darauf schließlich das Geschirr. Dann drapieren wir den Teppich ringsum mit Kissen, auf denen wir sitzen. Und wir essen mit den Fingern unserer rechten Hand.«

»Und warum machen wir das nicht auch heute abend?« fragte Mayer.

»Weil wir hier in Amerika sind. Bitte, nehmen Sie Platz.«

Die Speisen standen bereits auf dem Tisch.

»Diesen ersten Gang nennen wir *Sabzi Khordan*. Dies ist eine Platte mit grünen Kräutern — Petersilie, Minze, Estragon, Korianderblätter, *Shahat* . . . Ich glaube, hier heißt das Brunnenkresse, und noch mehr Kräuter, deren englische Bezeichnung ich nicht kenne. Und da drüben ist eine Schüssel mit *Panir*, unserem iranischen Ziegenkäse. Das hier ist *Nane lavash*, unser Brot. Jetzt schauen Sie mir zu.«

Sie riß ein Stück von dem Fladenbrot ab und belegte es mit Kräutern und einem Stück Käse. Dann nahm sie einen Löffel, schöpfte damit eine dicke Soße, beträufelte damit die Kräuter und den Käse und klappte das Brot zusammen.

»Versuchen Sie es«, forderte sie ihren Gast auf und reichte Paul Mayer das belegte Brot.

»Wunderbar«, sagte er nach dem ersten Bissen. »Was ist das für eine Sauce, die Sie zum Schluß draufgetan haben? Es schmeckt herrlich!«

»Wir nennen es *Mast va Vakhiar*. Joghurt mit Gurken und Sultaninen.«

Eine halbe Stunde später servierte sie den Hauptgang. Es war Ente in einer Sauce aus Walnüssen und Granatäpfeln mit gedünstetem Reis als Beilage. Die persische Bezeichnung für den würzigen, hartkörnigen Reis war, wie sie ihm erklärte, *Chelou*, und das Entengericht hieß *Khoreshe Fesenjan*.

Als sie beim Dessert, einem Milchpudding mit der Bezeichnung *Halvaye Shir*, angelangt waren, den Mayer rein aus Höflichkeit verzehrte, hatten sie die halbe Flasche Chardonnay und den ganzen Cabernet geleert.

Es war zehn Uhr, als sie ins Wohnzimmer übersiedelten, um den Kaffee zu sich zu nehmen. Nachdem sie ihn eingeschenkt hatte, verschwand sie abermals in die Küche, kehrte aber sogleich zurück, in der Hand einen Kasten Partagas-Zigarren. »Mir ist aufgefallen, daß Sie diese Sorte bevorzugen«, sagte sie.

Jetzt fühlte sich Paul Mayer so behaglich, so umsorgt und hatte so gut getafelt wie seit Jahren nicht mehr. Buchstäblich seit Jahren nicht mehr. Und als er sie nun beobachtete, ein entzückender Anblick junger, begehrenswerter Anmut, wurde ihm klar, daß er sie in keiner Weise bedrängen würde.

Er wußte, daß sie sich beide zueinander hingezogen fühlten. Er spürte auch, daß diesen Perserinnen ein starkes Element von Sinnlichkeit innewohnte. Aber es war auch an ihrer Körpersprache klar erkennbar, sehr klar erkennbar, daß sie nicht bereit war, den Abend mit ihm im Bett zu beschließen. Und auch nicht mit einem anderen. Noch nicht. Das bestätigte sich, als sie auf das Thema Religion zu sprechen kamen. Es ließ sich nicht übersehen, daß sie ein sehr moralischer Mensch war. Es überraschte Mayer zu hören, wie diese moderne, etwa dreißigjährige Frau mit soviel Verehrung von ihrer Mutter sprach, während sie ihm erklärte, was für eine zentrale Rolle die Familie im Islam spielte.

Das Gespräch wandte sich nun der Boutique zu, dem Leben in Marin County und den Beweggründen für ihren Entschluß, sich auf Belvedere niederzulassen. Viele reiche Iraner, die ihr Vaterland verlassen hatten, wohnten hier. Man hatte der naheliegenden Stadt Tiburon sogar den Spitznamen »Klein-Teheran« gegeben. Und wie stand es mit der Einstellung ihrer Landsleute zu den Jüngern Khomeinis, die immer noch in ihrem Leben das Sagen hatten? Achtsam, meinte sie. Wie das? Weil die meisten von ihnen die Hoffnung auf Rückkehr nicht aufgegeben hatten. Sie auch nicht? Nein. Dann wechselte sie abrupt das Thema und erkundigte sich nach seinem Leben an der Universität. Und um halb elf sah er auf die Uhr, erhob sich und fing an, ihr für den wunderbaren Abend zu danken.

Ihre Reaktion sprang unmittelbar ins Auge. Die Reserve, die leichte Spannung, die den ganzen Abend ihr Verhalten geprägt hatte, schien mit einemmal von ihr abzufallen. Und nachdem sie ihm die Haustür geöffnet hatte, nahm sie plötzlich sein Gesicht in ihre beiden Hände und drückte einen langen innigen Kuß auf die Lippen des überraschten Mannes. »Sie sind ein sehr netter, anständiger Mensch, Paul.«

»Heißt das, daß wir uns im Januar wiedersehen werden?« fragte er.

»Ja. Rufen Sie mich an. Bitte!« lautete ihre Antwort.

Azar Shahani ging nicht zu Bett, nachdem Paul Mayer gegangen war. Sie saß im Dunkel ihres Wohnzimmers, blickte auf die Lichter jenseits der Bucht hinaus und grübelte. Ihr gefiel dieser Mann. Gefiel ihr gut. Sie fragte sich, ob sie das nächste Mal . . . miteinander ins Bett gehen würden. Es war lange her. Zu lange.

Was aber, wenn nachher etwas passierte?

Um zwei Uhr früh fing das Telefon an zu läuten.

Um halb drei läutete es wieder.

Um drei nahm sie schließlich den Hörer ab.

»Schätzchen«, begann er, »ich hoffe, ich störe dich nicht.«

»Er ist schon gegangen.«

»Ich habe ein Tonbandgerät laufen«, sagte der Deutsche. »Erzähl mir genau, was gesprochen wurde.«

Sie folgte seiner Aufforderung.

»Es bleibt uns keine andere Wahl«, wiederholte der Deutsche, als sie zu Ende war. »Wir müssen in jeder Beziehung hart bleiben! Bist du völlig sicher, daß er diese Worte gebraucht hat?«

»Ja.«

»Und du hast tatsächlich gehört, daß er sagte, der Vorsitzende des *Fed* werde im Januar nach San Francisco kommen?«

»Ja. ›Um ihnen, finanziell gesehen, die Eier abzuschneiden‹.«

»Na, ich bin sicher, daß du dir *das* nicht bloß ausgedacht hast«, meckerte der Deutsche. »Mensch, die werden sich kein bißchen freuen, wenn sie das hören.«

»Du meinst, daß ich nicht erfahren habe, was sie wissen wollten?« fragte sie.

»Nein, nein. Ganz im Gegenteil.«

»Dann wird mich meine Mutter jetzt anrufen können?«

»Das entscheiden meine Auftraggeber. Ich werde sicher ein gutes Wort für dich einlegen.«

»Kommst du nächste Woche her?«

»Das weiß ich nicht. Nach dem, was ich jetzt von dir gehört habe, wahrscheinlich nicht. Es sieht so aus, als ob Anfang Januar alles zusammenkommen wird. Darum werde ich wohl hier warten müssen, bis sie sich ausgeknobelt haben, was ich zu unternehmen habe. Und wann. Und wo. Ich werde es dich wissen lassen. Was deine Mutter angeht, wird es mindestens ein paar Tage dauern. Und noch etwas: Halte dich von deinen iranischen Freunden fern. Von allen.«

»Aber ich sollte doch regelmäßig über sie berichten«, wandte sie ein.

»Jetzt nicht mehr. Damit ist Schluß. Das ist jetzt das letzte, was wir von dir wollen, Schätzchen. Dann kannst du deine Mutter aus dem Iran kommen lassen und für immer glücklich mit ihr zusammenleben. Bis dahin halte dich von den Iranern fern, und zu niemandem ein Wort!«

Als sie am nächsten Tag spät von der Boutique nach Hause kam, erwartete sie ein riesiger Blumenstrauß in einer Schachtel vor ihrer Haustür. Die beiliegende Karte kam von Paul Mayer. Er dankte ihr für den reizenden Abend. Und er schrieb, daß er sich sehr darauf freue, sie zu Beginn des neuen Jahres wiederzusehen. Und er unterschrieb mit »Alles Liebe, Paul«.

Eine Stunde später rief ihre Mutter aus Teheran an. Sie war

gesund; sie wurde gut behandelt, und man hatte ihr gesagt, daß sie möglicherweise im Januar ein Ausreisevisum und die Flugkarte nach Zürich bekommen würde. Es hing alles von Azar ab, wie man ihr sagte.

Am frühen Abend des 31. Dezember rief Paul Mayer George Pace zu Hause an. Er erklärte ihm in kurzen Worten, daß es zwei Wochen gedauert habe, aber daß es ihm schließlich gelungen sei, heute nachmittag ein ausführliches Gespräch mit dem Vorsitzenden des *Federal Reserve Board* zu führen. Reston hatte sich ohne zu zögern bereit erklärt, sie im Januar gegenüber den Venezolanern, Mexikanern und Brasilianern zu unterstützen. Diese Nachricht, so habe er sich gedacht, würde zu George Paces guter Neujahrsstimmung beitragen; deswegen habe er ihn angerufen. Dann fragte Mayer, ob Azar Shahani zur Party gekommen sei. Sie war da, und als sie ans Telefon kam, sagte er ihr, daß er viel an sie gedacht habe, daß sie ihm fehle, und daß er sich schon sehr darauf freue, sie Anfang Januar wiederzusehen. Sie dankte ihm, sagte aber nicht viel mehr.

Paul Mayer verbrachte den Rest des Silvesterabends allein in seinem Haus in Georgetown und hörte Musik von Bach und Mozart. Um halb zwölf stellte er das Fernsehen an und beobachtete, wie die gutgelaunte Menge auf dem Times Square darauf wartete, daß die Kugel fiel.

Die Fernsehmoderatoren und ihre Gäste zweifelten nicht daran, daß die gute Stimmung der Massen in New York wohlbegründet war. Sechs Jahre schon hatte Amerikas Wirtschaft floriert wie selten zuvor. Gewiß, über ihnen schienen sich ein paar wirtschaftliche Gewitterwolken zusammenzuballen. Doch wie der Moderator der NBC schlußfolgerte: sie würden sich im neuen Jahr sicherlich schnell zerstreuen, wo doch jetzt ein neuer Präsident mit neuen Ideen, einer neuen Politik und vielen guten Vorsätzen sein Amt antrat. Dann würde Amerika, wie schon so oft in seiner Geschichte, wieder einen neuen Anlauf nehmen und, seine Energien entfesselt wie nie zuvor, vorwärts und aufwärts in die Zukunft stürmen.

Da könnte etwas dran sein, ging es Paul Mayer durch den Sinn. 1989 mochte tatsächlich das Jahr sein, in dem Amerika Energien in noch nie dagewesenem Maß entfesselte. Nur daß dieses Freiwerden von Energie aus einer völlig unerwarteten Richtung kommen könnte: aus dem Einsetzen eines finanziellen Schmelzprozesses! Eines Zerschmelzens in Form eines umwälzenden finanziellen *Blowout*, bei dem alles Papier, das die große amerikanische Wirtschaftsmaschine in den achtziger Jahren angeheizt hatte — die Schwindelobligationen, die Jumbo-CDs, die Zins-Swap-Geschäfte, die Börsentermingeschäfte, die mexikanischen Schulden — ganz plötzlich in einer gewaltigen Rauchwolke verpufften.

Er persönlich sah dem neuen Jahr keineswegs erwartungsvoll entgegen.

Fünf Minuten nach Mitternacht, am 1. Januar 1989, schaltete Paul Mayer den Fernseher aus und löschte das Licht.

DRITTER TEIL

12. Kapitel

Der erste ›Outsider‹, der es merkte, daß 1989 schon sehr bald eine große Sache über die Bühne gehen würde, war ein Russe. Sein Name war Grigorij Ustinow. Grigorij arbeitete als Analytiker in der Westeuropa-Abteilung des KGB und saß im dritten Stock des Zentralbüros des KGB in Moskau. Ungeachtet des Doktorats in Wirtschaftswissenschaften, das er 1987 an der Universität Moskau erworben hatte, im Einklang mit der Tatsache, daß er erst seit einem Jahr seinen Dienst im KGB versah, entsprach sein Rang nur dem sowjetischen Äquivalent eines Beamten der Gehaltsstufe elf. Und sein Gehalt betrug nur die Hälfte dessen, was seinesgleichen in der CIA oder DIA verdienten, und das hieß, daß man ihm nicht viel mehr als dreizehntausend Rubel im Jahr zahlte.

Dennoch war das gar nicht so schlecht für einen Burschen von erst neunundzwanzig Jahren, der seine berufliche Laufbahn noch vor sich hatte. Zwar konnte er sich noch keinen Wagen leisten, aber er besaß einen Farbfernseher, einen Videorecorder, ein Hi-Fi-Gerät mit angeschlossenem CD-Plattenspieler und zwölf Platten, die ein Kollege in Finnland ihm besorgt hatte.

Wenn man sich Grigorij Ustinow aus der Nähe ansah, war er ein russischer Yuppie, wie man in Amerika die junge intellektuelle Elite bezeichnete, mit all den materialistischen Aspirationen, die diese neue Klasse kennzeichnete. Und darin lag Grigorijs einziges großes Problem: Da man ihm im KGB einen alles andere als aufregenden Job gegeben hatte, einen, der nicht gerade eine große Karriere verhieß, schien es in absehbarer Zukunft keine Aufwärtstendenz für ihn zu geben.

Vor allem hatte er in keiner Weise etwas mit ›Operationen‹ zu tun. Seine Arbeit an einem Moskauer Schreibtisch bestand darin, Daten zu analysieren, nicht aber Karateschläge auszuteilen. Zweitens gab es so'ne und solche Analytiker. Analytische Untersuchungen gab es jede Menge in jenen Abteilungen, die sich mit Zentralamerika oder China beschäftigten; Ustinow jedoch saß in der Westeuropa-Abteilung, wo es vergleichsweise recht zahm zuging, da sich ja jetzt sogar die Westdeutschen große Mühe gaben, nett zu den Russen zu sein. Nicht nur das: Das Land, das man ihm zur Beobachtung zugeteilt hatte, war die Schweiz, ein Land, das auf der sowjetischen »Liste der Feindstaaten« am unteren Ende rangierte.

Monatelang hatte er sich bemüht, auch Schweden dazuzubekommen — ein Land, dessen territoriale Integrität von der Sowjetunion mit ihren Mini-Unterseebooten ständig verletzt wurde, und das hieß, daß es da zumindest die Möglichkeit einer Konfrontation und so für den damit befaßten Analytiker im KGB eine bessere Chance gab, sich zu profilieren. Doch erst vorige Woche war ihm mitgeteilt worden, daß man Schweden bestenfalls einem Beamten der Gehaltsstufe dreizehn zuweisen würde und daß er keine Aussicht hätte, vor einem Jahr oder vielleicht auch zwei befördert zu werden.

So saß er bis auf weiteres mit einem sehr langweiligen mitteleuropäischen neutralen Staat fest. Weil er aber ein streberischer kleiner Bastard war, trachtete er danach, aus einer ungünstigen Lage das Beste zu machen. Als erstes baute er ständig das Netz seiner Informationen aus. Mindestens zweimal die Woche telefonierte er mit dem einen oder anderen Attaché der sowjetischen Botschaft — dem Handels-, Militär- oder Kulturattaché —, um zusätzlich Informationen in bezug auf die Berichte einzuholen, die diese Beamten regelmäßig dem KGB in Moskau übermittelten, Berichte, die früher oder später für gewöhnlich in noch verschlossenen Umschlägen auf seinem

Schreibtisch landeten. Einmal im Monat lud er den Moskauer Korrespondenten der Schweizerischen Depeschenagentur, dem schweizerischen Nachrichtendienst, zum Essen ein, wobei er sich als Mitarbeiter der TASS tarnte. Einmal in der Woche besuchte er den Mann, der die Transaktionen der Zürcher Niederlassung der Wneshtorgbank, der sowjetischen Außenhandelsbank, überwachte, um sich über alles, was in Schweizer Bankkreisen vorging, auf dem laufenden zu halten. Und er las viel. Da er, dank der Sprachkenntnisse, die für ein Doktorat für Wirtschaftswissenschaften an der Universität Moskau nötig waren, fließend Deutsch, Französisch und Englisch sprach, las er jeden Tag, von der ersten bis zur letzten Seite die »Neue Zürcher Zeitung«, das »Schweizerische Handelsblatt«, die »Baseler Zeitung«, »Blick«, das »Berner Tageblatt«, das »Journal de Genève« und dazu noch die »Herald Tribune« und die europäische Ausgabe des »Wall Street Journal«, um daraus einen Eindruck zu gewinnen, wie die Amerikaner europäische und Schweizer Angelegenheiten beurteilten. All dies kam täglich als kleine Aufmerksamkeit der Aeroflot auf seinen Schreibtisch.

Zweimal täglich, um elf Uhr vormittags und fünf Uhr nachmittags, hörte er die Nachrichtensendungen im Kurzwellendienst des schweizerischen Rundfunks, um Neuigkeiten von potentieller Bedeutung zu erfahren.

Das Problem war: Obwohl Grigorij außerordentlich gut über alles informiert war, was, sofern es politische, wirtschaftliche oder finanzielle Angelegenheiten betraf, in der Schweiz vorging, hatten diese Dinge für die Sowjetunion keinerlei Bedeutung, und so kam es, daß niemand in der Hierarchie des KGB je Grund gehabt hatte, von der Existenz des Grigorij Ustinow Notiz zu nehmen.

Zumindest bis zum 4. Januar 1989. Am vorhergehenden Tag, Dienstag, dem 3. Januar, erhielt er einen ersten Hinweis, daß zum erstenmal in seiner bisher so kurzen Laufbahn im KGB was ganz Großes in Bewegung geraten war, etwas, das für die Sowjetunion möglicherweise schwerwiegende globale und strategische Folgen nach sich ziehen könnte.

Es war der in Moskau für die Überwachung der Zürcher Niederlassung der Wneshtorgbank zuständige Mann, der ihn an diesem Tag kurz vor fünf Uhr nachmittags anrief. Was er ihm mitzuteilen hatte, war dies: Der 3. Januar war in Europa der erste volle Geschäftstag nach den Weihnachtsfeiertagen und Neujahr, wobei es aber für gewöhnlich immer noch recht ruhig zuging. Doch an diesem 3. Januar hatte jemand von Anfang an wie verrückt den Dollar torpediert, während gleichzeitig ein anderer, oder vielleicht auch der gleiche Jemand, damit begonnen hatte, sich äußerst stark in Gold zu engagieren, indem er sowohl große physische Käufe des Metalls tätigte, als auch enorme langfristige Positionen auf dem Goldterminmarkt in Zürich einnahm. Da Zürich der Finanzplatz war, wo die Russen den Großteil ihres Goldgeschäftes und auch viele Devisentransaktionen abwickelten, reagierten sie sehr sensibel, wenn sich da der Wind drehte. Was die Dealer in der Zürcher Niederlassung der sowjetischen Außenhandelsbank an diesem 3. Januar 1989 bei Geschäftsschluß der Börsen in dieser Stadt gefühlt hatten, war nicht bloß ein Richtungswechsel des bisher vorherrschenden finanziellen Windes, sondern eine enorme Zunahme seiner Geschwindigkeit. Um bei der meteorologischen Terminologie zu bleiben: Sie hatten auch auf die Wahrscheinlichkeit hingewiesen, daß es zu einer Wetterveränderung kommen könnte: von schön und mild zu stürmisch und kalt. In der Schweiz, so hatten sie weiter ausgeführt, kenne man den warmen Wind unter der Bezeichnung Föhn; den kalten nenne man Brise. Und nun, so hatten es ihm die Russen in Zürich erklärt, kam eine Brise auf, die man sogar nach Moskauer Begriffen als eisig ansehen konnte. Der Chefhändler hatte seine Nachricht über einen Telefon-Sprachverzerrer durchgegeben; er zog diese Art der Übermittlung sogar einem kodierten Telex vor, weil er wußte, wie leicht diese zu knacken waren. Das beeindruckte den Mann in der Wneshtorgbank in Moskau in so hohem Maße, daß er schon fünfzehn Minuten später den Analytiker im KGB anklingelte, um ihn von dieser Entwicklung in Kenntnis zu setzen. Es war das erste Mal, daß er selbst die Initiative ergriff und Grigorij Ustinow von sich aus anrief.

Worauf der streberhafte Ustinow beschloß, lieber auf das Abendbrot zu verzichten und im Büro zu bleiben. Er dachte nach. Er überlegte. Und er hoffte auf frische Informationen. Alle halbe Stunde fragte er bei Reuter an. Nichts. Zweimal telefonierte er mit TASS. Um elf Uhr nachts kam ein Telex vom Kulturattaché in Bern. Er hätte wichtige Neuigkeiten und würde um Punkt acht Uhr früh anrufen. Ustinow beschloß, nicht so lange zu warten. Er bemühte sich sofort um ein Vorrangsgespräch über Telefonverzerrer in Bern — und erwischte den Gesuchten, als dieser gerade das Haus verlassen wollte.

Sobald sich der KGB-Mann in Bern vergewissert hatte, daß die Leitung tatsächlich verzerrt war, ging er sofort in medias res. Allem Anschein nach war die Schweizerische Nationalbank dabei, etwas sehr Ungewöhnliches in die Wege zu leiten. Heute morgen, so der Kulturattaché, habe die Bank eine Flut von Fernschreiben an die Vorstandsvorsitzenden der großen Handelsbanken in Mitteleuropa gerichtet. Darunter befanden sich drei Schweizer Institute — der Schweizerische Bankverein, die Schweizerische Unionsbank und die Schweizerische Kreditanstalt — und drei deutsche: die Deutsche Bank, die Dresdner Bank, die Kommerzbank. Dann noch drei andere, nämlich Österreichs größte, die Creditanstalt-Bankverein, Hollands größte, die Amsterdam-Rotterdam-Bank, und die Luxemburgische Kreditbank.

Die neun Fernschreiben waren gleichlautend: Die Schweizerische Nationalbank sprach eine Einladung aus, an einer Konferenz teilzunehmen, die für Dienstag, den 10. Januar, um zehn Uhr vormittags im Büro des Vorstandsvorsitzenden im fünften Stock der Generaldirektion in Zürich, Börsenstraße 15, angesetzt war. Ein einziger Punkt stand auf der Tagesordnung: die Einrichtung eines abgesicherten Staatskredits an eine

Vielzahl von Ländern. Aufgrund der überaus heiklen Natur der Transaktion würde nur den Vorstandsvorsitzenden der angeschriebenen Banken erlaubt sein, an der Konferenz teilzunehmen. Bitte keine Stellvertreter! Es wurde um Antwort innerhalb von vierundzwanzig Stunden gebeten.

Unterzeichnet waren die Fernschreiben vom Vorsitzenden der Schweizerischen Nationalbank, Dr. Ulrich Huber.

So unklar in ihrer Ausdrucksweise die Einladung auch sein mochte, die ersten Zusagen kamen schon nach einer Stunde. Nur Luxemburg hatte bis fünf Uhr nachmittags noch keine verbindliche Antwort gegeben.

Und nicht nur das; den ganzen Tag über herrschte in der Schweizerischen Nationalbank ein hektisches Treiben in drei Ressorts: Devisen, Gold und Zins-Swap-Geschäfte. Sie stießen Dollar ab wie nie zuvor und sammelten Gold in einem Ausmaß an, wie man es seit den späten siebziger Jahren nicht mehr erlebt hatte.

So hatte Grigorij Ustinow jetzt einen gewaltigen Schritt vorwärts getan. Er bekam aus hausinterner Quelle eine zweite Bestätigung dessen, was er von seinem Mann in der Wneshtorgbank erfahren hatte. Jetzt aber wußte er, wer hinter den ominösen Vorgängen rund um das Gold und den Dollar steckte.

»Aber wie ist das mit den Zins-Swap?« fragte er den KGB-Chef in Bern.

»Sie tauschen ihre Dollarobligationen mit variablen Zinssätzen wie verrückt gegen festverzinsliche Papiere«, lautete die Antwort.

Nun besaß Grigorij Ustinow zwar ein Doktorat in Wirtschaftswissenschaften der Universität Moskau, und obwohl er alles über die Vorgänge auf den Finanzmärkten der Welt in den Zeitungen verfolgte, die ihm in die Finger kamen, hatte er nie richtig begriffen, um was es bei Zins-Swap-Geschäften ging. Darum fragte er: »Was genau heißt das?«

»Was genau heißt was?« kam die Gegenfrage über die verzerrte Leitung, in der es reichlich Nebengeräusche gab.

»Was sind Zins-Swap-Geschäfte?« fragte er.

»Abkommen, bei denen zwei Banken Zinszahlungen auf den gleichen Geldbetrag für die gleiche Zeitspanne tauschen«, lautete die Antwort. »Das Kapital selbst ist daran nie beteiligt.«

»Das verstehe ich nicht.«

»Hören Sie«, sagte der KGB-Mann — und Kulturattaché — in Bern. »Nehmen wir einmal an, eine Bank wie die Schweizerische Nationalbank hätte sich eine Menge Dollars zu einem variablen Zinssatz geliehen. Für gewöhnlich wird der variable Zinssatz an die LIBOR gekoppelt, die *London Interbank Offer Rate*, das ist der Zinssatz, zu dem große Banken einander in London Dreimonatsgelder leihen. Steigt die LIBOR, steigen auch die Zinsen, die die Schweizerische Nationalbank zu zahlen hat. Wenn die Zinssätze in London und New York allgemein sinken, werden die Zinskosten der Bank niedriger und niedriger. Können Sie mir soweit folgen?«

»Ich denke schon.«

»Nehmen wir weiter an, die Schweizerische Nationalbank möchte nicht weiter das Risiko eines variablen Zinssatzes eingehen, weil sie der Meinung ist, die Zinsen würden steigen. Was tut sie?«

»Keine Ahnung.«

»Sie tauscht gegen feste Sätze. Sie geht zu einer anderen Bank und sagt: ›Hör mal, wir haben uns hundert Millionen Dollar für ein Jahr von General Motors zu einem Zinssatz von LIBOR plus ein Viertelprozent geliehen, und das heißt, daß wir jetzt achteinviertel Prozent zahlen. Wie wäre es, wenn du unsere Zahlungen zu einem *variablen* Zinssatz an General Motors übernimmst, wenn wir uns bereit erklären, dir einen *festen* Zinssatz von achteinhalb Prozent auf hundert Millionen Dollar auf die Dauer eines Jahres zu zahlen?«

»Aber warum sollte die zweite Bank das tun?«

»Weil sie glaubt, daß die Zinssätze sinken werden. Wenn dann die LIBOR auf, sagen wir, sieben Prozent sinkt, wird sie

General Motors nur siebeneinviertel Prozent im Monat zahlen müssen, während die Schweizerische Nationalbank ihr achteinhalb Prozent hinblättern muß, wie es im Swap-Abkommen festgelegt wurde.«

»Wenn also alles das ganze Jahr so bleibt«, stellt Grigorij fest, »erzielt die andere Bank einen Gewinn, der dem Unterschied zwischen den Zinssätzen entspricht — ein Prozent von hundert Millionen Dollar.«

»*Plus change*«, sagte der KGB-Mann auf englisch, was so viel bedeutet wie noch ein bißchen Kleingeld dazu. Er hatte fünf Jahre am sowjetischen Generalkonsulat in San Francisco gedient und hegte eine Vorliebe für amerikanischen Slang.

»Dann glaubt die Schweizerische Nationalbank offenbar, daß die Dollarzinssätze steigen werden. Wahrscheinlich stark steigen werden. Und wahrscheinlich sehr bald«, schlußfolgerte Ustinow.

»Sie haben es erfaßt, Mann«, kam die Antwort aus Bern. »Das Faktum ist interessant, aber nicht sehr. Interessant ist die Antwort auf die Frage: Warum?

Eigentlich stellen sich uns ja vier sehr interessante Fragen. Erstens: Was macht das Management der Schweizerischen Nationalbank so sicher, daß die Zinsen in den Vereinigten Staaten in die Höhe schießen werden? So sicher, daß es seinem Swap-Team den Auftrag erteilt hat, alles nur Erdenkliche zu tun, damit die Bank ihre mit variablen Zinssätzen ausgestatteten Obligationen los wird?«

»Woher wissen Sie das so sicher?« erkundigte sich Grigorij Ustinow.

»Ich weiß es eben. Und jetzt unterbrechen Sie mich nicht.

Zweitens: Wenn die Dollarzinsen in die Höhe schießen, was veranlaßt die Schweizerische Nationalbank, Dollars zu verkaufen, nein, zu verschleudern? Sollte sie nicht das genaue Gegenteil tun? Schließlich wird das Geld aus aller Welt, wenn die Zinsen in New York steigen, wieder in die Vereinigten Staaten zurückfließen und den Dollar *hinauf*-, nicht *hinunter*treiben.

Drittens: Warum kaufen sie wie verrückt Gold, wenn die Zinsen steigen? Gold wirft doch keine Zinsen ab, nicht wahr? Was also hat die Schweizerische Nationalbank veranlaßt, den ganzen Tag Gold zu kaufen, wobei sie im wesentlichen gegen sich selbst bot, was zur Folge hatte, daß sie im Alleingang den Barrenpreis um zwölf Dollar hinauftrieb. Niemand sonst schien zu kaufen. Nur sie.

Viertens: Kann es nur ein Zufall gewesen sein, daß Dr. Huber just an dem Tag, an dem dies alles vorging, seine Einladungen an alle anderen Banken verschickte?«

»Sie meinen also, es könnte einen Zusammenhang zwischen allen vier Fragen geben?« zweifelte Ustinow.

»Nicht ›könnte‹«, konterte der KGB-Mann in Bern. »Es *muß* einen Zusammenhang geben.«

»Aber welchen?«

»Woher zum Teufel soll ich das wissen? Sie sind der Analytiker, Freundchen, um mir das zu sagen. Dann weiß ich, worauf ich jetzt achten muß, welche Fragen ich zu stellen habe. Es ist sehr wichtig, daß Sie, mein lieber Grigorij, herausfinden, um was für eine Verbindung es sich handelt, weil sich hier nämlich eine Entwicklung von allergrößter Bedeutung anbahnt. Ich kann es direkt riechen. Also was denken Sie? Äußern Sie doch wenigstens eine Vermutung!«

Zum zweiten Mal sah sich Grigorij Ustinow vor eine Entscheidung gestellt: zu bluffen oder nicht zu bluffen. Und wieder beschloß er, mit offenen Karten zu spielen. »Offen gesagt, ich habe keine blasse Ahnung.«

»Na, dann zerbrechen Sie sich mal Ihr Köpfchen. Und zwar pronto. Denn sonst, mein lieber Grigorij, so sehr ich Sie auch schätze, müßte ich über Ihren Kopf hinweg handeln.«

»Ja. Ich melde mich. Morgen. Morgen vormittag. Und danke, vielen Dank.«

Die Verbindung wurde getrennt.

Sekunden später setzte sich Grigorij an seine elektrische Schreibmaschine, um einen Bericht zu schreiben, der innerhalb von zwölf Stunden auf dem Schreibtisch seines Vorgesetzten liegen sollte. Kaum hatte er angefangen, hielt er inne. Wie verläßlich waren diese Informationen, insbesondere die über die Zins-Swap-Geschäfte und über die streng geheime Konferenz, die in genau einer Woche in Zürich stattfinden sollte? Wie konnte ihr Mann in Zürich dies alles wissen?

Diese Zweifel stiegen in Grigorij Ustinow auf, weil ihm als kleinem schlechtbezahlten Analytiker der Zugang zu Hanni Graber versperrt war.

Und wer war diese Hanni Graber?

Die Antwort auf diese Frage macht es nötig, in der Geschichte der schweizerisch-russischen Beziehungen ein gutes Stück zurückzugehen — bis zum Ersten Weltkrieg und Wladimir Iljitsch Lenin. Lenin verbrachte fast den ganzen Krieg in der Schweiz, in Genf und in Zürich. Dort plante er die russische Revolution. Und dort war es auch, wo Lenin in einem versiegelten Eisenbahnwagen seine berühmte Reise antrat, die ihn quer durch Deutschland zu Mütterchen Rußland zurückbrachte. Wo er begann, seine revolutionären Pläne in die Tat umzusetzen. Soviel ist natürlich allgemein bekannt. Weniger gewürdigt wird die Tatsache, daß Lenin, bevor er Zürich verließ, ein Kader gleichgesinnter Schweizer um sich scharte, die nur wenige Jahre später die Schweizer Kommunistische Partei als Partei der Arbeit gründeten, die auch noch im Jahre 1989 kräftige Lebenszeichen von sich gab. Und Hanni Graber war zwar nie Parteimitglied, wohl aber zwanzig Jahre lang ein — was man als *fellow traveller* bezeichnen könnte — ein Mitläufer auf gesellschaftlicher Ebene . . . und das hieß, daß sie die meisten Tanzveranstaltungen der Partei im Gewerkschaftshaus besuchte und sich auch häufig im Stüssihof sehen ließ, um dort einen Abend lang »Jass« zu spielen, ein in der Schweiz sehr populäres Kartenspiel. Der Stüssihof war ein als heilig verehrter Ort, denn in diesem Restaurant hatte Wladimir Iljitsch viele seiner Abende verbracht — manchmal mit den Jungs Bier getrunken, manchmal mit seinem Schatz Inessa Wein. So wie sich Inessa Lenin und seinen Gefährten bei seinen Bergwanderungen angeschlossen hatte — der Sörenberg war ihr liebstes Ausflugsziel gewesen —, so schloß sich siebzig Jahre später Hanni Graber Lenins Schweizer Jüngern in der Partei der Arbeit an, wenn sie alljährlich ihre Exkursionen ins Berner Oberland unternahmen.

Wäre sie mit einigen der Appelle und Verlautbarungen vertraut gewesen, die Wladimir Iljitsch Lenin in eben diesem Restaurant Stüssihof gemacht hatte — wie etwa: »Eine Republik von Lakaien! Das und nichts anderes ist die Schweiz!« Oder: »Bemächtigt euch der Banken! Und die Schweiz wird ein proletarisches Land sein!« — ist füglich zu bezweifeln, daß sie solche gesellschaftlichen Kontakte weiter gepflegt hätte. Weil sie aber eine Schweizerin war, geboren dreißig Jahre bevor man den Schweizer Frauen das Wahlrecht verlieh, muß man Hanni Graber als völlig apolitisch einstufen.

Wie kam es dann, daß sie sich mit diesen Kommunisten einließ? Im Jahre 1959 tat sie den ersten Schritt: Als kleine Stenotypistin trat sie in die Schweizerische Nationalbank ein; im gleichen Jahr ging sie zum ersten Mal in ihrem Leben mit einem Mann aus. Ihre erste Liebe war ein Fleischergeselle, der seinen Status im Leben als Beleidigung empfand und danach strebte, sein Potential an Mobilität aufzubauen, indem er durch seine Mitgliedschaft in der Kommunistischen Partei der Schweiz die Revolution förderte. In der Folge warf er Partei und Freundin über Bord und wanderte nach Australien aus. Hanni blieb in Zürich, und weil sie ja den Schweizer Genossen gegenüber keinen Groll empfand, fuhr sie fort, mit ihnen zu tanzen, Karten zu spielen und zu wandern. Diese gesellschaftlichen Aktivitäten und natürlich die Bank, das war Hanni Grabers Leben geworden . . . Zumindest bis 1985, als ein drittes Element hinzukam. Beim Weihnachtsball in diesem Jahr lernte sie den Kulturattaché der sowjetischen Botschaft kennen. Er war erst der zweite Mann, mit dem Hanni je ins Bett gegangen war. Sie tat es knapp eine Stunde, nachdem er herausgefunden hatte, daß sie eines der drei Mädchen im Sekretariat des Vorsitzenden der Schweizerischen Nationalbank war. In der Folge ging er einmal in der Woche mit ihr ins Bett, immer am Dienstag, immer in ihrer Wohnung in Zürich und immer ziemlich früh am Abend, gegen neun Uhr, weil Hanni jeden Morgen um halb acht im Büro sein mußte und stolz darauf war, seit 1959 nie einen Arbeitstag versäumt zu haben oder zu spät gekommen zu sein.

An diesem Dienstag, dem 3. Januar 1989, um neun Uhr zwanzig abends, nach einer besonders heißen halben Stunde, begann Hanni Graber wie gewöhnlich auszuplaudern, was es in der Bank Neues gegeben hatte. An diesem Tag gab es eine ganze Menge zu erzählen, und darum hörte der einundfünfzigjährige russische Kulturattaché — und KGB-Mann — nicht auf, sie zu streicheln, weil er hoffte, sie würde erregt — und damit auch gesprächig — bleiben. Wenn ihm das nicht gelang, dann würde sie, das wußte er, auf die Uhr schauen und ihn heimschicken. Nachdem er, so gut er konnte, alles aus ihr herausgequetscht hatte, rauchte der Russe noch eine Zigarette, setzte sich in seinen Volkswagen und raste zurück zu Fernschreiber und Codebuch in der Botschaft in Bern.

Warum fand die Schweizerische Nationalbank nichts über Hannis Hintergrund heraus und über die Tatsache, daß sie mit den Feinden des Kapitalismus Umgang pflegte?

Einfach darum, weil sie eine Frau war, ein weibliches Wesen, und daher bei den Dingen, die wirklich zählten, so gut wie keine Rolle spielte. Die Schweizer Frauen mochten in den sechziger Jahren das Wahlrecht erkämpft haben, aber das war auch schon alles. Und was den männlichen Chauvinismus anging, stellten die Schweizer Banken selbst nach allgemeinen Schweizer Maßstäben eine eigene Klasse dar. Zu Beginn des Jahres 1989 gab es in allen vierhundert Schweizer Banken gezählte 3457 Vizepräsidenten.

Unter ihnen keine einzige Frau.

Keine einzige Frau, weil man von ihnen nicht erwarten konnte, daß sie die Feinheiten der Hochfinanz begriffen. Nicht daß es in den Banken keinen Platz für Frauen gegeben hätte! Kein Schweizer Bankmann hätte so etwas je behauptet. Denn wie sie und alle guten Schweizer Bürger wußten, waren die Schweizer Mädchen loyal, fleißig und im allgemeinen recht ordentlich. Also waren sie gute Schalterbeamtinnen und ausgezeichnete Sekretärinnen . . . solange sie nicht auf Ideen kamen. Sicherheitsrisiken? Unmöglich: Frauen wurden nie mit streng geheimen Dingen befaßt. Und wenn sie irgendwie davon Wind bekamen, verstanden sie ja wohl kaum, um was es ging.

Hanni hatte sich nie vorgedrängt, und dafür gehörte sie jetzt zu dem aus drei »Mädchen« bestehenden Sekretariat von Dr. Ulrich Huber und saß in einem Büro unmittelbar neben dem seinen. Sie, oder eines der anderen ›Mädchen‹, besorgte seine Fernschreiben, nahm seine Diktate auf und seine Telefongespräche entgegen. So kam es, daß sie mit der Zeit alles wußte, was er wußte, und über seine Tätigkeit in jeder Beziehung informiert war. Und an diesem ersten Dienstag des Jahres 1989 war ihr klar, daß ihr Boss persönlich ein sehr großes Ding organisierte.

Dr. Huber hatte ihr aufgetragen, stündlich Berichte von den Chefmaklern in Gold und Devisen, aber auch vom Leiter des Zins-Swap-Teams einzuholen . . . Pünktlich jede Stunde stellte sie sie pflichtgemäß zusammen, betrat auf Zehenspitzen sein Büro und legte sie an den Rand seines riesigen Schreibtisches. Sie war es auch, die diese neun Fernschreiben an die Vorstandsvorsitzenden der neun Banken geschickt hatte, mit welchen diese eingeladen wurden, nächste Woche nach Zürich zu kommen. Aber es war eine andere Sekretärin, der Dr. Huber die Aufgabe übertragen hatte, die Tagesordnung für diese Konferenz vorzubreiten.

So hatte Hanni zwar eine Menge Informationssteinchen in Händen, war aber noch nicht imstande gewesen, das Puzzle zusammenzusetzen. Sie wußte nur eines: In letzter Zeit war die Schweizerische Nationalbank ins Rutschen geraten, arg ins

Rutschen geraten. Daraus schloß sie, daß alles, was sie jetzt da vorbereitete, die Reaktion ihres Chefs auf diese Sachlage darstellte.

Grigorij Ustinow hatte die gleichen Informationsbrocken in Händen, und je länger er darüber nachdachte, desto überzeugter war er, daß ihm nichts anderes übrigblieb, als ihre Glaubhaftigkeit zu akzeptieren. Schließlich waren die gleichen Informationen vom KGB-Mann in Bern und von der Wneshtorgbank in Moskau gekommen, zwei unabhängige und normalerweise einwandfreie Quellen.

So kehrte er also an die Schreibmaschine zurück. Und am nächsten Tag um acht Uhr früh lag ein sechzehn Seiten starker Bericht auf dem Schreibtisch seines Vorgesetzten.

Um neun Uhr des gleichen Tages, Mittwoch, den 4. Januar 1989, betrat Sally Brown das Büro des »Wall Street Journal« unweit der Fleet Street, legte ihren Ledermantel ab, holte sich eine Tasse lausigen englischen Kaffee und setzte sich an ihren Schreibtisch.

Wie gewohnt griff sie zum Telefon und erledigte ein Dutzend Gespräche. Dann lehnte sie sich zurück und fing an nachzudenken. Über Walter Wriston.

Walter Wriston war viele Jahre lang Generaldirektor der Citybank gewesen. Er war es, der dieses Institut zur mächtigsten Bank der Welt gemacht hatte. Nachdem er in den Ruhestand getreten war, verbrachte er einen Großteil seiner Zeit damit, Vorträge zu halten und Gastkommentare für die »New York Times« zu schreiben. Eines seiner Lieblingsthemen bezog sich auf die anhaltenden Rufe nach einer Reform des internationalen Währungssystems, einer Wiederkehr zum Goldstandard. Er machte geltend, daß die Welt schon allein darum nicht zum Goldstandard zurückkehren würde, weil dieser sich überlebt hatte; er war von der technischen Revolution überrollt worden, insbesondere von jener, die auf dem Gebiet der Kommunikationsmittel stattgefunden hatte. Jetzt, erklärte er immer wieder, haben wir einen »Informationsstandard« erreicht, wo Wissen und Fakten schon Sekunden, nachdem etwas geschieht, jemand etwas sagt oder dementiert, über die ganze Welt verbreitet wird. Daher kann jeder, der ein besonders persönliches Interesse an gewissen Werten, einem Land, einer Währung, irgendeiner Handelsware hat, seine Möglichkeiten klar erkennen — selbst wenn er auf dem Nordpol wohnt. Dazu braucht man nichts weiter als einen Satellitenempfänger, einen Computer mit Modem, eine ungestörte Telefonleitung und einen guten Ofen. Information also und nicht Mammon, das barbarische Relikt, ist das Ausschlaggebende, was heute den Wert des Yen, des englischen Pfund, des Franc, des Dollar, aber auch den Preis von hundert IBM-Aktien in New York oder einer Tonne Zinn in London bestimmt. Je perfekter das Kommunikationssystem, desto geringer die Wahrscheinlichkeit, Fehler zu machen, die zu heftigen Schwankungen internationaler Werte, finanzieller und anderer, führen könnte. So gehörten also nach dem Evangelium, wie von der Citybank und Walter Wriston verkündet, die Tage der Paniken und Börsenkrachs der Vergangenheit an. Mit der Effizienz der Kommunikationsmittel würde auch die Effizienz aller Märkte zunehmen. Keiner würde je wieder Anlaß haben, übertrieben zu reagieren.

Kurz gefaßt: Jeder würde die Möglichkeit haben, binnen fünfzehn Minuten alles zu erfahren. Er brauchte nur seine Geräte einzuschalten.

»Meinst du wirklich, Walter?« sagte Sally Brown laut vor sich hin. »Na schön, ich habe sie angeschlossen und, das ist wahr, die Informationen kommen mir zu den Ohren heraus. Aber was diese Informationen bedeuten, davon habe ich keine Ahnung.«

Ihr Problem bestand darin, daß ihr Dutzende Telefongespräche genau die gleichen Informationsbrocken geliefert hatten, wie sie in Grigorij Ustinows sechzehn Seiten starkem Bericht enthalten waren, der jetzt auf dem Schreibtisch seines

Vorgesetzten in Moskau lag. Sally Brown sah sich mit genau den gleichen Fragen konfrontiert, die er sich gestellt hatte: Warum schlug jemand in der Schweiz hohe Wellen auf dem Gold-, Devisen- und Zins-Swap-Markt? Offensichtlich wußte jemand noch etwas *anderes*, etwas *extra*, was sonst keiner wußte. Was war dieses Extra?

Walter Wriston hatte postuliert, daß es eine solche Situation nie wieder geben könnte.

Sie sah ihre Notizen durch, um festzustellen, ob ihr etwas entgangen war: Nach den zwölf Dollar von gestern ist das Gold heute um weitere neun Dollar die Unze gestiegen. Der Dollar gibt weiterhin stark gegen den Schweizer Franc, die Deutsche Mark und den japanischen Yen nach. In New York sind die Zinssätze global gestiegen. Bundesanleihen haben heute morgen einen ganzen Prozentpunkt zugelegt, langfristige Schuldverschreibungen hingegen sind über einen Prozentpunkt gefallen; die in London auf Drei- und Sechs-Monate-Dollarwechsel angebotenen Zinssätze schnellten um achtzig Basispunkte nach oben. Gerüchten zufolge beherrschen die Schweizer auch weiterhin das Swap-Geschäft und steigen, so schnell sie können, aus mit variablem Zinssatz ausgestatteten Obligationen in den Vereinigten Staaten aus.

Auf ihren gelben Notizblock schrieb sie:

Schlußfolgerung: Die Europäer, zumindest aber die Schweizer, ziehen sich überstürzt aus dem Dollar, aus mit variablem Zinssatz ausgestatteten Verpflichtungen, zurück und engagieren sich in Gold, weil:

1. In der Schweiz muß jemand eine unmittelbar bevorstehende Rückkehr einer Inflation größten Ausmaßes vorhersehen. So erklärt sich ihr Ausstieg aus dem Dollar und ihr Rückzug in die klassische Inflationssicherung — Gold.
2. Wenn sich eine Inflation verstärkt, folgen ihr stets auch die Zinssätze. Das erklärt, warum die Schweizer ihre Swaps neu ordnen, indem sie versuchen, zukünftige Zah-

lungen zu laufenden festen Zinssätzen zu fixieren, solange sie noch niedrig sind.

»Soweit ergibt das auch einen Sinn«, murmelte sie und schrieb weiter:

Weiterer Schluß: Wenn die Inflation in voller Stärke in die Vereinigten Staaten und damit überallhin zurückkehrt (siehe Punkte 1 und 2), wird das zur Folge haben, daß die Preise aller unbeweglichen Werte, nicht nur des Goldes, sondern aller Rohstoffe, vor allem Öl, ebenfalls steigen.

Dann schrieb sie:

Frage: Ist das schon der Fall?

Sally Brown war recht zufrieden mit sich. Ihr Verstand arbeitete. Sie schaltete ihren Computer ein und rief den Dow-Jones-Finanz-Nachrichtendienst ab. Sie fragte ihn nach Öl. Eine Sekunde später sagte ihr der Bildschirm, daß Öl sowohl auf dem Spot-Markt in Rotterdam als auch auf dem Terminmarkt in New York um einen Dollar fünfundzwanzig gefallen war.

Das ergab keinen Sinn. Das war eine Anomalie. Und hinter Anomalien verbergen sich für gewöhnlich potentielle Hinweise. Sie wußte nicht mehr, wer das gesagt hatte, aber sie glaubte daran.

Streng dein Köpfchen an, Mädchen, ermahnte sie sich.

Dann läutete ihr Telefon. Es war der Leiter des Londoner Zins-Swap-Teams der Chace-Manhattan-Bank. Die Leute von Chase Manhattan waren die besten in diesem Geschäft, und vor einigen Monaten hatten sie einen sehr schmeichelhaften Bericht über sie im »Journal« veröffentlicht.

»Hier spricht Gerry Gohler von der Chase«, begann der Anrufer. »Ich habe da etwas, das Sie interessieren könnte, Sally. Etwas sehr Ungewöhnliches. Wir wissen nicht so recht, was es bedeutet. Vielleicht können wir einander helfen.«

»Um was geht es, Gerry?«

»Die Schweizer, und ganz besonders die Schweizerische Nationalbank, sind seit gestern sehr aktiv, was Zins-Swaps anbelangt, und sie machen auch heute auf Hochtouren weiter. Wahrscheinlich haben Sie schon davon gehört.«

»Habe ich.«

»Okay. Heute morgen aber ist etwas dazugekommen. Hier in London sehen sich die Broker eifrig nach ersten Adressen um, womöglich europäische Banken, die daran interessiert sein könnten, einige Swap-Obligationen einer großen Schweizer Bank zu übernehmen.«

»Wieder die Schweizerische Nationalbank!«

»Die Broker machen dazu keine Angaben, aber natürlich haben Sie recht.«

»Warum tun sie das?«

»Es gäbe einen logischend Grund: Die Schweizerische Nationalbank macht sich Sorgen, ihr Partner in einem ihrer Swap-Geschäfte könnte seinen Zahlungsverpflichtungen nicht nachkommen.«

»Ist schon jemals einer in Verzug geraten?«

»Ein paarmal, ja. Aber es ging nur um etwa zwanzig Millionen. Mit anderen Worten, keine großen Happen, wenn man bedenkt, daß sich die gegenwärtig ausstehenden Swaps auf etwa eine halbe Billion Dollar belaufen dürften.«

»Weil wir gerade davon reden: Erscheinen Swap-Abkommen in den Bilanzen der Banken?«

»Natürlich nicht.«

Und Paul Mayer hatte ihr gesagt, daß es da keine Probleme gäbe. Sie merkte sich vor, ihn anzurufen. Gleich jetzt.

»Wirklich interessant jedoch«, fuhr der Mann von Chase fort, »ist die Identität des Partners in allen diesen Fällen.«

»Und zwar?«

»Bank of America.«

Sally Brown lehnte sich zurück. Schließlich war es keine drei Wochen her, daß sie diesen optimistischen Bericht über die B of A für die Titelseite des »Journal« geschrieben hatte. Hatte man ihr falsche Informationen untergejubelt? War sie hereingelegt worden? Von Paul Mayer?

Sie unterstrich ihre Notiz, ihn anzurufen, und fügte das Wort »sofort« hinzu.

»Aber nicht nur das«, fuhr ihr Informant fort. »Die Broker haben uns auch mitgeteilt, daß die Schweizerische Nationalbank bereit ist, jedem eine tolle Provision zu zahlen, der solche Transaktionen arrangieren kann, eine Provision, die die Broker nur allzugern mit uns teilen würden, wenn wir ihnen aushelfen könnten. Und Sie kennen ja die Schweizer, Sally: Solche Deals bieten sie *nie* an.«

»Und was bedeutet das alles?« wollte Sally Brown wissen.

»Es könnte einfach nur bedeuten, daß das Swap-Team der Schweizerischen Nationalbank stocksauer auf die B of A ist. Könnte ja sein, daß die Herrschaften von der B of A sie bei einem Deal hereingelegt haben. Ich weiß nur soviel, daß so etwas noch nie dagewesen ist.«

»Wenn Sie einen Swap transferieren, müssen sie B of A vorher informieren?«

»Das würde wohl vom Kleingedruckten im ursprünglichen Swap-Abkommen abhängen. Aber meinem Gefühl nach müssen sie die B of A nicht nur informieren; B of A müßte sich ausdrücklich einverstanden erklären. Wie ich schon sagte, Sally, so etwas ist mir noch nie untergekommen. Darum habe ich Sie angerufen.«

»Ich weiß das zu schätzen, Gerry. Wenn Sie noch etwas erfahren, rufen Sie mich bitte an. Auch zu Hause. Ich gebe Ihnen meine Nummer.«

Das tat sie und legte auf.

Sie nahm aber wieder den Hörer auf, diesmal mit der Absicht, Paul Mayer zu Hause anzurufen. Dann fiel ihr ein, daß sie seine Nummer nicht hatte, und begann statt dessen die Auskunft in Washington, D.C. zu wählen. »Verdammt!« rief sie schließlich, als ihr einfiel, daß es ja in Washington vier Uhr früh war, und knallte den Hörer auf die Gabel.

Sie beschloß, mit ihrem Boss zu sprechen, dem Chef des Londoner Büros. Sie hatte eine Idee, die zu verwirklichen sie seine Unterstützung benötigte. Wenn sich die Walter-Wriston-Theorie in dieser Woche nicht durch die Praxis bestätigen ließ, was zur Folge hatte, daß die Informationen, die sie brauchte, nicht hereinzubekommen waren, dann mußte Sally Brown eben einfach losziehen, um sie zu beschaffen.

»Sally«, sagte der Boss, nachdem sie ihm ihr Vorhaben dargelegt hatte, »das ist etwas für unser Büro in Washington.«

»Zum Teufel mit Washington! Ich habe die Sache angefangen. Ich habe Fakten über die Bank of America zusammengetragen, während alle anderen noch blind herumtappten. Entweder fliege ich, oder ich kündige.«

»Na schön, fliegen Sie.«

Zu etwa der gleichen Zeit, da Sally Brown triumphierend das Chefbüro verließ, hatte der Direktor der Sektion Politische und Wirtschaftliche Analyse der Westeuropa-Abteilung des KGB den sechzehnseitigen Bericht fast zu Ende gelesen. In diesem Augenblick tat einer seiner Sekretäre etwas, was er um diese Stunde immer tat: Er legte ihm eine Telex-Kopie des Nachrichtenüberblicks der Agentur Reuter vor, aus der zu ersehen war, wie es an diesem Morgen um das Öl stand. Und an diesem 4. Januar 1989 war der Ölpreis im Sinken begriffen.

So wie Sally Brown entdeckte auch er die Anomalie. Das Fallen des Ölpreises ergab keinen Sinn. Aber nicht nur das: Ein drastischer Sturz des Ölpreises konnte äußerst negative Auswirkungen auf die sowjetische Wirtschaft haben. Nach dem Bericht des jungen Ustinow zu urteilen, schienen die Schweizerische Nationalbank und unbekannte Konsorten zum Angriff gegen den Dollar angetreten zu sein und versuchten, mit Gold ein Schweinegeld zu verdienen. Waren es die gleichen Gnome in Zürich, die auch versuchten, den Ölmarkt zu manipulieren?

Das konnte eine ernste Sache werden.

Er blätterte im Amtsverzeichnis, bis er zum Buchstaben U kam, und nahm den Hörer ab.

»Ustinow«, sagte er, »hier spricht Karpinskij. Kommen Sie rüber.«

Zusammen gingen sie in der nächsten halben Stunde Ustinows Bericht durch. Und mindestens ein dutzendmal stellte Karpinskij Ustinow die gleiche Frage:

»Sind Sie auch ganz sicher?«

Bis zum Mittag lag Grigorij Ustinows Bericht, nun mit einigen Anmerkungen seines Sektionschefs versehen, zusammen mit einem frischen Reuter-Bericht über die Lage am Ölmarkt auf dem Schreibtisch von Viktor Tschebrikow, der Andropow als Leiter des größten Nachrichtendienstes der Welt nachgefolgt war.

Prompt hatte der Funktionär sein Aha-Erlebnis. Denn Viktor Tschebrikow kannte das ›Extra‹, das weder Grigorij Ustinow noch sein unmittelbarer Vorgesetzter im KGB, weder Sally Brown noch ihr Vorgesetzter, der Leiter des Londoner Büros des »Wall Street Journal«, kannte.

Er wußte alles über den Venezolaner und dessen Besuch im Dezember bei der Schweizerischen Nationalbank. Er wußte von dem bizarren Vorschlag, den dieser Venezolaner und der Vorsitzende der Schweizerischen Nationalbank dem Genossen Dolgich gemacht hatten. Als aber Dolgich, der nicht so recht wußte, wie er sich verhalten sollte, zu seinem Boss Wladimir Ryschkow und in der Folge beide zu Michail Gorbatschow gekommen waren, wie hatte der Generalsekretär reagiert?

»Vergessen Sie's!« hatte er ihnen geraten. Man stelle sich vor: »Vergessen Sie's!«

Also er, Viktor Tschebrikow, hatte es nicht vergessen.

Weil er — und übrigens auch Ryschkow, der es ihm ja erzählt hatte, wie ihm jetzt einfiel — etwas wußte, was Genosse Gorbatschow nicht wußte. Sie beide wußten von dem *anderen* Venezolaner, Carlos. Sie wußten von ihrem Zusammentreffen in Basel.

Wenn Gorbatschow *das* erfahren hätte, vielleicht . . . Aber er wußte es nicht, weil er Ryschkow geraten hatte ›zu vergessen‹. Wenn er, Viktor Tschebrikow, aufgefordert worden wäre, diesem Gespräch beizuwohnen — und man hätte ihn auffordern müssen, ohne jeden Zweifel hätte man das müssen — ja dann . . .

Oh, Genosse Gorbatschow, diese Sache haben Sie verdammt falsch eingeschätzt!

Viktor Tschebrikow überlegte ein paar Minuten. Dann rief er seinen Sekretär und gab ihm zwei Anweisungen:

Beauftragen Sie unsere Leute am Mittelmeer, herauszufinden, wo Carlos sich aufhält und was er treibt. Sofort. Weisen Sie unseren Mann in Bern an, herauszufinden, um was es bei dieser Konferenz in Zürich gehen wird. Er möge baldigst feststellen, ob es da eine »Venezolanische Verbindung« gibt. Und fragen Sie ihn, ob der Konsortialkredit, den die Schweizerische Nationalbank für uns vorbereitet, irgendwie davon betroffen sein könnte.

Schließlich ersuchte er seinen Sekretär auch noch, ihn mit dem Chef der Personalabteilung zu verbinden.

»Wir haben einen Analytiker in der Westeuropa-Abteilung, in der politisch-wirtschaftlichen Sektion. Sein Name ist Ustinow.«

»Was hat er angestellt?«

»Nichts. Welchen Rang bekleidet er?«

»Ich werde das sofort feststellen.«

Das tat er in zwanzig Sekunden.

»Grigorij Ustinow, neunundzwanzig Jahre alt, Inhaber eines akademischen Grades, erworben an der Universität Moskau . . .«

»Seinen Rang, nicht seine Lebensgeschichte.«

»Gehaltsstufe elf.«

»Er rückt jetzt in Gehaltsstufe dreizehn vor.«

»Jawohl, Genosse.«

»Und noch eines: Steht etwas in seiner Akte, was darauf hinweist, welche Laufbahn er anpeilt?«

»Lassen Sie mich sehen.« Es folgte eine länger Pause. Dann:

»Er hat einige Male darum ersucht, ihm das Ressort Schweden zuzuweisen.«

»Geben Sie es ihm.«

Hanni Graber erhielt kaum jemals Anrufe im Büro. Ihr Chef, Dr. Huber, mochte das nicht, doch um Viertel drei Uhr nachmittag, kurz bevor sie vom Mittagessen zurückkam, rief ein Mann an. Er hinterließ eine Nummer, die sie zurückrufen sollte, bei einem der ›Mädchen‹ im Direktionssekretariat. Das war eine schon ältere, unverheiratete Kollegin; bei manchen galt sie als Bürotratsche, bei anderen als die Bürohexe.

Als Hanni zurückkam, gab sie ihr die Nachricht. Worauf Fräulein Graber stark errötete. Was Hannis Kollegin, die die Telefonanlage des Sekretariats bediente, veranlaßte, mitzuhören, als Hanni zurückrief. Schließlich war es eine Nummer mit der Vorwahl 031, und das hieß, daß der Mann aus Bern angerufen hatte. Wen konnte Hanni Graber denn in Bern kennen? Und gar einen Mann! Schließlich kannte sie doch kaum jemanden in Zürich. Vielleicht war er es, mit dem sie — einmal in der Woche, für gewöhnlich Mittwoch früh — diese kurzen, verstohlenen Gespräche führte.

Die Bürohexe war natürlich eifersüchtig. Denn obwohl Hanni Graber einundfünfzig Lenze zählte, war sie immer noch eine sehr gut aussehende und gut proportionierte Frau mit einem Gewicht von einhundertzweiunddreißig Pfund, auf eine Größe von ein Meter sechzig verteilt. Und nicht nur das. Sie trug ihr langes blondes Haar in einem Pferdeschwanz, was sie eher wie eine Neununddreißig- und nicht wie eine Einundfünfzigjährige erscheinen ließ.

Das Telefon klingelte dreimal in Bern. Dann meldete sich eine Frauenstimme mit den Worten:

»Botschaft der UdSSR.«

»Ach, bitte, Fräulein«, sagte Hanni mit sehr leiser Stimme. »Ich möchte gern mit dem Kulturattaché sprechen.«

»Wen darf ich melden?«

»Hanni Graber.«

»Wie bitte? Sie müssen etwas lauter sprechen.«

Also sprach sie lauter. »Hanni Graber.«

»Moment, bitte.«

Der sowjetische Kulturattaché machte es kurz.

»Ich brauche deine Hilfe, Hanni. Und rasch. Nur eine winzige Information. Diese Konferenz nächste Woche, die große Konferenz Montag vormittag. Du weißt, welche ich meine?«

»Natürlich weiß ich das.« Hanni Grabers Mißfallen war nicht zu überhören. »Aber warum interessiert dich das?«

»Das erkläre ich dir nächsten Dienstag abend, Hanni. Es sei denn, du wolltest nicht mehr . . .«

»Das habe ich nicht so gemeint.«

»Gut. Ich möchte nur eine Kleinigkeit wissen. Wird diese Konferenz nächste Woche zu dem Zweck einberufen, um Venezuela einen großen Konsortialkredit einzuräumen?«

»Ist das alles, was du wissen willst?«

»Nun ja, vielleicht kannst du mir mit noch etwas anderem aushelfen. Wie steht es gegenwärtig mit dem Kredit, den deine Bank für die Sowjetunion organisiert? Er lautet auf zwei Milliarden Dollar und war für Ende Januar geplant. Könntest du das feststellen?«

Hanni antwortete nicht gleich. Dann: »Ich werde es versuchen.«

»Ich rufe dich dann zu Hause an. Um sieben. Und, Hanni, ich werde dir das nie vergessen.«

Der Russe legte auf. Dann legte Hanni Graber auf. Und schließlich legte auch die Bürohexe auf.

Ohne in Hannis Richtung zu blicken, marschierte sie aus dem Büro und den Gang hinunter; dann betrat sie, ohne auch nur anzuklopfen, das Büro des Sicherheitschefs der Schweizerischen Nationalbank.

Innerhalb von zwei Stunden hatten die Schweizer Behörden Hanni Grabers Telefonanschluß angezapft.

Um Punkt sieben an diesem Abend kam der erwartete Anruf, und der Mann aus Bern sprach mit einem stark gutturalen Akzent.

»Konntest du alles in Erfahrung bringen?«

»Ja.«

»Und?«

»Es stehen zwei Kreditvereinbarungen zur Diskussion, eine für Venezuela und eine für Mexiko.«

»Du meinst syndizierte Finanzierungen?«

»Nein, ich meine Krediteinrichtungen. Von allen neun Banken einzuräumende Kreditrahmen. Für insgesamt fünfzehn Milliarden Dollar, zehn davon für Mexiko und fünf für Venezuela.«

»Und das Darlehen für die Sowjetunion?«

»Wird pünktlich abgewickelt.«

»Bist du ganz sicher?«

»Ganz sicher.«

»Hanni . . . du bist wunderbar. Ich werde nie wieder so etwas von dir verlangen, das verspreche ich dir. Jetzt muß ich Schluß machen.«

»Bleibt es bei Dienstag?« fragte sie.

»Selbstverständlich.« Und er legte auf.

Zwei Stunden später passierte der sowjetische Kulturattaché die Grenze nach Frankreich. Am nächsten Morgen um acht trat er einen Flug der Air France von Paris nach Moskau an. Er hatte die Absicht, vom Flughafen direkt ins Büro von Viktor Tschebrikow zu fahren.

Am gleichen Tag, um dreiviertel sieben Uhr früh, hatten vier Beamte der Zürcher Kantonalpolizei, darunter eine Frau, an die Tür von Hanni Grabers Wohnung geklopft. Als sie, noch im Schlafrock, weil sie eben erst aufgestanden war, die Tür aufmachte, eröffnete ihr die Polizeibeamtin, sie sei verhaftet. Sie stehe unter dem Verdacht der Wirtschaftsspionage gemäß Artikel 272 und 273 des Schweizerischen Strafgesetzbuchs.

Dann nahm die Polizeibeamtin ein kleines rotes Büchlein aus der Tasche und las die betreffenden Artikel laut vor. Der letzte Satz von Artikel 273 schloß mit den Worten: »In schweren Fällen lautet die Strafe auf bis zu zehn Jahren Zuchthaus.«

Hanni schien es nicht zur Kenntnis zu nehmen.

»Ich werde diesen Satz noch einmal wiederholen, Fräulein Graber«, sagte die Polizeibeamtin. »›In schweren Fällen lautet die Strafe auf bis zu zehn Jahren Zuchthaus.‹ Haben Sie verstanden?«

Hanni Graber sah plötzlich nicht mehr wie neunundreißig aus; sie sah um vieles älter als die einundfünfzig Jahre aus, die sie in Wirklichkeit zählte. »Ja, ich verstehe.«

»Dann ziehen Sie sich an«, befahl die Polizeibeamtin und setzte sich auf die Bettkante, während Hanni ihrer Aufforderung Folge leistete. »Jetzt packen Sie einen Koffer, mit dem Nötigsten, würde ich sagen.«

Eine Stunde später saß Hanni Graber in der Frauenabteilung des Zürcher Zentralgefängnisses, einem Ort, der den Prostituierten, Ladendiebinnen und diebischen Bardamen der Stadt wohlbekannt war; hier verbrachten sie für gewöhnlich zwölf Stunden, bis sie von ihren Zuhältern, Ehemännern oder Barbesitzern ausgelöst wurden. Für Hanni Graber jedoch sollte in den folgenden zwölf Stunden und auch in den folgenden zwölf Tagen keiner kommen. Man nahm sie in Isolierhaft, und es wurde ihr nicht gestattet, mit einem Anwalt oder sonst jemandem Kontakt aufzunehmen. Schon gar nicht mit den Russen.

Hanni Graber lernte die Lektion ihres Lebens: Leg dich nicht mit Schweizer Banken an!

Auch Viktor Tschebrikow befand sich in einem Lernprozeß. Es sah immer mehr so aus, als ob sein lebenslanger Feind, dem er seit fünf Dezennien vergeblich nachjagte und dessen Verfolgung praktisch seinen Lebensinhalt darstellte, am Ende doch verwundbar war. Erstaunlich, ja sogar unbegreiflich erschien ihm dabei, daß diese Verwundbarkeit von einer Art war, die bisher alle übersehen hatten. Ausgenommen Karl Marx. Der hatte ganz klar vorausgesehen, was die Amerikaner unter allen Umständen in die Knie zwingen würde: ihr kapitalistisches System! Es würde sich selbst in die Luft jagen! Aber Karl Marx las jetzt keiner mehr, nicht wahr? Und am allerwenigsten die jungen Klugscheißer um den Genossen Gorbatschow.

Doch es würde nicht schaden, wenn man dieser unvermeidlichen Entwicklung ein wenig nachhalf. Wie das nun auch geschehen sollte.

Weil die Vereinigten Staaten vermutlich schon bald, schon sehr bald, von drei verschiedenen Seiten angegriffen werden würden. Ein Schlag würde aus Lateinamerika kommen. Der zweite aus Europa. Soviel hatte der Mann bestätigt, der eben aus Zürich zurückgekehrt war. Der letzte, der entscheidende Schlag, aus dem Nahen Osten.

Peng, peng, peng!

Es wird ein Chaos ausbrechen. Die Amerikaner werden wie erstarrt sein und keiner Gegenwehr fähig, weil, schlußfolgerte Tschebrikow, sie nicht wissen würden, gegen wen sie sich wehren sollten. All das wird passieren, ohne daß die Sowjetunion auch nur einen Finger zu rühren brauchte!

Der letzte entscheidende Schlag . . . das war das Teuflische an dem Plan, den die Venezolaner ausgeheckt hatten. Und es bestand kein Zweifel, welcher Art dieser Plan war. Nicht weniger als fünf verschiedene Quellen im Nahen Osten hatten die gleichen Informationen geliefert: Man wußte, daß sich Carlos und Abu Nidal in Beirut getroffen hatten. Carlos war in der Nacht mit einem libyschen Jet eingeflogen; die Maschine stand immer noch auf dem Rollfeld des Beiruter Flughafens, bewacht von einem Dutzend Palästinenser.

Es hieß, sie wären dabei, in Sabra, Schatila und Burj al Brajneh, den drei palästinensischen Flüchtlingslagern südlich von Beirut, Mörder zu rekrutieren. Diese Barackenstädte waren voll von zu allem entschlossenen jungen Männern, die sich an einer Welt rächen wollten, die ihnen ihre Heimat und ihre Zukunft genommen hatte.

Was war diesmal ihr Ziel?

Das wußte keiner. Aber es hieß, es müßte ein größeres Ziel sein, denn Carlos und Abu Nidal stand eine Menge Geld zur Verfügung. Millionen, hieß es. Millionen Dollar. Anfangs dachte man, bei soviel Geld müsse Gaddafi wieder dahinterstecken. Doch dann hatten andere schnell den Einwand erhoben, Libyens Führer hätte bei abermals sinkenden Ölpreisen keine Möglichkeit, auf diese Weise mit Geld herumzuschmeißen. Wenn es aber nicht Gaddafi war, wer dann? Weder in Beirut, noch in Damaskus oder in Tripolis schien man das zu wissen.

Aber Viktor Tschebrikow wußte es.

Weil er von dem Treffen von Carlos mit dem Ölminister von Lateinamerika in Basel wußte.

Es war venezolanisches Geld, und darum war es auch bei diesem heimlichen Zusammentreffen in Basel gegangen. Man brauchte nur das, was im Dezember in Zürich geschehen war, mit dem zu kombinieren, was nächste Woche in Zürich über die Bühne gehen sollte, und — *voilà*, die Sache konnte gar nicht klarer sein.

Die Amerikaner würden überrumpelt werden:

von den lateinamerikanischen Regierungen;

von den europäischen Banken;

von dem Selbstmordkommando oder -kommandos, die von Carlos und Abu Nidal mit venezolanischem Geld angeheuert wurden.

Peng! Peng! Peng!

Obwohl er damit gegen die vom Genossen Gorbatschow erlassenen Vorschriften verstieß, schloß der KGB-Chef die unterste Lade seines Schreibtischs auf und entnahm ihr eine große Flasche Stolitschnaja.

»Auf den Niedergang und Fall der Vereinigten Staaten«, toastete er sich selber zu und fügte im Flüsteron hinzu: »Und den Narren im Kreml, der dachte, er könne sich mit Ronald Reagan arrangieren.«

Dann rief er einen Kollegen im Verteidigungsministerium an. »Wegen Pakistan«, sagte er. »Ich denke, die Zeit könnte bald reif sein. Warum kommen Sie nicht auf einen Plausch herüber, wenn Sie Zeit haben?«

Tschebrikow ließ seinen Sekretär kommen. »Ich wünsche, daß alle unsere Leute in Mexiko ab sofort in Alarmbereitschaft stehen. Es könnte sein, daß wir schon nächste Woche aktiv werden.«

Nachdem sein Sekretär die Tür hinter sich geschlossen hatte, nahm Tschebrikow noch einen kräftigen Schluck Wodka. Seit 1962 wartete er auf diesen Augenblick.

Am gleichen Tag, dem 5. Januar 1989, begannen sich auch die westlichen Nachrichtendienste zu rühren. Es war das Bundesamt für Verfassungsschutz, Westdeutschlands Spionageabwehr, das ein Telex an die Zentrale von Interpol in Paris schickte. Seine Informanten, hieß es da, hätten soeben berichtet, daß ein gewisser Joachim Schmidt vor einem Monat aus Frankfurt verschwunden sei. Man hielt es für wahrscheinlich, daß er sich im Ausland aufhalte, um neue terroristische Aktionen vorzubereiten. Schmidt, hieß es, sei ein führendes Mitglied der RAF, aber seine terroristischen Aktivitäten beschränkten sich nicht auf die Bundesrepublik. Er sei zweimal in Beirut in der Gesellschaft von Abu Nidal und einmal in Tripolis mit Carlos Ilych Ramírez Sánchez gesehen worden. Es gäbe Grund zu der Annahme, daß er bei Gelegenheit auch als »Bodenkontrolleur« terroristischer Aktionen in Westeuropa fungierte, wobei er sowohl von Nidal als auch von Carlos gesponsert wurde.

Es folgten weitere Einzelheiten. Er spreche fast perfekt Englisch mit amerikanischem Akzent. Diese Kenntnisse hätte er sich erworben, als er in jungen Jahren im Offiziersklub der US Air Force gearbeitet habe. Er spreche auch fast fließend Arabisch, nachdem er in den späten siebziger Jahren achtzehn Monate in einem terroristischen Trainingslager unweit von Damaskus verbracht hatte. Er sei ein Meter achtzig groß und blond, und an seiner linken Hand fehle ihm die Spitze seines Mittelfingers.

Der Mann sei gefährlich und schwer zu fassen, und das BfV wies darauf hin, daß er überall auftauchen könnte — in Rom wie in London wie auch in New York. Darum legte man Interpol nahe, der Warnung weitestmögliche Verbreitung zu sichern.

An diesem Nachmittag gelangte das Telex mit Joachim Schmidts Personenbeschreibung bis zur Anti-Terror-Einheit des FBI und wurde pflichtgemäß im Zentralcomputer dieses Amtes in Washington gespeichert.

13. Kapitel

Im Jahr 1989 sah Beirut aus wie Berlin 1945. Es war eine völlig zerstörte Stadt.

Während Abu Nidal zusammen mit Carlos Ilych Ramírez Sánchez auf dem Rücksitz eines Mercedes 300 durch die Straßen der Stadt fuhr, betrachtete er mit nahezu väterlichem Stolz die Schuttberge. Schließlich war er es gewesen, der das Zerstörungswerk begonnen hatte, indem er den fast tödlichen Angriff auf Israels Botschafter in Großbritannien, Shlomo Argov, organisierte. Es hatte eine massive israelische Invasion in den Libanon zur Folge. Das wiederum hatte zur Zerstörung des Staates Libanon im politischen wie auch im physischen Sinn geführt.

Das allein, dachte Abu Nidal, macht mich zum ersten Terroristen aller Zeiten. Zu einem noch bedeutenderen als Carlos, der Schakal, der schweigend neben ihm saß. Gewiß, in den siebziger Jahren machte Carlos die Schlagzeilen. Als er den

Sitz der OPEC in Wien stürmte und nicht weniger als zehn Ölminister nach Algerien und Libyen entführt hatte, war er zum berühmt-berüchtigtsten Terroristen des zwanzigsten Jahrhunderts geworden.

Aber was hatte er seitdem geleistet? So gut wie nichts. Gewiß, er hatte einen von Frankreichs Superzügen, einen *train à grande vitesse*, in die Luft gejagt und eine Bombe im Bahnhof von Marseille hochgehen lassen; er hatte mit Hilfe der Roten-Armee-Fraktion die Ermordung von ein paar deutschen Bankiers und Geschäftsleuten in Frankfurt geplant. Aber wie viele Menschen hatte er insgesamt getötet? Höchstens ein paar Dutzend.

Und was hatte er, Abu Nidal, vollbracht? Seit 1985 hatte er fast siebenhundert Menschen über die Klinge springen lassen, jawohl. Und die ganze Welt in Angst und Schrecken versetzt!

Die siebziger Jahre hatten Carlos gehört, keine Frage, aber es bestand auch kein Zweifel, daß die achtziger Jahre Abu Nidals Dezennium waren. In einem einzigen Jahr, 1985, hatten er und seine Leute die Entführung des italienischen Kreuzfahrtschiffes *Achille Lauro* im Mittelmeer organisiert und in die Tat umgesetzt; ebenso die Vernichtung der Egyptair 727 und sechzig seiner Passagiere auf Malta; und die Weihnachtsmassaker der Juden und Amerikaner auf den Flughäfen von Rom und Wien. Und das waren nur die Glanzlichter! Wenn man dazurechnete, was er im Nahen Osten, vor allem im Libanon und an der Grenze zu Israel, zuwege gebracht hatte, dann war es Abu Nidal gelungen, allein in diesem Jahr hunderteinundachtzig Menschen zu töten, und mehr als zweihundert Schwerverletzte kamen ebenfalls auf sein Konto.

In den drei folgenden Jahren hatten Abu Nidal und seine Fatah weitere fünfhundertelf Menschen massakriert. Zu dieser Zahl kam man mit dem Bombenanschlag auf den Warteraum der PanAm auf dem Flughafen Charles de Gaulle in Paris, bei dem einundsechzig Menschen, zumeist Amerikaner, ihr Leben verloren; mit der Erschießung der gesamten israelischen Fußballmannschaft, als diese gerade im Hotel Amigo in Brüssel absteigen wollte; und, mit ihrem größten Coup, dem Abschuß mittels zweier tragbarer sowjetischer Raketenwerfer, dieser El-Al 747 bei der Landung auf dem Flughafen von Athen. Das war im Sommer 1988 gewesen, und bis auf den letzten Juden hatten alle Passagiere den Tod gefunden. Keine geringere Autorität als »Newsweek« hatte über ihn geschrieben: »Schon allein das Ausmaß seiner Untaten und seine lässige Bösartigkeit lassen Carlos, den Top-Terroristen der siebziger Jahre, wie einen Chorknaben erscheinen.«

Die Amerikaner hatten alles versucht, um ihn aufzuspüren und umzulegen. Vergeblich. Sie hatten hinterhältige Lügen über ihn verbreitet: er wäre an Leberkrebs gestorben; Yassir Arafats Männer hätten ihn ermordet. So verzweifelt bemühten sich die Amerikaner, die Welt zumindest glauben zu machen, daß sie sich seiner entledigt hätten. Zugegeben, er wurde müde. Und die Leute fingen an, es zu merken. Als er heute morgen in den Spiegel blickte, mußte er sich eingestehen, daß sein Haaransatz fast jeden Tag weiter zurückging. Aber sein Haar war immer noch schwarz. Pechschwarz. Und seine Augen waren klar. Er war immer noch Abu Nidal, »der böse Geist, der nur des Nachts unterwegs ist«.

Aber es war noch nicht Nacht. Es war ein heller Wintertag im Libanon, und die Narben des Krieges ließen sich nicht übersehen. Abu Nidal betrachtete seinen Gefährten. Carlos hielt die Augen geschlossen. »Newsweek« irrte. Er sah nicht aus wie ein Chorknabe: Er sah aus wie ein erschöpfter, ausgelaugter alter Mann.

Eines allerdings, dachte Abu Nidal, mußte man ihm lassen: wenigstens wußte er, an wen er sich wenden mußte, wenn er Hilfe brauchte. Und Hilfe brauchte er nun wirklich. Carlos hatte keine eigenen Gefolgsleute mehr, nachdem er nun schon so viele Jahre, völlig isoliert, in Libyen lebte. Er mußte an die ›Außenwelt‹. Darum stand er der RAF in Deutschland so nahe. Sie konnten ihm Berufskiller an die Hand liefern. Nur diesmal konnten sie nicht helfen. Weil er diesmal Berufskiller einer ganz besonderen und seltenen Art benötigte, wie nur er, Abu Nidal, sie beschaffen konnte: Terroristen, die sowohl bereit als auch willens waren, ihr eigenes Leben zu opfern.

Und wo sonst, wenn nicht hier in Beirut, konnte Carlos solche Leute *kaufen*? Schließlich stirbt ja keiner für Geld, nicht wahr? Natürlich nicht. Aber mit Geld konnte man Abu Nidal kaufen, und Abu Nidal konnte Killer liefern, die zu sterben bereit waren: Palästinenser.

Seine vier jungen Palästinenser, die die Maschine der Egyptair entführt hatten, waren samt und sonders von maltesischen Polizisten erschossen worden. Auch seine drei Palästinenser, die neunzehn Menschen massakriert hatten, die auf dem römischen Flughafen vor den Abfertigungsschaltern der El Al und TWA warteten, waren getötet worden. Das gleiche galt für die drei Palästinenser, die auf dem Wiener Flughafen ein Blutbad angerichtet hatten, die vier, die einen Bombenanschlag auf den Pariser Flughafen verübt, und die drei, die die israelische Fußballmannschaft in Brüssel überfallen hatten. Alle waren tot, und alle waren glücklich gestorben. Denn im Koran steht geschrieben, daß sie ihre Belohnung im Himmel erhalten würden, eine Belohnung, die sie mehr als nur entschädigen würde für das Elend ihrer kurzen Lebensspanne, die sie auf Erden in demütigendem Exil hatten verbringen müssen.

Warum sollten junge Menschen zu sterben willens sein?

Weil diese jungen Menschen von einer »heiligen Wut« erfüllt waren, Wut, die sich nur durch Blutvergießen stillen ließ. Sie fanden ihre Weisung im Koran: »Auf dem Weg zu Gott zieh zu Felde gegen jene, die gegen dich zu Felde ziehen.«

Und wer waren jene, die gegen sie und den Islam zu Felde zogen? Die Juden und ihre Beschützer, die Amerikaner. Tag und Nacht hatte man ihnen das im Trainingslager im Iran eingetrichtert. Tag und Nacht hatte man ihnen das in ihren Flüchtlingslagern hier im Libanon eingetrichtert. Oft hatte Abu Nidal selbst es ihnen gesagt. Und sie glaubten ihm. Denn wenn Mohammed ihr Prophet war, so war Abu Nidal ganz gewiß sein getreuer Diener.

»Welche haben dir am besten gefallen?« fragte Abu Nidal, während der Mercedes seine Fahrt in nördlicher Richtung, auf Beirut zu, fortsetzte. Carlos schlug die Augen auf und zog langsam ein Notizbuch aus seiner Jacke.

»Der Große, den wir in Sabra sahen — ich habe mir seinen Namen notiert: Ben Ahmed Scharam. Und der kleine Schweigsame aus Shatila.«

»Du meinst Abdel Moussa.«

»Ja. Was hat der nur für eine brutale Visage! Wie alt ist er?«

»Einundzwanzig.«

»Hat er schon getötet?«

»Einmal. Einen irakischen Juden. Er hat ihn erwürgt.«

Das schien Carlos nicht besonders zu behagen.

»Kann er mit automatischen Waffen umgehen?«

»Wie man mir berichtet hat, spielt er auf einer Kalaschnikoff wie auf einer Violine.«

»Und auf einer Uzi?«

»Keine Sorge. Die Iraner haben eine Menge Uzis. Sie kaufen sie direkt von den Israelis. Und die Iraner haben Abdel Moussa trainiert.«

Carlos machte ein zufriedenes Gesicht.

»Und wie bekommen wir sie hin?«

»Ist alles schon arrangiert«, beruhigte ihn Abu Nidal.

»Diesmal geht es nicht um Europa, weißt du. Es wird nicht so einfach sein.«

»Es ist alles schon arrangiert.«

»Wie?«

»Unsere Leute in Amman.«

»Aber wie denn?«

»Nachdem du aus Basel zurück warst und mit mir gesprochen hattest, wußten meine Leute schon ganz genau, was vonnöten sein würde. Und sie fanden zwei Pässe, die genau, und ich meine genau, das sind, was du brauchst.«

»Wo hast du sie her?«

»Sie gehörten zwei Studenten, Vettern, die mit Middle East Airlines von New York nach Amman flogen, um dort ihren Weihnachtsurlaub zu verbringen. Einer unserer Leute arbeitet am Eincheckschalter der MEA auf dem John F. Kennedy Airport in New York. Er hat sich die beiden gleich notiert.«

»Und wie bist du darangekommen?«

»Wir gingen zu ihren Eltern in Amman. Einer der Väter arbeitet in einer amerikanischen Bank. Der andere ist bei British Petroleum. Wir haben ohne Umschweife mit ihnen gesprochen: die Pässe ihrer Söhne oder ihr Leben. Die Entscheidung fiel den Herren nicht schwer.«

»Und wo sind die Studenten jetzt?«

»Zu Hause bei ihren Eltern in Amman. Wo sie bleiben werden, bis sie von uns hören.«

»Und wo sind die Pässe?«

»Hier.« Und Abu Nidal holte sie aus seiner Brusttasche.

Carlos, der in seinem ganzen Leben immer nur mit gefälschten Pässen gereist war, prüfte sie sehr sorgfältig. Einer war auf den Namen Mohammed Obeidat ausgestellt, der andere auf einen gewissen Jaber al-Ahmed. Beide besaßen Studentenvisa, gültig bis Ende Juni 1989, und beide Pässe waren mit dem gleichen Stempel der amerikanischen Botschaft in Amman versehen. Einer der Studenten war zwanzig, der andere einundzwanzig Jahre alt.

»Perfekt!« rief Carlos aus. »Hast du auch die Fotos?«

Wieder langte Abu Nidal in seine Brusttasche und holte diesmal einen kleinen Umschlag heraus. Diesem entnahm er zwei Paßbilder: Das eine war von dem großen jungen Schläger, mit dem sie im Flüchtlingslager Sabra gesprochen hatten, das andere von dem kleinen jungen Killer aus dem Lager Shatila.

Lange betrachtete Carlos das zweite Foto. »Mein Gott, hat der eine brutale Visage«, wiederholte er.

»Aber er sieht aus wie einundzwanzig«, meinte Abu Nidal.

Carlos schien zu zögern. »Sprechen sie denn Englisch?«

»Der Große aus Sabra spricht es fast perfekt. Der Kleine aus Shatila . . .« Abu Nidal machte eine Handbewegung, um anzudeuten, daß man sich da nicht zuviel versprechen dürfe. »Natürlich ist auch ein Risiko dabei, wenn sie in Amerika den Zoll und die Paßkontrolle passieren. Aber die Chancen stehen gut, daß auch der Kleine durchkommt. Wie ich höre, reisen jedes Jahr Hunderttausende ausländischer Studenten nach Amerika, und viele von ihnen haben nur sehr geringe Englischkenntnisse. Vergiß nicht: Ihre Pässe und Visa sind authentisch. Und die Visa sind für das Studium an einer Hochschule, die viele Araber aufnimmt.«

»Was ist das für eine Hochschule?«

»Eine alte Jesuitenuniversität in Washington, D.C. Georgetown. Sie haben ein spezielles arabisches Studienprogramm. Das ist vielleicht auch der Grund, warum sich die Universität und Jordanien, also Hussein und sein Sohn, so nahe stehen. Übrigens studieren die beiden Jungs mit Stipendien der königlichen Familie.«

»Das wird denen gar nicht gefallen«, bemerkte Carlos.

»Bricht mir das Herz. Vor zwölf Jahren haben sie mich aus Jordanien hinausgeworfen«, stieß Abu Nidal hervor. »Dann ging ich in den Irak. Vor acht Jahren haben sie mich auch dort rausgeschmissen. Also ging ich nach Syrien. Wieder das gleiche. Jetzt sitze ich in Beirut so fest wie du in Libyen. Zum Teufel mit ihnen allen!«

Sie näherten sich der Küste, wo der Mercedes vor einer großen Baracke hielt. Darin befand sich ein Restaurant, ein palästinensisches Restaurant, und daher auch ein sicherer Ort für Leute wie Carlos Ilych Ramírez Sánchez und Mazen Sabry al-Banna, alias Carlos und Abu Nidal. Sie verzehrten ein Lammsteak, während Abu Nidals Männer in einem Hinterzimmer die Fotos der beiden Killer in die jordanischen Pässe klebten.

»Ist in Amerika alles vorbereitet?« fragte Abu Nidal, als die Mahlzeit sich ihrem Ende näherte.

»Ja. Wir haben dort unseren besten Mann eingesetzt. Du

kennst ihn ja: Joachim Schmidt. Und wir haben zwei konspirative Wohnungen, eine an der Ost- und eine an der Westküste.«

»Wie steht es mit Waffen?«

»Uzis, wie ich schon sagte. Wir haben eine ganze Kiste Uzis aus Mexiko bekommen.«

Beide Männer lachten. Sie wußten die Ironie der Situation zu würdigen: Amerikaner würden von Palästinensern mit in Israel hergestellten Waffen getötet werden.

Carlos warf einen Blick auf die Uhr. »Ich sollte mich zum Flughafen auf den Weg machen.«

Eine Stunde später hob der in Deutschland hergestellte Jet der libyschen Regierung ab, um nach Tripoli zurückzukehren.

Am nächsten Morgen, Freitag, den 6. Januar 1989, um acht Uhr startete eine MEA DC-8 nach London. Unter den Passagieren befanden sich zwei Studenten, die von ihrem dreiwöchigen Urlaub in ihrer Heimat in Amman an die Universität Georgetown zurückkehrten. In London blieben sie eine Stunde im Transitraum des Airports Heathrow, bevor sie wieder an Bord gingen; diesmal war es ein Flug der British Airways ohne Zwischenlandung nach Washington.

Keiner von ihnen nahm Speisen oder Getränke aus den unreinen Händen der britischen Stewardessen entgegen. Beide lasen auf dem ganzen Flug den Koran.

Genau sieben Sitzreihen hinter ihnen saß eine amerikanische Journalistin namens Sally Brown. Auch sie aß und trank nicht viel auf dem Transatlantikflug, weil ihr Kopf einfach nicht zu arbeiten aufhören wollte.

Zuerst beherrschte Paul Mayer ihre Gedanken. Er war es, der sie überhaupt erst in diese Geschichte hineingezogen hatte. Sicher, sie hatte ihre Angel ausgeworfen, gehofft, etwas Interessantes über die Bank of America an Land ziehen zu können, aber bis zu diesem Lunch mit Mayer in London kaum etwas

Nennenswertes gefunden. Er hatte ihr sogar die Computerausdrucke der Bank gezeigt, die ihr als Grundlage für die Titelgeschichte dienten, wonach sich die B of A nicht in so bedenklicher Lage befand, wie gerüchteweise verlautete. Jetzt fragte sie sich: Hatte Mayer sie hinters Licht geführt? Oder hatte George Pace sowohl Mayer als auch das »Journal« hereingelegt?

Sie hielt letzteres für wahrscheinlicher. Weil Mayer trotz seiner zweiundfünfzig Jahre ein verdammt attraktiver Mann war. Und sie war ja schließlich auch keine einundzwanzig mehr.

Dann kam sie auf den Grund zurück, warum sie in diesem Flugzeug saß und nach Washington und zu Mayer unterwegs war. Bestand die Gefahr, daß sie über ihr Ziel hinausschoß? Noch Mittwoch war alles so klar gewesen, klar, daß die Welt vor einer schweren Finanzkrise stand. Der Dollar war ins Bodenlose gefallen, das Gold in die Höhe geschossen; und wieder einmal schien die Bank of America am Rande des Abgrunds zu stehen.

Doch dann war alles ins Stocken geraten.

Es war, als ob jemand, der an den Schalthebeln saß, die Aktion in Gang gesetzt und dann, ebenso unerwartet, wieder abgeblasen hatte.

Oder war das Ganze nur wieder ein Fall von Paranoja, einer Krankheit, die sehr häufig Wirtschaftsjournalisten befällt?

Vielleicht gab es gar nichts Bedeutsames zu berichten. Wenn es so war, würde sie, Sally Brown, in Schwierigkeiten geraten. Sie hatte ihren Bürochef in London davon überzeugt, daß sie hinter einer sehr großen Sache her war, einer Sache, die die Krise vom August 1982 in den Schatten stellen konnte, als Mexiko nahe daran war, seine Zahlungen einzustellen; einer Sache, die die letzten Tage des Juli 1984, als die Continental Illinois-Bank vor dem Zusammenbruch stand, als unbedeutend erscheinen ließ. Sie hatte ihren Chef dazu gebracht, sie ihr abzukaufen, und der wiederum seine Chefs in der Liberty Street Nr. 200 in New York dazu, sie dafür zu bezahlen.

War sie jetzt auf dem besten Weg, sich selbst lächerlich zu machen?

Sie rechnete damit, daß Paul Mayer ihr aus der Patsche helfen würde — wenn sie den Hundesohn nur finden konnte.

José Martínez junior verspürte großes, sehr großes Unbehagen, als er jetzt vor der Zoll- und Paßkontrolle auf dem Airport Dulles wartete. Seine ersten Zweifel hatten sich schon vor Weihnachten geregt, als er Paul Mayer und seine Besucher fotografierte. Wozu brauchte der Deutsche diese Bilder? Josés Besorgnisse hatten zugenommen, als der Nazi vor knapp sechs Stunden unaufgefordert in seinem Apartment in Georgetown aufgekreuzt war. Gewiß, sein Onkel hatte ihm aufgetragen, alles zu tun, was der Kerl verlangte, aber die Sache fing langsam an, ihm aus der Hand zu gleiten. Kaum hatte der Deutsche um fünf Uhr nachmittags seine Wohnung betreten, fing er schon an, sich aufzuspielen, als ob sie ihm gehörte.

»Was zum Teufel glauben Sie, was Sie hier zu schaffen haben?« hatte er ihn gefragt.

Der Kerl schnüffelte einfach weiter herum.

»Erwarten Sie an diesem Wochenende Besuch?« wollte der Nazi wissen.

»Ja, meine Freundin.«

»Sagen Sie ihr ab.«

»Warum denn?«

»Weil zwei Leute ein paar Tage hier wohnen werden.«

»Weiß mein Onkel davon?«

»Von wem, glauben Sie, habe ich Ihre Adresse?« hatte der Deutsche entgegnet. »Und jetzt hängen Sie sich ans Telefon und sagen Sie Ihrer Freundin, daß Sie dieses Wochenende etwas anderes zu tun hätten.«

Und da stand er nun, es war schon fast Mitternacht, und wartete auf ein Flugzeug aus London; der Deutsche hielt sich im Hintergrund.

»Wie schauen sie denn aus?« hatte er ihn gefragt.

»Wie Araber. Junge Araber. Etwa in Ihrem Alter. Sie besuchen die gleiche Hochschule wie Sie.«

»Und warum nehmen sie sich dann nicht einfach ein Taxi, wie andere Leute das auch tun?«

»Weil sie etwas Besonderes sind, darum.«

»Wie heißen sie?«

Der Deutsche mußte erst einen Zettel aus der Tasche holen, um ihm die Namen zu nennen. Menschenskind!

»Mohammed Obeidat und Jaber al-Ahmed«, las er nun vor.

Kurz vor Mitternacht kamen dann die ersten Passagiere des Fluges 109 der British Airways aus dem Zoll. Und da waren sie auch schon.

José Martínez junior ging sofort auf sie zu. »Wollt ihr Burschen nach Georgetown?« fragte er sie.

Der Kleine mit der widerlichen Fresse nickte. José Martínez warf einen Blick auf den Deutschen zurück, der ein paar Meter entfernt wartete. Er nickte.

»Okay«, sagte José, »gehen wir.«

Sie marschierten zum Parkplatz, wo der Nazi seinen Mercedes abgestellt hatte. Der Deutsche war schon ein paar Schritte vorausgegangen. In Rekordzeit brachte er das Gepäck im Kofferraum und die zwei Araber auf dem Rücksitz unter. Wenige Minuten später waren die drei Studenten und ihr deutscher Fahrer auf der Schnellstraße durch Virginia zur Bundeshauptstadt unterwegs.

»Seid ihr Burschen an der *School of Foreign Service*?« fragte José und drehte sich um, um sie besser in Augenschein nehmen zu können.

Keine Antwort.

»Wirtschaftswissenschaften vielleicht?«

Immer noch keine Antwort.

»Lassen Sie sie zufrieden«, sagte der Deutsche.

»Sprechen sie denn kein Englisch?« erkundigte sich José.

»Klar sprechen sie Englisch. Was zum Teufel sollten sie denn in Georgetown, wenn sie nicht mal Englisch sprechen könnten?« entgegnete der Deutsche. »Sie sind ganz einfach müde.«

Plötzlich kam es in perfektem Englisch vom Rücksitz: »Wir haben beide das arabische Studienprogramm belegt. Bei Professor Michael Hudson.«

Es war der Lange, der endlich den Mund aufgemacht hatte.

»Und von wo seid ihr?«

»Aus Amman in Jordanien.«

Zum erstenmal an diesem Abend entspannte sich José junior. Nach Georgetown kamen sie aus der ganzen Welt, und ein paar von ihnen waren recht komische Typen.

»Wohnt ihr auf dem Campus oder wo sonst?«

Keine Antwort.

José wandte sich an den Deutschen. »Ich meine, wenn sie Zimmer in einem Studentenwohnheim haben, warum zum Teufel müssen sie dann bei mir wohnen?«

»Jetzt reicht's«, gab der Deutsche scharf zurück. »Halten Sie den Mund. Sie werden drei Nächte bei Ihnen schlafen. Und Sie, Sie Klugscheißer, werden ihnen nicht von der Seite weichen, und zwar die ganze Zeit.«

»Na hören Sie mal . . .«

»Und wenn Sie auch nur mit einer Menschenseele darüber reden, geraten Sie in ernste Schwierigkeiten, in *tod*ernste Schwierigkeiten.«

Verdammte Scheiße! schoß es José durch den Kopf. Der Hurensohn spaßt nicht.

Also hielt er den Mund.

Eine halbe Stunde später hielt der Wagen vor den Georgetown Arms an der N Street, einem der exklusivsten Wohnblöcke dieses exklusiven Viertels und nicht gerade eines, in dem man eine konspirative Wohnung für Terroristen vermutet hätte.

Der Hauswart war das Kommen und Gehen José Martínez juniors spät nachts gewöhnt; er erschien oft in Gesellschaft von Kommilitonen beiderlei Geschlechts, diverser Hautfarbe und

Sprache. Darum waren die beiden Araber mit ihren Koffern um ein Uhr früh nichts Außergewöhnliches.

»Brauchen Sie Hilfe?« fragte der Hauswart.

»Ja«, antwortete José. »Könnten Sie meine beiden Freunde mit dem Aufzug hinauffahren und ihnen die Tür aufschließen? Ich bin gleich wieder da.«

Der Deutsche wartete draußen in seinem Mercedes. José beugte sich hinunter, um durch das offene Fenster mit ihm zu sprechen. »Haben Sie das ernst gemeint, daß ich das ganze Wochenende zu Hause bleiben soll?«

»Ja.«

»Wollen Sie, daß wir verhungern?«

»Ich werde Ihnen . . .« Der Deutsche unterbrach sich. »Nein, das geht nicht.« Er überlegte ein paar Sekunden.

»Okay. Sie gehen was zu essen holen, wenn Sie was brauchen. Aber halten Sie den Mund, und das meine ich ernst. Und sehen Sie zu, daß die Burschen die Wohnung nicht verlassen.«

»In Ordnung.«

»Gut.« Der Deutsche reichte ihm einen Umschlag.

»Für Ihre Einkäufe. Ich melde mich morgen.« Er fuhr davon.

Oben standen die beiden Araber in Josés Wohnzimmer und warteten.

»Hier werdet ihr schlafen«, sagte er und führte sie in sein Gästezimmer. »Ihr sollt das ganze Wochenende hier bleiben, okay? Weil es mir sonst an den Kragen geht, okay? Hier ist euer Badezimmer, Dusche und was sonst noch dazugehört. Richtet euch ein; wir sehen uns morgen früh.«

»Danke«, sagte der Große.

»Gern geschehen«, erwiderte José Martínez junior.

Eine Stunde später stellte er seinen Fernseher im Schlafzimmer ab und schlief ein. Seine letzten Gedanken galten seinem Onkel. Was in aller Welt hatte ihn bewogen, sich mit zwei jungen Arabern aus Jordanien einzulassen? Vor allem mit dem Kleinen?

Am nächsten Morgen um zehn läutete das Telefon.

»Ich komme in einer halben Stunde. Wecken Sie die beiden Burschen. Ich muß ihnen etwas geben.« Es war der Deutsche.

Die beiden Araber schliefen noch, als er das Gästezimmer betrat. Eine halbe Stunde später, als der Deutsche kam, sahen sie noch sehr müde und sehr argwöhnisch aus.

Von dem Augenblick an, da der Deutsche Josés Apartment betrat, sprach er arabisch mit ihnen. Er unterbrach sich, um José einen Befehl auf englisch zu geben. »Machen Sie Kaffee. Schwarz.«

Als José mit den ersten zwei Tassen zurückkehrte und sie auf das Kaffeetischchen vor die jungen Araber stellte, konnte er nicht übersehen, was auf seinem Tisch lag: Fotografien. Polaroidfotos. Es waren die Bilder, die er mit seiner neuen Polaroidkamera vor Weihnachten aufgenommen hatte und über die er sich seither Sorgen machte. Er hatte sie damals alle dem Deutschen gegeben.

Da war ein Bild von Professor Paul Mayer, wie er sich vor dem Haus 3514 Dent Place mit dem Universitätsassistenten unterhielt. Auch die Fotos von den drei Herren lagen da, die an jenem Sonntag zum Essen gekommen waren. Auf zwei weiteren Bildern waren sie zu sehen, wie sie zusammen das Haus verließen.

Er ging in die Küche zurück, um eine dritte Tasse Kaffee für den Deutschen zu holen. Seine Hand zitterte, als er damit wieder ins Wohnzimmer kam. Er hatte Schwierigkeiten, sie auf das Kaffeetischchen zu stellen. Der Deutsche, der einen Wortschwall auf arabisch losließ, achtete nicht auf ihn.

Eine halbe Stunde später verließ der Deutsche in seiner gewohnten abrupten Manier das Haus. Die beiden Araber blieben in Josés Wohnzimmer sitzen. Die Fotos waren verschwunden.

»Habt ihr Hunger?«

»Ja«, kam die Antwort, diesmal von beiden.

Und ich soll den Zimmerkellner spielen, dachte José.

»Wie war doch dein Name?« fragte José den Langen.

»Mohammed Obeidat.«

»Und du?«

»Jaber. Jaber al-Ahmed.«

»Okay, Mohammed, ich habe ein Problem. Ich soll euch Burschen hier in der Wohnung beköstigen, aber ich habe keinen blassen Schimmer vom Kochen. Das Beste, was ich für euch tun könnte, wäre, jetzt zu Roy Rogers auf der Wisconsin oder zum Burger King auf der M Street zu gehen, um ein paar lausige Hamburger zu holen, die aber schon kalt sein würden, wenn ich wieder hier bin.«

José unterbrach sich.

»Oder . . . wir könnten alle in die ›Tombs‹ rübergehen und dort was Anständiges essen. Ihr kennt doch die ›Tombs‹, stimmt's? Dann wißt ihr ja auch, daß es dort Heineken-Faßbier gibt.«

José verstummte.

»Ach herrje! Ihr Burschen trinkt ja nichts. Aber wie auch immer: Wollt ihr den Rest des Wochenendes hier eingesperrt bleiben oder . . .«

»Wir kommen mit«, sagte der hochgewachsene junge Araber, der von sich behauptete, Mohammed Obeidat zu heißen.

»Na fein. Aber ihr müßt mir versprechen, diesem verdammten Deutschen gegenüber den Mund zu halten. Okay?«

Es war Sonnabend mittag und die »Tombs« brechend voll. Am späten Nachmittag spielten die Hoyas gegen St. John's im großen Stadion in Landover, und viele Studenten stärkten sich hier, bevor sie nach Maryland fuhren, um das Spiel zu sehen.

Die Latinos, die es unter ihrer Würde hielten, sich über irgend etwas aufzuregen, geschweige denn über Sport, saßen hinten an ihrem Stammtisch und schienen offenbar die Absicht zu haben, den Rest des Tages hier zu verbringen. Als sie José und seine beiden Begleiter sahen, rückten sie automatisch zusammen, um Platz zu machen.

»Sie haben Probleme mit ihrem Wohnheim, darum bleiben sie übers Wochenende bei mir. Sie haben das arabische Studienprogramm belegt. Das ist Mohammed Obeidat«, stellte José vor und deutete auf den größeren der beiden Araber. »Und der heißt Jaber al-Ahmed oder so ähnlich.«

Alle murmelten eine Begrüßung.

Die beiden Araber verschlangen die Hamburgers mit allen Extras, die José für sie bestellte, dann noch einen und dann noch einen. Dazu tranken sie Milch, die José, mit vielen Erklärungen in der Runde, ebenfalls für sie beschaffte. Keiner der beiden nahm am Gespräch teil, aber daran nahm niemand Anstoß, da sich die anderen Studenten ja hauptsächlich auf spanisch unterhielten. Und von einem Araber konnte man ja kaum erwarten, daß er Spanisch sprach, oder?

Gegen halb zwei erschien dann einer der Kommilitonen aus Brasilien, ein ziemlich guter Freund von José. Wieder rückten die anderen zusammen, um Platz zu machen. Und wieder bestellte José eine Runde Bier — und zwei Gläser Milch.

»Seit wann trinkst du Milch?« erkundigte sich der neu Angekommene.

»Die Milch ist für Mohammed und Jaber«, erklärte José.

»Jaber?«

»Ja. Jaber al-Ahmed. Mein neuer Kumpel aus Amman in Jordanien«, antwortete José und deutete auf ihn.

Der Brasilianer musterte den kleinen Araber und wandte sich wieder José zu. Dann deutete er mit dem Kopf zum Ausgang des Lokals. Er mußte es dreimal tun, bis der Sohn des venezolanischen Finanzministers endlich kapierte.

Ein paar Minuten später gab José vor, auf die Toilette zu müssen. Außer Sichtweite des Stammtisches trat der Brasilianer auf ihn zu und packte ihn am Arm.

»Was wird da gespielt?« fragte er.

»Was meinst du?«

»Wie bist du an die beiden Burschen geraten?«

»Durch einen Freund. Stimmt was nicht?«

»Du hast gesagt, der Kleine heißt Jaber al-Ahmed.«

»Stimmt.«

»Er hat Wirtschaftswissenschaften belegt im Rahmen des arabischen Studienprogramms. Und er kommt aus Jordanien.«

»Alles richtig.«

»Alles falsch, José. Ich kenne Jaber al-Ahmed. Der Kerl da drinnen ist nicht Jaber al-Ahmed.«

»Was meinst du damit, du kennst ihn?«

»Er wohnt im selben Stockwerk wie ich im Wohnheim A.«

»Vielleicht gibt es zwei mit dem gleichen Namen.«

»Also bitte, José.«

José Martínez junior verstummte. Er wußte, daß da etwas faul war, faul sein mußte, wenn dieser Nazi etwas damit zu tun hatte.

Dann erinnerte er sich an die Warnung, die der Deutsche ausgesprochen hatte.

»Hör mal, Kamerad«, wandte er sich an seinen brasilianischen Freund, »sag bitte nichts, okay? Sonst komme ich nämlich ganz gewaltig in die Scheiße. Ganz gewaltig. Es könnte . . .« Und José Martínez juniors rechte Hand machte eine Bewegung wie ein Messer quer über seine Kehle.

Der Brasilianer zuckte die Achseln. »Kein Problem. Mich juckt das nicht. Es ist nur so, daß man sich die Frage stellen muß: Was ist mit dem richtigen Jaber al-Ahmed passiert?«

»Hör mal«, gab José zu bedenken, »wir wissen doch, daß alle Araber ein paar Schrauben locker haben. Also spielen sie so ein Spiel, schmuggeln Leute ins Land oder so. Das ist ein Problem für die amerikanische Regierung, aber doch nicht unseres. Stimmt's?«

»Na sicher. Bloß halt du dich da raus, José«, warnte ihn sein Freund.

»Mach dir keine Sorgen um mich.«

Zehn Minuten später verließ José mit den beiden Arabern im Schlepptau die »Tombs«. In seine Wohnung zurückgekehrt, schaltete er das Fernsehen ein. Er fand einen Kanal mit einer Wiederholung von ›Gunsmoke‹. Es schien den beiden zu gefallen.

Das Dinner nahmen sie gemeinsam vor dem Fernsehschirm ein. Es bestand aus Pizza und Schoko-Milchshakes, geliefert von »Chicago Pizza« an der M Street.

Um zehn erhoben sich die Araber, um zu Bett zu gehen.

»Danke, José«, sagte der größere. »Es war ein sehr schöner Tag. Einer der schönsten Tage, die wir seit langem erlebt haben. Danke.«

»Ja«, stimmte der Kleine bei. »Meinen Dank. Vielen Dank.«

Beide lächelten, und einen Augenblick lang sahen sie wie das aus, was sie hätten sein können: wie zwei sehr junge Männer, die, in einem fremden Land ausgesetzt, von einem freundlichen Eingeborenen unerwartet Obdach und Nahrung erhalten hatten. Sie schlossen die Tür des Gästezimmers und ließen einen verwirrten José Martínez junior zurück.

Teufel noch mal, sagte er zu sich selbst, so gefährlich können die Burschen doch wohl auch nicht sein.

Doch als er am nächsten Morgen erwachte, war er nicht mehr so sicher.

Wozu in aller Welt hatte der Deutsche ihnen die Bilder von Professor Mayer und seinen Besuchern gezeigt?

José glaubte es zu wissen.

Er griff zum Telefon und wählte. In Caracas meldete sich seine Mutter.

»Hier spricht José.«

»Ist etwas nicht in Ordnung, José?« fragte sie sofort.

»Doch, doch, Mama. Ich möchte mit Vater sprechen.«

»Er ist nicht da. Warum willst du mit ihm sprechen?«

»Nur einfach so. Wo ist er denn?«

»In Mexico City.«

»Ist der Onkel bei ihm?«

»Ja. Warum fragst du?«

»Es ist nichts, worüber du dir ernsthafte Sorgen machen

müßtest, Mama. Weißt du, wo ich ihn in Mexico City erreichen kann?«

»Nein. Aber im Büro wird man es wissen.«

»Heute ist Sonntag, Mama.«

»Was ist denn so dringend?«

»Nichts, Mama. Ich rufe dann morgen in Vaters Büro an. Wie ist denn das Wetter bei euch?«

»Warm und regnerisch. Was ist los, José?«

»Nichts, Mama. Ich muß jetzt Schluß machen. Alles ist in bester Ordnung, Mama. Ich rufe nächste Woche wieder an.«

Sie blieb stumm.

»Leb wohl, Mama. Ich rufe nächste Woche wieder an.«

Er legte auf.

»Scheiße«, sagte er. »Was mache ich jetzt?«

Zehn Blocks entfernt war auch Sally Brown schon wach und hungrig. Sie hatte beschlossen, sich etwas zu gönnen, und war im Four Seasons-Hotel, direkt am Stadtrand von Georgetown, abgestiegen. Nachdem sie Freitag um Mitternacht angekommen war, hatte sie die meiste Zeit in ihrem Zimmer und mit Schlafen verbracht. Nun war sie wieder bereit, der Welt die Stirn zu bieten.

Sie klingelte nach dem Zimmerkellner, bestellte ein richtiges amerikanisches Frühstück — Speck, Eier, Tomatensaft, Kaffee — und ersuchte den Portier, ihr die »Washington Post« und die »New York Times« heraufzuschicken.

Sie entschied sich dafür, noch eine Weile im Bett zu bleiben. Sie fand es hier ausgesprochen gemütlich, aber nicht nur wegen dem Luxus, mit dem das Hotel seine Gäste verwöhnte. Sie fühlte sich wohl, weil sie wieder einmal daheim in den guten alten Vereinigten Staaten von Amerika war, daheim unter Amerikanern. Europa war eine feine Sache, und sie würde es nie bedauern, für das »Journal« hinübergefahren zu sein. Aber . . .

Die Probleme, mit denen sich Amerikaner in Europa auseinandersetzen mußten, nahmen schon seit Jahren zu, aber in letzter Zeit war ihr die offen zur Schau getragene Abneigung schon langsam an die Nieren gegangen. Sie entsann sich eines Interviews, das sie vor kurzem mit dem früheren Verteidigungsminister Großbritanniens, Michael Heseltine, gemacht hatte, der jetzt als Nachfolger Margaret Thatchers im Gespräch war. Sie erinnerte sich fast des genauen Wortlauts:

> Wenn die überragende Stärke Amerikas es in die Lage versetzt, immer größere Teile der europäischen Wirtschaft zu erwerben und damit die Beziehungen zwischen den Vereinigten Staaten und Europa in einer Weise zu verändern, daß Partnerschaft zu industrieller Dienstbarkeit wird, dann wird in Europa der Groll gegen Amerika zunehmen und der Antiamerikanismus immer weitere Kreise erfassen.

Und das von einem britischen Konservativen!

Sie hatte auch ein Interview mit Willy Brandt gemacht, der Grauen Eminenz der Sozialdemokraten, die darauf hofften, bald wieder an die Macht zu kommen. Seine Einstellung gegenüber den Vereinigten Staaten, zu Ronald Reagan im besonderen, war recht kritisch, was die Wirtschafts- und Rüstungspolitik anbelangt.

Mit den jungen Menschen war es noch schlimmer. In ganz Mitteleuropa war eine neue Generation an die Macht gekommen, junge Männer und Frauen, die die Amerikaner jetzt nicht als die Befreier des Zweiten Weltkriegs, sondern als die Aggressoren in Vietnam sahen. Man sah in ihnen kapitalistische Raubtiere, und die Symbole ihrer Macht waren die großen multinationalen Banken: Citybank, Chase Manhattan, Bank of America. Sie waren der Feind, nicht die russischen Panzer.

Sind also, grübelte sie, ein paar von ihnen darauf aus, einige dieser Symbole zu zerschlagen? Um so einen finanziellen Dominoeffekt zu erzeugen, der Amerika zum Rückzug zwingen und Europa vor der wirtschaftlichen »Abhängigkeit« bewahren würde?

Der Kellner brachte das Frühstück und die Zeitungen.

Die Wirtschaft beherrschte die Titelseiten sowohl der »Post« wie auch der »Times«. Die vorläufigen Schätzungen für das erste Quartal 1989 waren durchgesickert. Der Boom, schrieben sie, ging dem Ende zu. Man würde das Gramm-Rudman-Gesetz, schlußfolgerten die Zeitungen, zeitweilig außer Kraft setzen müssen. Das Defizit, von dem alle gehofft hatten, man könne es schließlich unter Kontrolle bringen, würde neuerlich in die Höhe schnellen. Der neuen Administration, die in knapp zwei Wochen ins Weiße Haus einzog, würde nichts anderes übrig bleiben, als die Wirtschaft durch massive Regierungsaufträge anzukurbeln — wenn man nicht riskieren wollte, daß die Zahl der Arbeitslosen ins Uferlose stieg. Diese Ankurbelung ließ sich jedoch nur durch höhere Regierungsdarlehen finanzieren, und das hieß, daß die Zinssätze wieder steigen könnten, vielleicht sogar sehr bald.

Die »Times« ließ anklingen, daß diese Entwicklung verheerende Folgen auf internationaler Ebene haben könnte. Höhere Zinssätze würden bedeuten, daß die Kosten der Bedienung der gewaltigen Schulden der Dritten Welt unzumutbare Höhen erreichen könnten. Am schwersten betroffen von allen würden jene Schuldnerländer sein, die auch Öl exportierten — dann nämlich, wenn, im Zuge eines starken Rückgangs der Nachfrage in den USA, die Nachfrage nach Öl auf einen Markt beschränkt bliebe, der zunehmend durch neue Lieferungen überschwemmt wurde; der Preis würde dann noch weiter sinken. Und damit die Einkünfte der am höchsten verschuldeten Länder: Mexiko, Venezuela, Nigeria.

Und wenn die zusammenbrechen, dachte Sally Brown, ist es auch um die Bank of America geschehen. Und wenn die Bank of America am Ende ist, dann . . .

Sie hatte recht gehabt mit ihrem Bericht! Er würde der größte Hit ihres Lebens werden . . . wenn nicht schon alles passierte, bevor sie den Bericht schreiben konnte!

»Verdammt!« fauchte sie und las weiter. Im Handelsteil der »Times« stieß sie auf Gold.

In der linken Spalte der ersten Seite dieses Teils fand sie nicht weniger als drei bemerkenswerte kleine Notizen. Eine bezog sich auf eine Konferenz der Finanz- und Ölminister Venezuelas, Brasiliens und Mexikos, die allem Anschein nach über das Wochenende in Mexico City stattfand. In der zweiten hieß es, daß es Gerüchte gäbe, wonach die Vorstandsvorsitzenden der neun größten Banken Mitteleuropas Montag in der Schweiz zusammenkommen würden. In der dritten schließlich stand zu lesen, daß die Schweizerische Nationalbank ganz abrupt die Syndizierung eines für Ende Januar vorgesehenen Zwei-Milliarden-Dollar-Kredits an die Sowjetunion abgesagt hatte.

Sie stieg aus dem Bett. »Zum Teufel!« brummte sie. »Ich werde einfach hineinplatzen.«

In elegantester Aufmachung drückte sie schon eine Stunde später die Klingel des Hauses Dent Place 3514 in Georgetown.

Paul Mayer lag noch im Bett und las die Zeitungen. Eben hatte er die Überseeausgabe des »Manchester Guardian« zur Hand genommen und studierte den Leitartikel auf der Titelseite mit der Überschrift: »Ich bin kein Antiamerikaner.« Er enthielt einige der gleichen beunruhigenden Gedanken, die schon Sally Brown heute morgen bei der Lektüre ihrer Zeitungen gestört hatten. Der Artikel begann:

> »Ich bin kein Antiamerikaner«, sagte Edward Heath. Auch Mr. Michael Heseltine, der frühere Verteidigungsminister, ist kein Antiamerikaner. Sir Raymond Lygo, Chef von British Aerospace, hat so viele Jahre in Amrika gelebt, daß er sein zur Pflichtübung gewordenes Dementi mit bemerkenswertem Eifer absolviert. Sie alle, und praktisch jeder Politiker oder Geschäftsmann, der heutzutage eine Meinung zu äußern wünscht, muß zuvörderst in den Chor einstimmen: ›Wir sind keine, keine, keine Antiamerikaner‹.«
>
> In einigen wenigen Fällen ist dieser Chorgesang einfach

Heuchelei. Manche Leute mögen Amerika nicht oder vertrauen den Amerikanern nicht. Im Jahre 1989 jedoch muß man wohl innehalten, bevor man diesen rituellen Satz ausspricht, denn ihm kommt eine besondere Bedeutung zu. In groben Zügen läßt sich das Problem im kaufmännischen Sinn so darlegen: Weil sich ihre multinationalen Konzerne auf jedem Markt ihrer Wahl weltweit Eintritt erzwingen können, da sie bei dem riesigen amerikanischen Banksystem Deckung finden, berauben die Vereinigten Staaten Europa seiner eigenen Produktionskapazität. Noch gröber in kultureller, politischer und wirtschaftlicher Hinsicht ausgedrückt: Wir werden, ob wir wollen oder nicht, zum einundfünfzigsten Bundesstaat. Auf dem Boden solcher Vorstellungen gedeihen Verbitterung und Streit. Weil auf einem großen Teil des Kontinents jetzt der Eindruck entsteht, daß der Riesenmotor der amerikanischen Wirtschaft auf bestem Weg ist, den Kampf gegen eine Schar von Nationalstaaten zu gewinnen, die zu klein sind, um allein in Konkurrenz zu treten, und zu verwirrt, um zu einer echten Einheit zu gelangen. Während die äußersten Grenzen dieses Dilemmas heraufdämmern, nehmen Angst und Hoffnungslosigkeit zu. Heute, im Januar 1989, da Amerika in zunehmendem Maß als ein Land gesehen wird, dessen Stern im Sinken begriffen ist, jetzt aber eine große Gefahr darstellt, ist es bedauerlicherweise nur allzu leicht, antiamerikanisch zu empfinden.«

Die Türglocke läutete zum zweiten Mal. Schließlich öffnete Maria. Es war Haß auf den ersten Blick.

»Was wünschen Sie?« fragte Maria.

»Ich möchte Professor Mayer sprechen.«

»Werden Sie erwartet?«

»Nein.«

»Dann sollten Sie besser gehen.«

Maria wollte ins Haus zurück.

»Bitte geben Sie ihm das.«

Sally Brown gab Maria ihre Karte.

»Ich werde warten«, fügte sie hinzu.

Maria schloß die Tür und ließ die Besucherin draußen stehen. Dann ging sie widerwillig die Treppe hinauf und klopfte an die Tür von Professor Mayers Schlafzimmer.

»Kommen Sie rein, Maria«, sagte er und fragte dann: »Ist da jemand an der Tür?«

»Eine Frau«, antwortete sie, ging zu Mayers Bett hinüber, das mit Zeitungen bedeckt war, und reichte ihm die Karte.

Mayer warf einen Blick darauf und sprang aus dem Bett. »Raus, Maria, ich muß mich anziehen. Und lassen Sie die Dame ein. Bieten Sie ihr einen Kaffee an und sagen Sie ihr, daß ich gleich komme.«

Maria floh, als Mayer sich anschickte, seine Pyjamahose fallen zu lassen.

Zehn Minuten später, untadelig in einen blauen Blazer und einen Sweater gekleidet, kam er die Treppe herunter. »Was für eine angenehme Überraschung, Sally«, rief er und ging auf sie zu, um ihr einen Kuß auf die Wange zu drücken.

»Tut mir leid, daß ich so hereinplatze«, sagte sie.

Er machte eine Geste, wie um jeden Gedanken zu verbannen, daß sie ihn stören könnte.

»Haben Sie Zeit für einen Brunch?« fragte er.

»Ja, natürlich.«

»Gut. Wir gehen ins ›The 1789‹. Es ist nicht weit.«

»Aber zuerst möchte ich mit Ihnen sprechen«, meinte sie.

»Dann werden wir noch Kaffee brauchen«, sagte er und läutete nach Maria. Der frische Kaffe kam, und Sally Brown legte los.

»Ich glaube, wir stehen unmittelbar vor einem finanziellen Tumult.«

»Ich verstehe. Wieso?«

Sie erklärte es ihm, indem sie mit den Vorgängen an der Börse Anfang der Woche begann. Ganz plötzlich hatte in Europa eine Spekulation gegen den Dollar eingesetzt. Zur gleichen Zeit hatte ein großes Spiel um Gold begonnen. Und schließlich war auch, obwohl es keinen Sinn ergab, der Ölpreis auf den Terminmärkten stark gefallen.

Mayer unterbrach sie.

»Warum soll das keinen Sinn ergeben? Haben Sie denn heute früh noch keine Zeitungen gelesen? Jetzt ist es doch offiziell: Die guten Zeiten sind vorüber. Eine Rezession liegt vor uns. Daher muß die Nachfrage nach Öl zurückgehen — und das gilt natürlich auch für den Preis.«

Ein zartes Rosa färbte Sally Browns Wangen.

»Wie hat es dann die Schweizerische Nationalbank geschafft, alle Zahlen schon eine Woche vor allen anderen zu bekommen?« fragte sie.

»Was meinen Sie damit?«

»Damit meine ich, daß die Schweizerische Nationalbank hinter der ganzen Aktion steckt — was den Dollar, das Gold und den Ölterminmarkt angeht. Die gleiche Bank, die es auch auf die Bank of America abgesehen hat. Sie hat schon zu Beginn der vergangenen Woche damit angefangen und dann aufgehört. Ich wette meinen letzten Penny darauf, daß morgen oder spätestens Dienstag früh die Hölle los sein wird.«

Jetzt besaß sie Paul Mayers ungeteilte Aufmerksamkeit.

»Augenblick mal. Was sagten Sie da über die Bank of America?«

»Wissen Sie denn nicht, was auf dem Swap-Markt vor sich geht?«

»Nein.«

Sie sagte es ihm, und er war offensichtlich beunruhigt.

»Sind Sie sich Ihrer Information völlig sicher?« hakte er nach.

»Ja. Ich habe sie von den Chase-Leuten in London.«

»Warum sollte die Schweizerische Nationalbank das alles tun?« fragte er.

»Offenbar um mit etwas abzusahnen, was jetzt wie eine todsichere Sache aussieht. Und um abzurechnen.«

»Was meinen Sie mit ›todsichere Sache‹?«

»Das werde ich Ihnen nicht sagen. Ich werde es Ihnen zeigen. Haben Sie den Wirtschaftsteil der ›Sunday Times‹ zur Hand?«

»Ich hole ihn gleich.«

In Null Komma nichts war er die Treppe hinauf und wieder herunter. »Hier«, sagte er und reichte ihr die Zeitung.

»Punkt eins: Die venezolanischen, brasilianischen und mexikanischen Finanz- und Ölminister konferieren in Mexico City. Punkt zwei: Neun Banken konferieren morgen in Zürich.«

»Und?«

»Sie werden der B of A den Boden unter den Füßen wegziehen. Venezuela, Mexiko und Brasilien werden sich in bezug auf ihre amerikanischen Kredite für zahlungsunfähig erklären; die europäischen Banken werden einspringen und diese Länder liquid erhalten.«

»Das würden sie nicht wagen«, knurrte Mayer.

»Wer würde das nicht wagen? Mexiko und Venezuela?« konterte sie. »Unter normalen Umständen mögen Sie recht haben, weil sie immer schon gewußt haben, daß Amerika ihnen die Luft abdrehen würde, wenn sie einseitig ihre Zahlungsverpflichtungen nicht erfüllten.«

»Stimmt genau.«

»Nur daß ihnen das jetzt nichts mehr ausmacht. Die Europäer werden ihnen aus der Patsche helfen und die Vereinigten Staaten in der Tinte sitzen lassen.«

»Woher wissen Sie das alles?«

Um nicht eingestehen zu müssen, daß sie bluffte, schwieg sie.

»Hören Sie«, fuhr Mayer fort, »in bezug auf Mexiko und Venezuela haben Sie recht, und Sie können auch Brasilien auf diese Liste setzen. Alle drei haben die Bank of America bereits davon in Kenntnis gesetzt, daß sie sich auf die *Force majeure*-Klauseln in ihren Kreditabkommen berufen werden. Die Herren, die heute in Mexico City zusammentreffen, werden Dienstag vormittag in San Francisco mit uns konferieren — und mit ›uns‹ meine ich die Bank of America, mich selbst in meiner Eigenschaft als Berater des *Federal Reserve Board* und vielleicht noch ein paar andere. Wie haben Sie das herausgefunden?«

Nachdem sie mit ihrem ersten Bluff Erfolg gehabt hatte, beschloß sie, es noch einmal zu versuchen, und beantwortete auch diese Frage nicht.

»Sie haben schon früher damit gedroht, mindestens ein halbes dutzendmal, aber weder ich noch sonst jemand hat sie jemals ernst genommen, weil wir wußten, daß sie damit nicht durchkommen würden.«

Er unterbrach sich, stand auf und fing an, im Zimmer auf und ab zu gehen, während er seinen Monolog fortsetzte.

»Wo aber jetzt die Europäer ihnen finanzielle Rückendekkung geben . . . ich weiß nicht. Wann hat das angefangen?« fragte er.

»Erinnern Sie sich, daß ich Sie in London wegen Venezuela gefragt habe?«

»Vage.«

»Also, wir wissen, daß Venezuelas Ölminister Roberto Martínez Mitte Dezember in Zürich war. In der Schweizerischen Nationalbank.«

Paul Mayer sah auf die Uhr.

»Dort ist es jetzt acht Uhr abends. Ich rufe ihn gleich an.«

Der ›ihn‹, auf den Mayer sich bezog, war Dr. Ulrich Huber von der Schweizerischen Nationalbank und frühere Kollege von Paul Mayer. Er lebte in Küßnacht am Zürcher See. Mayer hatte die Telefonnummer in seinem Computer. Darum entschuldigte er sich und ging nach oben, um sie abzurufen. Er führte auch das Gespräch von seinem Schlafzimmer aus.

Eine Frau meldete sich.

»Bisch du's, Heidi?« fragte Mayer in Schwyzerdütsch. Und er gebrauchte das familiäre Du, weil seine Freundschaft mit den Hubers bis zu den Tagen nach seinem Studium in Basel zurückreichte.

»Jo. Wär isch am Telefon?«

»Do isch dr' Paul Mayer. Kannsch di no an mi erinnern?«

»Natürlig, Paul, bisch du in Züri?«

»Nai. I telefonier von Amerika. Los, isch d'r Ulrich do?«

Es folgte eine lange Pause.

»Ich bin nit sicher, wart an Augenblick. I geh luge.«

Wenn sie sagte, sie müsse erst sehen, ob ihr Mann zu Hause wäre — an einem Sonntagabend in der Schweiz, wenn alle Leute zu Hause waren —, wußte er, daß sie zur Vorsicht ermahnt worden war.

Er hatte recht. Als Heidi Huber wieder an den Apparat kam, teilte sie ihm mit, ihr Gatte sei ausgegangen; ins nahe gelegene Lokal auf ein Glas Wein. Ob sie ihm etwas ausrichten könne?

»Kaum.«

Paul Mayer beendete das Gespräch, so diplomatisch es ging, und wählte dann die Nummer des Vorstandssprechers der Deutschen Bank in Frankfurt. Diesmal meldete sich ein Dienstmädchen. Er wäre nicht zu Hause, hätte vor kurzem das Haus verlassen, um eine kleine Reise anzutreten. Mayer glaubte ihr. Vermutlich war er gerade dabei, eine Maschine der Lufthansa oder der Swissair nach Zürich zu besteigen.

Dann versuchte er Luxemburg. Diesmal erreichte er seinen Mann, den Vorstandsvorsitzenden der Kreditbank. Er ging ohne Umschweife auf sein Ziel los.

»Wurden Sie eingeladen, morgen vormittag an einer Konferenz in Zürich teilzunehmen?«

»Ja.«

»Werden Sie teilnehmen?«

»Nein.«

»Können Sie mir sagen, um was es dabei gehen wird?«

»Die Sache ist höchst vertraulich, Paul.«

»Bemüht sich die Schweizerische Nationalbank, eine enorme Krediteinrichtung für Mexiko und Venezuela zu organisieren?« fragte Mayer.

»Dann wissen Sie es also«, lautete die Antwort aus Luxemburg.

»Warum sollten europäische Banken eine solche Gefährdung in Lateinamerika riskieren, wo ihr doch wißt, in welchem Schlamassel die amerikanischen Banken da unten schon jetzt stecken?«

»Na ja, weil *wir* Sicherheiten bekommen werden.«

»Ich dachte, wir sprechen über normale Staatskredite.«

»Nein, nein, Paul. So dumm sind wir Europäer nun auch wieder nicht. Diese Kredite werden voll abgesichert sein. Durch mexikanisches und venezolanisches Öl.«

»Aber diese Regierungen haben es doch immer abgelehnt, über so etwas zu reden.«

»Aber jetzt nicht mehr.«

»Und warum macht dann die Kreditbank nicht mit?«

»Weil wir in Luxemburg nicht daran interessiert sind, uns mit einem so groben Angriff auf Amerika zu identifizieren. Es ist ja schließlich nichts anderes«, sagte der Mann aus Luxemburg.

»André«, sagte Paul Mayer, »Sie wissen gar nicht, wie hoch ich Ihre Offenheit einschätze. Ich garantiere Ihnen die Vertraulichkeit dieses Gesprächs. Aber ich garantiere Ihnen auch noch etwas anderes: Wenn die Sache ausgestanden ist, werden hier einige Leute erfahren, wie Sie und Luxemburg sich in dieser Angelegenheit verhalten haben.«

Paul Mayer legte auf und ging wieder nach unten. Sally Brown saß nicht mehr auf dem Sofa in seinem Wohnzimmer. Statt dessen zog sie sich ihren Mantel an.

»Sie haben also Hunger bekommen«, sagte Mayer.

»Nein. Und ich möchte mir Ihre Einladung zum Brunch für eine andere Gelegenheit gutschreiben lassen«, antwortete sie. »Hat es gestimmt?«

»Ja. Sie haben recht. In jedem einzelnen Punkt.«

»Darum muß ich jetzt gehen. Ich nehme die nächste Maschine nach New York und werde unterwegs meine Geschichte schreiben.«

»Kann das nicht einen Tag warten?«

»Ich werde einen Tag brauchen, um sie zu regidieren. Das ist Dynamit, und unser Chefredakteur wird jedes einzelne Detail verifizieren lassen wollen, bevor der Bericht in Druck geht.«

»Er wird also Dienstag erscheinen?«

»Ja. Wenn sie akzeptieren, was ich ihnen heute in New York liefere, und wenn sie morgen in aller Herrgottsfrühe alle verfügbaren Leute dransetzen.«

»Nicht alles, was wir heute hier gesprochen haben, ist für eine Veröffentlichung geeignet. Ich hoffe, Sie sind sich darüber im klaren.« Mayers Stimme hatte einen stählernen Klang.

»Das bin ich«, erwiderte sie, und auch ihre Stimme hatte sich verändert.

»Sie wissen, daß Sie mit dieser Geschichte enormen Schaden anrichten können.«

»Wenn wir es nicht tun, wird es die ›Times‹ oder die ›Post‹ tun. Und ich vermute, daß die es auf eine Weise tun würden, die weniger Verständnis für das finanzielle Establishment dieses Landes zeigt. Vergessen Sie nicht: Im ›Journal‹ stehen wir alle auf Ihrer Seite, Dr. Mayer.«

Er begleitete sie zur Tür.

»Sie werden also nach San Francisco fliegen, um an der Konferenz teilzunehmen?« fragte sie, während sie sich ihm von der Straße aus nochmals zuwandte.

»Ja. Und Sie zweifellos auch.«

»Ganz sicher. Findet sie in der Bank statt?«

»Ja. Aber man wird Sie vermutlich gar nicht einlassen.«

»Das geht in Ordnung. Wir machen das schon.« Und dann: »Ich steige für gewöhnlich im ›Fairmont‹ ab. Ich sollte morgen spät abends ankommen. Wenn Sie Zeit für einen Drink haben, rufen Sie mich an.«

»Das mache ich«, versprach Mayer. Dann dachte er an Azar Shahani und fügte hinzu: »Wenn es sich einrichten läßt.«

Sally Brown hatte noch etwas zu sagen: »Übrigens gab es noch eine weitere kleine Notiz in der Zeitung. Die Schweizerische Nationalbank, die heute morgen unser Lieblingsthema zu sein scheint, hat noch etwas getan. Sie hat ihre Syndizierung eines Zwei-Milliarden-Dollar-Kredits für die Sowjetunion rückgängig gemacht. Könnte das auch irgendwie dazupassen?«

»Ich wüßte nicht, wie«, erwiderte Mayer.

Dann ging sie.

Die folgenden fünf Stunden verbrachte Paul Mayer am Telefon. Er bemühte sich, Leute zu erreichen, versuchte, sie vor dem zu warnen, was auf sie zukam, versuchte Unterstützung für Beistandsabkommen für den Fall zu mobilisieren, daß solche erforderlich werden könnten.

Aber scheinbar war niemand daheim. Schlimmer noch, wie es schien, war niemand in Washington geblieben. Weil dies die Zeit des Interregnums war. Der Präsident war nur noch ein paar Wochen im Amt und hielt sich auf seiner Ranch in Kalifornien auf, wo er die letzten Vorbereitungen für die Gründung der Reagan-Bibliothek auf dem Campus der Universität Stanford traf. Dort empfing er auch die großen Tiere des kalifornischen Finanzwesens, von denen erwartet wurde, daß sie die Bibliothek zum größten Teil finanzieren würden. Die Leute seiner Administration waren alle daheim in Dallas und Oakland und Los Angeles und sahen sich nach neuen Arbeitsplätzen um. Die abgewählten Kongreßmitglieder waren in die Ferien gefahren. Nur die Bürokraten waren in Washington zurückgeblieben.

An diesem Sonntagnachmittag gewann Paul Mayer drei der wichtigsten Männer für einen schnellen Trip nach San Francisco, drei Männer, die für das amerikanische Bankwesen verantwortlich waren: Robert Reston, den Chef des *Federal Reserve Board*; Roger Wells, den Mann, der die *Federal Deposit Insurance Corporation* verwaltete; und Charles Thayer, den *Comptroller of the Currency*.

Sie kamen überein, am nächsten Tag den Abendflug der »United« zu nehmen, der den Airport Dulles täglich um fünf

Uhr nachmittags in Richtung Westküste verläßt. Die Konferenz mit den Mexikanern, Venezolanern und Brasilianern war für neun Uhr früh am folgenden Tag angesetzt, einem Tag, der sich als ein sehr kritischer in der Finanzgeschichte der Vereinigten Staaten erweisen mochte: Dienstag, der 10. Januar 1989.

Ein vierter Mann, der Finanzminister, den Mayer schließlich in Houston aufstöberte, wo er, wie man sich erzählte, Anfang Februar die Leitung der größten Bank übernehmen würde, weigerte sich, sie zu begleiten. Und er warnte Mayer. Wenn sie nach San Francisco flögen, würde der *Fed* — und der Minister wußte, daß Mayer jetzt als Ratgeber des *Fed* und vornehmlich des Vorsitzenden fungierte — den Gerüchten, daß etwas wirklich Schwerwiegendes im Gange sei, neuen Auftrieb geben. Er, der Finanzminister (wenigstens noch für die nächsten zwei Wochen), wollte nichts damit zu tun haben. In den vergangenen vier Jahren hätten die Mexikaner ihm, dem obersten Beamten des Finanzwesens der Vereinigten Staaten, zu wiederholten Malen versichert, daß sie unter keinen Umständen die Nichterfüllung ihrer Verbindlichkeiten als Alternative auch nur in Erwägung ziehen würden.

»Erinnern Sie sich noch an die Panik Anfang 1986?« fragte er Mayer. »Der Ölpreis, und ich spreche vom Spot-Markt, fiel um mehr als die Hälfte auf zehn Dollar je Barrel. Erinnern Sie sich?«

Jawohl, gab Mayer zu, er erinnere sich.

»Und wie alle sagten, bis zum Sommer 1986 würden die Mexikaner pleite sein, und daß ihnen nichts anderes übrigbleiben würde, als ihre Zahlungen einzustellen?«

Auch daran erinnerte sich Mayer.

»Na, haben Sie es getan? Natürlich nicht. Und diesmal werden sie es auch nicht tun.«

Und mit diesen Worten hatte der abgewählte Finanzminister aufgelegt.

Doch dann, gegen fünf Uhr nachmittags an diesem Sonntag, dem 8. Januar, war es Paul Mayer, der einen Telefonanruf erhielt. Er kam von einem seiner Kollegen vom *Center for Strategic and International Studies* der Universität Georgetown, der Denkfabrik, der Persönlichkeiten wie Kissinger, Brzezinski, Schlesinger oder Mrs. Kirkpatrick angehörten. Dieser Anruf jedoch kam von Sergio Dobrovsky, dem Mann, der allgemein als größte Autorität auf dem Gebiet des Terrorismus in den Vereinigten Staaten galt. Wann immer ein Flugzeug entführt wurde, war Dobrovsky automatisch im Fernsehen, wo er von allen möglichen Moderatoren, angefangen von Ted Koppel von ABC oder McNeil oder Lehrer von PBS interwiewt wurde.

»Ich bin gestern aus Israel zurückgekommen«, begann Dobrovsky, »und habe dort ein paar Dinge gehört, die zu deinem Interessengebiet in Beziehung stehen könnten.«

Dann fiel es Mayer ein.

»Sergio, es tut mir leid. Du hast mir vor Weihnachten eine Nachricht hinterlassen. Und jetzt erinnere ich mich, daß ich dich nicht zurückgerufen habe.«

»Schon recht. Ich verstehe. Was man mir also in Tel Aviv erzählt hat, ist dies: der Terrorist Carlos — du weißt doch, von wem ich spreche?«

»Na klar.«

»Also, er wurde vorige Woche in Beirut in Gesellschaft von Abu Nidal gesehen.«

Er brauchte Mayer ja kaum zu fragen, ob er wußte, wer das war.

»Sie haben Leute angeworben, was an sich nichts Ungewöhnliches ist. Ungewöhnlich aber ist, daß sie diesmal in den Vereinigten Staaten eingesetzt werden könnten, ich betone *könnten*. Ich komme darauf nur, weil sie zumindest nach einem Rekruten suchten, der perfekt Englisch spricht, wenn möglich mit amerikanischem Akzent.«

»Woher wissen das die Israelis?«

»Sie haben jede Menge Informanten in den palästinensischen Flüchtlingslagern.«

»Aber warum sollte das von besonderem Interesse für mich sein, Sergio?«

»Ich will es dir erklären. Die Israelis haben auch Gerüchte gehört, wonach venezolanisches Geld dahinterstecken soll. Darum ist Carlos mit von der Partie. Natürlich haben die Israelis nach dem Warum gesucht und sind dabei zu dem Schluß gekommen — das mag dir absurd erscheinen, Paul —, daß Venezuela, das sich ja aufgrund des neuerlich sinkenden Ölpreises in sehr ernsten finanziellen Schwierigkeiten befindet, versuchen könnte, das amerikanische Finanzwesen zu destabilisieren. Dann wären sie möglicherweise aus dem Schneider, was die Tilgung ihrer Schulden angeht. Die Israelis meinen auch, daß die Sowjets mitmischen könnten. Was könnte höher auf ihrer Prioritätenliste stehen, fragten sie mich, als alles und jedes zu unterstützen, was das amerikanische Bankenwesen von Grund auf erschüttern würde.«

»Ich kann dir immer noch nicht ganz folgen, Sergio.«

»Also, um noch deutlicher zu werden: Eine der Hypothesen, die die Israelis aufgestellt haben, geht so: Wie wäre es, wenn einige lateinamerikanische Länder und die Sowjets als Teil eines koordinierten Projekts — ausgerichtet auf eine Destabilisierung des amerikanischen Finanzwesens, wie ich schon sagte — etwas organisierten, was das amerikanische Banksystem lahmlegen würde?«

»Du meinst einen Terroranschlag?«

»Genau. Wie würden sie das wohl anfangen?«

»Keine Ahnung«, erwiderte Mayer.

»Auch die Israelis wußten nicht weiter«, sagte Dobrovsky. Und dann: »Kennst du meinen Kollegen Robert Kupperman hier am CSIS?«

»Ich habe ihn einmal kennengelernt.«

»Er hat eine kleine Broschüre mit dem Titel ›Amerikas verborgene Verwundbarkeiten‹ veröffentlicht. Deswegen rief ich dich vorigen Monat an. Ich wollte deine Meinung darüber hören. Es hat mit Netzen zu tun, strategischen Netzen, die durch einige wenige Terroranschläge außer Betrieb gesetzt werden und wichtige Einrichtungen unseres Landes lahmlegen könnten. Als Beispiel führt er an, was mit Verbundnetzen passieren könnte. Du wirst dich erinnern, Paul: Im Jahre 1965 und später auch 1977 brach in New York und weiten Teilen des Nordostens die Stromversorgung zusammen. Es waren Unfälle, aber die am dichtesten bevölkerten Gebiete der Vereinigten Staaten wurden in den folgenden vierundzwanzig Stunden buchstäblich lahmgelegt. Wenn nun, und das ist laut Kupperman der springende Punkt, kritische Netzknotenpunkte vorsätzlich und systematisch angegriffen würden, ließe sich der nachfolgende Stromausfall nicht nach einem Tag, wahrscheinlich auch nicht nach einer Woche oder einem Monat beheben. Es wäre eine nationale Katastrophe.«

Während Mayer zuhörte, blickte er auf die Uhr.

»Sergio, ich kann dir folgen, und es ergibt auch alles einen Sinn, aber . . .«

»Kennst du das Gebäude an der Water Street in New York, wo das *Teleprocessing* untergebracht ist?«

»Ich habe davon gehört.«

»Dort stehen die Computer, die die Daten für die vier elektronischen Effekten-Transfernetze verarbeiten. Wie du ja weißt, verbinden diese EET-Netze alle Banken des Landes miteinander und auch alle amerikanischen mit allen anderen Banken in der Welt, mit denen sie zusammenarbeiten. Ich habe mir das angeschaut. Diese Menge von Geräten, es wirft einen um. Aber noch umwerfender ist dies: Die Computer in diesem einen Gebäude verarbeiten alle zwei bis vier Stunden das Äquivalent des Bundeshaushalts. Das sind Billionen jede Woche! Kannst du dir vorstellen, was passieren würde, wenn jemand das Gebäude in die Luft jagt? Laß mich dir vorlesen, zu welchem Schluß Kupperman kommt: ›Die ernstzunehmendste Verwundbarkeit der amerikanischen Banken könnte nicht in den faulen Krediten an lateinamerikanischen Staaten, sondern vielmehr in der Art liegen, wie sie Geschäfte über Netze abwickeln, die diese

Institute und ihre Investoren als selbstverständlich voraussetzen.‹ Gut englisch gesagt: Wenn einer die Water Street in die Luft jagt, könnte er das amerikanische und einen großen Teil des Weltbanksystems bis zu zwei Monaten lahmlegen.«

Jetzt hörte Mayer sehr, sehr aufmerksam zu.

»Das ist eine Möglichkeit: eine terroristische Strategie, die darauf ausgerichtet ist, unser System physisch zu paralysieren«, fuhr Dobrovsky fort. »Die andere wäre ein Terroranschlag — mit etwa dem gleichen Resultat.«

»Wie zum Beispiel?«

»Sie könnten versuchen, Paul Volckers Nachfolger beim *Federal Reserve Board* als Zielscheibe ins Auge zu fassen.«

»Du meinst Robert Reston«, warf Mayer ein.

»Genau.«

»Also, das scheint mir doch ein wenig weit hergeholt zu sein.«

»Meinst du wirklich? Nun, man hat mir gegenüber schon des öfteren die Ansicht vertreten, der Chef des *Fed* sei der zweitmächtigste Mann der Welt. Zumindest hat man das von Paul Volcker gesagt. Und ich habe mich ein bißchen umgehört, Paul. Der Präsident des *Federal Reserve Board* erhält keinen Schutz durch den Geheimdienst.«

»Was hätte es denn für einen Sinn, ihn zu töten?«

»In der Zeit einer finanziellen Krise? Genau das könnte den Ausschlag geben. Und eine finanzielle Krise in eine Panik verwandeln, eine schöne altmodische finanzielle Panik, wie man sie im neunzehnten Jahrhundert kannte. Diesen Sinn sollte es haben.«

»Okay, Sergio, was soll ich tun?«

»Ich habe gehört, du wärst zum Berater von Paul Volckers Nachfolger bestellt worden . . .«

»Robert Reston«, warf Paul Mayer abermals ein.

»Bitte sag ihm, was ich dir berichtet habe.«

»Warum rufst du ihn nicht direkt an?«

»Weil es Tage dauern könnte, bis er zurückruft. Und eine gewisse Dringlichkeit scheint geboten.«

»Ich stimme dir zu.«

»Die Israelis haben soeben erfahren, daß zwei junge potentielle Terroristen vor zwei Tagen aus Beirut verschwunden sind. Sie denken, die Burschen könnten auf dem Weg in die Vereinigten Staaten sein. Möglicherweise nach Washington. Sie haben mich vor einer halben Stunde verständigt. Darum habe ich dich jetzt angerufen.«

»Ich weiß das zu schätzen, Sergio. Ich werde Reston benachrichtigen. Aber sollte man nicht auch das FBI, oder wer sonst für diese Dinge zuständig ist, informieren?«

»Das haben die Israelis schon getan. Und ich werde nachstoßen. Und da ist übrigens noch etwas. Während ich drüben war, wurde der Mossad, wie auch jeder andere westliche Nachrichtendienst, von Interpol informiert, daß ein besonders gefährliches Mitglied der deutschen Roten-Armee-Fraktion unterwegs ist. Man glaubt von dem Mann zu wissen, daß er sowohl von Carlos als auch von Abu Nidal eingesetzt wird, einige ihrer Operationen zu koordinieren. Er könnte also das gleiche Ziel haben. Sag deinem Freund Reston, er möge in den nächsten zwei Wochen besonders vorsichtig sein. Er sollte Parkgaragen meiden. Er sollte die Routen von und zu seinem Arbeitsplatz wechseln. Er sollte die Straße vor seinem Haus hin und wieder nach auffallend geparkten Wagen überprüfen. Er muß ja diese Vorsichtsmaßnahmen kennen.«

»Okay, Sergio. Ich sehe Reston morgen abend und werde ihm berichten, was du mir erzählt hast. Danke.«

Nachdem er aufgelegt hatte, dachte Paul Mayer über das Gehörte nach. Man sagte Sergio Dobrovsky nach, daß er ein leicht erregbarer Mann war, der zuweilen das rechte Maß verlor. Das hatte wohl etwas mit seiner Tätigkeit zu tun. Sicher würde er im Flugzeug mit Reston darüber sprechen. Aber wenn es diese zwei arabischen Terroristen und ihren deutschen Anführer wirklich gab, und wenn sie tatsächlich in Washington waren, war das ja im Grunde ein Problem für das FBI und nicht ihres. Dann wandten sich Mayers Gedanken dringlicheren Dingen zu.

Das Terrorkommando, von dem Sergio Dobrovsky gesprochen hatte, gab es wirklich, und es war nach Washington gekommen. Aber da war es nicht mehr. Es war auch nicht nach New York zu dem Gebäude in der Water Street unterwegs.

Die drei Männer saßen in einer Maschine der United Airlines, Flug 87, und ihr Ziel war San Francisco, Kalifornien.

Sie waren ziemlich plötzlich aufgebrochen. Um zwei Uhr an diesem Sonntagnachmittag hatte Joachim Schmidt José Martínez junior in Washington angerufen. Er hatte Martínez angewiesen, seinen beiden Hausgästen auszurichten, ihre Koffer zu packen und in einer Stunde zum Abmarsch bereit zu sein. Wohin, hatte er nicht gesagt.

Aber José junior hatte es herausgefunden.

Der große Araber, der behauptet hatte, Mohammed Obeidat zu sein, hatte seine Reisetasche — eine von British Airways — im Wohnzimmer gelassen und war in Josés Gästezimmer zurückgekehrt, um fertig zu packen. Der andere Araber half ihm dabei.

Die Luft war rein, und ein äußerst nervöser José hatte sich entschlossen, mal schnell nachzuschauen.

Die Reisetasche enthielt nur drei Dinge: etwas, das wie ein Gebetbuch aussah, und zwei unbenutzte Flugscheine. Beide waren in Washington gekauft und ausgestellt worden. Sie lauteten auf Selim Aytul und Ugur Mumçu, keine alltäglichen Namen, die aber mehr türkisch als arabisch klangen . . . Und wer bemerkt schon solche Einzelheiten am Abfertigungsschalter eines Flughafens in den Vereinigten Staaten?

Sowohl die Flugdaten als auch die Flugnummern waren offengeblieben, aber das Ziel war eingetragen: San Francisco, Kalifornien.

Und beide waren einfache Tickets — ohne Rückflug!

Als er sie gerade in die Reisetasche zurückstecken wollte, bemerkte José, daß etwas auf die Rückseite eines der Flugscheine gekritzelt war. Eine Adresse: 126 Madrona Avenue, Belvedere, Kalifornien.

Die nächste konspirative Wohnung also. Vermutlich hatte der Deutsche sie ihnen aufgeschrieben, für den Fall, daß sie sich am Ende der Reise verlieren könnten.

Und das hieß, daß sie nun aus seinem Leben verschwinden und für einen anderen zum Problem werden würden.

Der Deutsche war Punkt drei Uhr gekommen. Fünf Minuten später waren er und Josés Hausgäste bereits verschwunden. Die Araber waren abgezogen, ohne ein Wort zu sagen — vielleicht weil man es ihnen so eingetrichtert hatte. Aber nicht der Nazi.

»Vergessen Sie das alles«, hatte er gesagt. »Für immer. Sonst werden nicht nur Sie, sondern auch Ihre Familie in Caracas, möglicherweise Ihre Mutter, dafür büßen.«

Nachdem er die Tür geschlossen hatte, ging José Martínez junior an die Bar und griff nach einer Flasche Bourbon. Er genehmigte sich einen herzhaften Schluck und fühlte sich gleich besser.

Dann fiel ihm etwas ein, was sein Wohlgefühl noch steigerte. Als er gestern die Fotografien auf seinem Kaffeetischchen sah, fühlte er sich in seinem Verdacht bestätigt: Es gab eine Verbindung zwischen diesen arabischen Gaunern und Professor Paul Mayer . . . und seinem Onkel. Darum hatte er daheim angerufen.

Aber jetzt war er nicht mehr so sicher. Schließlich flogen die nach San Francisco, während Professor Mayer hier in Washington war. José Martínez junior wußte das, weil Mayer morgen sein Seminar über internationales Finanzwesen abhalten würde. In diesem Semester war das Seminar auf vier Uhr nachmittags verlegt worden. Er hatte die feste Absicht, nachher ein paar Worte mit Professor Mayer zu wechseln — trotz der Warnung, die dieser Scheißdeutsche ausgesprochen hatte!

An diesem Abend ging José Martínez junior gegen sieben Uhr mit ein paar Freunden zum Dinner in die »Tombs«. Aber diesmal war er nicht mit dem Herzen dabei. Die bizarren Geschehnisse hatten ihren Tribut gefordert, selbst bei diesem Einundzwanzigjährigen. So kam es, daß er um zehn in seiner Luxusbude in der N Street völlig ausgepumpt und allein in tiefem Schlaf lag.

In einem anderen Teil Georgetowns hatte sich auch Professor Paul Mayer entschlossen, schon früh zu Bett zu gehen. Es würde eine harte Woche werden: zuerst der Flug nach San Francisco, dann die Konferenz mit den Lateinamerikanern. So gingen also an diesem Abend auch im Haus 3514 Dent Place kurz nach zehn die Lichter aus.

Mayers letzte Gedanken, bevor er einschlief: Er durfte nicht vergessen, Dekan Krogh in der *School of Foreign Service* anzurufen. Das morgige Seminar würde ausfallen müssen.

14. Kapitel

Zwei Stunden später, und in Zürich war es bereits sechs Uhr früh . . . die Zeit, da Dr. Huber von der Schweizerischen Nationalbank für gewöhnlich aufstand.

Doch an diesem Morgen des 9. Januar saß er bereits im Fond seines Mercedes und ließ sich durch die dunklen und zumeist noch leeren Straßen der Stadt fahren. Immer noch kochte er vor Wut. Auf die Russen.

Die unglaubliche Frechheit dieser primitiven Slawen. Welche Kühnheit, eine Spionin in seine Bank einzuschleusen, und nicht nur in seine Bank, in sein Sekretariat! Dieser KGB-Mann in Bern, der Kerl, der, wie ihm die Behörde mitgeteilt hatte, bereits aus dem Land geflohen war, hatte sie zweifellos verführt. Schon allein dieser Gedanke war widerlich. Nicht daß sie Mitleid verdiente! Von ihm aus konnte sie bis zum Ende ihrer Tage im Gefängnis modern.

Auch die Russen würden zahlen. Mehr, als sie jetzt dachten. Sie hätten zirka zwei Milliarden Dollar Kredit gebraucht, den einzuräumen er sich so großzügig bereit erklärt hatte. Jetzt würden sie ihn noch dringender brauchen. Bald, schon binnen der nächsten vierundzwanzig Stunden, würden sie nicht mehr imstande sein, auch nur einen Kubikmeter ihres teuren Erdgases nach Westeuropa zu liefern. Alle ihre Kunden würden unverzüglich wieder auf billiges Öl zurückgreifen. Sogar auf Kohle! Wo würden die Sowjets dann die harten Währungen hernehmen, die sie so dringend benötigten, um Nahrungsmittel zu kaufen? Von der Schweizerischen Nationalbank würden sie sie nicht bekommen, das war sicher.

Vor knapp einem Monat hatte er den Russen doch tatsächlich die Tür aufgemacht, war erbötig, ihnen zu erlauben, in den Klub einzutreten, den europäischen, oder jedenfalls den mitteleuropäischen Klub. Das war ein großer Fehler gewesen. Nie waren die Russen richtige Europäer gewesen und würden es nie sein. Das hätte er bedenken müssen. Und an seinem Grundsatz festhalten: Traue nie einem Kommunisten!

In seiner Bank in der Börsenstraße angekommen, wandte sich Huber in seinen Gedanken sogleich dem nächsten Thema zu: den Privatkonten von fünf Staatsministern: zwei venezolanischen, zwei mexikanischen und einem brasilianischen.

Die Schweizerische Nationalbank hatte jedes Konto mit zehn Millionen Dollar bevorschußt. Diese Bedingung war vom venezolanischen Ölminister, diesem schmierigen José Martínez, gestellt worden. Er hatte zugestimmt, ihm und seinem Bruder, sowie den anderen drei Ministern aus Mexiko und Brasilien, je einen unbesicherten Kreditrahmen von zehn Millionen Dollar einzuräumen, insgesamt fünfzig Millionen Dollar. Diese Rahmen aber konnten nur als Einschüsse für die fünf Wertpapierkonten verwendet werden, die gleichzeitig für die fünf Latinos eröffnet worden waren; Barabhebungen waren nicht zugelassen. Keiner würde sich das Geld unter den Nagel reißen und Reißaus nehmen! Nicht bevor er seinen Teil der Vereinbarung erfüllt hatte; dafür war vorgesorgt. Und andere Risiken gab es nicht. Wenn die Lateinamerikaner ihrer Verpflichtung nachkamen — und er zweifelte nicht daran, daß sie das morgen in San Francisco tun würden —, dann würden aus diesen zehn Millionen Dollar jeweils zwanzig, vielleicht sogar vierzig Milionen werden — und vermutlich in weniger als einer Woche! War die Operation abgeschlossen, würde die Schweizerische Nationalbank die den Lateinamerikanern bevorschußten zehn Millionen zurücknehmen. Was die dann mit den Gewinnen machten, die nun auf ihren Konten erschienen — das war ihre Sache.

Es lief alles genau nach Plan. Bisher war etwa die Hälfte dieser Gelder als Deckung für drei Arten von Termintransaktionen herangezogen worden: Hausse-Spekulationen in Edelmetallen, also Kauf von Gold und Silber, und massive Baisse-Spekulationen in amerikanischen Dollars und Öl, in der Hoffnung auf hohe Gewinne, wenn diese Preise zusammenbrachen.

Die Schweizerische Nationalbank selbst hatte enorme Positionen aufgebaut und die Konten der Lateinamerikaner sozusagen huckepack mitgenommen. In der vergangenen Woche hatte sie angefangen und dann aufgehört.

Heute, Montag, den 9. Januar, würden sie weitermachen. Nun aber würde etwas Neues dazukommen. Sie würden anfangen, Aktien leer zu verkaufen, wobei sie sich jedoch auf die dreißig Titel beschränkten, die die Grundlage für den Dow-Jones-Aktienindex bilden: IBM, General Motors, General Electric, du Pont, Exxon . . . die erstklassigsten aller erstklassigen amerikanischen Wertpapiere. Warum gerade diese? Weil die meisten von ihnen auch an der Zürcher Börse notierten. Das hieß, daß die Schweizerische Nationalbank schon sechs Stunden, bevor die Börsen in New York eröffneten, ihre Positionen aufbauen konnte — für die eigene und die Rechnungen der fünf lateinamerikanischen Finanzminister. Und Zürich bot noch einen weiteren Vorteil: Die Vorschriften, die die Leerverkäufe an der dortigen Börse regelten, unterschieden sich von jenen, die in New York galten.

Was ist ein Leerverkauf? Man verkauft etwas, das man noch nicht in seinem Besitz hat, um es zu einem späteren Zeitpunkt zu liefern. Natürlich hofft man, IBM-Aktien heute um hundertfünfzig Dollar das Stück vorverkaufen und sich, noch bevor man sie einen Monat später in Zürich liefern muß, mit IBM-Aktien für nur hundert Dollar das Stück eindecken und dabei fünfzig Dollar Gewinn machen zu können, all dies in kürzester Zeit. Zum Unterschied von New York brauchte man in Zürich nicht auf ein ›ticking up‹ zu warten, um einen Leerverkauf zu tätigen. Diese Vorschrift war in New York eingeführt worden, um jeden potentiellen Zusammenbruch der Börse zu verhindern oder zumindest zu verzögern; der letzte Verkauf einer Aktie mußte bei steigenden Preisen erfolgen, bevor ein Leerverkauf durchgeführt werden konnte. Dadurch wurde vermieden, daß eine Lawine von konsekutiven Leerverkäufen den Markt überlastete.

Nicht, daß die Schweizerische Nationalbank nicht beabsichtigte, ihre Leerverkäufe in New York fortzusetzen, sobald die Börse öffnete. Es mochte etwas schwieriger sein, aber ihre Broker waren angewiesen, soviel wie möglich zu verkaufen, ohne Aufsehen zu erregen. Und in New York würde ihre Liste über die Titel hinausgehen, aus welchen sich der Dow-Jones-Aktienindex zusammensetzte. Sie würden auch Banken dazunehmen: Bank of America selbstverständlich und Citybank und Manufacturers Hanover, und Chase, und Chemical und Bankers Trust. Warum auch diese? Weil es diese sechs Banken waren, die Mexiko, Venezuela und Brasilien das meiste geliehen hatten, diese Banken, die die meisten offenen Energiekredite in den Vereinigten Staaten hatten, die Banken, die mehr als andere von den enormen Einlagen aus dem Ausland — Europa und Japan — abhängig waren, um diese enormen Kredite zu finanzieren.

Um einen Ausdruck des Professors vom *Center for Strategic and International Studies* der Universität Georgetown zu variieren: Die Hasen konnten ihr Revier nicht verlassen, und der Abschuß war freigegeben.

Fünfzehn Minuten später ergriff Huber eine höchst ungewöhnliche Maßnahme: Er ließ die Chef-Wertpapierhändler der Bank in sein Büro kommen. Persönlich gab er ihnen spezifische Instruktionen, was sie tun und welche Limits sie einhalten sollten. Als er ihnen, einem nach dem anderen, diese Limits nannte, hoben sich im ganzen Raum die Augenbrauen, Schweizer Augenbrauen. Es waren noch nie dagewesene Limits. Huber sprach nicht von zehn oder zwanzig Millionen; er sprach von Hunderten von Millionen. Die Bank würde enorme Risiken eingehen.

Dann aber fügte Huber seinen Instruktionen etwas hinzu, was diese Augenbrauen wieder sinken ließ. Die Bank würde diese Risiken nur auf kurze, sehr kurze Zeit auf sich nehmen. Huber ordnete an, alle diese Baisse-Positionen — ob in Öl oder in Dollar oder in IBM-Aktien — nach genau achtundvierzig Stunden wieder abzudecken.

Montag leerverkaufen, Mittwoch abdecken.

Schließlich gab er seinen Obligationshändlern noch spezielle Instruktionen. Sie sollten ab sofort alle Dollarobligationen abstoßen: Schuldverschreibungen der Vereinigten Staaten wie auch solche von privaten Unternehmungen, alle Eurodollarobligationen, ganz gleich ob es in voller Höhe fällige, konvertible oder Null-Coupon-Bonds waren. Sie sollten bestens verkaufen und dann die Dollars in Schweizer Franken umwechseln. Unverzüglich.

Dann entließ er seine Händler. Bald würde sich eine renommierte Gruppe von Bankern in seinem Konferenzsaal einfinden.

Um ein Viertel vor neun trafen die ersten in dem aus Granit und Marmor errichteten Denkmal der Habgier in der Börsenstraße in Zürich ein; es waren die Herren, die die Banken kontrollierten, die Mitteleuropa kontrollierten. Zu den ersten gehörten die drei Herren, die das Schweizer Finanzwesen beherrschten — die Chefs des Schweizerischen Bankvereins, der

Schweizerischen Unionsbank und der Schweizerischen Creditanstalt. Dann kamen die Vorsitzenden der großen drei aus Westdeutschland — der Deutschen Bank, der Dresdner Bank und der Commerzbank. Schließlich setzten sich die beiden Herren, die die zwei tonangebenden Banken in Holland und Österreich leiteten — von der Amsterdam-Rotterdam-Bank und der Creditanstalt Bankverein Wien —, zu den anderen, die bereits ihre Plätze um den großen Eichentisch eingenommen hatten.

Luxemburg hatte aus unerklärlichen Gründen die Einladung abgelehnt.

Um Punkt neun eröffnete Dr. Huber die Versammlung und kam, wie es seine Art war, gleich zur Sache:

»Es liegt im Interesse aller unserer Länder, daß wir der langfristigen Belieferung mit billiger Energie sicher sein können. Keiner von uns hat inländische Ölquellen. Wir hängen zur Gänze von Importen ab. Als Folge der massiven Preiserhöhungen, die unsere nahöstlichen Lieferanten uns in den siebziger Jahren aufzwangen, geriet unser Kontinent zweimal an den Rand einer Katastrophe. In den achtziger Jahren gab es eine Atempause. Der Grund, warum ich Sie heute hierhergebeten habe, ist der: Nicht nur müssen wir sicherstellen, daß diese Atempause anhält; wir müssen auch erreichen, daß zumindest für die nächsten zwei Jahre ein garantierter Höchstpreis von zwölf Dollar je Barrel festgesetzt wird. Wir brauchen nichts anderes zu tun, als die Lieferanten auszutauschen. Vom Nahen Osten und Libyen wechseln wir nach Lateinamerika hinüber: Mexiko und Venezuela. Eine sichergestellte Belieferung mit Energie zu günstigem Preis muß unseren Ländern hier in Mitteleuropa erlauben, unsere wirtschaftliche Zukunft methodisch zu planen, unser Wirtschaftswachstum beträchtlich zu fördern und auf den Weltmärkten wieder erfolgreich in Wettbewerb zu treten. In dieser Dekade der achtziger Jahre hat sich die übrige Welt über uns lustig gemacht. ›Eurosklerose‹ ist das Wort, das man gebrauchte, um unseren Zustand zu beschreiben. Damit muß Schluß sein. Die neunziger Jahre werden wieder ein europäisches Jahrzehnt sein.

Die Gegenleistung für ein langfristiges Lieferabkommen zu diesem Preis? Ganz einfach diese: ein *anfänglicher* Überbrükkungskredit von sage und schreibe fünfzehn Milliarden Dollar. Für Mexiko und Venezuela.«

Erst hatte Totenstille geherrscht, jetzt machte sich Erregung breit.

»Ich weiß genau, was Sie denken, meine Herren. Warum sollten die Europäer sich mit Lateinamerika einlassen, das sich, wie allgemein bekannt, als finanzieller Sumpf für die amerikanischen Banken erwiesen hat? Aus der Sicht des Bankiers gesehen, gibt es dafür einen einzigen Grund: Wir bekommen Sicherheiten! Im Gegensatz zu den Krediten, die sie von den Amerikanern bekommen haben, würde es sich hier nicht um Staatskredite im klassischen Sinn handeln. Es werden im wesentlichen durch Öl voll besicherte Kommerzkredite sein. Das wurde bisher noch nie gemacht. Was halten Sie davon, meine Herren? Und bevor Sie mir antworten, will ich Ihnen noch etwas sagen: Ich muß noch heute eine prinzipielle Zusage von Ihnen haben. Andernfalls . . .«

Es herrschte absolute Stille.

Obwohl die Frage: »Was halten Sie davon?« an die ganze Gruppe gerichtet worden war, wußten doch alle, daß der Vorstandssprecher der Deutschen Bank, Europas angesehenstes Geldinstitut, sich als erster dazu äußern würde. Weil er der *Primus inter pares* war. Vergessen war im Jahre 1989 die Tatsache, daß seine Bank I.G. Farben, Krupp und Messerschmitt, den militärisch-industriellen Komplex des Dritten Reiches, finanziert hatte. Seine Position als *Primus* gründete sich auf die Gegebenheiten des Jahres 1989; wie die Bundesrepublik entschied, so würde ganz Mitteleuropa entscheiden.

Seine Antwort war kurz: »Warum so eilig?«

Dr. Hubers Antwort war nicht ganz so kurz, aber nicht minder direkt. Er setzte die Herren davon in Kenntnis, was am nächsten Tag in San Francisco passieren würde. Seine Erklärung endete mit dem Wort »Zahlungseinstellung«.

Das war ein Wort, das mehr als jedes andere die Herzen von Bankern mit Schrecken erfüllt.

Und nachdem Dr. Huber dieses Wort ausgesprochen hatte, konnte man fast sehen, wie die anderen Banker im Saal zu rechnen begannen und ihre Außenstände in Mexiko, Venezuela und Brasilien zusammenzählten. Weil sie genau wußten, daß ihre Außenstände in diesen Ländern untrennbar mit jenen der amerikanischen Banken in diesen Ländern verbunden waren. Wenn die Latinos ihre Zahlungsverpflichtungen in bezug auf die amerikanischen Kredite nicht einhielten, würde das automatisch ihre Zahlungsunfähigkeit in bezug auf die von den Europäern früher gewährten Darlehen in Lateinamerika nach sich ziehen. Aber sie wußten auch dies: Hatte sich der Staub einmal gelegt, ließen sich wahrscheinlich auf bilateraler Basis Mittel und Wege finden, um die Sache in Ordnung zu bringen — ohne die Mitwirkung der Amerikaner und ohne sie auch nur zu informieren.

Nicht daß es von Bedeutung gewesen wäre. Brasilien ausgenommen, reichten die europäischen Außenstände in Lateinamerika auch nicht annähernd an die der amerikanischen Banken heran. Überdies, und im Gegensatz zu den Praktiken der amerikanischen Banken, hatten alle europäischen Geldinstitute massive Reserven gegen mögliche Verluste bei ihren Staatskrediten angelegt.

Dann erkundigte sich der Vorstandssprecher der Deutschen Bank nach Brasilien.

Dr. Huber hatte die Antwort parat. Venezuela und Mexiko würden den vollen, mit Sicherheiten ausgestatteten Fünfzehn-Milliarden-Dollar-Kredit erhalten; sie ihrerseits würden ein Drittel davon Brasilien leihen. Das war keine neue Praktik. Zu Beginn der achtziger Jahre hatten sie das gleiche für Argentinien getan, obwohl es damals amerikanisches Geld war, das sie weitergaben.

Das befriedigte den Mann der Deutschen Bank. »Ich bin dabei«, sagte er.

Nach dieser Zusage war es leicht. Alle schlossen sich unverzüglich dem Deutschen an. Dann gingen sie ins Detail. Wieviel von den fünfzehn Milliarden würde auf Handelskredite entfallen? Wieviel auf gegenseitige Bankenverpflichtungen? Welche Garantie hatten sie gegen die Möglichkeit, daß die Amerikaner sich ihrer Sicherheiten bemächtigten?

»Sie können ja wohl kaum in Mexiko einmarschieren, nicht wahr?« zerstreute Dr. Huber diese Befürchtungen. »Und sie würden es auch nicht wagen, Öltanker unserer Gesellschaften auf hoher See zu kapern.«

Dann wurde über die Zinssätze gesprochen. Alle wollten variable Zinssätze, und alle bestanden auf zumindest einem vollen Prozentpunkt über LIBOR.

Zur lebhaftesten Diskussion kam es in der Frage des Ölpreises, weil ja Öl ihre Sicherheit darstellte. Man einigte sich auf zwölf Dollar je Barrel *Mexican Isthmus*-Leichtöl als neue Basis mit einer Indexklausel, wobei der Preis von der Inflationsrate in Mitteleuropa abhängig sein würde. Dr. Huber schlug vor, vom Preisdeflator des Bruttosozialprodukts der Bundesrepublik Gebrauch zu machen, wie es von der OECD zu diesem Zweck errechnet worden war. Damit waren alle einverstanden.

Warum gerade zwölf Dollar je Barrel? Weil der Preis niedrig genug war, um als enormes Stimulans auf die europäische Wirtschaft zu wirken . . . und damit auch die Vermögen der wichtigsten Industriekunden jeder der hier vertretenen Banken beträchtlich zu mehren. Und er war hoch genug, um Mexiko und Venezuela — die ja jetzt fest und auf Jahre hinaus mit einem Markt für eine Fördermenge von 3,5 Millionen Barrel pro Tag rechnen konnten — genügend hohe Einkünfte zu sichern, um überleben zu können. Wie sollte das möglich sein, wandte einer der Anwesenden ein, wo es doch seit Jahren heißt, Mexiko und Venezuela könnten kaum bei einem Preis von zwanzig Dollar je Barrel überleben? Auch darauf wußte Dr. Huber eine

Antwort: Weil nämlich Mexiko und Venezuela jetzt von der Last ihrer alten Schulden befreit sein würden: keine Zinszahlungen mehr, keine Rückzahlung des Kapitals in Höhe einer Viertelbillion Dollar, die sie zumeist den Amerikanern schuldeten. Und Brasilien? fragte ein anderer. Antwort: Auch dieses Land würde der Verpflichtung enthoben sein, die Zinsen für seine hundertzwanzig Milliarden Dollar zu zahlen und, so wie Europa, mit wesentlich niedrigeren Energiekosten zu rechnen haben. So wie Mitteleuropa mußte auch Brasilien viel Öl importieren. Es würde nun ebenfalls in der Lage sein, zwölf Dollar je Barrel zu kriegen, weil der neue Basispunkt, den sie alle jetzt in Zürich festlegten, als solcher für alles Rohöl dienen würde, ob es jetzt aus Saudi-Arabien, Nigeria oder Libyen kam. Die Preise für Öl aller Gütegrade und jeder Herkunft würden sich zwangsläufig danach ausrichten und auf dieser Höhe verharren.

Schließlich kam man auch überein, daß die Schweizerische Nationalbank als Führungsbank fungieren und daß ihr Vorsitzender, Dr. Ulrich Huber, sie alle gegenüber den Kreditnehmern vertreten sollte. Gleichzeitig wurde er zu ihrem Sprecher gegenüber den Amerikanern bestellt.

Dann kam das Aufsetzen der detaillierten Kreditverträge mit den Lateinamerikanern. Das Mittagessen wurde im Konferenzsaal serviert. Es war schon fast fünf Uhr nachmittags mitteleuropäischer Zeit, als alle anwesenden Banker ein prinzipielles Übereinkommen unterzeichneten, das jedoch in allen Fällen von ihren respektiven Vorständen ratifiziert werden mußte, Venezuela und Mexiko fünfzehn Milliarden Dollar zu leihen. Um Punkt sechs vertagte Dr. Huber die Sitzung. Eine Stunde später schickte er ein sehr langes Telex an die Finanzminister von Mexiko und Venezuela, in welchem er ihnen mitteilte, daß die Sache gelaufen sei. Gleichzeitig gab er ihnen einen genauen Überblick über die Konditionen dieses Abkommens.

Eine Stunde später erhielt er Fernschreiben aus Mexico City und Caracas. Beide akzeptierten die Konditionen *in toto*.

Zu der Zeit, da an diesem Montag, dem 9. Januar 1989, die Deutschen in ihre Banken in Frankfurt, der Holländer in seine Bank in Amsterdam und selbst die Herren, die an der Spitze des Schweizerischen Bankvereins und der Schweizerischen Creditanstalt standen, in ihre Zentralen zurückgekehrt waren, die sich nur wenige Türen vom Sitz der Schweizerischen Nationalbank entfernt befanden, war es zu spät, um aufgrund der erstaunlichen Informationen, die sie an diesem Tag erhalten hatten, noch etwas zu tun. Weil Dr. Huber sie neun volle Stunden in seinem Konferenzsaal buchstäblich eingeschlossen hatte. Von Zürich bis New York waren die Börsen entweder bereits geschlossen, oder sie standen kurz vor dem Schließen. Die Londoner Niederlassungen amerikanischer Banken, Broker und Emissionshäuser, über die die Europäer den Großteil ihrer Geschäfte abwickelten, hatten schon vor Stunden dichtgemacht.

Sie alle aber wußten genau, was sie bei Börsenbeginn am nächsten Morgen unternehmen würden. Einer von ihnen jedoch wußte, daß er schon lange vorher ein bedeutendes Geschäft erledigen würde.

Die Sowjets hatten ihren »Mann« in der Schweizerischen Nationalbank, Fräulein Hanni Graber, verloren, besaßen aber noch mehr als genug Informanten in westeuropäischen Bankkreisen.

Der weitaus wichtigste für sie war einer der Teilnehmer an der Konferenz in Zürich, der Generaldirektor der Creditanstalt Bankverein in Wien. Seit dem Abschluß des Staatsvertrages 1955 unterhält das Land eine ›Beziehung besonderer Art‹ mit den Russen. Österreich ist das einzige Land, dem es je gelungen ist, sich von der sowjetischen Besatzung zu befreien. Aber die Russen hatten Bedingungen gestellt, an die sie das kleine Land regelmäßig erinnerten. Die Österreicher hatten bald heraus, daß die beste Methode, die Sowjets auf Dauer soweit wie möglich zufriedenzustellen, darin bestand, mit ihnen Handel zu treiben und sich alle Mühe zu geben, diesen Handel großzügig, sehr großzügig zu finanzieren. Der Generaldirektor der Creditanstalt Bankverein, Österreichs größter Bank, war logischerweise der Mann, den man mit diesen finanziellen Arrangements betraut hatte. Schon sein Vorgänger und dessen Vorgänger waren dafür verantwortlich gewesen und hatten dabei alle maßgeblichen Leute in Moskau kennengelernt.

So hatte der gegenwärtige Generaldirektor der Creditanstalt Bankverein den gegenwärtigen KGB-Chef Viktor Tschebrikow kennengelernt.

Seit den Tagen der österreichisch-ungarischen Monarchie waren die Wiener für ihre Faulheit und Schlamperei, aber auch für ihren hochentwickelten Sinn für ein Doppelspiel bekannt. Der Banker aus Wien hatte in Zürich fast gleich von Anfang an gespürt, daß sich hier eine Gelegenheit bot, nicht nur viel Geld zu verdienen — volle hundert Basispunkte über LIBOR bei einem voll abgesicherten Kredit —, sondern auch in Moskau zu großem Ansehen zu gelangen. Ideologie, Ost-West-Politik, das spielte in seinem österreichischen Herzen keine Rolle. Er sah nur eine wahrhaft ideale Gelegenheit, ein doppeltes Spiel zu treiben.

Schon auf dem Rückflug nach Wien hatte der Generaldirektor von seinem Privatjet aus ein Gespräch mit Tschebrikows Wohnung geführt und der Person, die sich meldete, mitgeteilt, daß er um Mitternacht Moskauer Zeit noch einmal anrufen würde und daß es von größter Wichtigkeit wäre, mit Tschebrikow persönlich zu sprechen.

Als der österreichische Bankier dann um Mitternacht Viktor Tschebrikows Wohnung direkt anwählte, war es der Chef des KGB persönlich, der sich meldete. Kurz nach Mitternacht wußte er über alles Bescheid.

Nachdem er dem Österreicher überschwenglich gedankt und das Gespräch beendet hatte, zögerte Tschebrikow trotz der späten Stunde keinen Augenblick, noch einmal zum Telefonhörer zu greifen und den Generalsekretär Michail Gorbatschow anzurufen.

Gorbatschow war noch wach. Er hörte Tschebrikow zu und sagte: »Ich erwarte Sie innerhalb von dreißig Minuten bei mir.«

Tschebrikow war freudig erregt. Endlich hatten sie die Amerikaner da, wo sie sie haben wollten!

Tschebrikow spürte, daß etwas nicht stimmte, als Gorbatschow ihm bei seinem Eintreffen weder etwas zu essen noch etwas zu trinken anbot. Nicht einmal Tee!

Es war drei Uhr morgens, als Viktor Tschebrikow die Wohnung wieder verließ. Er frohlockte nicht mehr. Er war jetzt aschfahl und ein völlig verstörter Mann.

15. Kapitel

An diesem Dienstag, dem 10. Januar 1989, spürte man in New York gleich bei Börsenbeginn, daß es ein schlimmer Tag werden würde. Die Märkte mochten bereit sein, eine »Klagemauer« zu erklimmen, aber die Mauer, vor der sie an diesem Morgen standen, war nach Ansicht vieler einfach zu schwierig, um sie zu überwinden.

Die Makler waren schon am Tag zuvor nervös geworden. Denn in ihren Köpfen spukten die Wirtschaftszahlen, die über das Wochenende bekanntgeworden waren. Der Boom war vorbei, hatte es in der »New York Times« geheißen. Eine Rezession in diesem Jahr war allem Anschein nach eine absolute Gewißheit. Doch diese Nachricht kam ja kaum unerwartet. Im Grunde ihres Herzens wußten alle, daß Reagans Prosperität nicht ewig dauern konnte. Jeder Aufschwung in einem Konjunkturzyklus hat einmal ein Ende — für gewöhnlich nach drei Jahren. Diese Periode ununterbrochener Prosperität dauerte jetzt aber schon sechs Jahre, und ein Ende war längst fällig.

So hatten also die Kurse schon Montag in den ersten Stunden nachgelassen. Dann kamen die Gerüchte auf, die später bestätigt wurden, wonach die Europäer, insbesondere die Schweizer Banken, enorme Baisse-Positionen in allem, von IBM bis Citybank, aufgebaut hatten. Das allein bedeutete nicht viel: Die Schweizer waren für ihre Unfähigkeit bekannt, die Entwicklung an den Börsen, insbesondere in den Vereinigten Staaten, richtig einzuschätzen. Nichtsdestoweniger hatte es die Stimmung in der Wall Street noch weiter gedrückt, und bei Börsenschluß war der Dow Jones um sechsundzwanzig Punkte gefallen. Schlimm, gewiß, aber doch auch nichts, worüber man sich aufregen sollte.

Doch noch vor Börsenbeginn an diesem Dienstagmorgen war ein neues Element hinzugekommen; die Titelgeschichte im »Wall Street Journal«, verfaßt von einer gewissen Sally Brown. Sie berichtete über zwei Meetings: das eine, an dem neun europäische Banken beteiligt gewesen waren und das gestern in Zürich stattgefunden hatte; das andere, zwischen der Bank of America und den Öl- und Finanzministern Mexikos, Venezuelas und Brasiliens, das für heute neun Uhr vormittags Pazifik-Normalzeit in San Francisco angesetzt war. Das »Journal« wußte zu berichten, worauf das alles hinauslief: »Lateinamerika wird seine Schulden nicht zahlen, wobei es sich hauptsächlich um amerikanische Kredite handelt. Die europäischen Banken werden einspringen und diese Länder liquid halten, indem sie ihnen neue abgesicherte Kredite gewähren. Die Sicherheit: Erdöl.«

Reuters hatte das alles bestätigt und auch bekanntgegeben, daß aufgrund des Zürcher Abkommens der neue Basispreis bei zwölf Dollar je Barrel liegen würde.

Anfangs wußte die Börse nicht, wie sie sich verhalten sollte. Schließlich war der Ölpreis 1985/86 von einunddreißig Dollar je Barrel auf unter zehn Dollar gefallen, bevor er sich wieder erholte. Alle Welt hatte diese Entwicklung begeistert begrüßt. Niedrigere Ölpreise bedeuteten niedrigere Inflation, niedrigere Inflation bedeutete niedrigere Zinsen, niedrigere Zinsen bedeuteten höhere Anleihekurse. Die anschließende Erholung am Obligationenmarkt hatte zu einer größeren Erholung des Aktienmarkts geführt und den Dow Jones auf den Rekordhöchststand des Jahres 1986 getrieben.

Doch dann kamen sorgfältigere Überlegungen.

Auch diese sorgfältigeren Überlegungen waren in den Artikel im »Journal« einbezogen und fanden ihren Niederschlag in einem Professor Robert Lindner, Lateinamerika-Experte an der *School of Advanced International Studies* der John Hopkin's-Universität, zugeschriebenen Zitat. Er erinnerte an seine Ausführungen im Jahre 1986: »Wenn der Ölpreis im großen und ganzen unter zwanzig Dollar je Barrel bleibt, wird das ein Desaster.« Glücklicherweise war das nicht passiert, betonte der Professor, und so hatte es auch kein Desaster gegeben. Warum? Weil drei weitere Jahre Prosperität in den Vereinigten Staaten dazu führen mußten, daß der Energiebedarf zunahm, so daß sich der Ölpreis trotz einer von einem Überangebot geprägten Situation stabilisiert hatte. Jetzt aber, da sich eine Rezession abzeichnete, würde man im Jahre 1989 gleichzeitig die Auswirkungen einer Marktschwemme und eines Nachlassens des Energiebedarfs verspüren. Der Ölpreis würde simultan von Angebots- und Nachfragefaktoren getroffen werden. Damit entstand eine völlig neue Lage. Darum würde der Preis von zwölf Dollar je Barrel auch ohne das Abkommen von Zürich unvermeidlich gewesen sein. Und jetzt, wo sowohl der Iran als auch der Irak mit Höchstleistung förderten, könne dieser Basispunkt kaum lange halten: Demnächst werde der Preis auf sieben Dollar je Barrel sinken. Das, sagte der Professor, werde nicht nur ein Desaster sein. Es verheißt vielmehr für die amerikanischen Banken eine finanzielle Katastrophe.

Ließ sich diese Entwicklung aufhalten? Und wenn ja, von wem?

Das »Journal« hatte eine Antwort auf beide Fragen. Auf die erste lautete sie: »Vielleicht.« Und auf die zweite: »Der einzige, der dieses drohende finanzielle Desaster abwenden kann, ist der Kreditgeber der letzten Instanz, der Vorsitzende des *Federal Reserve Board,* der Nachfolger Paul Volckers, Robert Reston.«

Der Artikel im »Journal« endete mit einer hoffnungsvollen Note. Robert Reston war sich des Ernstes der Lage voll bewußt und würde der für morgen in San Francisco angesetzten Konferenz persönlich beiwohnen. Sein Berater, Dr. Paul Mayer von der Universität Georgetown, der *Comptroller of the Currency* und der Chef der FDIC würden ihn begleiten.

Aber viele Bondhändler lasen diesen Artikel gar nicht zu Ende. Statt dessen machten sie sich ans Verkaufen. Warum?

Ihre erste Überlegung: Rezession bedeutete die vorübergehende Aufhebung des Gramm-Rudman-Gesetzes, was zu einem enormen Anwachsen des Bundesdefizits führen und damit höhere Zinssätze zur Folge haben würde.

Resultat ihrer Überlegung: Sie fingen an, Obligationen zu verkaufen.

Zweite Überlegung: Mexiko zog den Banken den Boden unter den Füßen weg; Öl um zwölf Dollar je Barrel, und vielleicht schon bald sieben Dollar, das hieß, daß die Banken der inländischen Ölindustrie den Boden unter den Füßen wegziehen würden. Tiefer Preissturz bei Öl würde generell die Rohstoffpreise hinauftreiben, womit die Farmer in noch größere Schwierigkeiten geraten würden. Im besten Fall bedeutete das, daß sich die Banken genötigt sehen würden, den Gürtel ganz entschieden enger zu schnallen. Bankkredite würden kaum mehr gegeben werden. Die Zinsen würden noch höher steigen.

Resultat dieser Überlegung: Der Bondmarkt sank noch weiter.

Schlechte Nachrichten, und nun auch noch der Zusammenbruch des Obligationenmarktes, das war für die Broker am Aktienmarkt bald zu viel.

Auch sie fingen an zu verkaufen.

Nach der ersten Geschäftsstunde war der Dow Jones um sechsundsechzig Punkte gefallen. Wenn es dabei blieb, würde das den größten Kursverlust an einem Börsentag bedeuten. Ein ähnlicher Rekord war vor sechzig Jahren an einem Freitag aufgestellt worden, der als Schwarzer Freitag in die Geschichte einging: Freitag, der 29. Oktober 1929.

Die Misere beschränkte sich jedoch nicht auf den New York Stock Exchange. Am New York Futures Exchange, wo der *NYSE Composite Stock Index* gehandelt wurde, am Chicago Mercantile Exchange, wo der Standard & Poor 500 notierte, war es das gleiche: der größte Kurssturz der Geschichte.

Und dann die Termingeschäfte:

Schweinebäuche:	generell limit down
Baumwolle:	generell limit down
Kupfer:	limit down
Nutzholz:	limit down
Blei:	limit down

Fast alle Waren, die an den Terminbörsen in den Vereinigten Staaten gehandelt wurden, waren limit down, und das bedeutete, daß die Preise bis zur vollen an *einem* Börsentag zulässigen Länge gefallen waren. Die Preise für Märzlieferungen, bei denen solche Limits nicht vorgeschrieben waren, fielen ins Bodenlose.

An diesem Tag waren einige Bewegungen stärker als andere:

Benzin:	limit down
Heizöl:	limit down
Rohöl:	limit down

Von diesen Preisen hingen die zukünftigen Staatseinkommen Mexikos und Venezuelas ab.

Kaffee:	limit down
Sojabohnen:	limit down
Sojabohnenöl:	limit down
Sojabohnenmehl:	limit down

Von diesen Preisen hing ein großer Teil der zukünftigen Staatseinkünfte Brasiliens ab.

Und dann die Terminzinssätze:

Ginnie Mae's:	limit down
Langfristige Schatzanweisungen:	limit down
Eurodollars:	limit down

Das bedeutete, daß die Zinssätze durchweg kletterten. Bei Zinssätzen im allgemeinen floaten die Zinsen der meisten Staatskredite. Was die Terminmärkte Mexiko, Venezuela und Brasilien an diesem Tag zu sagen hatten, war dies: Während die Einkünfte aus euren Exporten von Öl und Kaffee und Sojabohnenmehl rasch sinken werden, müßt ihr mit einem ebenso raschen Steigen eurer Zinsaufwendungen rechnen; mit anderen Worten: Ihr geht pleite!

Wo nun Zahlungseinstellungen immer wahrscheinlicher wurden, Obligationen zusammenbrachen und Aktien ins Bodenlose stürzten, mehrten sich bei Ausländern, die amerikanische Wertpapiere besaßen, die Zweifel, ob es klug sei, Vermögenswerte in den USA zu behalten. Daher beschlossen einige, aus ihren Dollars auszusteigen, solange noch Zeit war.

Jetzt fingen auch die Währungen an, verrückt zu spielen. Auf dem Interbankmarkt stiegen schon in der ersten Stunde die Deutsche Mark, der japanische Yen und der Schweizer Franken gegen den Dollar um fünf Prozent. Selbst das Pfund legte drei Prozent zu.

Das war es, was den *Fed* veranlaßte, Robert Reston in San Francisco anzurufen. Es liegt im Verantwortungsbereich dieser Behörde, auf Devisenmärkten zu intervenieren, wobei sie im wesentlichen als Vertreterin der amerikanischen Regierung agiert, wenn sie zu dem Schluß kommt, daß es nötig ist, aktiv zu werden, um den internationalen Wert des Dollars zu stabilisieren. Was sie von Reston wissen wollten, war dies: Sollten sie jetzt anfangen, Mark und Yen und Franken zu verkaufen und die Dollar zu kaufen, die in immer größeren Mengen abgestoßen wurden?

Robert Reston rasierte sich gerade in seiner Suite im Clift-Hotel in San Francisco, als der Anruf kam.

Nachdem ihm seine Leute in New York mitgeteilt hatten, was sich da nicht nur um den Dollar, sondern auch um Aktien und Bonds und Waren schon in der ersten Geschäftsstunde der Börse der Ostküste — die Börsen des Mittelwestens bewegten sich bereits in die gleiche Richtung — abspielte, autorisierte Reston eine erste Intervention in Höhe einer Milliarde Dollar.

Dann verständigte er Paul Mayer, der die Suite neben ihm bewohnte, sowie den *Comptroller of the Currency* und den Chef der FDIC, die einen Stock tiefer untergebracht waren. Sie waren erst spät nachts angekommen, weil sich ihr Abflug aus Washington wegen des Wetters um zwei Stunden verspätet hatte. Sie waren sofort zu Bett gegangen.

Zwanzig Minuten später hatten sich alle in Restons Suite versammelt und beobachteten die Vorgänge im Fernsehen. Das »Clift« brachte den Wirtschaftsnachrichtendienst auf Kanal 10, und noch bevor dieser Tag, Dienstag, der 10. Januar, um war, sollte dieser die höchste Einschaltquote seiner Geschichte verzeichnen und sogar KGO-TV schlagen, den Sender, der bisher als heißeste Fernsehstation der Stadt gegolten hatte.

Um sieben Uhr fünfundvierzig war der Dow Jones um dreiundsiebzig Punkte gefallen, und ein Ende der Talfahrt war noch nicht abzusehen.

Restons Telefon klingelte. Es war wieder der *Fed* New York. Reston autorisierte eine weitere Milliarde Dollar.

Und alle im Zimmer waren sich darüber klar, daß es sich hier um eine Übung in Sinnlosigkeit handeln mochte. Mittels des *Federal Reserve Board* konnte die Regierung der Vereinigten Staaten intervenieren, um den Wert des Dollars auf ausländischen Devisenmärkten zu stützen, aber es gab im ganzen Land keine Macht, keine offizielle und keine private, die auf der New Yorker Börse hätte intervenieren können, um den Kurs von IBM oder General Motors zu stützen.

»Was denken Sie, Paul?« fragte Reston, nachdem er das Gespräch mit New York beendet hatte.

»Die Entwicklung gerät außer Kontrolle. Alle Preise sind am Stürzen, ausgenommen das Gold.«

»Was kann ich noch tun?«

»Nichts. Stehen Sie die nächsten zwei Stunden durch. Und hoffen Sie, daß die verdammten Mexikaner und Brasilianer angesichts dieser Situation Vernunft annehmen.«

Wie auf ein Stichwort läutete abermals das Telefon.

Diesmal war es George Pace von der B of A. »Sie verlangen eine Verlegung des Tagungsortes. Sie bestehen auf einem neutralen Ort.«

»Nichts dagegen einzuwenden«, sagte Reston. »Und wohin?«

»Ins Fairmont-Hotel. Sie haben dort schon einen Konferenzsaal vorbereiten lassen. In etwa einer Stunde komme ich mit der Bank-Limousine vorbei und hole Sie ab.«

»Wir werden Sie in der Halle erwarten, George.«

»Noch etwas. Sie haben für zehn Uhr eine Pressekonferenz im ›Fairmont‹ einberufen.«

»Hurensöhne«, kommentierte Reston und legte auf.

»Was ist denn los?« wollte Mayer wissen.

Reston informierte ihn und die anderen anwesenden Herren.

»Das klingt gar nicht gut«, bemerkte der *Comptroller of the Currency*.

Dann kehrten alle in ihre Hotelzimmer zurück. Sie verabredeten, sich um acht Uhr fünfundvierzig in der Halle des »Clift« neuerlich zu treffen.

Im »Fairmont« hatte der venezolanische Ölminister ein Telefongespräch mit dem Vorsitzenden der Schweizerischen Nationalbank, Dr. Ulrich Huber, vorangemeldet. Obwohl er allein im Zimmer war, schien sich Roberto Martínez irgendwie genötigt zu fühlen, leise zu sprechen, als Huber am Apparat war. Nach den üblichen Höflichkeitsfloskeln kam er gleich zur Sache.

»Wie läuft es?«

»Bisher besser als erwartet.«

»Wieviel besser?«

»Ich würde meinen, daß Sie Ihr Kapital bisher zumindest verdoppelt haben. Und ich bin froh, daß Sie angerufen haben. Einige meiner Leute sind der Meinung, daß wir anfangen sollten, in New York Gewinne mitzunehmen. Was halten Sie davon?«

Die Stimme des Venezolaners erreichte ihre volle Lautstärke.

»Unter keinen Umständen! Haben Sie gehört?«

»Ich habe Sie gehört. Aber wenn nicht jetzt, wann dann?«

»Morgen. So wie wir es ursprünglich vereinbart haben.«

»Warum sind Sie bloß so unnachgiebig?« fragte der Schweizer Banker in seiner etepeteten Art.

»Weil ich den Ereignissen hier viel näher bin als Sie«, antwortete der Venezolaner und fragte dann: »Wieviel Uhr ist es jetzt in Zürich?«

»Bald fünf.«

»Sie schließen doch üblicherweise um fünf, nicht wahr?«

»Ja. Warum fragen Sie?«

»Weil ich denke, Sie werden es der Mühe wert finden, heute etwas länger im Büro zu bleiben«, lautete die rätselhafte Antwort des Venezolaners. »Ich muß jetzt gehen. Morgen früh rufe ich Sie um die gleiche Zeit wieder an.«

Er legte auf.

Zu genau der gleichen Zeit lenkte Azar Shahani ihren Wagen im Rückwärtsgang aus der Garage auf die Madrona Avenue, Belvedere Island. Joachim Schmidt von der deutschen Roten-Armee-Fraktion saß vorn neben ihr, zwei junge Araber im Fond.

Der Deutsche sah auf die Uhr. »Bist du sicher, daß du nur eine halbe Stunde brauchen wirst?«

»Bist du sicher, daß du ins ›Fairmont‹ willst?«

»Das hat der Mann gesagt.« Der Mann, der venezolanische Ölminister, hatte am Abend zuvor angerufen.

»Was werden wir im ›Fairmont‹ machen?«

»Mit ein paar Leuten reden.«

»Wenn das alles ist, warum hast du von mir verlangt, daß ich dir das Hotel in allen Einzelheiten beschreibe?« Er hatte sie sogar ersucht, einen Plan der Hotelhalle zu zeichnen.

»Mach dir keine Sorgen, Schätzchen. Das ist das letzte Mal, daß wir etwas von dir verlangen. Wir fahren zusammen ins ›Fairmont‹, und dann verschwinden wir aus deinem Leben.«

Und während Azar Shahani die Madrona Avenue zum Tiburon Boulevard hinunterfuhr, auf dem man zur Bundesschnellstraße 101 gelangt, die nach Süden, nach San Francisco führt, schwatzte der Deutsche munter drauflos.

»Dein Haus gefällt mir. Es ist so ruhig. Wie lange hast du es schon?«

»Sieben Jahre.«

»Wird deine Mutter hier mit dir leben?«

»Ja, wenn ihr euer Wort haltet und sie aus dem Iran ausreisen laßt.«

»Wir halten unser Wort. Keine Bange, Schätzchen. Sag, bist du mal mit diesem Professor aus Georgetown ins Bett gegangen?«

Sie antwortete nicht gleich. Und dann: »Warum fragst du?«

»Ich wollte es nur wissen.«

»Du hast doch nichts gegen ihn im Sinn?«

»Nein. Wir haben überhaupt nichts gegen ihn. Er ist nicht wichtig. Tut mir leid, daß ich das Thema angeschnitten habe.«

Sie fühlte sich erleichtert. Sie wußte, daß Paul Mayer in San Francisco war. Er hatte versprochen, sie anzurufen . . . und hatte es nicht getan. Sie wußte auch, daß er immer im »Clift« abstieg. Es würde also nichts mit ihm zu tun haben, was immer diese Leute im »Fairmont« vorhatten.

»Was ist das?« fragte der Deutsche und deutete auf die Wasserfläche, an der sie gerade vorbeifuhren. Es war schon dunkel gewesen, als das Taxi sie Sonntag abend vom Flughafen nach Marin County gebracht hatte. Und seitdem hatte keiner von ihnen das Haus an der Madrona Avenue verlassen.

»Richardson Bay, ein Vogelschutzgebiet«, antwortete Azar.

»Ach ja? Ich mag Vögel. In meiner Heimat sterben alle Wälder. Umweltverschmutzung. Und wenn die Bäume sterben, sterben auch bald die Vögel. Es ist schrecklich.«

Nach fünf Minuten waren sie auf der Schnellstraße. Der morgendliche Stoßverkehr hatte seinen Höhepunkt erreicht, und sie kamen nur sehr langsam voran. So dauerte es weitere fünfzehn Minuten, bis sie schließlich das Nordende der Golden Gate Bridge erreichten, und noch einmal fünf, bis sie zur Mautstelle am anderen Ende kamen.

Der Deutsche wurde immer nervöser. »In zehn Minuten müssen wir dasein«, drängte er Azar.

Wie auf ein Stichwort begann der Verkehr auf dem Doyle Drive, der von der Brücke zur Marina und Lombard Street führt, wieder schneller zu werden.

»In zehn Minuten sind wir da«, beruhigte sie ihn.

Das FBI ist unter anderem für die Bekämpfung des Terrorismus in den Vereinigten Staaten zuständig und hat seinen Sitz in Washington, D.C. Es erhält seine Informationen hauptsächlich von der Interpol, der CIA, der DIA, der NSA und dem State Department; sie alle überwachen die Terrorszene im Ausland und warnen das FBI, wenn sich jemand oder etwas dem amerikanischen Territorium zu nähern scheint.

In den achtziger Jahren gab es dazu kaum Anlaß. Was aber nicht hieß, daß die Anti-Terroreinheit des FBI nicht ständig beschäftigt war. Regelmäßig entdeckte jeder zweite Spinner im Land verdächtige Libyer auf New Yorker Flughäfen, Libanesen, die sich anschickten, das Washington Monument zu betreten, oder Syrer vor einer Synagoge in Los Angeles. Die meisten Meldungen wurden vom FBI überprüft — in nahezu hundert Prozent aller Fälle eine reine Zeitverschwendung. So war es nur natürlich, daß die Beamten mit der Zeit solche Hinweise in bezug auf bevorstehende Terroranschläge in den Vereinigten Staaten mit wachsender Skepsis betrachteten.

Zwischen Sonntag, dem 8. Januar 1989, spätnachmittags — der Eingang des Telex von Interpol wurde um sechzehn Uhr sechsundfünfzig registriert — und genau elf Uhr fünfunddreißig vormittags zwei Tage später, ereigneten sich vier Dinge, die diese Einstellung radikal veränderten.

Zuerst kam das Telex. Es ließ sich zwar kaum in die Kategorie »Hinweise aus der Bevölkerung« einordnen, denn es kam direkt vom Mossad, dem erfahrensten Geheimdienst der Welt, soweit es den internationalen Terror betrifft. Aus der Sicht des FBI bestand das Problem mit den Israelis darin, daß sie zuviel Informationen lieferten. Mit der Zeit wurde es zu einem Weizen-Spreu-Problem.

Rückschauend erscheint es mehr als wahrscheinlich, daß sie dieses Telex in die »Spreu«-Kategorie einordneten. Sie hatten bei den Sicherheitsbeamten auf den Airports Dulles und Kennedy angefragt: Waren in den vergangenen Tagen zwei verdächtige junge Araber eingereist? Nicht, daß sie wüßten, lautete die Antwort. Auf den Flughäfen herrschte Sonntagsbetrieb. Und es war Sonntag im FBI. Daher wurde das Telex dem Computer eingegeben und zusammen mit verschiedenen anderen Berichten »abgelegt«, Berichten über bekannte Terroristen, die kürzlich aus Beirut und etlichen anderen Städten wie Damaskus oder Tripolis verschwunden und möglicherweise mit unbekanntem Ziel wie Israel, Westeuropa oder — was als unwahrscheinlich angesehen wurde — den Vereinigten Staaten unterwegs waren.

Der Anruf von Professor Dobrovsky am nächsten Morgen hatte sie veranlaßt, das Fernschreiben wieder hervorzuholen. Ja, wurde ihm geantwortet, die Israelis haben uns gewarnt, daß zwei oder mehr Araber auf dem Weg zu uns sein könnten. Ja, sie hätten bei den Sicherheitsbeamten der Paß- und Visumskontrolle auf den Flughäfen nachgefragt, und nein, es wäre nichts dabei herausgekommen. Joachim Schmidt? Ja, auch sie hätten die Warnung von Interpol erhalten, aber es gäbe keinen Grund zu der Annahme, daß er in die Vereinigten Staaten eingereist sein könnte.

Der Professor hatte sie von den Theorien seines Kollegen Robert Kupperman unterrichtet: von dem Haus in der Water Street in New York und von dem Vorsitzenden des *Federal Reserve Board*. Das FBI hatte beide Theorien schon mindestens ein dutzendmal gehört. Aber sie versprachen Dobrovsky, der ihnen als netter, kompetenter, wenn auch leicht erregbarer Mann bekannt war, sofort mit den Sicherheitsbeamten des *Federal Reserve Board* Kontakt aufzunehmen.

Was das FBI auch tat — und sich daraufhin dringenderen Angelegenheiten zuwandte.

Die Sicherheitsbeamten des *Fed* hatten die meiste Zeit so gut wie nichts zu tun, und so verbrachten sie den Rest des Tages mit Spekulationen, wie jeder einzelne von ihnen reagieren würde, wenn ein mit Dynamit vollbeladener Lieferwagen durch das Tor hereingefahren käme. Als ihr Chef erfuhr, daß Robert Reston an diesem Abend nach San Francisco fliegen würde, rief er die Sekretärin des Präsidenten an und teilte ihr mit, was das FBI gesagt hatte.

Sie riet ihm, sich für alle Fälle mit den Sicherheitsbeamten der Bank of America in San Francisco in Verbindung zu setzen.

Das tat er. Und man versicherte ihm, daß im Hinblick auf das Meeting, das am nächsten Tag, Dienstag, den 10. Januar 1989, um neun Uhr vormittags im Konferenzsaal der Bank im vierzigsten Stock beginnen sollte, alle nötigen Sicherheitsvorkehrungen getroffen worden seien. Nun würde man sie noch weiter verstärken.

Und dabei blieb es. Bis elf Uhr fünfunddreißig Ostküstenzeit, Dienstag, den 10. Januar 1989.

Da nämlich erreichte ein Anruf die Telefonzentrale des FBI in Washington. Der Anrufer, der eine junge Stimme hatte, wünschte mit jemandem zu sprechen, der etwas mit Terrorismus zu tun hätte. Es wäre dringend, sagte er.

Special Agent Joseph McGrath übernahm das Gespräch. »Wie ich höre, rufen Sie wegen eines geplanten Terroranschlags an?«

»Ja, Sir.«

»Erzählen Sie bitte, ich werde alles auf Band aufnehmen, wenn es Ihnen recht ist. Ist es Ihnen recht?«

»Ja, Sir.«

»Dann sprechen Sie.«

José Martínez junior fing an, seine Geschichte zu erzählen, und der Beamte machte sich Notizen. Er berichtete von dem Deutschen, von der ihm aufgetragenen Überwachung von Professor Mayers Haus in Georgetown; von den Fotos, die er mit seiner Polaroidkamera gemacht hatte; von der Ankunft der beiden Araber; wie er herausgefunden hatte, daß sie unter falschem Namen reisten, als er ihre beiden Flugscheine nach San Francisco entdeckte; und er nannte eine Adresse: 126, Madrona Avenue, Belvedere, Kalifornien. Schließlich teilte er McGrath mit, daß sie Sonntag nachmittag seine Wohnung verlassen hatten.

Bis dahin hatte der FBI-Mann ihn einfach reden lassen, ohne ihn auch nur ein einziges Mal zu unterbrechen.

»Wie haben Sie es überhaupt mit diesen Leuten zu tun bekommen?«

»Das kann ich Ihnen nicht sagen, Sir.«

»Ihr gutes Recht. Dann könnten Sie mir vielleicht sagen: Wer ist Professor Mayer?«

»Er ist Professor an der Universität Georgetown. Seinetwegen rufe ich ja an. Ich fürchte, sie wollen ihn umbringen. Professor Mayer lehrt internationales Finanzwesen, ist ein sehr bedeutender Mann in internationalen Finanzkreisen. Er war früher geschäftsführender Direktor des Internationalen Währungsfonds . . .«

Bei McGrath begann es zu klingeln.

»Warten Sie einen Augenblick«, sagte er. »Bitte legen Sie nicht auf!«

Die Hand über die Muschel haltend, brüllte er über den Saal: »George! George! Ruf sofort den *Federal Reserve* an! Das Büro des Vorsitzenden. Frage, ob sie einen Professor Mayer kennen. Stelle fest, wo sich der Vorsitzende jetzt aufhält. Jetzt gleich!«

Er setzte nun das Telefongespräch fort. »Jetzt möchte ich, daß Sie mir so genau wie möglich den Deutschen und die Araber beschreiben. Lassen Sie sich Zeit.«

José junior war noch immer am Reden, als eine Stimme quer durch den Saal gellte.

»Joe!« Es war George. »Hör zu. Ich habe die Sekretärin von Robert Reston in der Leitung. Mayer ist ein Berater von Reston. Sie sind nach San Francisco geflogen, um an einer Konferenz in der Bank of America teilzunehmen. Das Meeting soll um neun Uhr Pazifik-Normalzeit beginnen. Das ist genau in fünfzehn Minuten.«

»Verdammte Scheiße! Sie soll dranbleiben!«

Einem anderen Kollegen rief McGrath zu: »Übernimm Leitung fünf!«

Dann unterbrach er José Martínez junior: »Hören Sie, was ich Ihnen jetzt sage, ist sehr, sehr wichtig. Aufgrund Ihrer Mitteilungen muß ich sofort handeln. Es ist jedoch nötig, daß Sie am Apparat bleiben. Ein Kollege von mir übernimmt die Leitung und wird mit Ihnen sprechen.«

Dann versetzte Joe McGrath die Anti-Terroreinheit des FBI in höchste Alarmbereitschaft.

»Auf welcher Leitung bist du, George?« brüllte er.

»Sieben.«

McGrath schaltete sich ein. »Hören Sie mir gut zu«, sagte er zu der Sekretärin des Vorsitzenden des *Fed*. »Wo ist Reston im Augenblick?«

»In seinem Hotel, nehme ich an.«

»Welches Hotel?«

»Das ›Clift‹ in San Francisco.«

»Nummer?«

Sie hatte die Nummer bei der Hand: »415-775-4700.«

»Danke. Bitte bleiben Sie dran.«

»Harry«, wandte er sich an einen der Geheimagenten, die sich um seinen Schreibtisch geschart hatten. »Verbinde mich mit unserem Büro in San Francisco.«

An einen anderen Agenten: »George, eine Verbindung mit dem Chef des Nachrichtendienstes der Polizei in San Francisco. Er heißt Chris Sullivan.«

Und an einen anderen: »Hol mir den Sicherheitsbeamten der Bank of America in San Francisco ans Telefon.«

Und an einen anderen: »Ruf Reston im Clift Hotel in San Francisco an. Hier ist die Nummer.« Er riß den Zettel von seinem Block ab und reichte ihn ihm.

So begann die Konfusion.

Azar Shahani hatte soeben ihren Wagen in der Tiefgarage des Fairmont-Hotels abgestellt. Sie hatte recht behalten. Von der Golden Gate Bridge hatte sie genau zehn Minuten hierher gebraucht.

Eine lange Rampe führte von der Garage des Hotels zu einer Reihe von Aufzügen. Man drückte den Knopf L und fuhr zwei Geschosse zum Empfang hoch. Als sich die Tür des Aufzugs öffnete, der den Deutschen, die Iranerin und die beiden jungen Araber heraufgebracht hatte, öffnete sich auch die Tür des angrenzenden Fahrstuhls und spuckte ein Dutzend Hotelgäste aus, die, einige mit Koffern beladen, aus ihren Zimmern heruntergekommen waren und zum großen Teil auf die Kasse zugingen, die sich rechts im hinteren Teil der weiten Lobby befand.

Der Deutsche, gefolgt von den beiden Arabern mit ihren Koffern und Azar Shahani, marschierte geradeaus auf die kreisförmige rote Polsterbank zu, die genau in der Mitte der riesigen Hotelhalle stand. Der Deutsche deutete mit dem Kopf auf die Bank, ging aber weiter, während die anderen drei zurückblieben.

Azar Shahani nahm Platz — genau gegenüber dem Haupteingang des Hotels. Die beiden Araber setzten sich rechts und links neben sie. Beide stellten ihre Koffer zu ihren Füßen ab.

Schweigend saßen die drei da und beobachteten die Leute, die durch die gläsernen Schiebetüren einige Meter von ihnen entfernt ein und aus gingen. Für den unbefangenen Beobachter waren sie einfach drei Hotelgäste, die ihre Rechnung bezahlt hatten und darauf warteten, von jemandem abgeholt zu werden, der sie vermutlich zum Flughafen bringen würde.

Es war genau acht Uhr fünfundvierzig.

Die Limousine der Bank of America mit ihrem Vorsitzenden George Pace im Fond war eben vor dem Clift-Hotel vorgefahren. Seit er sein Haus auf Belvedere verlassen hatte, war Pace im Geist noch einmal den Vorschlag durchgegangen, den er den lateinamerikanischen Schuldnern machen wollte. Seine tägliche Fahrt ins Büro bot ihm eine der wenigen Gelegenheiten, eine Zeitlang in Ruhe und Frieden und völliger Ungestörtheit zu verbringen, eine Zeit, die er jetzt noch mehr brauchte, um die Verteidigung der zweitgrößten Bank der Welt vorzubereiten, die, wie es schien, von allen Seiten unter Beschuß geraten war. Um nicht dieser dreißig Minuten der Ruhe verlustig zu gehen, hatte er es ganz bewußt abgelehnt, ein Telefon in seinen Wagen installieren zu lassen.

Wie sich erwies, war das ein Fehler gewesen.

Robert Reston und sein vor kurzem bestellter Chefberater, Professor Paul Mayer, warteten zusammen mit dem *Comptroller of the Currency* und dem Chef der *Federal Deposit Insurance Corporation* in der Halle. Keiner machte ein besonders fröhliches Gesicht.

Pace begrüßte die Herren, und ohne weitere Umstände verließen sie das Hotel und nahmen in dem geräumigen schwarzen Cadillac Platz — zwei auf dem Rücksitz, zwei auf den Notsitzen. Der Wagen fing an zu rollen und bog sofort in die Taylor Street ab, mit Kurs auf Nob Hill.

»Verdammt«, brummte Reston.

»Was ist denn?« fragte George Pace.

»Ich habe meine Zigarren vergessen.« Wie sein Vorgänger, Paul Volcker, rauchte auch Robert Reston, wenn er unter Streß stand.

»Kein Problem. Dunhill's ist ja nur ein paar Ecken die Post Street hinunter«, sagte George Pace.

Dann warf er einen Blick auf die Uhr. »Sie haben wahrscheinlich noch nicht offen. Aber der Zeitungskiosk im ›St. Francis‹ hat offen, und ich bin ganz sicher, daß sie auch alle bekannten Zigarrenmarken führen.«

Er drehte sich auf seinem Klappsitz herum, schob die Scheibe, die ihn vom Fahrer trennte, zurück und sagte: »Pat, biegen Sie bitte bei der Post Street rechts ab und halten Sie neben dem Seiteneingang des ›St. Francis‹.«

Der Wagen hielt genau an der Stelle, wo Squeaky Fromm 1975 auf Präsident Gerald Ford geschossen hatte. Die Einschlagstelle der Kugel, die ihr Ziel weit verfehlt hatte, war auf der Mauer des Hotels in der Post Street noch zu sehen.

Es war acht Uhr siebenundvierzig, als Robert Reston durch den Seiteneingang des »St. Francis« verschwand. Triumphierend ein halbes Dutzend *Partagas Rounds* schwenkend, kam er nach vier Minuten, um acht Uhr einundfünfzig, wieder heraus. Die Limousine fuhr die Post Street zurück, bog nach links in die Powell Street ab und nahm Kurs auf die California Street, vier Blocks den Hügel hinauf. Bei der Kreuzung Powell und California, wo der Fahrer wieder nach links abbiegen wollte, blieb der Cadillac hinter einem Cable Car stehen, das dort aus unbekannten Gründen steckengeblieben war. Der Haupteingang des Fairmont-Hotels befand sich eine Ecke weiter den Nob Hill hinauf, an der Ecke California und Mason.

Das FBI hatte das Clift-Hotel um acht Uhr fünfundvierzig angerufen. Robert Reston meldete sich nicht. Dann dauerte es noch eine volle Minute, bis sie die Telefonistin wieder in der Leitung hatten, die sie mit dem stellvertretenden Direktor verband, dem sie erklärten, daß das FBI mit Robert Reston zu sprechen wünschte und daß es eine Sache von höchster Dringlichkeit wäre. Nach dreißig Sekunden war der stellvertretende Direktor wieder am Apparat und berichtete, daß der Vorsitzende des *Federal Reserve Board* zusammen mit drei Herren soeben in einer Limousine weggefahren wäre. Was er denn mit »soeben« meinte? Vor zwei oder drei Minuten vielleicht.

Auf einer anderen Leitung war ein anderer FBI-Beamter mit dem Chef des Sicherheitsdienstes der Bank of America verbunden. Um ihn zu erreichen, hatte er eine volle Minute gebraucht. Er hatte ihn gerade noch erwischt, bevor der Mann mit der halben Mannschaft des Sicherheitsdienstes die Garage der Bank of America verließ. Der Sicherheitschef berichtete ihm nun über die Lage. Die Sekretärin des Vorsitzenden hatte ihm eine Nachricht hinterlassen; er hatte sie vor genau zehn Minuten erhalten, als er zum Dienst erschien. Der Boss hatte vor einer halben Stunde angerufen: Die Konferenz war von der Bank ins Fairmont-Hotel verlegt worden. Jetzt war er gerade dabei, die Sicherheitsvorkehrungen der neuen Situation anzupassen.

Er war ein bedächtiger Mann und benötigte fast eine halbe Minute, um das alles loszuwerden.

»Mein Gott, Mann!« fiel Joe McGrath ihm schließlich ins Wort. »Lassen Sie jetzt das Telefon sein und bewegen Sie Ihren Hintern ins ›Fairmont‹. Und holen Sie dort Ihren Boss und auch alle anderen raus! Alle! Ich erklär's Ihnen später. Und jetzt machen Sie schon.«

Er legte auf.

»Alle mal herhören!« brüllte McGrath dann in den Saal, in dem sich die Spitzenleute der Anti-Terroreinheit des FBI befanden.

»Wer hat unser Büro in San Francisco?«

»Auf Leitung elf«, rief einer herüber.

McGrath schaltete sich in Leitung elf ein. »Welche Anweisungen haben Ihnen unsere Leute gegeben?« erkundigte er sich.

»Wir sollten Reston an die Strippe bekommen. Entweder im Clift-Hotel oder in der B of A«, lautete die Antwort. »Zwei von unseren Gruppen sind bereits auf dem Weg runter zu ihren Wagen.« Das FBI-Büro in San Francisco befand sich im achtzehnten Stockwerk der Bundesbehörde 450 Golden Gate Avenue.

»Stoppen Sie das. Die Konferenz ist verlegt worden. Reston hat das Clift-Hotel vor dreißig Minuten verlassen und fährt zum ›Fairmont‹.«

»Okay. Unsere Männer werden in fünf oder sechs Minuten dasein.«

Dann schrie McGrath: »Wer hat die Polizei von San Francisco in der Leitung?«

»Leitung zwei!«

McGrath informierte den Chef des Nachrichtendienstes der Justizverwaltung in San Francisco von der Verlegung der Konferenz.

»Okay«, lautete die Antwort. »Wir haben zwei TAC-Streifenwagen auf der Straße, und beide fahren in Richtung B of A. Ich habe gerade mit dem einen gesprochen, der die California Street hinunterfährt. Ich lasse ihn sofort umdrehen. Er sollte in zwei Minuten beim Fairmont-Hotel sein. Wir betreten das Haus von hinten.«

»Eine Verbindung mit dem Fairmont-Hotel!« brüllte McGrath.

Um acht Uhr vierundfünfzig setzte sich das Cable Car, das an der Ecke Powell und California steckengeblieben war, langsam wieder in Bewegung, und der Cadillac der B of A konnte nun links in die California Street einbiegen, und einen Block hügelaufwärts weiter in die Mason Street. Der Fahrer steuerte die Limousine auf die kreisförmige Auffahrt zu und blieb vor der Treppe stehen, die zu den Türen der großen Hotelhalle des Fairmont-Hotels führte.

Der nicht gekennzeichnete Wagen der Polizei, der sich mit drei Mann der taktischen Einheit auf der Fahrt die California Street hinunter befand, hatte kehrtgemacht und das Fairmont-Hotel von der Rückseite angesteuert. Bei der Kreuzung Powell und California, wo ein Cable Car nicht weiterkam, waren sie über den Gehsteig gerumpelt. Mit quietschenden Bremsen kamen sie in der gleichen Garage zu stehen, wo Azar Shahani ihren Mercedes geparkt hatte. Die drei uniformierten Polizisten ergriffen ihre Waffen, AR-14-Sturmgewehre, die immer auf dem Rücksitz bereitlagen, und rasten die Rampe zu dem Aufzug hinauf, von dem sie wußten, daß er sie geradewegs in die Lobby bringen würde.

Als sie aus dem Aufzug traten, sahen sie zu ihrer Rechten vor der Rezeption den Hoteldirektor, der eindringlich mit zwei Sicherheitsbeamten sprach und auf eine kreisrunde rote Polsterbank hinwies, die sich in der Mitte der Hotelhalle befand.

Auf dieser Bank saßen drei Leute, alle von dunkler, nahöstlicher Hautfarbe; zwei junge Männer, so wie sie über Funk des Streifenwagens beschrieben worden waren, und eine nicht mehr ganz junge, aber sehr schöne Frau.

Dann ging alles sehr schnell.

Ein Mann — der Deutsche Joachim Schmidt —, der beim Eingang stand und hinausblickte, drehte sich plötzlich um, gab den Arabern ein Handzeichen und fing an, sich sehr rasch zu entfernen. Sofort beugten sich die zwei Araber vor, um die zwei Koffer zu öffnen, die sie zu ihren Füßen stehen hatten. Die Frau zwischen ihnen blieb sitzen und starrte wie in Trance vor sich hin.

Langsam öffnete sich die gläserne Schiebetür, die in die Hotelhalle führte, und einer nach dem anderen traten Georg Pace, Robert Reston und Professor Paul Mayer ein.

Die drei Beamten der taktischen Einheit liefen auf die kreisförmige Bank in der Mitte der Halle zu. Dann fingen alle drei an, aus Leibeskräften zu schreien.

Eine volle Sekunde lang schien es, als ob alle und alles zum Stillstand gekommen wäre. Selbst die beiden Araber, die nun, ihre Uzis im Anschlag, aufgesprungen waren, schienen innezuhalten. Das taten auch die drei Herren, die soeben die Lobby betreten hatten und jetzt in wenigen Metern Entfernung vor den Mündungen der Maschinenpistolen standen.

Dann eröffnete die Polizei das Feuer.

Die Kugeln aus ihren Sturmgewehren rissen die beiden Araber fast entzwei. Der Kopf der schönen Frau, die zwischen ihnen sitzengeblieben war, schien zu explodieren.

Drei andere Herren mit Plaketten an ihren Revers, die von einem Geschäftsfrühstück ihres Verbandes kamen, hatten soeben von Norden her die Halle betreten und standen daher, als die Schießerei begann, unmittelbar hinter der kreisförmigen Bank. Der Kugelregen traf sie alle in den Nacken. Während sie zu Boden sanken, spritzte Blut in alle Richtungen und floß auf den roten Teppich. Einer von ihnen stieß einen durchdringenden kläglichen Schrei aus, bevor sein Körper in einem letzten Todeskrampf zuckte.

Paul Mayers Augen registrierten all dies in einer Art beschleunigter Zeitlupenaufnahme, während sein Verstand den laufenden Kommentar dazu lieferte. Azar Shahani stand im Brennpunkt seiner Augen wie auch seines Verstandes. Zuerst hatte er sie nur da sitzen sehen und sich nach dem Warum gefragt. Als er dann sah, wie die beiden Männer neben ihr aufsprangen und ihre Maschinenpistolen auf ihn richteten, wußte er es: Sie hatte ihn zum Abschuß freigegeben, und nun würden sie ihn töten! Aber statt dessen eröffneten andere das Feuer, und es war ihr Kopf, der zerbarst, nicht der seine.

Es war zuviel. Er sackte auf dem Teppich des Fairmont-Hotels zusammen und erbrach sich.

Die zwei Wagen mit FBI-Agenten trafen eine Minute später

ein. Innerhalb von dreißig Sekunden und inmitten absoluten Chaos holten sie rasch und zielstrebig Robert Reston und die anderen Herren, die sich in seiner Begleitung befanden, aus dem Haus. Es könnten ja noch mehr von diesen Typen in der Gegend herumschwirren, erklärten sie ihr Vorgehen.

Reuters hatte einen Reporter zu der Pressekonferenz entsandt, die die lateinamerikanischen Minister für den Vormittag einberufen hatten; der Mann war schon etwas früher gekommen und trank gerade einen Kaffee in der Cafeteria des Fairmont-Hotels, als die Schießerei anfing. Als alles vorüber zu sein schien, wartete er noch drei Minuten. Dann stürzte er in die Hotelhalle. Die Polizei war bereits damit beschäftigt, die Lobby völlig zu räumen, und ging dabei sehr unsanft vor. Bevor sie ihn buchstäblich hinauswarfen, gelang es ihm noch, einen Blick auf die Halle zu werfen — und die Toten. Obwohl er fünfzig Meter von der Mitte der Halle entfernt war, konnte er sechs Leichen da liegen sehen, fünf Männer und eine Frau.

»Was sind das für Leute?« fragte der Mann von Reuters dann einen Bullen neben ihm.

»Bankleute«, antwortete der Polizist. »Und jetzt raus hier.« Und so begann das große Gedränge.

Diese Falschmeldung war es, die aus einer sich anbahnenden Finanzkrise eine finanzielle Panik werden ließ.

Denn schon drei Minuten später, um Punkt neun Uhr Pazifik-Normalzeit, stand der Mann von Reuters in einer Telefonzelle in der Lobby des Mark-Hopkins-Hotels, gegenüber dem »Fairmont« in der California Street, und telefonierte seinen Bericht durch. Er wollte der erste sein, und er war es auch. Sekunden später wurde die Nachricht über Satelliten verbreitet, an jede Bank, jedes Maklerbüro, jede Börse von Frankfurt bis London, von New York bis Tokio: die Vorsitzenden des *Federal Reserve Board* und der Bank of America sowie drei weitere Herren, unter ihnen der *Comptroller of the Currency* und der Chef der *Federal Deposit Insurance Corporation*, wären in der Lobby des Fairmont-Hotels in San Francisco ermordet worden. Auch eine bisher noch nicht identifizierte Frau, vermutlich ein Hotelgast, sei niedergeschossen worden. Über die Identität der Attentäter sei nichts bekannt.

In der Wall Street war es zwölf Uhr mittags, als sich die Reuter-Meldung von der Westküste im Börsensaal verbreitete, und alle reagierten in der gleichen Weise: schleunigst aussteigen. In der letzten Stunde der Börsentätigkeit in New York stürzte der Dow ab und hatte bei Börsenschluß hundertundzwölf Punkte verloren. Die Reaktion der Warenbörsen war die gleiche: sofortiger Kollaps. Wie alles andere sank auch der Ölpreis und hatte am Ende des Geschäftstages den niedrigsten Wert seit 1973 erreicht: fünf Dollar je Barrel.

In dieser Stunde entwickelte sich auch etwas Neues und verwandelte eine bisher auf das Inland beschränkte Krise, die eine Massenliquidation von Finanzwerten zur Folge hatte, in eine totale internationale Währungskrise. Die Ausländer, allen voran die Mitteleuropäer, kamen zu dem Schluß, daß es in den Vereinigten Staaten keinen mehr gab, der das Ruder führen konnte. Wieder einmal machte der alte Witz die Runde, wonach sich die Welt nicht mehr mit einem Goldstandard, sondern mit einem Paul-Volcker-Standard auseinandersetzen müsse. Robert Reston hatte seine Nachfolge angetreten. Und jetzt war er tot. Der Präsident der Vereinigten Staaten, mit nur noch zehn Tagen Amtszeit, war auf seiner Ranch. Der nicht wiedergewählte Kongreß hatte sich vertagt. Es war niemand da, um den Laden zu schmeißen, den man als die Vereinigten Staaten von Amerika kannte.

Fünfundvierzig Prozent der Einlagen der Bank of America entfielen auf Fremde. Es waren ausschließlich institutionelle Depots; alle Beträge waren höher als hunderttausend Dollar und daher nicht versichert.

In den folgenden drei Stunden wurden von diesen Einlagen zwölf Milliarden Dollar abgezogen, was nahezu zehn Prozent der Gesamteinlagen der Bank entsprach. Weitere zweiunddreißig Milliarden Dollar wurden von der Citybank, Manufactures

Hanover, Chase Manhattan, Bankers Trust, Morgan, First Chicago, Chemical, Security Pacific und First Interstate abgezogen. Diese Gelder verließen nicht nur die Banken, sie verließen auch das Land. Das geschah alles mittels telegraphischer Überweisung, so daß das Geld eben noch dagewesen und eine Minute später ins Ausland abgeflossen war. Trotz massivem Eingreifen des New Yorker *Fed* brach der Dollar zusammen.

Es half auch nichts, daß Robert Reston zu Mittag Pazifik-Normalzeit, begleitet von der machtvollsten Polizeieskorte, die die Stadt je gesehen hatte, das ABC-TV-Studio in der Front Street in San Francisco aufsuchte und sich live im nationalen Fernsehen zeigte, um zu beweisen, daß er am Leben war.

Hat ein Run einmal eingesetzt, nährt er sich von seiner Substanz. Weil sich ganz plötzlich die Menschen bei der Tür drängen, besser gesagt, mit ihrem Geld in der Hand hinausdrängen, bevor sie zufällt. Sie fürchten, den letzten Bus zu verpassen. Torschlußpanik.

Um drei Uhr nachmittags flogen Bob Reston, sein Berater, Dr. Mayer, der *Comptroller of the Currency* und der Chef der FDIC in einem Jet der US Air Force nach Santa Barbara. Ein Hubschrauber sollte sie dann zur Ranch des Präsidenten bringen.

Unmittelbar nach dem Start sprachen die vier Herren nur wenig. Sie waren alle noch wie betäubt von der ungeheuerlichen Situation, die sich in so kurzer Zeit entwickelt hatte. Und sie waren von den Sicherheitsmaßnahmen an Bord tief beeindruckt. Nicht weniger als zwanzig Beamte des Geheimdienstes und des FBI waren im Flugzeug. Und man hatte ihnen auch gesagt, warum. Unmittelbar bevor sie das Feuer eröffnet hatten, war der Anführer des Terroranschlags, ein Deutscher namens Joachim Schmidt, von den Polizisten der taktischen Einheit erkannt worden. Im darauffolgenden Chaos war er untergetaucht.

Doch dann, nach fünfzehn Minuten Flug, zogen sich Robert Reston und Paul Mayer in den hinteren Teil der Maschine zurück und steckten die Köpfe zusammen. Das taten sie auch während des restlichen Fluges, wobei zumeist Paul Mayer das Wort führte. Als der Hubschrauber dann auf dem Rasen neben dem Ranchhaus landete, kam der Präsident persönlich heraus, um sie zu begrüßen. Vom Pazifik her kam gerade ein Sturm auf, und es war windig und kalt geworden. Darum bot der Präsident ihnen, sobald sie in seinem Wohnzimmer waren, zunächst einmal Kaffee an. Alle nahmen dankend an.

»Mein Stabschef ist auf dem Weg hierher«, sagte er, »aber ich fürchte, er wird nicht vor einer Stunde dasein können. Wollen wir anfangen, oder wollen wir warten?«

Er richtete die Frage an Robert Reston, der als Vorsitzender des *Federal Reserve Board* der Ranghöchste unter seinen Besuchern war.

»Meiner Meinung nach ist die Angelegenheit von größter Dringlichkeit«, antwortete Reston, »und darum schlage ich vor, daß wir anfangen.«

»Sehr gut. Welche Wahl bleibt uns?«

»Keine«, gab Reston unverzüglich zurück. »Entweder wir schließen die Banken, oder wir müssen mit Konsequenzen in einem Ausmaß rechnen, wie wir sie als Nation nicht riskieren können.«

Charles Thayer, der *Comptroller of Currency*, unterbrach ihn. »Dem muß ich widersprechen. Diese ganze Geschichte hat mit der Bank of America angefangen, und sie läßt sich mit der Bank of America beenden. Hätten wir uns eingeschaltet und eine Rechnungsprüfung vorgenommen, wie ich vorgeschlagen habe, wäre das alles nicht passiert.«

»Charles«, sagte der Präsident, »lassen Sie uns nicht die Vergangenheit aufwärmen. Haben Sie eine Alternative anzubieten?«

»Ja, das habe ich. Vor zwei Jahren erteilte der Kongreß der *Federal Deposit Insurance Corporation* die Ermächtigung, jede insolvente Bank in unserem Land zu übernehmen und sie so lange wie nötig weiterzuführen. Ich sage: tun wir's. Intervenieren wir unverzüglich in der B of A. Der *Fed* kann sie über Nacht wieder in Schuß bringen. Und morgen früh sperren wir auf wie jeden Tag. Dann werden sich die Dinge beruhigen, so wie 1984, als wir die Continental Illinois, und 1987, als wir die First National of Texas übernehmen mußten. Mit anderen Worten, Mr. President: Es besteht keine Notwendigkeit, übertrieben zu reagieren.«

Robert Reston ergriff abermals das Wort: »Ich denke, wir sollten hören, was Professor Mayer dazu meint, Mr. President.«

»Bitte, Paul«, sagte der Präsident. Sie waren sich in der Vergangenheit, als Professor Mayer noch den Internationalen Währungsfonds verwaltete, vielleicht ein dutzendmal begegnet.

»Danke. Ich will ganz offen sein. Ich bin völlig anderer Ansicht als Mr. Thayer. Hier handelt es sich nicht um die Schwierigkeiten *einer* Bank. Das Problem, mit dem wir es zu tun haben, ist system-immanent. Die Glaubwürdigkeit, die Solvenz des gesamten amerikanischen Banksystems ist in Frage gestellt. Auf diese Fragen müssen wir Antworten finden. Während wir danach suchen, haben wir zwei Möglichkeiten: offenbleiben, wie Mr. Thayer vorschlägt — aber im vollen Bewußtsein, daß der *Federal Reserve Board* nicht bloß *eine* Bank wird refinanzieren müssen, sondern alle. Wenn wir nicht bereit sind, das gesamte Bankenwesen in einem monumentalen Ausmaß zu refinanzieren, bleibt uns nichts anderes übrig, als alle Banken zu schließen, bevor *sie* es für uns tun.«

»Wer sind ›sie‹?« fragte der Präsident.

»Die Deutschen, die Schweizer, die Japaner . . . sie haben hunderte Milliarden Dollar in kurzfristigen Einlagen bei unseren Banken, Mr. President. Fünfzig Milliarden haben sie bereits abgezogen. Wenn sie es können, werden sie morgen weitere hundert Milliarden ins Ausland transferieren, und das würde zu einer Insolvenz jedes Geldinstituts im Land führen. Das Problem mag mit der Bank of America begonnen haben, aber jetzt sitzen Chase, Citybank und Security Pacific — alle großen Banken — im selben Boot.«

»Er hat recht«, äußerte Roger Wells von der FDIC. »Wäre es nur die Bank of America, wir würden damit fertig werden. Gerade noch. Aber wie Paul richtig bemerkt hat, ist das Problem system-immanent. Und was er nicht erwähnt hat: Morgen werden es nicht nur die Ausländer sein; amerikanische Einleger werden sich dem Run zweifellos anschließen. Damit werden die kleinen Banken in Schwierigkeiten geraten. Wie Bob Reston gesagt hat: Wir haben keine andere Wahl; wir müssen alle zumachen. Jetzt.«

»Also gut«, sagte der Präsident, »ich schließe die Banken. Und was geschieht dann?«

Bob Reston antwortete ihm: »Wir müssen sofort das Problem angehen, das die ganze Geschichte überhaupt erst ins Rollen gebracht hat: den Entschluß der Lateinamerikaner, die Zahlungen ihrer Auslandsschulden einzustellen.«

»Weiß einer von den Herren, wie dieses Problem zu lösen ist?«

Alle schwiegen. Dann ergriff Paul Mayer das Wort:

»Ja, Sir, ich glaube, ich weiß einen Weg.«

»Lassen Sie hören.«

»Wir werden auf gewisse Grundzüge zurückgehen müssen, Mr. President. Als erstes müssen die Vereinigten Staaten trachten, den Rohölpreis bei zwanzig Dollar je Barrel zu fixieren. Wie und warum werde ich Ihnen gleich erklären. Dann . . .« Mayer sprach fünfzehn Minuten, und keiner unterbrach ihn.

Er war eben mit seinen Ausführungen zu Ende, als der Stabschef des Präsidenten eintraf. Die beiden entschuldigten sich, zogen ihre Regenmäntel an und gingen nach draußen. Nachdem sie ins Haus zurückgekehrt waren, stellten sie sich vor den Kamin; die vier Herren saßen ihnen gegenüber.

»Wir teilen Ihre Meinung«, wandte sich der Präsident an den Chef des *Federal Reserve Board*. »Wir schließen die Banken. Wir möchten, daß Sie und Professor Mayer hier bei uns bleiben, für die Dauer der Krise, um einen Plan auszuarbeiten, wie wir diesem Schlamassel ein Ende bereiten können. Dann wollen wir hoffen, daß die Lateinamerikaner das akzeptieren. Wenn sie stur bleiben«, und er zuckte die Achseln, »wird man uns zumindest nicht vorwerfen können, daß wir es nicht versucht haben.«

Der Helikopter brachte die vier Herren zum Flugplatz von Santa Barbara. Er landete neben einem zweiten Militärhubschrauber, der eilig mit TV-Kameras beladen wurde, während die Leute vom Fernsehen ungeduldig herumstanden. Der *Comptroller of the Currency* und der Chef der FDIC bestiegen den Jet der Air Force, der sie von San Francisco hergebracht hatte, und schon Minuten später waren sie unterwegs nach Washington, D.C. Robert Reston und Paul Mayer wurden ins Biltmore-Hotel gefahren, wo man sie in einem der Bungalows auf dem Gelände dieses prächtigen Hotels an der Küste unterbrachte.

Eine Stunde später erschien Ronald Reagan im Fernsehen, um einen dreitägigen nationalen Bankfeiertag anzukündigen. Auch alle Börsen würden geschlossen bleiben. Seit dem 4. März 1933 war dies das erste Mal, daß ein Präsident sich genötigt sah, eine solche Maßnahme zu ergreifen.

Ungeachtet der ernsten Lage sprach Ronald Reagan ruhig, souverän und von Optimismus erfüllt, ein echter Präsident. Er schloß seine kurzen Ausführungen mit dem Hinweis, daß an einer Lösung bereits gearbeitet würde.

Seine politischen Ratgeber, die in Massen nach Santa Barbara geeilt waren, ließen solche Ruhe vermissen. Sie waren sogar fuchsteufelswild. Die Ausländer drohten, die Parade des Chefs ins Wasser fallen zu lassen, die letzte Parade seiner politischen Laufbahn. Sie machten die letzten zwei Wochen seiner Präsidentschaft kaputt. Und ausgerechnet die Mexikaner, die Venezolaner und die Brasilianer hatten diesen Unfug angerichtet. Diese undankbaren Hunde!

16. Kapitel

Nach der Schießerei hatten sich die Mexikaner, die Venezolaner und der Brasilianer in ihren Suiten im sechzehnten Stockwerk des Fairmont-Hotels verkrochen. In den Gängen waren mehr Sicherheitsbeamte des Hotels als Gäste zu sehen. Anfangs waren die Lateinamerikaner genauso verwirrt wie alle anderen gewesen. Mit Rücksicht auf die fünf hohen amerikanischen Beamten, die ermordet worden waren, hatten sie die ursprünglich für zehn Uhr angesetzte Pressekonferenz abgesagt. Im weiteren Tagesverlauf stellte sich dann heraus, daß die einzigen Toten zwei junge Araber, eine Iranerin und drei unbeteiligte Hotelgäste gewesen waren. Als sie im Fernsehen die Spekulationen hörten, wer wohl hinter dem, wie man es jetzt nannte, Fairmont-Hotel-Massaker steckte, wurde ihnen klar, daß kein Mensch sie mit dem Anschlag auf den Vorsitzenden des *Federal Reserve Board* und die vier Herren in seiner Begleitung in Verbindung brachte.

Die Presse jedoch dachte nicht daran, die Belagerung aufzugeben, war es doch für die Regierung wie auch für die restliche Welt offenkundig, daß die Lateinamerikaner die Absicht gehabt hatten, die Zahlung ihrer Schulden an die amerikanischen Banken einzustellen. Damit hatten sie, wie man es jetzt schon bezeichnete, die Panik von 1989 ausgelöst.

Nachdem der amerikanische Präsident im Fernsehen gesprochen und einen nationalen Bankfeiertag verkündet hatte, besprach ein schon recht nervöser Roberto Martínez die Lage mit seinem Bruder. Beide kamen schnell überein, daß sie nicht länger schweigen konnten. Es war am besten, den Amerikaner ihren Standpunkt klarzumachen und dann das Land zu verlassen. Schnell. Sehr schnell.

Mexikos für das Erdöl und die Finanzen zuständige Minister, wie auch der brasilianische Finanzminister stimmten sofort zu. Sie einigten sich auch darauf, daß Roberto Martínez ihr Sprecher sein sollte.

Sally Brown vom »Wall Street Journal« stellte die erste Frage: Im Hinblick auf die Geschehnisse des heutigen Tages, blieben sie immer noch bei ihrem Entschluß, die Zahlungen einzustellen?

Martínez' Antwort: »Von dem bedauerlichen Zwischenfall hier im Hotel abgesehen, hat uns das, was heute geschehen ist, nur noch in unserer Absicht bestärkt, uns auf die *Force majeur*-Klauseln in unseren Kreditverträgen mit den amerikanischen Banken, dem Internationalen Währungsfonds und der Weltbank zu berufen.«

Dann setzte er zu einem Redeschwall an, der sich kaum von einer Tirade unterschied. Der Ölpreis sei gestern auf fünf Dollar je Barrel gesunken, der Kaffeepreis auf achtundneunzig Cents das Pfund. Die Zinssätze seien volle zweihundert Basispunkte hinaufgeschnellt. Diese Entwicklung würde in Lateinamerika eine Armut zur Folge haben, wie man sie seit dem neunzehnten Jahrhundert nicht mehr gekannt hätte!

Begriffen sie denn nicht, daß sie dieses finanzielle Debakel heraufbeschworen hatten? Wußten sie nicht, daß sie nach der Sperre der amerikanischen Banken, für die sie zumindest zum Teil die Verantwortung trugen, auf jede amerikanische Finanzierung würden verzichten müssen? Wie sollte Mexiko überleben?

Der mexikanische Finanzminister entschloß sich zu antworten: »Danke für Ihre Besorgnis, aber wir werden sehr gut überleben.«

»Wie denn?«

»Mit Hilfe unserer europäischen Freunde. Dort sind die Banken nämlich noch offen. Und nach dem, was heute geschah, werden selbst Sie, meine Damen und Herren von der Presse, begreifen, daß die Europäer jetzt vor Geld aus den Nähten platzen.« Er unterbrach sich, um seine Worte wirken zu lassen. »Wir brauchen euch Amerikaner nicht. Ihr braucht uns!«

Seine Schadenfreude war so eklatant, daß einige Reporter

zu zischen begannen. Die Zeitungsleute schlugen einen schärferen Ton an. Daher entschloß sich Roberto Martínez fünfzehn Minuten später, die Pressekonferenz abrupt zu beenden.

Sally Brown gab noch einen letzten Kommentar ab, während sie mit ihrem Kollegen Warren Hinkle vom »San Francisco Examiner« den Raum verließ. »Ich glaube, die wissen ganz genau, daß sie uns an der Gurgel haben. Und sie werden weiter zudrücken, ganz gleich, was passiert.«

Hinkles Antwort: »Es ist eine Neuauflage der iranischen Geiselaffäre. Nur daß es diesmal um unsere Banken geht. Ich hätte nie gedacht, daß Reagan so etwas hinnehmen würde.«

Eine Gulfstream III der venezolanischen Regierung wartete auf dem Flugplatz von San Francisco. Die Maschine konnte zwölf Passagieren jeden Luxus bieten; für diesen Flug würde sie allerdings nur vier Personen an Bord nehmen. Der venezolanische Finanzminister José Martínez senior würde nicht mit den anderen zusammen reisen. Er hatte einen verzweifelten Anruf von seinem Sohn erhalten, und würde statt dessen mit einer Verkehrsmaschine nach Washington reisen, um zu erfahren, was ihn bedrückte.

Um neun Uhr abends hob die G-III ab. Der Flugplan sah vor, Kurs auf Mexiko City zu nehmen, wo die mexikanischen Minister ihrem Präsidenten, der sie auf dem Flugplatz erwartete, Bericht erstatten sollten. Dort wollten sie auftanken und dann nach Caracas weiterfliegen, um in der venezolanischen Hauptstadt eine Konferenz aller lateinamerikanischen Schuldnerländer, von Argentinien bis Peru, von Chile bis Ecuador, einzuberufen. Der Zweck: den Yankees, dem Internationalen Währungsfonds und der Weltbank gegenüber eine einheitliche Front zu präsentieren. Jetzt, wo sie ihre Gläubiger in die Ecke getrieben hatten, würde es nicht schwer sein, die Lateinamerikaner für eine totale Einheit zu gewinnen.

Es war Mitternacht, als sie in Mexico City landeten, und während die mexikanischen Minister mit ihrem Präsidenten konferierten und der Brasilianer sich einen Drink genehmigte, meldete Roberto Martínez ein Ferngespräch mit der Schweizerischen Nationalbank an.

Als er mit Dr. Ulrich Huber verbunden war, konnte er sein Frohlocken nicht verbergen.

»Ich habe es Ihnen ja gesagt, nicht wahr? Daß Sie bis Mittwoch warten sollen. Und Sie sehen, was passiert ist!«

Die Antwort aus Zürich war befremdlich unbeeindruckt. »Es wird keinen Mittwoch geben. Auch keinen Donnerstag und keinen Freitag. Alles ist zu.«

»Was spielt das für eine Rolle?«

»Wie können wir Gewinne mitnehmen, wenn alle Börsen geschlossen sind? Selbst in Europa werden heute vormittag keine amerikanische Effekten gehandelt, weder Aktien noch Obligationen, ob es nun Regierungs- oder Privatemissionen sind. Auch unsere Warenbörsen sind geschlossen und werden nicht öffnen, bevor es nicht auch die Amerikaner tun.«

»Na, wenn schon. Wir müssen enorme Gewinne festliegen haben.«

»Auf dem Papier, ja.«

»Aber was kann denn jetzt noch passieren?«

»Ich weiß es nicht. Aber es gefällt mir nicht«, antwortete der Schweizer Bankier. »Und jetzt habe ich noch etwas anderes zu tun. Leben Sie wohl, Señor Martínez.«

Um halb zwei Uhr früh hatte die Besatzung die G-III aufgetankt und die Kabine aufgeräumt. Die vier lateinamerikanischen Minister kamen an Bord, und eine halbe Stunde später hob die Maschine ab und nahm Kurs auf Caracas.

In 15.000 Fuß Höhe explodierte sie.

17. Kapitel

Eine Welle von Angst und Haß breitete sich in ganz Lateinamerika aus. Gleichzeitig lebte der Respekt vor den Yankees wieder auf.

Erinnerungen wurden wach an die Art, wie die CIA angeblich — und erfolgreich — mit Lumumba und Dag Hammarskjøld verfahren war, wie sie bei zahlreichen Gelegenheiten — wenn auch erfolglos — mit Castro hatte verfahren wollen. Jimmy Carter hatte diesen Dingen ein Ende gesetzt. Aber jetzt war die CIA offenbar wieder im Geschäft und hatte sich in diesem Fall selbst übertroffen: Sie hatten ihre Gegner in einem Aufwasch vernichtet.

So sehr man das auch in Langley, Virginia, zu schätzen wußte, Tatsache war, daß man in der CIA nichts davon wußte.

Es war also mit reinem Gewissen, daß schon im Morgengrauen des 11. Januar 1989, einem Mittwoch, vom »Zweiten Weißen Haus« in den Hügeln hinter Santa Barbara Beileidstelegramme ausgesandt wurden. Darin wurde auch der Hoffnung Ausdruck gegeben, daß, wenn überhaupt eine Tragödie von solchen Ausmaßen den Schimmer einer Zuversicht haben konnte, nur den, als Katalysator zu dienen und die Interessen aller Völker Amerikas wieder in Einklang zu bringen. Der Präsident der Vereinigten Staaten lud die Präsidenten von Mexiko, Venezuela und Brasilien ein, unverzüglich zu ihm nach Kalifornien zu kommen, um dieses Ziel zu erreichen.

Um fünf Uhr früh weckte der Stabschef des Präsidenten Robert Reston und Paul Mayer, um ihnen mitzuteilen, was in Mexico City geschehen war. Gleichzeitig informierte er sie von der Absicht des Präsidenten, sobald wie möglich eine Konferenz mit den drei lateinamerikanischen Staatsoberhäuptern einzuberufen. Reston und Mayer machten sich sofort an die Arbeit.

Paul Mayers erster Schritt war, seine Kollegen im *Center for Strategic and International Studies* der Universität Georgetown zu mobilisieren, quasi, wie er sich ausdrückte, einen Feldzug zu initiieren. Er fing mit Dr. Henry Kissinger an, den er in seiner Wohnung erreichte.

»Hier spricht Paul Mayer«, sagte er. »Ich hoffe, ich habe Sie nicht geweckt.«

»Es hat mich schon jemand vor drei Stunden geweckt, um mir mitzuteilen, was in Mexico City geschehen ist. Ich nehme an, daß Sie mich deswegen anrufen?«

»So ist es. Wir meinen, daß sich hier eine Gelegenheit bietet, die Bankenkrise beizulegen. Der Präsident hat die Staatsoberhäupter von Mexiko, Venezuela und Brasilien eingeladen, zu ihm nach Santa Barbara zu kommen. Wir möchten, daß sie ihren Entschluß, die Zahlungen einzustellen, zurücknehmen. Als Teil unseres *quid pro quo* werden wir vorschlagen, die *International Energy Agency* zu reaktivieren. Der Präsident hat mich beauftragt, Sie zu ersuchen, uns dabei zu helfen.«

Diese Behörde war 1973 auf Betreiben Henry Kissingers ins Leben gerufen worden. Ihr Zweck war es gewesen, die ölverbrauchenden Länder gegen zukünftige Ölembargos zu schützen. Gemäß ihren Bestimmungen hatten sich alle einundzwanzig Signatarmächte verpflichtet, genügend Öl zu kaufen und zu lagern, um eine neue Energiekrise überbrücken zu können. Die Vereinigten Staaten hatten in der Folge die *Strategic Petroleum Reserve*, das Amt für strategische Vorratshaltung, eingerichtet und im Anschluß daran fünfhundert Millionen Barrel gekauft und im Salzbergwerk von Louisiana gelagert. Ungeachtet der Tatsache, daß ursprünglich die Lagerung von einer Milliarde Barrel bewilligt worden war, kam es zu einem abrupten Ende, als sich 1986 eine riesige Ölschwemme entwickelte. Paul Mayer wollte das ebenso abrupt ändern. Nur daß der Mechanismus diesmal umgekehrt funktionieren sollte: nicht um den Gefahren einer Ölknappheit zu begegnen, sondern um weltweit die Auswirkungen einer Ölschwemme erträglicher zu gestalten, die einen Preissturz verursachte, der einfach zu weit gegangen war. Das Ziel: für den Weltölpreis ein Minimum festzulegen, mit dem sowohl Mexiko als auch die Vereinigten Staaten leben konnten. Das alles erklärte er Kissinger.

»Ja, ich verstehe, was Sie vorhaben, Paul. Und natürlich helfe ich gern. Sicher sind Sie sich darüber im klaren, daß, wenn wir die Deutschen und die Japaner überzeugen, die anderen sich ihnen anschließen werden. So war das zumindest auch 1973.«

»Ich stimme Ihnen zu. Würden Sie Bundeskanzler Kohl anrufen?«

»Selbstverständlich. Was soll ich ihm sagen?«

»Daß der Präsident bereit ist, mit dem Kauf von weiteren fünfhundert Millionen Barrel für die *Strategic Petroleum Reserve* zu beginnen. Wir möchten, daß die Deutschen ihr Programm gleichzeitig reaktivieren und Vorräte für weitere hundert Tage kaufen.«

»Gut. Aber zu welchem Preis?«

»Zwanzig Dollar je Barrel.«

»Warum zwanzig? Warum nicht fünfzehn oder fünfundzwanzig das Barrel?«

»Zwanzig Dollar je Barrel war der letzte Preis, zu dem die *Strategic Petroleum Reserve* 1985 Öl von Mexiko gekauft hat. Damals fanden sie den Preis akzeptabel, und wir haben keinen Grund zu der Annahme, daß er diesmal nicht akzeptabel sein sollte.

Ganz besonders im Hinblick auf den gegenwärtigen Rohölpreis auf dem freien Markt. Bevor wir die Börsen schlossen, war er auf fünf Dollar gesunken, Henry!«

»Das ist mir klar. Aber warum sollte die Bundesrepublik mit uns mitziehen? Schließlich sind es ja unsere Banken, die wegen der Lateinamerikaner geschlossen wurden, nicht ihre!«

»Das stimmt, Henry, aber es sind unsere Truppen, die den Russen an der Elbe gegenüberstehen, und nicht ihre.«

»Vielleicht sollte David Abshire sie darauf hinweisen, bevor ich anrufe«, entgegnete Kissinger. David Abshire war von Georgetown beurlaubt. Reagan hatte ihn zum amerikanischen

Botschafter bei der NATO berufen, und er bekleidete immer noch diesen Posten in Brüssel.

»Ich werde das sofort veranlassen«, versprach Paul Mayer.

»Ich meine, mit Kohl sollte jemand in Deutschland direkt sprechen«, fügte Kissinger hinzu. »Sie kennen ja sicher den Vorstandssprecher der Deutschen Bank. Sie sollten ihn gleich anrufen, Paul. Er sollte sich dafür empfänglich zeigen. Wie ich hörte, hat er bei diesem Handel, den die Europäer zusammen mit den Lateinamerikanern ausheckten, kräftig mitgemischt. Sagen Sie ihm, wir sind alle stocksauer auf ihn.«

»Darf ich Sie zitieren, Henry?«

»Jedes Wort.«

»Noch etwas. Zusätzlich zu dem, was wir mit dem Öl vorhaben, werden wir wohl neue Überbrückungskredite für Mexiko, Venezuela und Brasilien und wahrscheinlich noch für ein paar andere lateinamerikanische Länder organisieren müssen, die an ihren Rockschößen hängen. Wir möchten, daß die Deutschen und die Japaner ihr Scherflein beitragen.«

»Das wird ihnen auch nicht gefallen.«

»Das wissen wir. Und darum möchte ich Sie noch um einen anderen Gefallen bitten, Henry.«

»Und zwar?«

»Könnten Sie mal mit David Rockefeller ein paar Takte reden? Er hat viel Einfluß, sowohl in Bonn als auch in Tokio.«

»Gern.«

»Und mit Walter Wriston. Sie müssen doch ziemlich häufig mit ihm zusammenkommen.«

»Mach' ich«, entgegnete Kissinger. »An wieviel denken Sie?«

»Wir meinen, daß Japan fünf Milliarden beisteuern sollte. Und die Deutschen vielleicht drei oder vier Milliarden. Wir werden Constable von der Weltbank dazu überreden, sich mit fünf Milliarden zu beteiligen, und von meinem Nachfolger im Internationalen Währungsfonds können wir drei Milliarden erwarten. Das sollte reichen.«

Brummend erklärte Kissinger sein Einverständnis. Paul Mayer dachte offenbar in großen Zahlen, wie auch er es immer tat.

»Noch ein Gedanke«, fügte Kissinger hinzu. »Stehen Sie auf freundschaftlichem Fuß mit Paul Volcker?«

»Ich schon, aber bei Bob Reston bin ich mir da nicht so sicher.«

»An Ihrer Stelle würde ich ihn gleich anrufen. Ersuchen Sie ihn, er möge doch sanften Druck auf Pöhl von der Bundesbank und Sumita von der Bank of Japan ausüben. Volcker hat noch immer enormen Einfluß auf diese Burschen.«

»Ich weiß. Nur daß Bob Reston in diesem Punkt etwas überempfindlich ist. Na ja, nicht so wichtig. Ich mach' das schon.«

»Die meisten Leute, mit denen ich sprechen soll, werden mehr Einzelheiten wissen wollen. Wo können sie Sie erreichen, Paul?«

»Ich bin im ›Biltmore‹ in Santa Barbara. Bob Reston auch.«

Schließlich sagte Kissinger: »Ich wäre Ihnen sehr dankbar, wenn Sie etwas für mich tun würden, Paul. Könnten Sie veranlassen, daß der Präsident mich anklingelt? So kann ich dann wahrheitsgemäß jedem sagen, daß die Sache direkt aus dem Oval Office kommt.«

»Aber sicher, Henry. Sein Stabschef wohnt drüben im ›Sheraton‹. Ich werde veranlassen, daß er Sie sofort anruft und eine Zeit festlegt, wo der Präsident Sie anläuten kann.«

»Je früher, desto besser.«

»Ganz meine Meinung. Und danke, Henry.«

»War mir ein Vergnügen, Paul. Wir müssen öfter zusammenkommen.«

Mayer rief den Stabschef des Weißen Hauses an, der ihm versicherte, daß der Präsident Kissinger innerhalb einer Stunde anläuten würde.

Nun fing Mayer an, sich mit Tokio zu beschäftigen. Er ließ sich mit Mike Mansfield, dem dort akkreditierten amerikanischen Botschafter, verbinden, der gerade zu Bett gehen wollte. Wieder erklärte Mayer, was sie zu tun beabsichtigten, um die amerikanische Bankenkrise zu entschärfen. Was das Öl anging, hofften sie, Japan würde in den nächsten sieben oder acht Monaten zweihundertfünfzig Millionen Barrel zu zwanzig Dollar je Barrel kaufen und sie in Tankern rund um die Inseln lagern, wobei die Regierung das gegenwärtige Überangebot an Schiffen auf dem Weltmarkt nützen konnte. Sie erwarteten auch, daß die Japaner mit einigen Überbrückungskrediten für Lateinamerika aushelfen würden.

»Wieviel und in welcher Form?« wollte der Botschafter wissen.

»Fünf Milliarden als Direktkredit an Brasilien.«

Mansfield reagierte mit der gleichen Frage, die schon Kissinger einmal gestellt hatte: »Aber warum sollten die Japaner das tun?«

»Weil fünf Milliarden Dollar kleine Fische sind im Vergleich zu dem, was sie schon jetzt an Risiko übernommen haben. *Wir* schulden ihnen fast genauso viel, wie Lateinamerika *uns* schuldet. Sie haben hier über dreihundert Milliarden Dollar investiert — in US-Staatsanleihen, Bankeinlagen, Aktien und Obligationen. Sie brauchen kein Blatt vor den Mund zu nehmen, Mike. Die Vereinigten Staaten sind für Japan das, was Mexiko für die Vereinigten Staaten ist: ein Schuldner, den man einfach nicht vor die Hunde gehen lassen darf.«

»Trotzdem werde ich jede Unterstützung brauchen, die ich kriegen kann«, erklärte Mansfield.

Worauf Mayer ihm von dem Druck berichtete, den Kissinger auszuüben sich anschickte. Und wenn es ihm gelang, Paul Volcker zu erreichen, würde der frühere Vorsitzende des *Fed* das gleiche tun.

»Das ist wunderbar. Gleich morgen werde ich den Ministerpräsidenten aufsuchen — morgen, das ist natürlich erst in acht Stunden. Wenn der Präsident ihn um etwa die gleiche Zeit anriefe, würde das meine Aufgabe zweifellos erleichtern.«

»Ich werde dafür sorgen«, versprach Mayer. Noch einmal rief er den Stabschef des Weißen Hauses an.

Dann sah er auf die Uhr. Es war erst sieben, Pazifik-Normalzeit. Er beschloß, zum benachbarten Bungalow hinüberzugehen, wo Robert Reston untergebracht war. Natürlich hing Reston am Telefon, als Mayer hereinspazierte. Er arbeitete an der Heimatfront, während Paul Mayer auf internationaler Ebene tätig war.

»Das war Carl Reichart, der Vorsitzende von Wells Fargo«, sagte Reston, nachdem er aufgelegt hatte. »Seine Bank befindet sich in ausgezeichneter Verfassung, aber selbst er fürchtet die Folgen, wenn es uns nicht gelingen sollte, uns mit den Lateinamerikanern zu verständigen. Ich habe ihm also mitgeteilt, was ich auch schon den Herren der Bank of America, Chase, Citybank und Chemical America mitgeteilt habe. Jetzt muß ich noch mit den anderen reden.«

Wieder griff er zum Telefon. Restons Mitteilung an die Banken war diese: Der *Federal Reserve* stehe bereit, jeder amerikanischen Bank, die in Schwierigkeiten gerate, vorbehaltlos die nötigen Mittel zur Verfügung zu stellen. Der Diskontschalter des *Fed* würde jederzeit geöffnet sein, wenn nötig auch nachts. Keine amerikanische Bank würde mangels Liquidität untergehen.

Nachdem Reston sein Gespräch mit dem Vorsitzenden der Manufacturers Hanover Bank beendet hatte, sagte Mayer: »Ich habe gerade mit Henry Kissinger gesprochen. Er wird uns sehr helfen, indem er den Deutschen und Japanern gut zuredet. Er wird auch David Rockefeller und Walter Wriston dazu bringen, sich in gleicher Weise zu verwenden. Aber er hat auch empfohlen, noch jemand anderen zur Mitarbeit zu bewegen: Paul Volcker.«

Reston blieb stumm.

»Ich könnte ihn anrufen, Bob, aber ich bin sicher, daß er lieber von Ihnen hören würde.«

»Na schön, ich rufe ihn an. Was soll er für uns tun?«

Mayer erklärte es ihm. Dann ging er wieder in seinen Bungalow hinüber und beschäftigte sich abermals mit dem Problem des Ölpreises, diesmal aus der Sicht der Förderländer. Er kannte den saudischen Ölminister nicht persönlich, wußte aber, daß er gut bekannt mit dem früheren amerikanischen Botschafter in Saudi-Arabien war, der jetzt in Virginia lebte. Einmal im Monat pflegte Mayer mit dem Ex-Botschafter den Lunch einzunehmen. Mayer rief ihn an und erklärte noch einmal, was sie zu tun versuchten.

»Richten Sie dem Saudi aus, daß wir seine Kooperation brauchen, wenn unser Plan funktionieren soll. Und sagen Sie ihm auch, daß wir, wenn er Saudi-Arabiens Fördermenge um zehn Prozent kürzt, Großbritannien und Norwegen dazu bringen werden, das gleiche zu tun.«

»Sind denn die beiden Staaten schon entsprechende Verpflichtungen eingegangen?« kam die ungläubige Stimme aus Virginia.

»Nein. Aber die krieg' ich schon. Und sagen Sie dem saudischen Minister auch, wenn er auf einen Anruf des Präsidenten reflektiert, bekommt er ihn auch. Wie es scheint, wollen das alle.«

Als nächstes rief Mayer das »Sheraton« an, das nur eine Meile die Küste hinauf vom »Biltmore« entfernt lag. Hier pflegte der Stab des Präsidenten immer abzusteigen, wenn er sich auf seiner Ranch aufhielt. An diesem Morgen war das Hotel brechend voll mit Kabinettsmitgliedern der alten Administration und ihren Stäben, die am Vortag zu ihrem Boss hierher zitiert worden waren. Er traf zwei Verabredungen: eine mit dem Außen- und eine mit dem Finanzminister.

Eine halbe Stunde später wurden Bob Reston und er, eskortiert von zwei Wagen des Geheimdienstes, in einer Limousine herübergefahren. Zuerst sprachen sie mit dem Außenminister. Sie sagten ihm, was sie von Margaret Thatcher wollten. Kein Geld; nur eine Kürzung der Fördermenge des Nordseeöls. Er versprach, sich sofort darum zu kümmern.

Dann begaben sie sich in die Suite des Finanzministers. Es war kein sehr einfaches Gespräch. Er wollte als Held aus seinem Amt ausscheiden und der neuen Administration ein so nahezu ausgeglichenes Budget hinterlassen, wie es in den acht Jahren der Administration Reagans kaum je erstellt worden war. Und jetzt brach alles auseinander. Nun wollten *sie* von *ihm*, er solle sich auf weitere fünfundzwanzig Milliarden Dollar festlegen?

»Wir haben keine andere Wahl, Jim«, betonte Mayer. »Wir müssen den Banken helfen. Jetzt gleich. Mit großen Summen.«

Mayers Vorschlag zielte auf die Errichtung eines neuen lateinamerikanischen, mit fünfundzwanzig Milliarden Dollar dotierten Schuldenabbaufonds; dieser sollte Darlehen weniger entwickelter Länder von amerikanischen Banken aufkaufen und diese teilweise oder ganz von der Last befreien, geschwächte Staatskredite in ihren Büchern ausweisen zu müssen. Sobald die neue vom Bund geschaffene Einrichtung diese Darlehen übernommen hätte, würde sie einer Diskussion mit den lateinamerikanischen Schuldnerländern zugänglich sein, wobei man sowohl über eine Neufestsetzung der Rückzahlung des Kapitals als auch über die Gewährung eines temporären Moratoriums für die Zinszahlungen sprechen könnte.

»Der Präsident wünscht es«, beschloß Mayer seine Ausführungen.

»Na schön. Vorausgesetzt, Sie, meine Herren, erklären offiziell, daß das Ihre Idee war und nicht meine. Aber ich würde an Ihrer Stelle noch etwas anderes sicherstellen, bevor Sie damit an die Öffentlichkeit gehen.«

»Und zwar?«

»Daß der neugewählte Präsident und seine Leute bereit sind, dabei mitzumachen.«

»Genau das steht als nächstes auf meiner Agenda«, sagte Mayer.

Um neun Uhr vormittags Pazifik-Normalzeit waren Reston und Mayer wieder im »Biltmore«. Gemeinsam riefen Sie den

Leiter des Übergangsteams des neugewählten Präsidenten an und erklärten ihm in kurzen Worten, was sie vorhätten, um die nationale Finanzkrise zu lösen. Er erklärte sich bereit, die nächste Maschine nach Los Angeles zu nehmen und sich um acht Uhr abends im Century Plaza-Hotel mit ihnen zu treffen.

»Ich glaube, wir haben es bald geschafft«, sagte Reston, nachdem er aufgelegt hatte.

»Haben Sie übrigens Volcker erreicht?« fragte Mayer.

»Ja. Und er hätte nicht netter sein können.«

»Na wunderbar«, sagte Mayer und beließ es dabei. Dann: »Ich muß noch zwei Telefonate führen, Bob, und dann schlage ich vor, daß wir eine lange Kaffeepause einschieben.«

»Einverstanden. Wir treffen uns in einer halben Stunde in der Cafeteria.«

Mayers erster Anruf galt Lothar Eisenstadt, dem Vorstandssprecher der Deutschen Bank in Frankfurt. Er war noch in seinem Büro.

»Ich dachte mir schon, daß ich von Ihnen hören würde, Paul«, waren seine ersten Worte.

»Ich soll Ihnen Grüße von Kissinger bestellen, Lothar. Außerdem hat er mir aufgetragen, Ihnen auszurichten, daß wir alle stocksauer auf Sie sind.«

»Ja, das verstehe ich. Aber das hat sich ja nun alles erledigt. Sie sollten allerdings nicht vergessen, daß es Dr. Huber war, der diese Sache eingefädelt hat, und nicht ich.«

»Ach ja? Soweit mir bekannt ist, hatten sich die deutschen Banken für sieben Milliarden Dollar verpflichtet.«

»Kann sein.«

»Na ja, wir würden uns schon mit der Hälfte zufriedengeben. Der Unterschied liegt darin, daß es sich in diesem Fall um einen reinen Staatskredit an Mexiko handelt. Keine Sicherheiten.«

Die Antwort des deutschen Bankiers war unverbindlich.

Worauf Paul Mayer kein Blatt vor den Mund nahm. Er könne ja versuchen, die ganze Schuld auf die Schweizer abzuwälzen, aber in amerikanischen Finanzkreisen sei bekannt, daß die deutschen Banken eine Schlüsselrolle beim ›Zürcher Abkommen‹ gespielt hätten, ein Abkommen, das jetzt so tot sei wie die vier Personen in dem Flugzeug, das unweit von Mexico City zerschellte. Sollten aber die deutschen Banken die Vereinigten Staaten nicht voll unterstützen bei ihrem Bemühen, die Finanzkrise zu überwinden, die sie selbst mit heraufbeschworen hatten, würden Vergeltungsmaßnahmen nicht ausbleiben. Ernste Vergeltungsmaßnahmen.

Lothar Eisenstadt kapierte.

»Sie können immer mit Ihren deutschen Freunden rechnen, Paul«, sagte er jetzt. »Ich werde persönlich mit dem Kanzler reden. Noch heute abend. Geben Sie mir jetzt alle Einzelheiten.«

Nachdem der deutsche Bankier seine feste Zusage, zu helfen, wiederholt hatte, kam er auf den Vorstandsvorsitzenden der Schweizerischen Nationalbank zu sprechen.

»Wenn die Lateinamerikaner Einsicht zeigen und zu Entgegenkommen bereit sind, und wenn Sie nächste Woche die Börsen wieder öffnen können, wird hier die Hölle los sein. Es heißt, Hubers Bank hätte die Leerverkaufsposition des Jahrhunderts. Sobald sie versuchen, Deckung anzuschaffen, wird man sie abschlachten.«

»Das wäre aber wirklich bedauerlich«, spöttelte Mayer.

»Ich habe das Gefühl, daß Ulrich Huber bald um Frührente ersuchen wird«, meinte der Deutsche und fügte hinzu: »Wenn Sie das nächste Mal in Frankfurt sind, müssen Sie mit uns in der Bank dinieren.« Eisenstadt hatte schon begriffen, welche Stellung Mayer jetzt in der amerikanischen Machthierarchie einnahm.

Mayer versicherte ihm, er würde das tun, und legte auf.

Sein letztes Telefongespräch an diesem Vormittag führte Mayer mit dem Vorstandsvorsitzenden der Bank of America, George Pace.

»Ich denke, wir werden bald aus dem Schlimmsten heraus

sein, George«, sagte er und berichtete ihm dann, was alles in Gang gekommen war.

»Bist du sicher, daß die Lateinamerikaner kommen werden?« fragte Pace, und seine Stimme verriet große Sorge.

»Wir werden es bald wissen. Aber ich bin überzeugt, daß sie kommen werden«, erwiderte Mayer.

»Reston hat mich heute schon angerufen«, sagte Pace. »Seinen Worten konnte ich entnehmen, daß der *Fed* uns allen aus der Patsche helfen wird, wenn die Herren die Einladung des Präsidenten nicht annehmen sollten.«

»Soweit wird es nicht kommen, George. Übrigens war Charles Thayer der Meinung, daß eine solche Rettungsaktion des *Fed* eigentlich gar nicht nötig wäre. Er schlug vor, die FDIC solle unverzüglich — und das wäre schon gestern abend gewesen, George — deine Bank übernehmen. Das allein, sagte er, würde genügen, um der Krise ein Ende zu setzen.«

Mit zitternder Stimme fragte Pace: »Wer hat ihm diese Idee wieder ausgeredet?«

»Wir alle.«

»Ob das auch so bleiben wird?«

»Ganz sicher.«

»Du kannst dir gar nicht vorstellen, Paul, wie dankbar ich dir für deine Unterstützung im vergangenen Monat bin.«

»Dazu hat man Freunde, George. Jetzt spann einmal aus. Genieße die Bankfeiertage.«

In der Kaffeepause einigten sich Bob Reston und Paul Mayer auf eine weitere Arbeitsteilung. Reston würde sich um die Finanzminister von Japan und Westdeutschland kümmern, Mayer die Weltbank und den Internationalen Währungsfonds in Washington bearbeiten.

Sie wollten die Cafeteria gerade verlassen, als Reston ausgerufen wurde. Einige Minuten später kam er mit der guten Nachricht zurück: Der Anrufer war Reagans Stabschef. Alle drei lateinamerikanischen Präsidenten hatten die Einladung Reagans nach Santa Barbara angenommen. Die Konferenz sollte schon am nächsten Tag, Donnerstag, den 12. Januar, um vier Uhr nachmittags im Biltmore-Hotel stattfinden.

An diesem Abend um acht setzten sich Paul Mayer, Robert Reston und der Finanzminister mit vier Herren des Übergangsteams des neugewählten Präsidenten im Century Plaza-Hotel in Los Angeles zusammen.

Nachdem der ›Mayer-Plan‹, wie man ihn jetzt nannte, gründlich durchgesprochen worden war, wandte sich die Diskussion der Frage zu, mit welchen budgetären Folgen 1989 zu rechnen wäre. Die Kosten des Öleinkaufs würden enorm sein. Dazu kam dann noch die Einrichtung des lateinamerikanischen Schuldenabbaufonds in Höhe von fünfundzwanzig Milliarden Dollar.

Würde die ›alte‹ Administration bereit sein, die Verantwortung dafür auf sich zu nehmen?

Hätten sie denn eine andere Wahl? lautete die widerstrebende Antwort des Finanzministers.

Dann steuerte Paul Mayer die Diskussion in eine andere Richtung. Vielleicht würde das amerikanische Volk Verständnis dafür aufbringen, daß das alles genau das war, was dem Land nottat.

Die Wirtschaft stand vor einer Rezession. Die von Regierungsseite vorgenommene Injektion bedeutender Summen in das Banksystem würde, ob direkt oder indirekt, mit Sicherheit zu einer liberalen inländischen Kreditpolitik seitens der Banken des Landes führen. Wenn das Gramm-Rudman-Gesetz zeitweilig aufgehoben blieb oder von den Demokraten außer Kraft gesetzt würde, würden weit höhere globale Staatsausgaben die Folge sein. Dieser Keynes nachempfundene Stimulus, verbunden mit der wiederbelebten Kreditfähigkeit der Banken, könnte die Abwärtsbewegung stoppen und sehr rasch einen wirtschaftlichen Umschwung bewirken. Bei diesen Worten zuckte der ausscheidende Finanzminister zusammen, aber die Demokraten im Saal nickten beifällig.

Um ein Uhr früh erteilte der neugewählte Präsident dem Mayer-Plan seine Zustimmung.

Der Urheber des Plans kehrte um drei Uhr früh ins »Biltmore« in Santa Barbara zurück. Drei Stunden später war er wieder auf den Beinen. Die Antworten kamen aus Bonn und London, aus Tokio und Riad, und alle waren durchaus positiv. Nun machte sich Mayer daran, seinen Plan zu Papier zu bringen. Am Nachmittag um vier würde der amerikanische Präsident ihn den drei lateinamerikanischen Staatsoberhäuptern vorlegen.

Die Konferenz fing nicht gut an. Nachdem der Präsident seinen Besuchern den Mayer-Plan vorgelegt hatte, gab jedes der drei Staatsoberhäupter eine Unabhängigkeitserklärung ab. Keiner von ihnen konnte oder wollte ein Programm akzeptieren, das einseitig von den Vereinigten Staaten ausgearbeitet worden war. Man konnte anfangen, darüber zu reden, gewiß, aber es konnten Wochen, wahrscheinlich sogar Monate vergehen, bis eine Lösung gefunden war.

Als sie mit ihren Tiraden zu Ende waren, gab ihnen der Präsident tüchtig kontra. Wenn sie sich darauf einstellen wollten, mit Öl zu fünf Dollar je Barrel zu leben, ihm sollte es recht sein. Und wenn sie sich darauf einrichten wollten, ohne weitere Kredite oder finanzielle Hilfe der Vereinigten Staaten zu existieren, auch das sollte ihm recht sein.

»Sie können akzeptieren, aber Sie können es auch lassen«, sagte er. »Entscheiden Sie sich.«

Sie entschieden sich.

Und darauf lief »es« hinaus: Die Vereinigten Staaten, die Bundesrepublik Deutschland und Japan zusammen würden zumindest in den nächsten sieben Monaten fünf Millionen Barrel Öl pro Tag kaufen. Allen anderen Mitgliedern der *International Energy Agency* würde man dringend empfehlen, sich ihren Bestrebungen anzuschließen, den Weltölpreis zu stabilisieren, indem auch sie ihre Ölreserven erhöhten.

Was die Lieferung anging, hatten sich der amerikanische Druck, das gütliche Zureden bei Saudi-Arabien und Großbritannien gelohnt. Es war der Preiskrieg zwischen diesen beiden ölproduzierenden Ländern gewesen, der 1986 zum Zusammenbruch des Ölpreises geführt hatte. Indem sie nun im gleichen Maß auf das »Zuckerbrot« eines von Amerika verbürgten Basispreises für Rohöl wie auf den politischen Druck reagierten, hatten sich beide Nationen bereit erklärt, ihre Produktion um zehn Prozent zu drosseln; in Zukunft würden die Saudis ein Maximum von vier Millionen Barrel pro Tag einhalten, die Briten ein solches von zwei Millionen Barrel. Man ging von der Voraussetzung aus, daß die anderen Mitglieder der OPEC dem Beispiel der Saudis folgen und, zur Abwechslung, die neu festgesetzten Förderquoten auch einhalten würden. Das Nicht-Mitglied der OPEC, Norwegen, hatte sich bereits verpflichtet, den gleichen Kurs zu steuern.

Das Nettoergebnis all dessen: Venezuela und Mexiko würden einen gesicherten Markt für ihre Gesamtproduktion von drei Komma fünf Millionen Barrel pro Tag zu einem Mindestpreis von zwanzig Dollar je Barrel haben.

Und Brasilien? Mit letzter Kraftanstrengung war es Paul Mayer gelungen, seinem Plan etwas hinzuzufügen, das sich eines der ernstesten Probleme Brasiliens annahm: Die Vereinigten Staaten würden unverzüglich Gespräche mit den Brasilianern mit dem Ziel aufnehmen, die *International Coffee Organization* zu reaktivieren, ein Warenabkommen, darauf ausgerichtet, den Weltpreis für Kaffee zu stabilieren. Die Verlängerung stand 1989 an, und man hatte gefürchtet, die USA, der Hauptkonsument von Kaffee, würde abspringen — in der Hoffnung, daß eine Kündigung des Abkommens zu einem Zusammenbruch des Kaffeepreises führen könnte. Wie beim Öl erkannte man jetzt auch hier, daß die Festsetzung eines Basispreises — im Falle des Kaffees ein Dollar fünfunddreißig das Pfund — für Brasilien ebenso gut sein würde, wie das Öl um zwanzig Dollar je Barrel für Venezuela und Mexiko. Und was für Brasilien, Venezuela und Mexiko gut war, das würde natürlich auch für die amerikanischen Banken und das ganze Land gut sein.

Dazu kamen jetzt noch die Zahlungsvereinbarungen. Die Weltbank hatte sich bereit erklärt, einen neuen Fünf-Milliarden-Dollar-Kredit einzurichten, der ohne jede Auflage unter den drei Ländern aufgeteilt würde. Der Internationale Währungsfonds hatte sich verpflichtet, neue Kreditrahmen von je eins Komma fünf Milliarden Dollar für Venezuela und Mexiko zu eröffnen. Die Japaner würden fünf Milliarden in Direktkrediten an Brasilien zur Verfügung stellen. Die Deutschen hatten sich verpflichtet, Mexiko einen Direktkredit von drei Komma fünf Milliarden zu gewähren. Die Vereinigten Staaten versprachen die Einrichtung eines lateinamerikanischen Schuldenabbaufonds von fünfundzwanzig Milliarden Dollar. Den Südamerikanern wurde mitgeteilt, der neugewählte Präsident habe zugesichert, daß die kapitalmäßige Fundierung dieses Programms ganz oben auf der Liste der Prioritäten der neuen Administration stehen würde.

Und welche Gegenleistungen mußten die drei lateinamerikanischen Staaten erbringen?

Sie mußten für alle Zeiten alles weitere Gerede über Zahlungseinstellungen unterlassen. Und mit sofortiger Wirkung ihre Zinszahlungen auf die ausstehenden internationalen Schulden wieder aufnehmen.

Um neun Uhr abends wurde das Abkommen unterfertigt, und der Mayer-Plan trat in Kraft. Die darauffolgende Pressekonferenz wurde im Ballsaal des Biltmore-Hotels unter massiven Sicherheitsvorkehrungen abgehalten und ging erst um elf Uhr zu Ende.

Beim Verlassen des Saales holte Paul Mayer, der die meisten Fragen der Reporter gekontert hatte, Sally Brown vom »Wall Street Journal« ein.

»Wie wäre es mit einem Schlummertrunk?«

»Gern«, sagte sie, »aber diesmal lade ich Sie ein. Zuerst aber muß ich noch meinen Bericht schreiben. Wir treffen uns um Mitternacht an der Bar.«

Als sie eine Stunde später erschien, wartete er schon an einem kleinen Tisch auf sie. Ihre ersten Worte, nachdem sie Platz genommen hatte, lauteten: »Sie waren heute abend phantastisch, Paul, und das habe ich auch in meinem Bericht erwähnt.«

Dann erzählte sie ihm, was sie sonst noch geschrieben hatte. Zwei Whisky später unterbrach er sie: »Hören Sie, würden Sie gern meinen Bungalow sehen?«

Sie sah ihn genau fünf Sekunden lang an und antwortete: »Sicher. Warum nicht?«

Als er fünfzehn Minuten später das letzte Licht im Bungalow 3A löschte, saß sie plötzlich aufrecht in seinem Bett. »Mir ist gerade etwas eingefallen«, sagte sie, während sie züchtig die Decke bis zum Kinn hochzog. »Gehört das auch zum Mayer-Plan, daß du mich in deinen Bungalow gelockt hast?«

»Ja. Obwohl mir der Gedanke erst im letzten Augenblick gekommen ist. Ich hoffe, es funktioniert zu unserer aller Zufriedenheit.«

Seine Hoffnung trog ihn nicht.

Montag, den 16. Januar 1989, waren die Banken wie auch die Börsen wieder voll in Betrieb.

Das Geld, das vor sechs Tagen in Strömen aus den Banken und aus dem Land geflossen war, kehrte in einem noch nie dagewesenen Ausmaß zurück. Der Dollar erreichte seinen höchsten Stand seit achtzehn Monaten. Das Gold sank rapide. Die Ölpreise schnellten in die Höhe. Die Rohöl-Basispreise, von *Arabian Light* bis *West Texas Internmediate,* von *Brent North Sea* bis *Mexican Isthmus Light,* rankten sich um die Zwanzig-Dollar-Marke je Barrel. Die Ölpreise hatten nicht nur durch die Bestimmungen des Santa-Barbara-Abkommens Auftrieb erhalten, sondern auch aufgrund der Tatsache, daß der Irak und der Iran wieder aufeinander losdroschen. Nach einem überraschenden Luftangriff hatten die Iraker die Insel Karg genommen, des Irans wichtigsten Ölumschlaghafen im Persischen Golf. Und erst der Aktienmarkt! Als der Tag zu Ende ging, war er um hunderteinundfünfzig Punkte gestiegen! Der größte Gewinner an der New Yorker Börse war die Bank of America.

Denn jetzt war sich alle Welt einig: Die »Panik von 1989« hatte als Katharsis gewirkt. Sie hatte eine Kur für eine der ernstesten Weltwirtschaftsprobleme erzwungen. Die Banken hatten wieder einen festen Stand. Wichtig aber war vor allem dies: Es hatte sich gezeigt, daß die amerikanische Regierung selbst in Zeiten eines Wechsels im Weißen Haus finanzielle Krisen auf exemplarische Weise bewältigen konnte. Mit der drohenden Rezession, auch darin war man sich einig, würde man auf die gleiche Weise fertig werden.

Vier Tage später, am 20. Januar 1989, wurde der neue Präsident feierlich in sein Amt eingeführt. Und Professor Paul Mayer und Sally Brown waren auf eine Woche von New York gekommen und hatten beschlossen, zur Pennsylvania Avenue zu gehen, um die Parade zu sehen. Auf dem Weg dahin fing es an, sehr, sehr kalt zu werden, und so schlug Mayer vor, ein Taxi nach Georgetown zu nehmen und das Schauspiel im Fernsehen zu verfolgen.

Sie waren gerade ins Taxi gestiegen, als Mayer sagte: »Ich habe eine Idee. Warum fahren wir nicht beim Four Seasons-Hotel vorbei und holen deine Sachen ab?«

»Einfach so, hm?« entgegnete sie.

»Das stimmt nicht ganz. Du kannst ja nur eine Woche bleiben.«

»Hast du eine Ahnung! Das ›Journal‹ hat mich gerade zum Chef des Washingtoner Büros bestellt. Wenn ich das nächstemal herkomme, wird es nicht nur für eine Woche sein.«

»Ich glaube, damit könnte ich mich befreunden«, konterte Mayer.

»Wir werden sehen«, meinte sie.

Aber Mayer fügte hinzu: »Es könnte übrigens sein, daß auch ich einen neuen Job bekomme. Der neugewählte Präsident hat mich ersuchen lassen, nächste Woche im Weißen Haus vorzusprechen.«

Dann wies Mayer den Taxifahrer an, zum Four Seasons-Hotel zu fahren.

Als die beiden das Haus 3514 Dent Street betraten, wurde ihnen ein kühler Empfang zuteil. Marias Blick blieb sogleich an dem Koffer haften, den Mayer in der Hand hielt.

»Ich bringe ihn gleich ins Gästezimmer hinauf«, sagte sie.

»Nein, Maria. Bringen Sie ihn in mein Schlafzimmer.«

»Bist du sicher«, fragte Sally, nachdem der dienstbare Geist verschwunden war, »daß dein Mädchen mir nicht morgen früh Gift in den Kaffee schüttet?«

»Nein, bin ich nicht. Ich habe schon daran gedacht und ihr bis morgen Ausgang gegeben. Keine Sorge. Sie wird sich daran gewöhnen.«

Dann stellte er den Fernseher an, um den Rest der Parade bis zur Amtseinführung zu verfolgen. Fünf Minuten später klopfte es an der Eingangstür. Erst schien Mayer befremdet, doch als er die Tür öffnete, stand José Martínez junior vor ihm.

»José!« rief Mayer. »Kommen Sie rein, bevor Sie erfrieren.«

Der junge Mann blickte an Professor Mayer vorbei und sah Sally Brown.

»Ich möchte nicht stören.«

»Kommen Sie rein. Wenigstens auf ein paar Minuten. Wir trinken ein Glas.«

Er stellte José Sally Brown als einen seiner besten Studenten vor und ersuchte dann Maria, eine Flasche Champagner und drei Gläser zu bringen.

»Ich bin gekommen, um Ihnen persönlich zu danken, Professor Mayer«, sagte José Martínez junior.

»Das ist doch nicht der Rede wert, José, und außerdem ist es doch das mindeste, was ich tun konnte. Schließlich haben Sie uns allen das Leben gerettet.«

Mayer hatte José ein Begabtenstipendium verschafft, das es ihm ermöglichen würde, in Georgetown oder auch anderswo, solange er wollte, zu studieren. Mayer hatte erfahren, daß Josés Familie nicht mehr in der Lage war, ihn zu finanzieren. Sein Onkel, der Minister, war tot. Sein Vater, der sich genötigt sah, sein Amt zur Verfügung zu stellen, hatte sich, wie es schien, mit einem Schweizer Bankier eingelassen und sich arg verspekuliert. Jetzt wuchsen ihm die Schulden über den Kopf. Der Bankier hatte die Konsequenzen gezogen und sich erschossen.

»Wenn dieser junge Mann nicht das FBI verständigt hätte«, erklärte Mayer Sally Brown, »wären Bob Reston und ich es gewesen, die als Tote auf dem Teppich des Fairmont-Hotels geendet hätten, und nicht die beiden arabischen Terroristen. Und Azar Shahani.«

Das war das erste Mal, daß er Sally gegenüber ihren Namen erwähnte. »Du kennst sie, nicht wahr?«

»Die Iranerin?«

»Ja.«

»War sie auch eine Terroristin?«

»Überhaupt nicht. Anfangs, als die Ballerei losging, dachte ich, sie hätte mich zum Abschuß freigegeben, aber später erfuhr ich, daß man ihre Mutter, ja ihre ganze Familie als Geiseln festhielt. Bei ihrem letzten Besuch in der Heimat sagte man ihr: ›Hilf uns, und wir werden sie ausreisen lassen.‹ Das sollte jetzt das letzte Mal sein, daß sie etwas von ihr wollten.«

»Woher weißt du das?«

»Die Behörden durchsuchten ihr Haus auf Belvedere. Dort fanden sie alle Beweise: die Briefe, ihr Tagebuch . . .«

»Die arme Frau.«

»Ja.«

Maria kam mit dem Champagner, und mit einemmal schlug die Stimmung um. Ihre Aufmerksamkeit galt nun dem Fernseher, wo immer noch die Kapellen spielten. Nach einer halben Stunde erhob sich José junior, um zu gehen, und Professor Mayer brachte ihn zur Tür.

»Ein sehr netter Junge«, sagte Sally, als er ins Wohnzimmer zurückkehrte.

»Ja, das ist er.«

»Es hat schon viel Mumm dazu gehört, zu tun, was er getan hat. Ich habe so ein Gefühl, daß du eine ganze Menge damit zu tun hattest, Paul. Offensichtlich hält der Junge große Stücke auf dich.«

Paul Mayer ließ es dabei bewenden. Er schenkte seine Aufmerksamkeit wieder den Vorgängen auf dem Bildschirm. Eine Weile saß er neben Sally Brown auf dem Sofa, verfolgte die Parade und beobachtete den Präsidenten, den alten und den neuen. Maria hatte Feuer im Kamin gemacht. Der Champagner und die Wärme zeigten bald Wirkung.

Plötzlich setzte sich Sally kerzengerade auf, so wie sie es in seinem Bett im Biltmore-Hotel getan hatte.

»Es gibt da noch etwas, worüber wir nie gesprochen haben«, sagte sie und fügte hinzu: »Abgesehen von der Iranerin.«

»Hörst du nie auf zu grübeln?« gab er zurück.

»Nein, nie.«

»Okay, und was ist es?«

»Hat die CIA nun wirklich die Bombe ins Flugzeug geschmuggelt?«

»Wer kann das sagen«, meinte Mayer. »Ich weiß es gewiß nicht.« Er hätte ihr verraten können, daß er seine Vermutungen hatte, insbesondere nach dem Anruf George Paces von der Bank of America. Aber er schwieg.

»Na ja«, murmelte sie. »Jemand muß es ja wissen.«

In Moskau verfolgten Michail Gorbatschow und seine Frau Raissa die Satellitenübertragung der Amtseinführung auf ihrem Fernseher. Der neue Chef des KGB leistete ihnen Gesellschaft.

Als es vorbei war, öffnete auch Gorbatschow eine Flasche Krimsekt.

»Irgendwo tut es mir leid, daß seine acht Jahre um sind«, sagte er. »Ich konnte ihn gut leiden. Mit ihm konnte man reden. Er wußte, daß es in unser beider Interesse lag, unsere Positionen der Co-Hegemonie abzusichern. Solange wir beide stark bleiben, sind wir sicher.«

Er erzählte seiner Frau von dem Angebot, das heute morgen von der Bank of America gekommen war: einen Drei-Milliarden-Dollar-Kredit für die Sowjetunion bereitzustellen. Wo jetzt der Ölpreis bei zwanzig Dollar lag, galt die Sowjetunion wieder als kreditwürdig.

»Ich will dir noch etwas zeigen, was heute mit der Kurierpost gekommen ist.« Gorbatschow ging zu seinem Schreibtisch hinüber und zog eine handschriftliche Note aus der Mittellade. Augenzwinkernd und mit dem Kopf auf den KGB-Mann deutend, reichte er sie seiner Frau. Der Text lautete:

»Lieber Michail: danke!«

Die Note war mit »Ron« unterzeichnet.

»Danke wofür?« fragte seine Frau.

»Für eine kleine Gefälligkeit, die seine Leute« — und wieder deutete er auf den neuen Chef des KGB — »auf dem Flughafen von Mexico City ihm erwiesen haben.«

Raissa Gorbatschow ließ sich das durch den Kopf gehen.

»›*Ruka Ruku Mojet*‹«, zitierte sie ein altes russisches Sprichwort.

»Stimmt genau«, sagte ihr Gatte.

»›Eine Hand wäscht die andere‹.«